Kein Vampir für eine Nacht

Katie MacAlister

Kein Vampir für eine Nacht

Vampirroman

Ins Deutsche übertragen von
Antje Görnig

Weltbild

Die englische Originalausgabe erschien 2004
unter dem Titel *Sex and the Single Vampire*
bei Dorchester Publishing Co., Inc., New York.

Besuchen Sie uns im Internet:
www.weltbild.de

Genehmigte Lizenzausgabe
für Verlagsgruppe Weltbild GmbH,
Steinerne Furt, 86167 Augsburg

Übersetzung: Antje Görnig
Umschlaggestaltung: Johannes Frick, Augsburg
Umschlagmotiv: Corbis, Düsseldorf. Getty Images, München.
Gesamtherstellung: CPI Moravia Books s.r.o., Pohorelice
Printed in the EU
ISBN 978-3-8289-9755-4

2012 2011 2010 2009
Die letzte Jahreszahl gibt die aktuelle Lizenzausgabe an.

Ich bin vielen Menschen für ihre Unterstützung in der Zeit, als ich dieses Buch schrieb, zu großem Dank verpflichtet (Kate, Michelle und Vance – ihr seid die Besten!), aber gewidmet ist dieses Buch meiner Freundin Lori Grube, die immer lacht, wenn ich ihr von meinen Romanideen erzähle, mich niemals unterbricht, wenn ich in einem fort über Bücher quassele, und stets ganz hingerissen von den Helden ist. Das Schreiben wäre ohne dich nicht annähernd so vergnüglich, Lori!

Ich möchte meine Leserinnen und Leser einladen, sich in meine exklusive Online-Adressenliste einzutragen, um spaßige Geschenke zu erhalten und schon vorab einen Blick in Neuerscheinungen werfen zu können. Wenn Sie sich darüber informieren möchten, schicken Sie einfach eine E-Mail an: funstuff@katiemacalister.com

1

Die Nachricht, die an der Hotelrezeption für mich bereitlag, war kurz und bündig: „Wenn Sie keinen hieb- und stichfesten Beweis für die Existenz von Geistern aus England mitbringen, brauchen Sie erst gar nicht ins Büro zurückzukommen. Spinner und Stümper können wir hier nicht gebrauchen!"

Unterschrieben war sie von meinem Chef, dem Vorsitzenden der Weststaatensektion der Amerikanischen Gesellschaft zur Erforschung des Übersinnlichen, Anton Melrose II.

„Ist ja großartig!", murmelte ich, zerknüllte das Papier und warf es in den dafür vorgesehenen Behälter am Ende des Rezeptionstresens. Ich wünschte, ich hätte auf der Stelle einen oder zwei Dämonen beschwören können, die meinen Chef einmal so richtig das Fürchten lehrten. „Dem würde ich furchtbar gern das Maul stopfen!"

Die Frau an der Rezeption reichte mir lächelnd meinen Zimmerschlüssel. „Tut mir leid, Miss Telford, für den Inhalt der Nachrichten sind wir nicht verantwortlich. Wir sind dazu verpflichtet, sie in jedem Fall weiterzuleiten."

Geschützt durch meine Sonnenbrille, die ich so gut wie immer trug, erwiderte ich ihr Lächeln. „Ist schon in Ordnung, kein Grund zur Sorge – mein Leben geht nur gerade den Bach runter. Ist zufällig gerade ein Computer frei, wissen Sie das? Ich brauche nur ein Viertelstündchen."

Tina, die Empfangsdame des Londoner St.-Aloysius-Hotels, warf einen Blick auf die Anmeldeliste für die beiden Computer in dem kleinen dunklen Raum, der Geschäftsleuten zur Verfügung stand, die nicht ohne Internetzugang leben konnten. „Einer ist frei, gehen Sie nur!"

Ich nahm meine Tasche, in der es leise klirrte, bedankte mich und hinkte den kurzen Korridor hinunter, der zum Computerraum führte. An einem der beiden Geräte saß ein junger Mann von ungefähr zwanzig Jahren mit zerzaustem Haar, der eine gepiercte Augenbraue hochzog, als die Glasflaschen in meiner Tasche deutlich hörbar gegeneinanderschlugen, obwohl ich sie ganz vorsichtig neben dem Stuhl vor dem zweiten Computer abstellte.

„Das ist Weihwasser", erklärte ich ihm, worauf er die Augenbraue noch ein bisschen höher zog. „Für die Geister. Nicht zum Trinken. Das heißt, man kann es trinken, aber wie ich mir habe sagen lassen, schmeckt es wie oxidiertes Leitungswasser."

Er sah mich verdutzt an.

„Reichlich schal", fügte ich an und wandte mich dem Computer zu. Ich wartete, bis der junge Mann wieder auf seinen Monitor schaute, bevor ich meine Sonnenbrille hochschob, um besser sehen zu können. Dann loggte ich mich rasch in den E-Mail-Account ein, den ich für meine seltenen Einsätze außerhalb von Sacramento eingerichtet hatte – ganze zwei Mal war ich bisher im Dienste der Gesellschaft auf Reisen gewesen –, und überflog ebenso rasch die sechs Mails, die ich erhalten hatte. „Spam über ein pflanzliches Mittel, das meinen Penis garantiert größer macht, Spam über günstige Kredite, eine E-Mail von Mom, irgendwelcher Schweinkram, den ich gar nicht erst öffne, eine E-Mail von Corrine und noch eine Spam-Mail mit der Frage, ob ich Single bin. Es ist schön zu wissen, dass man vermisst wird!"

Der junge Mann kicherte, loggte sich aus und nahm seine Aktentasche, die der Name einer großen Software-Firma zierte. „Begegnen Ihnen denn viele Geister?", fragte er, als er aufstand und den Stuhl an den Tisch schob.

Ich setzte mir schnell die Sonnenbrille wieder auf die Nase. „So viele, dass ich kaum mal einen Moment für mich habe. Sie sind sehr einfach gestrickt, wissen Sie, und verhalten sich im Grunde wie junge Hunde. Ein paar freundliche Worte, ein liebevoller Klaps, und schon laufen sie einem ständig hinterher."

Der Mann starrte mich eine ganze Weile an und schien zu überlegen, ob ich das ernst gemeint hatte.

Ich hob beschwichtigend die Hände. „Das war ein Scherz. Ich habe noch nie einen Geist zu Gesicht bekommen!"

Er wirkte erleichtert und setzte rasch das typische spöttische Grinsen auf, das allen Jungspunden um die zwanzig gemein ist. Ich beachtete ihn nicht weiter, als er den Raum verließ, schob meine Sonnenbrille hoch und las die E-Mail meiner Mutter, die ich später beantworten wollte. Dann klickte ich die von Corinne an.

Allie, ich will dich nur schnell daran erinnern, dass morgen Abend um 19 Uhr Londoner Zeit die Signierstunde von Dante bei Hartwell's in Covent Garden stattfindet. Wenn du nicht hingehst, tue ich dir etwas an, das so schrecklich ist, dass ich es hier nicht aufzuschreiben wage!

Ich hoffe, du amüsierst dich! Lass mich raten: An meinen Rat, die Sonnenbrille zu Hause zu lassen, hast du dich wohl nicht gehalten, oder?

Corinne

PS: Vergiss nicht, Dante das Schlüsselband zu geben, das ich für ihn gemacht habe. Und sag ihm, wie lange ich dafür gebraucht habe, seinen Namen in das Bannmuster zu sticken! Und vergiss nicht, den Bann zu aktivieren! Ich werde mich wohl nie davon erholen, was für eine Blamage es war, als du Russell Crowe das Schlüsselband ohne Bann überreicht hast!

„Wirklich zu schade! Es ist mir schleierhaft, wie das passieren konnte, aber das Schlüsselband für C.J. Dante habe ich zu Hause liegen lassen“, sagte ich zu dem Computer, loggte mich aus und setzte für den Fall, dass mir jemand auf dem Korridor begegnete, die Sonnenbrille wieder auf. Dann blieb ich jedoch noch einen Moment sitzen, weil ich mich so erschöpft fühlte, und lauschte den Geräuschen im Hotel und draußen auf der stark befahrenen Straße. Antons Nachricht hatte meine Abgeschlagenheit nur noch verschlimmert. Ich hatte die Zeichen der Zeit längst erkannt – in den vergangenen sechs Monaten war „Beweise oder Kündigung“ sein Motto gewesen, und in puncto Beweise hatte ich erbärmlich wenig bis gar nichts zu bieten.

„Es sieht schlecht aus, Allie“, sagte ich zu mir. „Ohne Beweis kein Preis, und Jobangebote für Möchtegern-Beschwörerinnen sind leider Gottes ziemlich dünn gesät.“

Meine Stimme hallte durch den Raum, und ich brütete noch ein Weilchen über meinen düsteren Zukunftsaussichten. Es war mir viel zu anstrengend, mich aufzuraffen und meine Tasche die Treppe zu dem kleinen Eckzimmer hinaufzuschleppen, das man mir zugewiesen hatte, aber ein Blick auf die Uhr brachte Bewegung in meine müden Glieder, denn oben wartete mein Bett, und ich brauchte dringend noch ein paar Stunden Schlaf, bevor ich mich zu einem alten Gasthaus aufmachen musste, in dem es angeblich spukte, um dort auf Geisterjagd zu gehen.

Der Traum begann, noch bevor ich das Gefühl hatte, richtig in den Schlaf zu sinken. Es war dunkel, mitten in der Nacht, und die Luft war feucht und muffig. Ich ging durch ein leeres altes Haus, dessen Wände mit Flecken von Schimmel und anderen ekelhaften Dingen verunziert waren, die ich gar nicht genauer bestimmen wollte. Meine Schritte hallten durch das Haus, während ich suchend von Zimmer zu Zimmer ging. Irgendetwas zog mich an, aber was und wo es war, das wusste ich nicht. Aus den Augenwinkeln sah ich jedes Mal, wenn ich einen Raum betrat, kleine schwarze Schatten davonhuschen und vernahm leise geisterhafte Geräusche. Mäuse oder etwas Schlimmeres?, fragte ich mich und fuhr mit den Fingern über das verstaubte Geländer einer Treppe, die mich nach unten in eine pechschwarze Finsternis führte. Furchtlos, wie ich es im echten Leben keineswegs war, öffnete ich die Tür am Fuß der Treppe und erblickte einen Mann, der ausgestreckt auf einem Tisch lag.

Einen *Mann*? Obwohl ich träumte, korrigierte ich mich sofort. Er war kein Normalsterblicher; er war ein Gott, ein männliches Prachtexemplar, eigens für mich geschaffen. Sein langes schwarzes Haar hob sich wie ein dunkler Heiligenschein von dem hellen Holz des Tisches ab. Seine Augen waren offen und dunkel, jedoch nicht so dunkel wie sein Haar, eher mahagonifarben mit satten changierenden Braun- und Rottönen und einem Hauch von Gold am Rand der Pupillen. Sein scharf geschnittenes Gesicht mit dem kantigen Kinn war regungslos, als schliefe er, aber seine Augen beobachteten mich, als ich den Raum betrat. Bis auf ein Stück Stoff, das seine Scham bedeckte, war er nackt, und seine Haut war mit Hunderten kleiner Schnitte übersät. Das Blut tröpfelte langsam aus den Wunden auf den Boden.

Ich ging auf ihn zu, weil es mich drängte, seine Wunden zu berühren und zu heilen, aber als er plötzlich meinen Namen sagte, erstarrte ich und blieb wie angewurzelt stehen.

„Allegra“, sagte er und sah mich gequält an. „Hilf mir! Du bist meine einzige Hoffnung.“

Ich streckte die Hand aus, um ihm eine Haarsträhne aus der Stirn zu streichen und ihm zu versichern, dass ich tun würde, was auch immer nötig war, damit er nicht länger leiden musste. Ich würde dafür sorgen, dass er in Frieden ruhen konnte. Als meine Finger seine heiße Haut berührten, erwachte ich keuchend. Ich saß kerzengerade in meinem Hotelbett und zitterte am ganzen Körper, obwohl ich die Heizung aufgedreht hatte, bevor ich schlafen gegangen war.

„Was zum … Oh nein, träume ich jetzt auch schon tagsüber?" Ich griff nach der Karaffe mit Wasser, die ich mir immer neben das Bett stellte. Wasser kann zwar nicht den schlechten Geschmack vertreiben, den Albträume in meinem Mund hinterlassen, aber wie ich herausgefunden habe, trägt es maßgeblich dazu bei, die Dauer meiner nächtlichen Torturen zu verkürzen.

Fetzen des Traums geisterten noch durch meinen Kopf, während ich unter der Dusche stand, mir die Zähne putzte und eine schwarze Hose und eine weiße Seidenbluse anzog. Ich betrachtete mich stirnrunzelnd im Spiegel und steckte mein braunes Haar nach hinten. Dann legte ich gerade so viel Make-up auf, wie nötig war, um mich in der Öffentlichkeit bewegen zu können, ohne kleine Kinder oder ältere Herrschaften zu erschrecken. Ich hatte dunkle Ringe unter den Augen, die fast wie Blutergüsse aussahen.

„Und das wird noch viel schlimmer, wenn ich jetzt auch noch anfange, tagsüber zu träumen", sagte ich zu meinem Spiegelbild, das angesichts dieser Prognose nicht besonders glücklich zu sein schien. Wie sollte es auch! Der Schlaf war ein kostbares Gut, und wenn mir nun auch noch verwehrt wurde, tagsüber nachzuholen, was ich jede Nacht versäumte, dann sah ich innerhalb von wenigen Tagen aus wie ein richtiger Zombie.

Ich räumte das Zimmer auf und machte in meiner Tasche Ordnung: Das Diktiergerät brauchte neue Batterien, eine Weihwasserflasche hatte sich ihrer schützenden Baumwollhülle entledigt und schlug gegen die Wärmebildkamera, und das Messgerät für elektromagnetische Wellen war fast aus seinem Lederetui gerutscht und drohte die Vorderseite des Ionenanalysators zu verkratzen. Ich zog an den Gurten, mit denen die Bewegungsmelder an der Innenseite festgeschnallt waren, vergewisserte mich, dass das Infrarot-Nachtsichtgerät in Ordnung war, und tauschte den beschädigten Ultraschalldetektor gegen ein neueres Fabrikat aus, das ich am Nachmittag gekauft hatte.

„Zu schade, dass der ganze Zauber anscheinend nichts bringt", sagte ich traurig zu der Tasche, doch die antwortete nicht. Ich setzte mich neben sie auf den Boden und schaute auf die Uhr. Mir blieb immer noch eine Stunde Zeit, bis ich losmusste.

„Carpe diem!", murmelte ich und holte ein Stück Kreide aus der Tasche. „Kann ja nicht schaden, es noch mal zu versuchen. Wozu sitze ich hier in einem Hotelzimmer, in dem es angeblich spukt, wenn ich den Geist nicht zu sehen bekomme?"

Während ich alle Gedanken aus meinem Kopf verbannte und eine geöffnete Tür bemerkte, zeichnete ich mit der Kreide einen Kreis auf den Boden. Wenn ich den Geist beschworen hatte, blieb er so lange in dem Kreis gefangen, bis ich ihn entweder auf die nächste Existenzebene schickte oder im Hier und Jetzt verankerte.

Theoretisch jedenfalls. Es war mir noch nie gelungen, einen echten Geist zu beschwören, obwohl ich in einer Villa an der Küste von Oregon, in der angeblich der Geist eines reichen Holzhändlers herumspukte, immerhin schon einmal einen kalten Wind zu spüren bekommen hatte. Aber wie Anton mir natürlich gleich unter die Nase gerieben hatte, machte ein Luftzug noch keinen Geist, und ich war mehr als verzweifelt. Mein Job stand auf dem Spiel, und obwohl ich wusste, dass es in England von Geistern wimmelte, hatten sie sich bisher von mir ferngehalten.

Etwas lustlos intonierte ich die Worte, die man üblicherweise zur Beschwörung von Geistern verwendete.

„Es wird sowieso nicht funktionieren", sagte ich zu meinen Zehen, als ich mit der Formel fertig war. „Es hat ja noch nie funktioniert! Ich werde wohl nach Hause fahren müssen, ohne einen einzigen Geist beschworen zu haben, und das wird das Ende meiner kurzen und alles andere als großen Karriere als Beschwörerin sein. Blöde englische Geister! Einer Besucherin von außerhalb könnten sie doch wenigstens den Gefallen tun, mal kurz aufzutauchen!“

Ich nahm das Fläschchen Totmann-Asche zur Hand, das ich sicherheitshalber mitgenommen hatte. Denjenigen, die sich mit Beschwörungen nicht auskennen, sei an dieser Stelle erklärt, dass Totmann-Asche durch Verbrennen von Ästen und Zweigen hergestellt wird, die auf ein Grab gefallen sind. Es ist gar keine echte Totenasche, aber mir gefällt der bildliche Name sehr. Eine Hexe hatte mir einmal erzählt, dass sie sehr erfolgreich mit Totmann-Asche arbeitete, und so öffnete ich das Fläschchen und schüttete etwas von der grauen Asche in meine Hand, die ich dann über den Kreis hielt. Ich wiederholte die Beschwörungsformel und ließ die Asche in den Kreis rieseln, während ich erneut eine Tür bemerkte, die sich langsam öffnete, um alles Vorstellbare und Unvorstellbare einzulassen.

Die Luft innerhalb des Kreises begann ein wenig zu flimmern. Ich kniff die Augen zusammen und wedelte die Ascheflöckchen fort, die aus dem Kreis direkt auf meine Nase zuschwebten. War es nur die Asche oder bildete sich da tatsächlich eine Gestalt heraus?

Das Schimmern in der Luft war zwar sehr schwach, aber deutlich zu erkennen. Ich wedelte abermals mit der Hand vor meinem Gesicht herum und überlegte, ob ich vielleicht etwas mehr Totmann-Asche verstreuen sollte. Die Luft innerhalb des Kreises begann sich zusammenzuballen, als wolle sie eine Gestalt formen, wisse aber nicht so recht, welche.

Ich atmete tief durch, um die Beschwörungsformel noch einmal zu wiederholen, doch dann musste ich furchtbar niesen, weil ein paar Ascheflöckchen in meine empfindliche Nase gelangt waren.

Plötzlich stand eine kleine grau-weiße Katze mit gelben Augen vor mir, der ein Hinterbein fehlte. Sie starrte mich verärgert an. Mir fiel die Kinnlade herunter, als mir bewusst wurde, dass der verschwommene Körper der Katze durchsichtig war.

Und als ich begriff, was ich da vor mir hatte – einen echten Geist! –, bekam ich eine Gänsehaut und mir sträubten sich die Nackenhaare. „Ich habe es geschafft! Ich habe einen Geist beschworen! Oh, mein Gott, wenn ich das denen im Büro erzähle! Du, mein liebes, kleines Miezekätzchen, hast mich soeben vor dem Rausschmiss bewahrt!"

Ich sprang auf und strahlte die Katze an. „Mein erster Geist! Mein erster richtiger Geist steht live vor mir!"

Die Katze zuckte angesichts meines Ausbruchs nervös mit den Ohren, dann setzte sie sich, um sich das Hinterteil zu lecken.

„Gut, okay, lebendig bist du natürlich nicht, aber du bist ein Geist! Ein Katzengeist! Wer hätte gedacht, dass in diesem Zimmer eine Katze herumspukt? Das ist echt cool!"

Ich hielt meine Hand in den Kreis, um zu testen, ob ich um die Katze herum irgendwelche Schwingungen spürte, doch da begann ihre Gestalt sofort zu flimmern, wie man es von alten Fernsehern mit schlechtem Empfang kennt.

„Ach, stimmt ja, ich kann den Kreis erst brechen, wenn ich dich verankert habe." Ich krabbelte rasch zu meiner Tasche und kramte darin, bis ich mein Notizbuch fand. „Das ist einfach großartig! Ich kann nicht glauben, dass ich es geschafft habe! Ein Geist! Anton wird grün vor Neid! Okay, Pussi, bleib einfach brav da sitzen, dann verankere ich dich, damit du den Kreis verlassen kannst. Mal sehen … äh … Verankern, verankern … Aha, hier steht es!"

Das Verankern eines beschworenen Geistes ist eine ziemlich einfache Angelegenheit: Beschworene Wesen sind per se an die Person gebunden, die sie gerufen hat. Sie zu verankern bedeutet lediglich, dass sie nicht auf eine andere Existenzebene entschwinden können, bevor der Beschwörer oder die Beschwörerin sie freilässt.

„Die Kräfte des Lebens leuchten hell in mir“, sagte ich zu der Katze. Sie fuhr unbeeindruckt mit der Körperpflege fort. „Die Macht des Todes bindet dich an mich. Bis der Tod über das Leben siegt, unterstehst du meinem Befehl. Kraft meiner Worte verankere ich dich im Hier und Jetzt!“

Die kurze, einfache Formel war nun wirklich nichts Besonderes, aber während ich die Worte sprach und mit dem Finger Schutzsymbole auf meine linke Hand und über mein rechtes Auge zeichnete, wurden die Umrisse der Katze immer schärfer, und als ich fertig war, sah sie aus wie eine leicht durchscheinende Figur aus einem Schwarz-Weiß-Film. Ich hielt meine Hand in den Kreis und stellte erfreut fest, dass das Bild der Katze nun kein bisschen mehr flimmerte. „Zumindest weiß ich jetzt, dass die Verankerung funktioniert“, sagte ich, während ich mit der Hand durch die Katze hindurchfuhr. Ich spürte ein leises Kribbeln in den Fingerspitzen, aber ansonsten fühlte sich der Geist an wie … nun, wie Luft eben. Wie leicht kribbelnde Luft.

„Bilder!“, rief ich und wühlte in meiner Tasche. Ich nahm meine Digitalkamera heraus und schnippte ein paarmal mit den Fingern, bis die Katze in meine Richtung schaute. Als es blitzte, legte sie die Ohren an, aber ich konnte einige Fotos machen, bevor sie aufstand und davonhumpelte, um meine Schuhe zu beschnuppern. „Das werden die zu Hause nicht glauben“, murmelte ich vor mich hin und sah mir in dem Display auf der Rückseite der Kamera die Aufnahmen an. Die Katze war ein bisschen unscharf, aber dennoch klar zu erkennen. Ich hätte sie umarmen können, so glücklich war ich.

Ich hatte gerade den Ionenanalysator ausgepackt, als meine Uhr zu piepsen begann. „So ein Mist! Ich darf Carlos nicht warten lassen.“ Ich biss mir auf die Lippen und sah die Katze an. Sie hatte sich auf dem Sessel zusammengerollt und mir den Rücken zugekehrt, während ich jedes verfügbare Gerät eingesetzt hatte, um Beweise zu sammeln. Ich hätte am liebsten weitergemacht, aber ich hatte drei Monate lang unzählige Bettel-E-Mails schreiben müssen, um eine Verabredung mit einem Londoner Vertreter der Britischen Gesellschaft zur Erforschung des Übersinnlichen zu bekommen, der mir eines der berühmtesten Gespensterhäuser der Stadt zeigen sollte. Diesen Termin konnte ich unmöglich absagen.

Ich erhob mich also und nahm meine Sonnenbrille mit den etwas helleren Gläsern zur Hand, die ich abends trug. Ein Blick in den Spiegel bestätigte mir, was ich ohnehin schon wusste – meine Augen hatten sich durch das Wunder der Beschwörung nicht verändert. Ich warf noch einmal einen Blick auf die Katze, doch die schlief anscheinend tief und fest. Nach den Beschwörungsgesetzen konnte sie eigentlich nicht verschwinden, bevor ich sie freiließ, aber vielleicht gab es ja ein Verfallsdatum oder so etwas, durch das der Aufenthalt von Geistern in unserer Welt zeitlich befristet war.

„Bleib schön hier, Mieze! Ich komme so schnell wie möglich wieder“, sagte ich zu ihr, setzte die Brille auf und nahm meine Tasche. Das „Bitte nicht stören!“-Schild, das ich von außen an die Klinke gehängt hatte, schaukelte hin und her, als ich die Tür hinter mir schloss und die Treppe hinunterging.

An der Rezeption saß über eine Zeitschrift gebeugt der Nachtportier, den ich bereits kannte, denn auch an den vergangenen Tagen hatte ich spätabends das Hotel zur Geisterjagd verlassen.

„Hallo! Ich habe Zimmer Nummer 114 und gehe noch ein bisschen aus. Würden Sie es bitte notieren, falls jemand für mich anruft? Oh, und ich habe oben ein paar Geräte, sehr teure Geräte, die leicht kaputtgehen, weshalb ich nicht möchte, dass jemand mein Zimmer betritt."

„Kein Problem", entgegnete der Mann, ohne von seiner Zeitschrift aufzusehen.

Ich zögerte einen Moment, doch dann schlug ich meine Bedenken in den Wind. „Äh … ich habe gehört, dass es in meinem Zimmer spuken soll."

Nun sah er doch auf und betrachtete irritiert meine Sonnenbrille.

„Ein Augenleiden", erklärte ich und deutete auf mein Gesicht. „Meine Augen sind … äh … überempfindlich."

„Oh."

„Wissen Sie zufällig irgendetwas über Zimmer 114? Was ist das denn für ein Geist, der da angeblich herumspukt?"

Er runzelte die Stirn. „Wenn Sie lieber ein anderes Zimmer …"

„Nein, nein, gar nicht, das Zimmer ist in Ordnung. Ich bin nur neugierig und wüsste gern mehr über diesen Spuk. Ich bin historisch sehr interessiert und dachte, dass sich vielleicht etwas Interessantes hinter der Geschichte verbirgt, die sich um dieses Zimmer rankt."

„Oh", machte er abermals und steckte die Nase wieder in seine Zeitschrift. „Eine alte Dame soll mit ihrer Katze in diesem Zimmer gewohnt haben und bei einem Brand umgekommen sein", erklärte er widerstrebend.

„Die alte Dame oder die Katze?"

Er zuckte mit den Schultern und leckte an seinem Finger, um eine Seite umzublättern. „Beide."

„Aha. Und wann war das, wissen Sie das zufällig?"

Er sah mich genervt an. „Warum interessieren Sie sich so dafür?"

Nun zuckte ich wiederum mit den Schultern. „Ach, nur so, aus Neugier, wie ich schon sagte.“

Er musterte mich argwöhnisch, dann widmete er sich wieder seiner Zeitschrift. „Wie ich hörte, ist die alte Dame irgendwann im Zweiten Weltkrieg umgekommen. Das Hotel wurde bei einem Luftangriff bombardiert, und außer ihr und der Katze haben es alle nach draußen geschafft.“

Interessant. Warum hatte ich nur den Geist der Katze beschworen und nicht den der alten Dame? Vielleicht hatte ich nicht genug Totmann-Asche verwendet. Oder vielleicht genügten meine Kräfte einfach nicht, um den Geist eines komplexeren Wesens zu beschwören. Den Geist eines Menschen.

Ich bedankte mich mit einem Nicken bei dem Mann an der Rezeption und hinkte nach draußen, um mir ein Taxi zu besorgen. Wenn man ein verkürztes Bein hat, das zudem mit Narbengewebe überzogen ist, gegen das selbst die engagiertesten orthopädischen Chirurgen machtlos sind, dann vermeidet man es, zu lange auf den Beinen zu sein, und rennt vor allem nicht durch die Gegend, wenn man auch bequem mit dem Taxi fahren kann. Auf der kurzen Fahrt zu dem Haus in der Nähe der Southwark Bridge dachte ich darüber nach, ob die erfolgreiche Beschwörung des Geistes einer Katze bedeutete, dass ich auch in dem Spukgasthaus Glück haben würde.

„Vielleicht noch eine Prise mehr Totmann-Asche“, sinnierte ich laut, doch dann merkte ich, dass mich der Taxifahrer erschrocken im Rückspiegel ansah. Ich setzte rasch ein Lächeln auf, das ihn hoffentlich beruhigte, und behielt meine weiteren Überlegungen für mich.

Zehn Minuten später hinkte ich auf die Rückseite eines alten Hauses, das im Vergleich zu dem angrenzenden, neu errichteten Sportzentrum winzig klein wirkte. Vor ungefähr dreihundert Jahren war es ein Gasthaus gewesen, aber zuletzt hatte sich ein trendiger Deko-Laden darin befunden. Nun stand es allerdings leer, angeblich wegen der ungewöhnlichen und unerklärlichen „Phänomene", die mit der fernen Vergangenheit des Gasthauses zu tun hatten.

Ein hagerer Mann von mittlerer Größe stand bibbernd an der Hintertür und winkte mir mit seiner Taschenlampe, als ich um die Ecke kam.

„Da sind Sie ja endlich! Ich dachte schon, Sie kommen nicht mehr. Ich friere mir hier den Arsch ab!"

„Tut mir leid. Ich nehme an, Sie sind Carlos?"

Der Mann stampfte mit den Füßen und nickte. Dann zog er einen Schlüssel aus der Tasche und schloss die Tür auf. „Ich habe nur noch zwanzig Minuten Zeit. Es gibt da eine Show, die alle von der Gesellschaft besuchen wollen, und die fängt um zehn an."

„Eine Show?", fragte ich, als ich ihm in das Haus folgte. Ich nahm meinen Ultraschalldetektor zur Hand und schaltete ihn ein. „Was für eine Show?"

Unsere Schritte hallten unheimlich durch den Flur, und der Atem stand uns in kleinen weißen Wolken vor dem Mund. Ich schnupperte vorsichtig, dann schnaubte ich angewidert. Der Gestank der nahe gelegenen Themse lag in der Luft – das ganze Haus war offensichtlich feucht. Schimmel hatte sich vom Boden bis zur Decke an den tapezierten Wänden ausgebreitet, aber außer Muff und Moder nahm ich auch den strengen, stechenden Geruch von Nagerkot wahr, der darauf hinwies, dass dieses heruntergekommene Haus inzwischen von zahlreichen Vierbeinern bewohnt wurde, die sich dort ziemlich wohlfühlten, nachdem die Menschen es verlassen hatten.

„Nun, es ist keine Show im eigentlichen Sinne, eher ein Test für Leute mit übersinnlichen Fähigkeiten. Die Veranstaltung findet unter der Leitung von Guarda White statt, einem höchst begabten Medium. Sie macht das eine Woche lang jeden Abend, weil sie ein richtiges Expertenteam zusammenstellen will. Und jedes Mitglied unserer Gesellschaft ist natürlich wild darauf, einen Platz in diesem Team zu ergattern."

Das Ganze schien mir ein gewaltiger Schwachsinn zu sein. Wahre, ernsthafte Beschwörer traten nicht zur Belustigung des Volkes in Theatern und Sälen auf. Aber ich war auf Carlos angewiesen, also verschwieg ich ihm wohl besser, was ich von dieser Veranstaltung hielt.

„Wozu will sie denn dieses Team zusammenstellen?", fragte ich, als wir eine dunkle Treppe hochgingen. Ich hatte inzwischen die Sonnenbrille abgesetzt und richtete meine Taschenlampe eingeschaltet abwechselnd auf den Boden und die Wände des großen Raums, der sich vor uns auftat. Der Ultraschalldetektor schwieg. Ich blieb kurz stehen, um ihn wieder in die Tasche zu stecken und den Ionenanalysator zur Hand zu nehmen, dann lief ich Carlos rasch hinterher.

„… stellt das größte Expertenteam zur Erforschung übernatürlicher Erscheinungen zusammen, das es je in Großbritannien gab. Es soll übernatürliche Phänomene vor Ort ausfindig machen und verifizieren. Die Experten werden aus einem privaten Fonds bezahlt, den Mrs. White eingerichtet hat."

Mit anderen Worten handelte es sich um das Projekt einer Frau, die eine Schwäche für das Unerklärliche und vermutlich mehr Geld als Gehirnzellen hatte. Was soll's, dachte ich, als wir die nächste Treppe hochstiegen, dieser kleine Liebhaberclub wird der Sache schon nicht schaden, und vielleicht gelingt es der Madam ja tatsächlich, mit Hilfe wissenschaftlicher Methoden Beweise für die Existenz von Geistern und Poltergeistern und anderen bislang unerklärlichen Phänomenen zu erbringen, die sogar die Argumente der größten Skeptiker entkräften.

„Das ist das obere Stockwerk", sagte Carlos und leuchtete

mit seiner Taschenlampe den Bereich oberhalb der Treppe aus. „In dem Raum da vorn wurden Temperaturstürze von zehn Grad gemessen. Und geradeaus kommt man in das Zimmer, in dem ein Schweinezüchter ermordet wurde. Er zeigt sich nur in Vollmondnächten, also haben Sie da heute wohl kein Glück. Auf der anderen Seite des Korridors befindet sich das Zimmer, in dem ein Pfarrer namens Phillip Michaels von Dieben überfallen und aufgeknüpft wurde. Und hier links ..." Er drehte sich um und leuchtete mit der Taschenlampe in meine Richtung. Ich wandte rasch mein Gesicht ab, denn erschrecken wollte ich ihn nun wirklich nicht. „Das ist das Zimmer, in dem die Rote Lady in Erscheinung tritt."

„Die Frau, die lieber in den Tod gesprungen ist, als ihren Bräutigam zu ehelichen?", fragte ich und kramte umständlich mit einer Hand das Nachtsichtgerät aus der Tasche, während ich den Ionenanalysator und die Taschenlampe in der anderen hielt.

„Genau die."

Ich stellte die Tasche vor der Tür zu meiner Linken ab und schaute auf den Ionenanalysator. Fehlanzeige. Um die Geister nicht zu verschrecken, die sich möglicherweise in dem Zimmer verbargen, öffnete ich ganz vorsichtig die Tür, die ein der Situation angemessenes unheimliches Quietschen von sich gab.

In dem Zimmer standen ein paar kaputte Büromöbel herum, und es roch sehr streng nach Mäusen, aber etwas Geisterhaftes konnte ich beim besten Willen nicht entdecken. Ich prüfte meine Detektoren der Reihe nach, aber keiner zeigte etwas an. Carlos stand in der Tür und trat unruhig von einem Bein aufs andere, während ich rasch in mein Diktiergerät sprach, was ich sah und fühlte (vornehmlich Kälte und eine deutliche Aversion gegen Mäuse).

Als ich auf die Uhr schaute, stellte ich fest, dass ich nur noch sieben Minuten hatte, um mir die restlichen Zimmer anzusehen. Ich nagte an meiner Unterlippe und überlegte, was ich tun sollte. Ich wollte eigentlich nicht allein in diesem Haus bleiben, aber andererseits wollte ich nach meinem Erfolg im Hotel unbedingt noch einmal eine Beschwörung versuchen. Die Frage war, wie sehr ich das wollte. Ich atmete tief durch und dachte daran, dass ich zwar schon viel Seltsames erlebt und gesehen hatte – weitaus Merkwürdigeres als die dreibeinige durchsichtige Katze, die in meinem Hotelzimmer schlief –, mich dabei aber niemals wirklich bedroht gefühlt hatte. Ich war schließlich eine Beschwörerin. Ich konnte mich schützen. Und ich war immer Herrin der Lage. Ich zeichnete vor mir ein Schutzsymbol in die Luft und sagte: „Hören Sie, Carlos, warum gehen Sie nicht schon mal zu dieser Veranstaltung? Ich schließe dann ab, wenn ich hier fertig bin."

Mir waren die Haare vor die Augen gefallen, und geschützt durch diesen Vorhang sah ich ihn an. Carlos zögerte, doch dann dämmerte ihm wohl, dass er umso schneller im Warmen war, je eher er sich auf den Weg machte. „Wenn Sie sicher sind, dass es Ihnen nichts ausmacht, hier allein zu sein?" Er sah sich um und schüttelte sich verstohlen.

„Nein, kein Problem. Das macht mir gar nichts. Solche Orte sind in der Regel ganz friedlich." Zumindest waren sie das immer gewesen, bevor es mir gelungen war, meinen ersten Geist zu beschwören … Als ich daran dachte, was ich in einem Haus wie diesem zuwege bringen konnte, kribbelte es mir in den Fingern. „Legen Sie einfach den Schlüssel neben meine Tasche. Ich schließe ab, wenn ich gehe, und bringe Ihnen den Schlüssel morgen früh im Büro vorbei."

Er zögerte immer noch. „Sind Sie sicher?"

Ich schluckte und winkte ab, ohne ihn anzusehen. „Ganz sicher. Ich versuche nur schnell eine Beschwörung, dann sehe ich mir die restlichen Zimmer an. Die Phänomene wurden nur in diesem Stockwerk beobachtet, nicht wahr?"

„Das ist richtig."

„Okay, ich werde also hier oben meine Runde drehen, und dann begebe mich schnell wieder in mein Hotel. Einen schönen Abend noch!"

Er war verschwunden, bevor ich ausgesprochen hatte. Ich setzte mich auf den Boden und lauschte seinen Schritten auf der Treppe, dann hörte ich, wie die Hintertür ins Schloss fiel. Ich holte tief Luft, zugegebenermaßen etwas zittrig, und sah mich um. Ich war allein. Mutterseelenallein. In einem Haus, in dem es angeblich spukte wie fast nirgendwo sonst in London.

Manchmal bin ich wirklich nicht besonders helle.

Eine Stunde später war ich auch mit dem Zimmer fertig, in dem angeblich der ermordete Schweinezüchter herumspukte, und erhob mich steifbeinig vom Boden. Obwohl ich Handschuhe trug, waren meine Finger beinahe taub vor Kälte, und meine Nase spürte ich überhaupt nicht mehr.

„Tja, das war's dann wohl mit Londons gruseligstem Spukhaus", sagte ich missmutig, packte meine Geräte ein und ging zur Treppe. Das Unbehagen, das mich überkommen hatte, als Carlos gegangen war, verspürte ich immer noch, aber nachdem ich mein Leben endlich wieder im Griff hatte, konnte mir so ein unbedeutendes Gefühl wie Angst nichts mehr anhaben. Und so war ich, obwohl sich mir die Nackenhaare gesträubt hatten, mit zusammengebissenen Zähnen durch alle Räume gegangen und hatte insgesamt vier Beschwörungen durchgeführt, die mir jedoch lediglich ein großes Verlangen nach einer Thermoskanne mit heißem Kaffee und einem großen Stück Limettenkuchen eingebracht hatten.

„Und weder das eine noch das andere wird sich in diesem Haus auftreiben lassen", sagte ich laut, während ich schwerfällig die

Treppe hinunterhinkte. Das Echo meiner Worte klang irgendwie sonderbar. Ich bekam eine Gänsehaut, aber meine beiden Detektoren und mein zuverlässigster Sensor, mein Gespür für übernatürliche Phänomene, zeigten keine Reaktion. Ich blieb am Fuß der Treppe stehen, hielt die Luft an und öffnete mich innerlich dem Haus. Ich visualisierte, wie ich langsam durch die Räume ging. Auf dieser Etage war nichts Beunruhigendes festzustellen, ebenso wenig im Erdgeschoss, aber weiter unten, im Keller, war etwas, das mich unwillkürlich erschaudern ließ. Ich konnte die Finsternis nicht durchdringen, um zu prüfen, was es genau war, aber ich spürte seine Anwesenheit ganz deutlich. Die Finsternis, die meine Antennen wahrnahmen, war keine Frage von fehlendem Licht.

Dort unten lauerte etwas Seelenloses.

Und was immer es war, es hatte mich längst bemerkt.

2

„Keine Panik, Allie! Das ist doch genau das, was du immer wolltest“, sagte ich zu mir, doch am liebsten wäre ich die Treppe hinunter- und zur Tür hinausgerannt. „Dafür hast du gelernt, und du hast Anton geschworen, dass du so etwas kannst, als er dich eingestellt hat. Das ist dein Job! Gekniffen wird nicht! Du weißt, was passiert, wenn du der Sache nicht nachgehst!“

Oh ja, das wusste ich nur zu gut. Alles, was ich mir in den vergangenen sieben Jahren erarbeitet hatte, jeder Bluterguss, den ich abbekommen hatte, jeder kleine Erfolg – von einem eigenen Konto bis zur Beschaffung eines Jobs – und schließlich der Triumph über das Monster, das mein Leben beherrscht hatte, all das wäre vergebens gewesen, und ich wäre genau die Versagerin, als die Timothy mich so oft beschimpft hatte. Zu nichts nütze und nicht in der Lage, auf eigenen Beinen zu stehen.

Eine Spinnerin.

Ich hob den Kopf, straffte die Schultern und ging langsam die Treppe hinunter, wobei ich meine Tasche fest an mich drückte. Es gab nichts auf der Welt, das mir so viel Angst machen konnte wie mein altes Leben. Wenn ich stark genug gewesen war, um einen gewalttätigen Ehemann zu verlassen, dann war ich auch stark genug, um einem Wesen der Finsternis gegenüberzutreten.

Ich hielt an diesem Gedanken fest, bis ich auf der Kellertreppe war. In diesem Moment gingen in meinem Kopf sämtliche Alarmsirenen los, und die Stimme der Vernunft in meinem Inneren schrie, ich solle auf meine Ehre pfeifen. Ich musste raus aus diesem Haus, bevor das, was hinter der Tür am Fuß der Treppe lauerte, mich zu fassen bekam.

Mich ergriff die nackte Panik, und ich blieb wie angewurzelt stehen. Meine Füße weigerten sich, auch nur einen Schritt zu machen, und meine Hand umklammerte das verstaubte Geländer so fest, dass ich sie wohl nur mit der Brechstange würde lösen können. Ich konnte nicht atmen, denn die Finsternis hinter der Tür war erdrückend. Ich konnte nicht schlucken, ich konnte nicht blinzeln, und ich hatte ernste Zweifel, ob mein Herz noch schlug. Dann nahm ich ein schwaches Geräusch wahr; ein leises, gedämpftes Klopfen, das aus dem Raum drang.

„Ein pochendes Herz", krächzte ich, bedauerte es aber, kaum dass die Worte über meine vor Angst tauben Lippen waren, denn ich spürte, wie das Finstere jenseits der Tür seine Aufmerksamkeit auf mich richtete. „Mist!", zischte ich, hin- und hergerissen zwischen dem Drang, das Weite zu suchen, und dem Wissen, dass ich meiner Berufung nicht gerecht wurde, wenn ich der Konfrontation mit dem, was in diesem Raum war, aus dem Weg ging.

Plötzlich spürte ich, dass mein Herz wieder schlug; nun raste es regelrecht, und mir wurde schwindelig von der plötzlichen Blutzufuhr in den Teil meines Körpers, der sich Gehirn nannte. Obwohl ich reichlich benommen und verwirrt war, stand meine Entscheidung mit einem Mal fest.

Ich wollte dem Drang widerstehen, der Gefahr zu entfliehen, wenngleich es sich dabei um einen sehr starken Impuls handelte, der nicht so leicht zu bezwingen war. Ich riss meine Hand von dem Geländer los und wimmerte kaum hörbar vor mich hin, während ich meine Beine zu mobilisieren versuchte, bis sie endlich einen Schritt nach unten machten.

„Eins", sagte ich so leise, dass mich sogar eine zu Boden fallende Feder übertönt hätte. Dann machte ich noch einen

Schritt. „Zwei. Jetzt sind es nur noch drei Stufen. Und jetzt nur noch zwei."

Mein Magen begann zu rebellieren, und ich bedauerte, dass ich nach meinem Albtraum so viel Wasser getrunken hatte. „Vier. Nur noch eine, Allie. Das schaffst du!"

Plötzlich konnte ich nur noch stoßweise atmen, doch ich benutzte den unregelmäßigen Rhythmus dazu, den Teil meines Gehirns abzulenken, der mir schreiend befahl wegzulaufen. Dann erreichte ich tatsächlich die letzte Stufe und blieb vor der Tür stehen.

Nun spürte ich das, was sich dahinter verbarg, ganz deutlich, auch ohne dass ich mich dem Raum innerlich öffnen musste. Ich tat sogar genau das Gegenteil und errichtete so viele Barrieren zwischen meinem Bewusstsein und dem Wesen, wie ich nur konnte. Aber das nützte nicht viel. Ich nahm einen tosenden Strudel aus Schmerz, Leid und Qual in diesem Raum wahr, der so gewaltig war, dass er weder Anfang noch Ende hatte. Und alles war stockfinster. Es gab nicht den kleinsten Funken Licht. Der Raum war von Hoffnungslosigkeit erfüllt, und ich musste unwillkürlich an Landkarten aus dem Altertum denken, in die Bilder von Meeresungeheuern eingezeichnet waren, zusammen mit dem Hinweis: „Hier lauern Drachen."

Irgendwie hatte ich das Gefühl, dass ein Drache in diesem Moment das weitaus kleinere Übel gewesen wäre.

Ich zeichnete Schutzsymbole in die Luft, in alle vier Himmelsrichtungen, beruhigte unter Aufbietung all meiner Kräfte mein von Panik ergriffenes Gehirn und riss kurzerhand die Tür auf, bevor ich es mir anders überlegen konnte.

Der Lichtstrahl meiner Taschenlampe schien die Dunkelheit zunächst gar nicht durchdringen zu können. Dann wurde ich auf ein leises Tropfgeräusch aufmerksam und leuchtete nach links.

Das Licht fiel auf einen Holztisch, und auf diesem Tisch lag eine dunkle Gestalt, eine große dunkle Gestalt; eine menschliche, um genau zu sein. Als ich zögernd einen Schritt in den Raum machte, wurde mir plötzlich alles klar, und ich ließ meine Tasche fallen und stürzte auf den Tisch zu. Es war der Mann aus meinem Traum, der Mann, der eines furchtbaren Todes gestorben war. Sein Geist war hier, gefangen in diesem Raum, und litt Höllenqualen, während er darauf wartete, dass ihn jemand von seinen irdischen Fesseln befreite. Und dieser Jemand war ich.

„Ach, du Armer", sagte ich und rang die Hände, als ich mich über ihn beugte. Ich wollte ihn berühren, aber ich wusste, dass ich den Kreis nicht brechen durfte. Obwohl seine Augen nicht offen waren wie in meinem Traum, spürte ich, dass er mich wahrnahm. „Keine Sorge, ich bin ein Profi. Ich werde dir helfen, damit du endlich Frieden findest. Au Mann, das Blut sieht wirklich echt aus. Du musst furchtbar gelitten haben, bevor du gestorben bist. Halte noch ein wenig aus! Ich hole schnell mein Buch und kümmere mich um dich!"

Ich lief zu meiner Tasche und nahm mein Notizbuch, die Kreide und das Ginsengpulver heraus, das mir ein befreundeter Hexenmeister für Befreiungsrituale empfohlen hatte. Dann ging ich wieder zu dem Tisch, von dem das Blut leise auf den Boden tropfte. „Äh … Befreiung eines Geistes, Befreiung eines Geistes, wo stand das noch mal? Ich hab es doch … Ach, hier ist es!" Ich klemmte mir die Taschenlampe unters Kinn und entkorkte mit der einen Hand das Ginsengfläschchen, während ich mit der anderen über dem Geist ein Schutzsymbol in die Luft malte. Der arme Mann konnte wirklich jede erdenkliche Hilfe gebrauchen.

Während das Blut unaufhörlich weitertropfte, verstreute ich etwas Ginsengpulver über dem Geist, woraufhin mir sofort die Nase kribbelte.

„Geh weg!“

Ich sah von meinem Notizbuch auf und starrte den Mann an, der vor mir auf dem Tisch lag. Hatte er gerade etwas gesagt, oder ging meine Fantasie mit mir durch? Der Geist lag regungslos da, nicht einmal seine Brust bewegte sich. Ich beugte mich über ihn und musste feststellen, dass der Mann, den ich im Traum gesehen hatte, dieser Gott, dieser Inbegriff von Männlichkeit, ein Nichts war im Vergleich zu der „leibhaftigen“ Version, auch wenn es sich dabei um einen Geist handelte.

Obwohl der unbedeckte Teil seines Körpers (wie gern hätte ich einen Blick unter das Tuch geworfen, das seine Leistengegend verhüllte!) mit unzähligen Schnitten übersät war, sah er atemberaubend gut aus. Seine Haut war gebräunt und glatt und wirkte – von den Schnitten einmal abgesehen – sehr anziehend auf mich. Die Brust- und Bauchmuskeln waren wohldefiniert, jedoch nicht zu ausgeprägt. Seine Arme, die er über dem Bauch verschränkt hatte, waren wie die Brust mit feinen dunklen Härchen bedeckt. Dass jemand einen so hinreißenden Mann derart gefoltert hatte, war mehr als beklagenswert. Nach seinen höchst muskulösen Oberschenkeln zu urteilen – Reiterschenkel nannte meine Mutter so etwas –, gehörte er eindeutig in eine längst vergangene Zeit. Aber es war sein Gesicht, das mich am meisten faszinierte, ein markantes Gesicht mit strengen Zügen und einem ausgeprägten Kinn.

„Du musst wirklich ein Prachtexemplar gewesen sein, bevor du gefoltert wurdest“, sagte ich. Es juckte mir in den Fingern, ihm die dunklen Locken aus der Stirn zu streichen. Sein Gesicht war unverletzt geblieben, und ich fragte mich, wie es wohl gekommen war, dass sein Leben ein so schreckliches Ende genommen hatte. Ich riss meinen Blick von seinen – wirklich sehr schönen – Lippen los und rief mich zur Ordnung. Es war nicht sehr höflich, einen Geist derart anzugaffen.

„War wohl doch nur meine Fantasie“, murmelte ich und legte die Kreide auf den Boden, um die Schutzsymbole in die Luft zeichnen zu können, während ich die Befreiungsformel sprach.

„Geh weg! Ich will nicht befreit werden!“

Ich ließ mein Notizbuch fallen. „Was? Wer war das?“

Rasch nahm ich meine Taschenlampe wieder in die Hand und drehte mich ruckartig um. „Carlos? Sind Sie das?“

„Verschwinde!“

Ich drehte mich wieder zu dem Geist um. Die Stimme – tief, wunderschön und samtweich – kam eindeutig von ihm. Als ich ihn mir genauer anschaute, öffnete er ein Auge und sah mich wütend an.

„Äh“, machte ich.

„Lass mich in Ruhe“, zischte der Geist durch die Zähne.

„Mach dir keine Sorgen“, sagte ich beruhigend und hätte ihm am liebsten auf die Schulter geklopft. „Ich werde dich von deinen Qualen erlösen.“

Das Auge ging einen Moment lang zu, dann öffnete es sich wieder. Die mahagonifarbene Iris hatte etwas Sonderbares an sich, etwas Hypnotisierendes, das mich in seinen Bann zog. „Geh jetzt. Auf der Stelle!“

Ich nickte und hob mein Notizbuch vom Boden auf. Er hatte es offenbar eilig mit der Befreiung, und das konnte ich ihm wahrhaftig nicht verdenken. Wenn ich so viel Blut verloren hätte, wäre ich auch ungeduldig. „Ich beeile mich ja schon. Gedulde dich nur noch ein paar Minuten. Das hier ist Neuland für mich. Im Befreien habe ich praktisch keine Erfahrung, und ich will keinen Fehler machen, sonst habe ich dich am Ende noch auf dem Gewissen. Oh, Mist, jetzt weiß ich nicht mehr, wo ich war. Einen Moment, es dauert bestimmt nicht mehr lange, dann bist du befreit.“

Ich blätterte in meinem Notizbuch und wischte mir geistesabwesend die Hand an der Hose ab, denn der Einband des kleinen Büchleins war irgendwie nass geworden.

„Wenn du dich nicht innerhalb von dreißig Sekunden von mir und diesem Haus entfernst, wird dein Gewissen deine kleinste Sorge sein!"

Er hatte inzwischen beide Augen geöffnet und funkelte mich wütend an. Seine Hände hatte er zu Fäusten geballt, doch ansonsten lag er unnatürlich – oder eher übernatürlich – still da. Meine Gedanken kreisten um seine herrliche Stimme und seinen entzückenden europäischen Akzent, doch ich nahm mich zusammen, denn ich musste mich leider wichtigeren Themen zuwenden.

Seiner Einstellung zum Beispiel.

„Wie bitte?" Ich klappte mein Notizbuch zu und rieb mir die nassen Hände. Anscheinend war mir das Buch mitten in eine Pfütze mit Sickerwasser gefallen. „Ich glaube, wir müssen mal ein paar Dinge klarstellen. Ich bin hier, um dir zu helfen. Du bist hier, um Hilfe zu finden. Wenn du herumzickst, bringst du mich nur auf die Palme, und es dauert länger mit besagter Hilfe. Bleib doch einfach still liegen, und ich mache weiter mit der Befreiungsformel, okay?"

Der Geist verdrehte genervt die Augen, was sehr echt aussah, stützte sich auf einen Ellbogen und sah mich finster an. Ich trat einen Schritt zurück, weil ich befürchtete, er könne mir zu nah kommen. Wenn ich seinen ätherischen, obschon sehr lebendig wirkenden Körper berührte, war sein Kreis gebrochen.

„Ich habe dir gesagt, du sollst verschwinden. Was ist daran so schwer zu verstehen? Ich sagte, du sollst gehen, und du nickst nur und machst mit deiner albernen Befreiungsformel weiter. Ich will nicht von dir befreit werden! Ich will, dass du dieses Haus verlässt, und zwar sofort!"

„Du bist ein ziemlich unhöflicher Geist“, erwiderte ich und drohte ihm mit meinem Notizbuch.

„Ich bin kein Geist!“

Ich schnaubte. „Und ob! Du liegst hier und verlierst Blut, weil man dich vor deinem Tod einer abscheulichen Folter unterzogen hat. Ich erkenne einen Geist, wenn ich ihn sehe, und du kannst mir glauben, du bist tot. Ex und erledigt. Eine Leiche!“

Nun knirschte der Geist tatsächlich mit den Zähnen. Es war schon erstaunlich, wie groß der Unterschied zwischen dem Geist eines Menschen und dem durchsichtigen Katzengeist war. Dieser Mann sah so echt aus, dass ich mich sehr am Riemen reißen musste, um die Hände von ihm zu lassen. „Ich sage es nur noch ein Mal: Ich bin kein Geist. Ich muss nicht befreit werden. Ich will deine Hilfe nicht. Ich will, dass du mich allein lässt und dahin gehst, wo du hergekommen bist. War das deutlich genug?“

„Ich bin Beschwörerin“, sagte ich würdevoll.

„Toll! Dann beschwöre irgendwo anders!“

„Ich kenne mich mit Geistern aus. Okay, du bist vielleicht der erste richtige menschliche Geist, der mir begegnet, aber ich kenne mich trotzdem mit Geistern aus. Es kommt häufig vor, dass die Verstorbenen sich nicht ganz klar über ihren Status sind. Das lernt man in der Beschwörerschule als Erstes: dass nicht alle Geister bereit sind, sich einzugestehen, dass sie tot sind. In diese Kategorie gehörst du offensichtlich. Und wenn du jetzt ein paar Minuten still bist, beende ich das Befreiungsritual und du kannst fröhlich weiterziehen.“

Der Geist sprang vom Tisch und baute sich wütend vor mir auf. Ich schaute unwillkürlich auf die Stelle, von der das Tuch heruntergefallen war.

„Öh …“, machte ich. Mir fielen fast die Augen aus dem Kopf.

Er knurrte irgendetwas und hob rasch das Tuch vom Boden

auf, um es sich um die Hüften zu schlingen. „Bei allen Heiligen, wirst du mich wohl in Frieden lassen?" Seltsamerweise verlor seine schöne samtige Stimme nichts von ihrem Charme, obwohl er mich anbrüllte.

Ich hasste es allerdings, angeschrien zu werden. Es erinnerte mich an die Zeit, als ich verheiratet gewesen war und nicht genug Grips besessen hatte, um zu wissen, dass ich mich weder beschimpfen noch körperlich misshandeln lassen musste. Daher reagierte ich immer etwas gereizt, wenn jemand auf mich losging. „Das versuche ich doch gerade! Ich will dir Frieden schenken, du blödes Gespenst! Und jetzt leg dich wieder hin und halt den Mund!"

Als er vom Tisch gesprungen war, hatte ich mein Notizbuch abermals fallen gelassen, und ich bückte mich rasch, um es aufzuheben. Dabei amüsierte ich mich insgeheim über den fassungslosen Gesichtsausdruck des Geists. Doch meine Belustigung war dahin, kaum dass ich das Notizbuch in der Hand hielt. Es war nass und klebrig, und als ich es aufschlug, merkte ich, dass meine Finger überall rote Flecken hinterließen.

Rote Blutflecken.

Ich starrte meine Hände an, dann fiel mein Blick auf den Boden, wo sich das Blut des Geists gesammelt hatte.

„Was ist … Ist das Ektoplasma?"

Der Geist hob verzweifelt die Hände. „In meinem ganzen Leben ist mir noch nie jemand so auf die Nerven gegangen wie du! Nein, das ist kein Ektoplasma!"

Ich fuhr mit dem Finger über einen nassen Fleck auf meinem Notizbuch, dann betrachtete ich nachdenklich eine der blutenden Schnittwunden auf seiner Brust. Zögernd streckte ich die Hand aus und tippte ihn mit dem Zeigefinger an. Seine Haut fühlte sich warm an, wie weicher Samt auf Stahl, und ich verspürte sofort das Verlangen, ihn noch einmal zu berühren.

Doch dann wurde mir bewusst, was das überhaupt bedeutete. Ich stutzte. Ich schluckte. Ich räusperte mich. „Du bist gar kein Geist!"

Der Mann, der kein Geist war, atmete schwer, und umso heftiger bluteten seine Wunden.

„Nein, ich bin kein Geist", bestätigte er mit zusammengebissenen Zähnen. „Das habe ich dir mindestens schon sechsmal erklärt …"

„Zweimal."

Seinen wirklich sehr schönen Lippen entfuhr ein Zischen. Seine Augen wurden so dunkel wie Obsidian. Seine Finger zuckten. „Zweimal *was*?"

„Du hast mir zweimal gesagt, dass du kein Geist bist, nicht sechsmal. Offenbar macht dich der Blutverlust ein bisschen dusselig im Kopf."

Seine Brustmuskeln spannten sich. Ich versuchte, ihnen keine Beachtung zu schenken, denn ich fand es unanständig, diese prachtvolle – wenn auch blutige – Brust anzustarren, wo ihr Besitzer doch eindeutig und dringend psychiatrische sowie medizinische Hilfe brauchte.

„So hat noch nie jemand mit mir geredet!"

„Tatsächlich?"

„Es gefällt mir nicht", fuhr er fort, als hätte ich nichts gesagt. „Du lässt das sofort bleiben und verschwindest."

„Ich soll verschwinden? Sofort?" Er konnte offensichtlich nicht mehr klar denken, und es war meine Pflicht, ihn zu beruhigen, bevor er sich noch mehr Schaden zufügte.

„Ja, sofort", entgegnete er. An seiner Wange zuckte ein Muskel. „Du musst auf der Stelle gehen, bevor du …"

„Bevor ich *was*?", platzte es aus mir heraus. „Ich weiß, ich bin sehr neugierig, aber es passiert nicht so oft, dass ich einen nackten Mann im Keller eines Spukhauses finde, der dabei ist, auszubluten. Du magst mich für blöd halten, aber ich denke, du brauchst Hilfe. Es ist bestimmt nicht gut für dich, wenn du dich so aufschlitzt und dann in diesem feuchten Keller liegst und vor dich hin blutest. Es gibt bestimmt ein paar sehr nette Ärzte, die sich gern um dich kümmern …"

Er sagte etwas in einer Sprache, die ich nicht kannte, aber es klang verdächtig nach einem derben Fluch. Dann erstarrte er jedoch und schaute zur Tür. Von oben waren leise Geräusche zu hören, die sehr danach klangen, dass jemand durch die Hintertür ins Haus gekommen war.

„*Peste*", knurrte der Mann, machte kehrt und legte sich wieder auf den Tisch. „Ich befehle dir, das Haus zu verlassen! Und lass dich nicht von den anderen erwischen! Du musst alles vergessen, was du hier gesehen hast!", fuhr er mich an.

„Weißt du, ich war mit einem arroganten, herrschsüchtigen, tyrannischen Mann verheiratet, der glaubte, mich herumkommandieren zu können. Du kannst dich darauf verlassen, dass du mit dieser Tour bei mir nicht durchkommst!"

Der Mann schlug seinen Kopf zweimal gegen die Tischplatte, und ich zuckte unwillkürlich zusammen. Das musste doch wehtun!

Das leise Echo einer Stimme drang an mein Ohr. Ich kehrte dem Verrückten den Rücken zu und lief zur Tür. „Hallo? Ist da jemand? Hören Sie, ich brauche Hilfe! Hier unten wird ein Arzt gebraucht und … äh … die Polizei. Hallo?"

Ich hörte oben jemanden flüstern.

„Hallo? Es verdirbt das Karma, wenn man einem Verletzten die Hilfe verweigert!", rief ich die Treppe hoch. „Wenn Sie nicht runterkommen und mir helfen wollen, diesen Mann hier zu bändigen, dann rufen Sie wenigstens …"

Eine Hand legte sich auf meinen Mund und zog mich an einen warmen, starken Körper.

„Jetzt hör mir mal gut zu!“, raunte mir der Mann ins Ohr, und mein Körper reagierte höchst unanständig auf seine samtige Stimme. „Du wirst genau das tun, was ich dir befehle.“

Das Wort „befehle“ war der Auslöser. Seit Timothy bin ich ziemlich allergisch dagegen. Ohne darüber nachzudenken, was ich einem offensichtlich geisteskranken und schwer verwundeten Mann damit antat, trat ich ihm mit dem Absatz auf den nackten Fuß und rammte ihm den Ellbogen in den Bauch. Als er ächzte und sich vor Schmerzen krümmte, lief ich rasch die Treppe hoch. Natürlich war es ziemlich töricht, meine Tasche mit den teuren Geräten bei diesem Irren im Keller zu lassen, aber ich hatte keine andere Wahl. Wer auch immer es war, auf den er wartete, wer auch immer das Haus verlassen hatte, ohne zu helfen, würde bestimmt nicht die Polizei oder einen Krankenwagen rufen. Ich stürzte die Stufen hoch und ignorierte die Schmerzen in meinem Bein und das Seitenstechen, das ich bekam, als ich zur Tür rannte. Mir war eingefallen, dass ich ganz in der Nähe eine Telefonzelle gesehen hatte. Ich wollte Hilfe rufen und mich dann wieder in das alte Haus schleichen, um auf den armen, gut aussehenden, geistig verwirrten Mann aufzupassen.

Ein widerwärtiger Eisregen schlug mir ins Gesicht, als ich – so schnell ich konnte – die Straße hinunterhinkte. Ich brauchte drei Anläufe, um die 999 zu wählen, aber dann war ich endlich mit der Notrufzentrale verbunden. Zwei Minuten später, nachdem ich erklärt hatte, wo ich mich befand und was das Problem war, machte ich mich in einem etwas gemesseneren Tempo wieder auf den Rückweg. Dabei wuchs meine Sorge, dass ich dem armen Mann möglicherweise den Rest gegeben hatte, weil ich nicht bei ihm geblieben war.

Ich schlich ins Haus und drückte mich im Flur mit dem Rücken gegen die schimmelige Wand. So blieb ich stehen und behielt die Kellertreppe im Auge. Es kam mir wie eine Stunde vor, bis ich endlich eine Polizeisirene hörte, aber meiner Uhr zufolge waren lediglich achteinhalb Minuten verstrichen. Ich begrüßte die beiden Polizisten, erklärte ihnen rasch, was ich gesehen hatte, und folgte ihnen die Treppe hinunter zu der inzwischen wieder geschlossenen Tür. Sie öffneten sie vorsichtig, nachdem sie ihre Taschenlampen eingeschaltet hatten.

Der Raum war leer.

Der Mann war verschwunden, und mit ihm der Tisch und das Blut auf dem Boden. Meine Tasche und das Kreidestück waren noch da, aber alles andere war weg.

„Moment mal … ich … Da war … Er war genau hier! Wie ist er nur … Und das Blut, es war doch eben noch da! Der Tisch muss wahnsinnig schwer gewesen sein! Wie konnte er ihn so schnell von hier wegschaffen?"

„Madam", sagte der kleinere der beiden Polizisten und leuchtete mir mit der Taschenlampe direkt ins Gesicht. Ich hörte, wie er nach Luft schnappte, und wandte mich rasch ab, damit er mich nur im Profil sehen konnte. „Madam", sagte er wieder, und seine Stimme zitterte leicht. „Wissen Sie, dass Sie sich eines Vergehens schuldig machen, wenn Sie die Polizei rufen, obwohl gar kein Notfall vorliegt?"

„Aber …" Ich schaute mich in dem Kellerraum um und hielt den Kopf gesenkt, damit sie mir nicht in die Augen sehen konnten. „Er war hier! Ich schwöre, er war hier! Nackt, wie Gott ihn schuf, und blutüberströmt!"

Der größere Polizist holte tief Luft. Man musste kein Hellseher sein, um zu ahnen, dass mir eine gewaltige Standpauke bevorstand. Während ich meine Sachen zusammensuchte, schilderten sie mir abwechselnd, was mit Touristen passierte, die bei der Polizei falschen Alarm auslösten. Nachdem ich ihnen erklärt hatte, was ich in dem alten Gebäude machte, und ihnen wiederholt versichert hatte, dass ich nicht zu Telefonstreichen aufgelegt war, woraufhin ich mir abermals einen Vortrag anhören musste, führten sie mich endlich aus dem Haus. Zu diesem Zeitpunkt war ich bereit zu glauben, dass mein merkwürdiges Erlebnis irgendwie mit den geisterhaften Bewohnern des alten Hauses in Verbindung stand und dass ich mir die Geschichte mit dem gut aussehenden, wenn auch ziemlich gestörten Mann nur eingebildet hatte.

Doch als ich in meiner Handtasche nach dem Schlüssel suchte, um die Tür abzuschließen, sah ich mein Notizbuch.

Es war übersät mit blutigen Fingerabdrücken, und das war keine Einbildung.

Die restliche Nacht verbrachte ich damit, alles aufzuschreiben, was ich erlebt hatte, und den Katzengeist dabei zu beobachten, wie er schlief, sich putzte und neugierig im Zimmer herumstöberte. Er schien nicht besonders begeistert von meiner Anwesenheit zu sein, und nachdem ich vergeblich versucht hatte, ihn zu mir aufs Bett zu locken (um ein Foto von uns beiden zu machen), ignorierte ich ihn schließlich genauso, wie er mich ignorierte.

Als es draußen vor dem Fenster heller wurde und ich merkte, dass der Morgen graute, war ich völlig erschöpft und ziemlich schlecht gelaunt. Ich wusste nicht, ob ich eine unglaubliche Begegnung mit einem Geist gehabt hatte, der sich als körperliches Wesen manifestierte, oder ob ich unter Wahnvorstellungen litt.

Beim Einschlafen wünschte ich mir, dass Ersteres zutraf. Dann konnte ich wenigstens davon träumen, ihn anzufassen.

„Keine Nachrichten, Miss Telford“, sagte Empfangsdame Tina am Nachmittag des nächsten Tages, als sie mir den Zimmerschlüssel gab. Ich wartete ab, ob sie noch etwas hinzuzufügen hatte, eine Beschwerde vielleicht wegen des dreibeinigen, durchsichtigen

Katzenwesens in meinem Zimmer, doch sie lächelte mich nur an und wandte sich einem anderen Hotelgast zu.

„Das wird ja alles immer kurioser", sagte ich zu mir, während ich mit klirrender, klappernder Tasche zum Aufzug hinkte. Ich hievte sie von der einen Schulter auf die andere und wünschte, ich wäre in einer Branche tätig, in der man nicht so viel Ausrüstung mit sich herumschleppen musste. Bei meinem Tagesausflug zu einem Kloster, in dem es angeblich spukte, war sie wieder einmal überflüssiger Ballast gewesen. Als ich den Knopf für meine Etage drückte, fragte ich mich, ob die Wirkung meiner Beschwörung inzwischen nachgelassen hatte und die Katze auf ihre vorherige Existenzebene zurückgekehrt war. Vielleicht hatte das Zimmermädchen sie gar nicht sehen können, weil sie nicht mehr da war.

„Oh, hallo, Mieze", sagte ich, als ich die Tür öffnete. Sie saß auf der Fensterbank und starrte nach draußen. „Ich dachte, du wärst weg. Aber ich bin froh, dass du noch da bist, obwohl …" Ich zupfte an meiner Unterlippe. Am vergangenen Abend und in der Nacht hatte ich so viel Material zusammengetragen, wie ich nur konnte. Fotos, Videos, Infrarot- und Ultraschallaufzeichnungen, Ionenanalyse – was auch immer nötig war, ich hatte es. Genug Beweise jedenfalls, um den Experten im Büro einen Orgasmus zu bescheren. Vielleicht war es an der Zeit, die Katze zu befreien.

„Willst du nach Hause, Mieze? Ich glaube, es wird Zeit. Ich möchte dem Hotelpersonal wirklich nicht erklären müssen, was ich hier treibe, und obwohl du fast das ideale Haustier bist – kein Katzenklo, kein Gestank, kein Stress mit dem Füttern –, glaube ich, dass du nicht gerade wild darauf bist, hierzubleiben."

Ich breitete die nötigen Hilfsmittel vor mir aus, und nachdem ich die Katze mit Ginsengpulver bestreut hatte, sprach ich die Befreiungsformel.

Mittendrin hielt ich inne, weil mich das Pulver in der Nase kitzelte und ich niesen musste. Ich hielt mir rasch die Nase zu und wartete mit Tränen in den Augen, bis das Kribbeln aufgehört hatte. Dann sprach ich die Formel zu Ende, zeichnete die Schutzsymbole in die Luft und verfolgte, wie ich den Geist auf eine andere Existenzebene beförderte.

Die Katze zuckte mit den Ohren und leckte sich die Schulter.

„Oh, oh." Ich biss mir auf die Lippen und sah sie nachdenklich an. Hatte ich nicht genug Ginsengpulver verwendet? Oder hatte es nicht geklappt, weil ich den Vorgang mittendrin unterbrochen hatte? Ich musste es noch einmal versuchen und darauf achten, das Ginsengpulver nicht einzuatmen.

Als ich die letzten Worte der Befreiungsformel gesprochen hatte, ging die Katze ungerührt dazu über, sich das Hinterbein zu lecken.

„Mist. Hier stimmt doch irgendetwas nicht. Ob das Ginsengpulver nicht mehr frisch genug ist?"

Die nächste Stunde verbrachte ich damit, die Prozedur immer wieder zu variieren, indem ich erst mehr, dann wieder weniger Ginseng nahm und für den Fall, dass die Totmann-Asche doch der geheime Schlüssel zum Erfolg war, auch noch eine Prise davon hinzufügte.

Es nützte alles nichts.

Allmählich begann ich mir Sorgen zu machen. Ich wusste, dass die Katze nach den Beschwörungsgesetzen bis an mein Lebensende an mich gebunden war, wenn ich sie nicht befreite, und es war ihr zwar gelungen, sich vor dem Zimmermädchen zu verstecken, aber ich konnte mich nicht darauf verlassen, dass ihr das jeden Tag glücken würde.

Noch viel schwieriger würde es sich allerdings gestalten, sie mit nach Hause nach Nordkalifornien zu nehmen. Was um Himmels willen sollte ich in die Zollerklärung schreiben? Eine durchsichtige Hauskatze, tot seit über fünfzig Jahren, geimpft und entwurmt?

Meine Uhr begann zu piepsen und erinnerte mich daran, dass ich noch etwas vorhatte.

„Ach, diese Signierstunde! Mist! Ausgerechnet jetzt, wo ich so beschäftigt bin."

Ich dachte daran, die Veranstaltung einfach sausen zu lassen, aber Corrine hatte mich vor meiner Abreise nach London auf Knien angefleht, unbedingt hinzugehen.

„Also ehrlich, Cory und ihre Vampirromane!", schimpfte ich vor mich hin und fing an, meine Tasche zu packen. „Dann hat irgendein toller Schriftsteller halt seine Signierstunde! Na und? Ich habe zu tun! Aber nein, jetzt muss ich stundenlang anstehen, um mir von einem selbstgefälligen Kerl ein Buch signieren zu lassen, das sie sich auch zu Hause kaufen könnte. Ich muss ihm Honig ums Maul schmieren, damit er ihr etwas Schönes reinschreibt, das sie sowieso fünf Minuten, nachdem sie es gelesen hat, wieder vergisst. Ich muss den ganzen Abend mit meinem schlimmen Bein in einer Schlange stehen, die kilometerlang sein wird, weil man dem wichtigen Herrn Dante nicht mehr als eine Signierstunde pro Jahr zumuten kann. Großartig! Jetzt kann ich meinen Katzengeist nicht befreien. Mann, dafür ist sie mir echt was schuldig!"

Nachdem ich mit der Tasche fertig war, setzte ich meine Abend-Sonnenbrille auf, ermahnte die Katze, brav zu sein, und nahm mir vor dem Hotel ein Taxi nach Covent Garden. Auf der Fahrt überlegte ich, wen ich dazu befragen konnte, warum das Befreiungsritual nicht funktioniert hatte.

„Mal sehen … da hätten wir Carlos von der GEDÜ, aber der ist kein Beschwörer. Dann ist da noch diese Hexe, von der Ras sprach, die angeblich den Geist von Karl Marx beschworen hat, aber ihre Adresse habe ich nicht. Und abgesehen davon weiß ich gar nicht, ob ich mit jemandem sprechen will, der seine Zeit mit einem toten Marx verbringt, der nicht Groucho mit Vornamen heißt. Hm …“ Nachdenklich schaute ich aus dem Fenster auf die dunklen, regennassen Straßen der Stadt. „Ach, diese Eremitin, von der die Frau im GEDÜ-Büro gesprochen hat, die könnte mir vielleicht helfen.“

„GEDÜ? Meinen Sie die Gesellschaft zur Erforschung des Übersinnlichen?“, fragte der Taxifahrer.

Oh, ich hatte wieder einmal laut nachgedacht. Eine blöde Angewohnheit, die ich offenbar nicht abstellen konnte. Ich lächelte den Fahrer an und nickte. Hoffentlich gehörte er nicht zu diesen religiösen Fanatikern, die es liebten, mir Vorträge darüber zu halten, wie sündhaft mein Job war. „Kennen Sie die etwa?“, entgegnete ich zögernd.

„Meine Frau und ich, wir gehen ein paarmal im Jahr mit denen auf Geisterjagd. Letzten August haben wir sogar eine Nacht im Tower verbracht.“

Der Londoner Tower war angeblich der spukträchtigste Ort von ganz England, also so etwas wie das Disneyland der Forscher auf dem Gebiet des Übersinnlichen.

„Tatsächlich? Und, haben Sie etwas Interessantes gesehen?“

Er zuckte mit den Schultern. „Ein paar kugelförmige Körper, einmal kam eine Hand aus der Wand, und wir spürten ein, zwei kalte Stellen, aber auf Film konnten wir nichts festhalten. Sind Sie Beschwörerin?“

Normalerweise verriet ich Laien nicht, was mein Beruf war, aber der Taxifahrer schien keine Probleme mit Geistern und Ghulen zu haben, und so nickte ich abermals.

„Das habe ich mir gedacht. Warum tragen Sie diese dunkle Brille?“

Ich wartete, bis er vor einer Ampel anhielt, und schob kurz meine Brille hoch.

Er machte große Augen und pfiff überrascht. „Ist das angeboren?"

Ich stieß ein bitteres Lachen aus. „Ausgesucht habe ich mir das bestimmt nicht."

Er sah mich nachdenklich an. „Das glaube ich. Sie werden vermutlich oft komisch angesehen, hm?"

Und es gab noch viel schlimmere Reaktionen: Manche Leute fingen an zu schreien und ließen vor Schreck etwas fallen, manche behaupteten, ich wolle ja nur Aufmerksamkeit erregen, und andere wiederum – und das war das Übelste – beschimpften mich als Missgeburt.

Den Rest der Fahrt verbrachten wir schweigend. Ich schaute aus dem Fenster und fragte mich, ob mein Optiker sich nicht doch irrte – als ich das letzte Mal Kontaktlinsen ausprobiert hatte, konnte ich sie fast eine Woche lang tragen, bevor meine Augen sich zu entzünden begannen. Das war vor über einem Jahr gewesen, und vielleicht vertrug ich die Linsen ja inzwischen besser …

Als ich aus dem Taxi stieg, drückte mir der Fahrer eine Karte in die Hand. „Falls Sie mal jemanden brauchen, der Sie an einen Ort außerhalb von London bringt. Solche Fahrten mache ich nämlich auch."

Ich dankte ihm und schloss mich den Scharen von Menschen an, die in den neu eröffneten Buchladen strömten.

„Wie viele Bücher wollen Sie?", fragte mich ein paar Minuten später eine gestresste Buchhändlerin, als ich langsam mit der Schlange vorrückte, die so lang war, dass ich garantiert Beinschmerzen bekommen würde.

„Ein Exemplar von seinem letzten Buch."

„Eins?" Sie musterte mich von oben bis unten, als sei ich ein großes abscheuliches Insekt in Menschenkleidung. „Nur eins? *Ein* einziges?"

Die Frau hinter mir zupfte mich am Ärmel. „Sie werden bestimmt mehr als eins lesen wollen, meine Liebe. Seine Bücher sind nämlich großartig."

„Ich lese gar nichts von ihm. Ich tue das hier nur für eine Freundin."

„Gar nichts!" Der Frau blieb vor Schreck die Luft weg. Inzwischen hatte mir die Verkäuferin ein Buch in die Hand gedrückt. „Also, Sie müssen unbedingt etwas von ihm lesen. Hören Sie, geben Sie dieser Dame noch ein anderes Buch! Es wird Ihnen gefallen, ganz bestimmt!"

„Nein, danke", sagte ich und nahm das zweite Buch nicht an, das mir die Verkäuferin geben wollte. „Eins genügt mir. Die sind bestimmt sehr nett, aber ich stehe nicht auf Bücher dieser Art."

Die Frau kniff die Augen zusammen. „Was soll das heißen, *dieser Art*?" Sie hielt mir ihre drei Bücher hin. „Das sind ganz wunderbare Werke, sehr schön geschrieben und mit starken, düsteren Helden, die von Frauen gerettet werden!"

„Und der Sex ist auch klasse", merkte eine andere Frau an.

Die Frau hinter mir nickte energisch. „Einfach hinreißend, die Liebesszenen, sehr fantasievoll und so heiß, dass einem der Schlüpfer verbrennt. Hier!" Sie drückte mir ein Buch in die Hand. „Nehmen Sie das. Und lesen Sie es! Dann sind Sie im Handumdrehen auch ein Fan. Dante hat nämlich eine Begabung zum Schreiben … die ist schon beinahe *übernatürlich*!"

Ich schob meine Brille gerade so weit hoch, dass sie meine Augen sehen konnte. „Glauben Sie mir, ich brauche kein Buch, um zu wissen, was übernatürlich ist."

Sie schnappte nach Luft und senkte rasch den Blick. Ich rückte meine Brille zurecht, gab ihr das Buch zurück, das sie mir hatte aufdrängen wollen, und schaute wieder nach vorn. Derart auf mich aufmerksam zu machen war mir sehr unangenehm –

mit meinem Hinken fiel ich schon genug auf –, aber wenn ich eins nicht leiden kann, dann sind es fanatische Fans.

Ich hing meinen Gedanken nach, bis die Schlange so weit entlang den Bücherregalen vorgerückt war, dass ich die Leute sehen konnte, die sich um einen Tisch in der Mitte des Ladenlokals scharten. Gelangweilt stand ich inmitten des bunten Gedränges und versah mich in Gedanken mit einem Schutzbann, um mich vor übereifrigen Leserinnen zu schützen, bis sich mir plötzlich sämtliche Härchen auf den Armen sträubten. Die Frau, die direkt vor dem Tisch stand, an dem es die begehrten Autogramme gab, trat ein Stück zur Seite, und ich konnte den Mann sehen, der einen großen Bücherstapel vor sich hatte und gerade ein Exemplar signierte.

Sein schulterlanges schwarzes Haar hatte er zu einem Zopf gebunden, aber eine lose Strähne, die ihm ins Gesicht gefallen war, reichte bis zu seinem markanten Kinn, das mir irgendwie bekannt vorkam. Dann sah der Mann auf und lächelte die Frau an, für die er das Buch signiert hatte. Ich geriet ins Taumeln, als hätte mir jemand einen Schlag in den Magen versetzt, und hatte das Gefühl, keine Luft mehr zu bekommen.

Es war der Mann, den ich zuerst im Traum und danach in dem alten Gasthaus gesehen hatte – der Verrückte, der seinen ausgesprochen knackigen Körper mit Schnitten verunstaltet hatte und dann verschwunden war … Oder waren das alles nur Hirngespinste gewesen, Fantastereien meines übermüdeten Geistes? Ich rieb mir verwirrt die Stirn. Hatte ich mir die Geschichte nun eingebildet oder nicht? Ich konnte mir die ganze Sache einfach nicht erklären. In den zehn Minuten, die ich weg gewesen war, hätte kein Mensch den Kellerraum säubern und den Tisch hinaustragen können! Wirklich, kein Mensch …

C. J. Dante, der berühmte Verfasser von Vampirromanen, war der Mann, der mir im Traum erschienen war und mich um

Hilfe gebeten hatte. Ein gequälter Mann, dessen Schmerz ich hatte spüren können, ohne mich ihm innerlich zu öffnen. Ein Mann, der seinen Körper aufgeschnitten hatte wie einen Laib Brot und dann ziemlich unfreundlich reagiert hatte, als ich ihm helfen wollte.

„Wer … oder besser gesagt, *was* ist er eigentlich?“, murmelte ich verstört.

Die Antwort auf diese Frage kannte ich leider nicht.

3

Wie ich die Sache sah, hatte ich zwei Möglichkeiten. Ich musste entweder akzeptieren, dass meine Begegnung mit dem Geistesgestörten, der sich auf schreckliche Weise selbst verstümmelte, nicht real gewesen war und mein Gehirn sie aus irgendeinem Grund erfunden hatte, oder ich musste Dante auf der Stelle den schwarzen Pullover von seinem maskulinen Körper reißen, um nach verheilenden Schnittwunden zu suchen, und dabei laut nach der Polizei und den netten Jungs mit den weißen Kitteln rufen.

Ich beschloss, es darauf ankommen zu lassen, wie der Mann reagierte. Wenn er mich wiedererkannte, wusste ich, dass die Geschichte wahr war. Erkannte er mich nicht wieder, dann folgte daraus, dass ich eine unglaublich lebendige, realistische Vision gehabt hatte, von der sogar rote Fingerabdrücke auf meinem Notizbuch zurückgeblieben waren.

Während sich die Schlange langsam vorwärtsbewegte, versteckte ich mich hinter der stämmigen Frau vor mir, damit Dante mich nicht entdeckte, bevor ich ihm gegenüberstand. Eine Angestellte führte die Autogrammjägerinnen eine nach der anderen zum Tisch, reichte Dante die Bücher zum Signieren und sorgte dafür, dass die Frauen sich rasch wieder entfernten, damit die anderen nachrücken konnten. Ich ließ meinen Blick durch den Raum schweifen. Es waren tatsächlich nur Frauen anwesend. Hm. Ich schaute der Frau vor mir über die Schulter und musterte Dante eingehend. Er sah genauso gut aus, wie ich ihn in Erinnerung hatte – ohne das viele Blut sogar noch besser.

„Manchen Männern steht Schwarz wirklich gut“, murmelte ich geistesabwesend. Die Frau vor mir drehte sich um und nickte eifrig. Ich schenkte ihr ein strahlendes Lächeln. Da spürte ich plötzlich, wie hinter mir Bewegung in die Menge kam, und als ich mich umdrehte, erblickte ich eine große, hochschwangere Frau, die an der Warteschlange vorbeiwalzte. Sie wurde von einer kleineren Frau mit einem hübschen herzförmigen Gesicht begleitet, wie ich es mir insgeheim immer gewünscht hatte. Grinsend gingen sie um den Tisch herum und begrüßten Dante. Er legte seinen Stift weg, um ihnen die Hand zu küssen und ein paar Minuten mit ihnen zu plaudern, bevor er sich wieder der Frau zuwandte, die auf ihr Buch wartete, und sich bei ihr entschuldigte.

So, so, Groupies hat er also auch, dachte ich. Na und? Einem Mann, der so aussieht, laufen die Frauen natürlich in Scharen hinterher. Das kann dir herzlich egal sein – es sei denn, die Metzelei letzte Nacht war echt. Dann müsstest du etwas unternehmen, bevor er anfängt, andere zu zerschnippeln.

Ich nagte an meiner Unterlippe und überlegte, was ich tun sollte, während sich die Schlange langsam, aber sicher vorwärtsbewegte. Dabei hielt ich mich weiter hinter der stämmigen Frau versteckt, bis ich endlich an der Reihe war. Die Buchhändlerin nahm mir mein Buch aus der Hand.

„Nur ein Autogramm oder mit Widmung?“

„Äh … mit Widmung, bitte. Für Corrine. Zwei R, ein N.“

Die Frau nickte und ging zum Tisch, wo die stämmige Frau gerade kichernd zu Dante sagte, er sei doch gewiss kein Kostverächter. Er lächelte, und die Buchhändlerin gab ihm Corrines Buch und erklärte ihm, was er hineinschreiben sollte. Seine gestochene Handschrift war unglaublich kunstvoll, wie zu viktorianischen Zeiten.

„Ich hoffe, Sie haben viel Freude an meinem Buch“, sagte er, während er mit elegantem Schwung seine Unterschrift unter die Widmung setzte. Da war sie wieder, diese wunderschöne Stimme. Mir war, als gleite sie wie Seide über meine Haut, und mir sträubten sich die Härchen auf den Armen. Er sah auf und reichte mir lächelnd das Buch, und in diesem Moment erstarrte er wie ein Vorstehhund, der einen Fasan erspäht hat.

„Christian?“ Die schwangere Frau schaute von ihm zu mir und wieder zu ihm.

Mir stockte der Atem. Von seinen Augen ging eine unglaubliche Anziehungskraft aus. Es kam mir vor, als drohte ich in einen tiefen Abgrund hineingezogen zu werden.

„Christian?“ Die Frau fasste ihn am Arm.

Unwillkürlich öffnete ich mein Bewusstsein und tauchte tief in seinen Blick ein, bis ich nur noch Finsternis wahrnahm und von einem Schmerz und einer Hoffnungslosigkeit ergriffen wurde, wie ich sie noch nie erlebt hatte. Das Gefühl war so erdrückend, dass ich zu ersticken glaubte.

„Christian, alles in Ordnung?“

Verzweifelt versuchte ich, mein Bewusstsein wieder zu verschließen, und errichtete eine mentale Barriere nach der anderen, um mich vor seinen inneren Qualen zu schützen.

„Wer bist du?“, krächzte ich kaum hörbar. Mehr brachte ich nach dem kurzen Blick in sein Bewusstsein nicht heraus.

Seine Augen verdunkelten sich.

„Interessanter ist doch: Wer sind *Sie*?“, fragte die kleinere Frau mit dem hübschen Gesicht. Sie sah mich neugierig an und musterte mich von Kopf bis Fuß, dann drehte sie sich zu Dante um und klopfte ihm auf die Schulter. „Ich habe dir doch gesagt, das ist eine gute Idee! Siehst du? Innerhalb von einer halben Stunde haben wir sie gefunden! Super, dann kann ich ja wieder nach Hause!“

Die Buchhändlerin stieß mich an, und als ich nicht reagierte, weil ich nichts anderes tun konnte, als den Mann vor mir anzustarren – der mich übrigens genauso anstarrte, während sich in seinen Augen Überraschung, Schmerz und eine gewisse Neugier malten –, nahm sie ihm das Buch weg, drückte es mir in die Hand und gab mir einen kleinen Schubs, damit ich endlich den Tisch frei machte. Ich stolperte ein paar Schritte vorwärts, ohne meinen Blick von Dante losreißen zu können, bis mich die schwangere Frau unvermittelt an der Schulter fasste.

„Es kommt Ihnen wahrscheinlich ein bisschen merkwürdig vor, aber hätten Sie wohl ein paar Minuten Zeit für mich?"

Ich sah die Frau verdutzt an. Sie war ein paar Zentimeter größer als ich und hatte freundliche Augen und eine warme Aura, die ich wahrnahm, ohne mich ihr innerlich öffnen zu müssen.

„Äh …", machte ich, weil ich immer noch reichlich verwirrt war, doch dann nahm ich meine fünf Sinne beisammen. Beschwörer hatten die Lage schließlich immer im Griff. Die Dinge nicht unter Kontrolle zu haben war gefährlich für sie, denn das öffnete unangenehmen, schrecklichen Geschehnissen Tür und Tor. Ich durfte mich nicht von solchen Lappalien wie der Begegnung mit … Mein Blick wanderte wieder zu Dante. Er beobachtete mich, obwohl die Frau, die nun vor ihm am Tisch stand, ununterbrochen auf ihn einredete und ein ums andere Mal bekräftigte, wie sehr sie seine Bücher liebte. Ich atmete tief durch und wandte mich wieder der Frau zu, die mich ebenso eingehend musterte wie ihre Begleiterin zuvor. Da ich mindestens tausend Fragen hatte, was Dante anging, kamen mir seine Groupies gerade recht. „Sicher, ein paar Minuten kann ich erübrigen."

Die Frau lächelte, und die Wärme und Herzlichkeit, die sie ausstrahlte, umgaben sie wie ein Heiligenschein. „Sehr gut. Rox?"

„Bin schon da", sagte die kleinere Frau und nahm mich am

Arm. „Gehen wir doch an die Espressobar. Ich weiß ja nicht, wie es euch geht, aber ich könnte auf jeden Fall einen Milchkaffee gebrauchen. Ganz schön anstrengend, diese Fahndung nach der Auserwählten."

Ich taxierte sie verstohlen aus den Augenwinkeln, doch sie schien es zu merken, denn sie fing an zu grinsen. Dann eskortierten die beiden mich durch den Laden, und ich kam mir beinahe vor wie ein Häftling, der in seine Zelle abgeführt wird.

Nach ein paar Metern blieb die größere Frau jedoch stehen und schaute auf mein Bein. „Entschuldigung, ich sollte langsamer gehen."

Ich zuckte nur mit den Schultern und hinkte weiter. „Ist schon okay. Mein Bein mag es nur nicht, wenn ich zu lange stehe."

„Und was ist mit der Sonnenbrille?", fragte die kleinere Frau. „Haben Sie ein Problem mit den Augen, oder machen Sie nur einen auf cool?"

„Roxy! Sei nicht so unhöflich! Sie müssen ihr das verzeihen", sagte die Schwangere, als wir an der Espressobar ankamen. „Sie ist als Baby auf den Kopf gefallen. Mehrmals, um genau zu sein … Zwei große fettarme Milchkaffee bitte und … Was möchten Sie?"

„Einen Americano", sagte ich, während ich mich im Stillen darüber wunderte, was für ein Typ von Mann wohl derartig merkwürdige Groupies anzog. Und war es etwa sein Baby, das die Größere austrug? Aber was noch wichtiger war: Warum wünschte ich mir, dass es *nicht* seins war?

Die Frau bestellte für mich, dann fügte sie hinzu: „Ich nehme noch einen Zitronenmuffin und dieses Teilchen da mit den Kirschen und … äh … einen Mokka-Brownie." Sie drehte sich um. „Möchte sonst noch jemand was?"

„Wenn du das alles aufisst, dann platzt du", bemerkte die kleinere Frau und wies stirnrunzelnd auf den dicken Bauch ihrer Begleiterin. Ich schüttelte den Kopf und ließ mich von den beiden an einen kleinen Tisch führen.

„Ich nehme an, jetzt sind Sie ganz schön neugierig", sagte die Schwangere mit einem Lächeln. „Aber zuerst sollten wir uns mal miteinander bekannt machen. Ich bin Joy, das ist meine Freundin Roxy, und Sie sind …?"

„Allie. Allegra Telford."

„Wollen wir uns nicht duzen? Du bist doch auch Amerikanerin, oder?"

„Ja." Ich rutschte etwas unruhig auf meinem Stuhl herum, weil ich aus irgendeinem Grund zurück zu Dante wollte, um ihn noch ein bisschen anzustarren.

„Cool", sagte Roxy. „Aber die große Frage ist natürlich: Glaubst du an Vampire?"

„*Roxy!*"

Sie sah ihre Freundin an. „Was denn? Das ist wichtig!"

„Ja, aber man fällt doch nicht einfach so mit der Tür ins Haus! Man muss sich ganz vorsichtig und behutsam an diese Dinge herantasten. Die meisten Leute regieren ziemlich verstört, wenn man mit Vampiren und Dunklen und so weiter anfängt. Das ist ein heikles Thema. Tut mir leid, Allie. Sie hat weder Feingefühl noch Takt."

Feingefühl? Mir gegenüber? Wenn es um das Übernatürliche ging? Ich musste unwillkürlich lachen. Es platzte aus mir heraus, und ich wieherte, bis mir die Tränen kamen und ich zu einer Serviette greifen musste, um mir die Wangen abzutupfen. Die beiden Frauen starrten mich an, als säße plötzlich der Geist einer dreibeinigen Katze auf meinem Kopf.

„Entschuldigt bitte, aber das war witzig. Und um deine Frage von vorhin zu beantworten, Roxy: Ja, ich habe ein Augenproblem, aber lichtempfindlich sind sie nicht, falls du daran gedacht hast. Wenn du es wirklich sehen willst, zeige ich es dir, aber die meisten Leute finden meine Augen … furchterregend. Und es macht mir keine Angst, wenn jemand von Vampiren spricht, Joy, aber ich muss sagen, bisher ist mir noch kein Beweis für ihre Existenz untergekommen. Wisst ihr zufällig, was ein Beschwörer ist?"

Die beiden Frauen schüttelten den Kopf, dann rückte Roxy, die zu meiner Linken saß, näher an mich heran und versuchte, einen Blick hinter meine Brille zu werfen. Ich ließ sie gewähren. „Oooh, wie cool, du hast total helle Augen. Was ist das für eine Farbe? Grau? Oder Silber? Gut, es ist schon außergewöhnlich, wenn man Augen hat, die so hell wie der Vollmond sind, mit einem dunklen Kranz drumherum, aber ich verstehe nicht, was daran so furchterregend sein soll."

Joy, die rechts von mir saß, neigte den Kopf, um ebenfalls hinter meine Brille zu schauen, dann runzelte sie die Stirn. „Sie hat doch gar keine hellen Augen, du Dussel! Sie sind eher nussbraun bis golden mit dunkleren braunen Sprenkeln. Das ist ja toll, diese Mischung aus verschiedenen Farben. Aber ich muss Rox zustimmen – es ist ungewöhnlich, aber doch nicht furchterregend."

Ich seufzte und vergewisserte mich, dass niemand zu uns herüberschaute, dann setzte ich meine Brille ab. Die beiden Frauen staunten nicht schlecht.

„Wow, das ist ja absolut cool! Du hast verschiedenfarbige Augen! Trägst du Kontaktlinsen?", fragte Roxy und beugte sich vor, um meine Augen genauer zu betrachten.

„Nein."

„Ist das angeboren? Wahnsinn!"

Angesichts ihrer Begeisterung musste ich lächeln. Sie war der erste Mensch, den ich kennenlernte, der meine Augen nicht furchterregend fand. „Diese Anomalie nennt sich *Heterochromia Irides*. Das kommt nur selten vor, und in den meisten Fällen ist die unterschiedliche Färbung der Iris nicht so extrem wie bei mir, aber es ist auf jeden Fall kein Teufelsmal, wie manche Leute glauben."

„Natürlich nicht", sagte Joy. „Mir persönlich gefällt es sogar sehr gut. Dadurch bist du etwas Besonderes."

Ich schnaubte. „Etwas Besonderes – so kann man das auch sagen. Das silberne Auge allein wäre ja schon schlimm genug, aber zusammen mit dem dunklen Auge ..." Ich zuckte mit den Schultern und setzte die Brille wieder auf. „Die meisten Leute werden nervös, wenn sie mich ohne Brille sehen."

Roxy spähte wieder hinter meine Brille, bis Joy ihr einen Klaps auf den Arm gab und sie ermahnte, sich zu benehmen. „Es ist ungewöhnlich, Allie, aber nicht furchterregend. Vor uns musst du deine Augen nicht verbergen."

„Aber was ist denn nun ein Beschwörer?" Roxy wechselte unvermittelt das Thema, als die Kellnerin mit unseren Getränken und dem Gebäck für Joy an den Tisch kam.

Ich biss mir auf die Lippen. Irgendetwas störte mich. Ich verspürte ein vages, jedoch stetig wachsendes Unbehagen. Ich betrachtete die beiden Frauen aufmerksam, stellte aber fest, dass das ungute Gefühl nicht von ihnen herrührte.

„Ein Beschwörer kann mit Geistern in Kontakt treten." Ich sah mich um und ließ meinen Blick über die Leute im Cafébereich schweifen, dann schaute ich zu der Warteschlange vor Dantes Büchertisch, die inzwischen kürzer geworden war. Es standen höchstens noch zwanzig Leute dort, und es war nichts Auffälliges festzustellen, aber irgendetwas nagte an mir und ließ mir keine Ruhe. Es kam mir vor, als würde mir etwas Wichtiges entgehen.

„Cool!", hauchte Roxy. „Und du kannst so etwas? Du kannst echt mit Geistern reden? Benutzt du dazu ein Hexenbrett oder so was?"

„Moment mal", sagte Joy und legte die Stirn in Falten, während sie mit den Fingern auf den Tisch trommelte. „Ich glaube, ich habe in einem von Christians Büchern etwas darüber gelesen … Beschwörer können Tote wieder zum Leben erwecken, oder?"

Ich warf einen letzten besorgten Blick auf die Warteschlange, dann drehte ich mich zu Joy um und schüttelte den Kopf. „Nein, das nicht. Wir können nur die Geister rufen, die noch in unserer Welt verweilen, und nicht die, die schon eine andere Existenzebene erreicht haben. Und wenn wir sie beschworen haben, sind sie an uns gebunden, bis wir sie befreien. Beschwörer werden in der Regel herangezogen, wenn es irgendwo spukt und die Leute nicht damit zurechtkommen – bei Problemen mit Poltergeistern und so weiter. Der Geist wird beschworen und dann befreit, damit er gemäß seiner Bestimmung weiterziehen kann."

„*Wir* hast du gesagt? Dann bist du also Beschwörerin?", fragte Roxy mit großen Augen.

Ich nickte.

„Wow! Kann das jeder lernen? Ich meine, sprichst du nur ein paar Zauberformeln, und voilà, schon steht der Geist deines Urgroßvaters vor dir?"

„Etwas mehr Respekt, Roxy, das ist eine ernste Angelegenheit. Wenn Allie Christians …" Joy stockte und lächelte mich an. „Ist ja auch egal. Es ist bestimmt eine einzigartige Gabe, die sie befähigt, das zu tun, was sie tut."

„Oh." Roxy studierte mich aufmerksam. „Ja. Ich verstehe, was du meinst."

„Ich nicht", warf ich ein und sah von Roxy zu Joy. „Ich nehme an, mit Christian meint ihr C. J. Dante?"

Die beiden nickten.

„Weiß eine von euch zufällig, ob sein Oberkörper, seine Arme und Beine mit unzähligen Schnittwunden übersät sind?"

In perfekter Übereinstimmung fiel beiden gleichzeitig die Kinnlade herunter.

Ich seufzte. „Das nehme ich mal als Nein. Okay. Und was hat Christian mit mir zu tun, außer dass …" Nun war es an mir, mitten im Satz abzubrechen.

„Außer dass *was*?", fragte Roxy, wie ich befürchtet hatte. „Bist du ihm schon mal begegnet? Er hat uns nichts davon erzählt, und das hätte er bestimmt getan, meinst du nicht auch, Joy?"

„Ja", entgegnete Joy und betrachtete mich nachdenklich, während sie an ihrem Zitronenmuffin knabberte. Sie leckte sich die Krümel von den Lippen und sah Roxy an. „Christian ist ein sehr guter Freund von uns. Wir haben ihm letztes Jahr versprochen, ihm zu helfen, damit er … jemanden findet."

„Jemanden findet? Wollt ihr ihn unter die Haube bringen?"

Roxy schnaubte.

„Nein, so kann man das nicht sagen", entgegnete Joy und steckte sich ein Stück von dem Muffin in den Mund.

Ich glaubte ihr nicht. Sie versuchte garantiert, Christian zu verkuppeln. Ich spürte, wie sie sich um ihn sorgte. Aber das brauchte mich alles nicht zu kümmern – es sei denn, es stellte sich heraus, dass er tatsächlich in der vergangenen Nacht in diesem alten Gasthaus gewesen war. Dann hatte ich allerdings ein paar Fragen an ihn, zum Beispiel, warum um alles in der Welt er sich diese Schnittwunden zufügte und wer die Leute waren, auf die er gewartet hatte, und wie er so schnell mitsamt dem Blut und dem Tisch verschwinden konnte … Plötzlich kam mir das Wort „Vampir" wieder in den Sinn. Ich stutzte. „Er ist ein Vampir?"

„Pssssst!", machten Joy und Roxy gleichzeitig und sahen sich verstohlen um. Es saß nur eine Frau in unserer Nähe, und ich drang kurz in ihr Bewusstsein vor, um zu prüfen, ob sie glaubte, was sie gehört hatte. Sie glaubte es nicht, wie ich zu meiner Zufriedenheit feststellte.

„Das ist nicht euer Ernst, oder? Mir ist zwar aufgefallen, dass er etwas … nun ja … sonderbar ist, aber ein *Ihr-wisst-schon-was*?" Die beiden sahen mich ganz ernst und aufrichtig an. Ich schüttelte den Kopf und schaute erneut zu der Warteschlange, bevor ich mich wieder den beiden Frauen zuwandte. „Meine Damen, ich bin in der Welt des Übernatürlichen zu Hause. Ich bin Beschwörerin und arbeite für eine internationale Organisation, die übersinnliche Phänomene erforscht. Ich kenne mich mit Geistern aus, mit Poltergeistern und Dämonen jeglicher Couleur und …"

„Dämonen?", fiel Roxy mir ins Wort. „Du meinst, so etwas gibt es wirklich? Heiliger Bimbam!" Sie sah ihre Freundin an. „Ich wette fünf Dollar darauf, dass unser Algebralehrer in der Neunten ein Dämon war!"

Joy ging nicht auf ihre Bemerkung ein, und ich ebenso wenig, denn das ungute Gefühl, das mich beschlich, wurde immer stärker. Meine innere Unruhe wuchs, und das sagte mir, dass ich irgendetwas tun musste. Aber was? Ich nagte an meiner Unterlippe und beobachtete die Leute, die noch in der Schlange standen, aber ohne meine Bewusstseinsbarrieren fallen zu lassen – was ich nicht tun wollte, während Christian dort hinten am Tisch saß und wer weiß was im Kopf hatte –, konnte ich den Grund für meine Besorgnis nicht feststellen. Ich atmete tief durch und fuhr fort. „Ich kenne Hexen und Zauberer, war selbst in einem Hexenzirkel aktiv und habe schon Dinge erlebt, da würden sich die meisten Leute in die Hose machen."

„Das haben wir auch", bemerkte Roxy grinsend. Joy sah sie missbilligend an.

„Aber ich habe noch nie in meinem Leben einen Vampir gesehen, und mir hat auch noch nie jemand davon berichtet, einen gesehen zu haben. Es gibt einfach Dinge, Werwölfe und Vampire und das Ungeheuer von Loch Ness beispielsweise, die entstammen dem Reich der Mythologie und entbehren jeder realen Grundlage. Euer Freund ist etwas ungewöhnlich, das sehe ich wohl, und weiß der Himmel, was er euch alles erzählt hat, aber ich kann euch versichern, dass er kein …"

Ich verspürte ein unangenehmes Kribbeln im Nacken und wurde urplötzlich von starken Emotionen heimgesucht. Ich sprang vom Tisch auf und lief auf die Warteschlange zu, so schnell ich konnte, befürchtete jedoch, wegen meines steifen, schmerzenden Beins zu spät zu kommen. Ich sah die Pistole, noch bevor Christian sie erblickte. „Achtung!", brüllte ich. „Volle Deckung!" Die Buchhändlerin packte geistesgegenwärtig die Frau, die ihre Waffe auf Christian gerichtet hatte, und drehte sie in die andere Richtung … doch nun zielte die Verrückte direkt auf mich.

Ich versuchte noch abzubremsen und mich hinter ein Bücherregal zu schlagen, aber das gelang mir nicht mehr. Während die Buchhändlerin noch mit der Frau rang, drückte diese ab, und im selben Moment, kurz bevor mich die Kugel erfasste, spürte ich einen Luftzug, und dann lag ich plötzlich zwischen zwei Bücherregalen auf dem Rücken und bekam keine Luft mehr, weil jemand auf mir lag. Verwirrt starrte ich ihn an.

„Du hast verschiedenfarbige Augen", sagte Christian. „Du hast das zweite Gesicht."

Mich überkam urplötzlich das Verlangen, mein Kinn ein kleines bisschen vorzustrecken, um ihn zu küssen, aber stattdessen zog ich die Hand unter seinem Körper hervor und fasste mir ins Gesicht. Bei der ganzen Aktion war mir die Brille heruntergefallen.

„Wie hast du das gemacht?", fragte ich atemlos, während ich sehr genau registrierte, wie gut sich sein Körper anfühlte. Sein Zopf war aufgegangen, und seine dunklen Haare fielen wie ein Seidenvorhang herab. „Du warst schneller als die Pistolenkugel! Du heißt nicht zufällig Clark Kent, oder?"

Er runzelte die Stirn. Mein Körper begann an allen möglichen Stellen zu kribbeln, besonders da, wo wir uns berührten. „Die wichtigere Frage scheint mir zu sein, wie lange du schon wusstest, dass die Frau mich erschießen wollte."

„Oh, mein Gott, geht es euch gut?" Joy bog atemlos um die Ecke.

„Willst du damit sagen, ich hätte etwas damit zu tun?", fuhr ich Christian an, ohne sie zu beachten. „Wenn ja, dann denk noch mal scharf nach! Ich habe versucht, dir zu helfen, falls dir das entgangen ist."

Er kniff die Augen zusammen. „Die Buchhändlerin hätte die Frau auch so rechtzeitig bemerkt. Du hättest gar nicht so betont auffällig herumbrüllen müssen."

„Na prima! Ich gebe mir alle Mühe, dich zu retten – gleich zweimal –, und du tust so, als wäre das alles meine Schuld. Du bist wirklich undankbar!"

„Zweimal? Undankbar?" Sein Atem strich über mein Gesicht, was zusammen mit dem samtigen Klang seiner Stimme das unbändige Verlangen in mir weckte, die Finger in seine Haare zu krallen und ihn zu küssen, obwohl so garstige Worte aus seinem hinreißenden Mund kamen.

„Ihr scheint miteinander zu reden, also gehe ich davon aus, dass es euch gut geht, aber hör mal, Christian, es wäre besser, wenn du Allie jetzt aufhilfst. Die Leute glotzen schon."

„Zweimal", sagte ich mit Nachdruck und bemühte mich, das Feuer zu ignorieren, das seine Nähe in meinem Körper entfachte. „Das erste Mal war letzte Nacht, als du in dem Keller geblutet hast wie ein Schwein und mir vorgegaukelt hast, du wärst ein Geist."

„Ich habe dir gar nichts vorgegaukelt …"

„Sind die beiden okay? Was machen sie denn da? Warum liegt Christian auf Allie?"

Als ich ungläubig schnaubte, wurden seine Augen schwarz wie Ebenholz. „Was soll man denn sonst denken, wenn man im Keller eines Spukhauses auf jemanden stößt, der dabei ist, völlig auszubluten? Und wo wir gerade dabei sind – was hast du da eigentlich gemacht?"

„Ich glaube, sie streiten. Allie scheint nicht sehr erfreut über etwas zu sein, das Christian gesagt hat."

„Oh. Also, für mich sieht es so aus, als wollte er sie küssen!"

„Ich kann dir lediglich sagen, dass du meine Pläne ziemlich erfolgreich durchkreuzt hast. Damit musst du dich zufriedengeben", entgegnete er und sah mich durchdringend an. Seine Augen wurden noch schwärzer als schwarz, und dann berührten sich unsere Lippen für einen kurzen – viel zu kurzen – Augenblick, bevor er sich langsam von mir löste. Aus dem Feuer, das er in meinem Inneren entfacht hatte, war bei dem federleichten Kuss ein regelrechtes Inferno geworden, und so stellte ich überrascht fest, dass mein Körper noch heil und ganz war, wenngleich er sich nicht gerade in der anmutigsten Pose präsentierte. Christian richtete sich auf und reichte mir die Hand.

„Siehst du? Ich hatte recht. Er hat sie geküsst!"

Ich schenkte Roxy keine Beachtung und sah Christian nachdenklich an. Was sollte das heißen, ich hätte seine Pläne durchkreuzt? Was für ein Plan steckte denn dahinter, wenn er sich überall die Haut aufschlitzte und in einen feuchten Keller legte? Und wo ich schon dabei war, was hatte er damit gemeint, als er sagte, ich hätte nicht so „betont auffällig" herumbrüllen müssen? Unterstellte er mir etwa, dass ich eine Komplizin der Frau mit der Pistole war und mein Warnruf nur als Täuschungsmanöver gedient hatte?

Ich verzichtete darauf, mir von ihm helfen zu lassen, und rappelte mich wutschnaubend auf (unter Schmerzen und weitaus schwerfälliger, als mir angesichts des Publikums lieb war). Als einige Leute entsetzt nach Luft schnappten, wie ich es nur zu gut kannte, begann ich hastig, meine Brille zu suchen.

„Hier", sagte Roxy und drückte sie mir in die Hand. „Sie lag direkt vor Joys Füßen, aber mit ihrem dicken Bauch kann sie sich nicht mehr bücken."

Ich setzte rasch die Brille auf, hinter deren dunklen Gläsern ich mich sicher und geschützt fühlte – so sicher und geschützt, wie man sich eben fühlen kann, wenn man gerade mit knapper Not einer Pistolenkugel entgangen ist.

Joy, die leise mit Christian geredet hatte, kam zu mir und ergriff meine Hände. „Alles in Ordnung, Allie? Christian hat dir doch nicht wehgetan?"

„Ich habe ihr das Leben gerettet!", protestierte er.

„Und ich dir deins", fuhr ich ihn an. Was bildete er sich eigentlich ein? Der Mann hatte eindeutig ein ernstes Problem.

„Das kann man auch anders sehen", entgegnete er und klopfte sich den Staub von der Kleidung.

Wie er mich behandelte, ging mir gewaltig gegen den Strich. Die Schmerzen in meinem Bein brachten mich zusammen mit dem selbstgefälligen, arroganten Verhalten dieses Mannes derart in Rage, dass ich möglicherweise etwas übertrieben reagierte.

Ich stemmte die Hände in die Hüften und funkelte ihn zornig an. „Du bist ein richtiges Ekelpaket, weißt du das? Jeder andere würde vor Dankbarkeit auf die Knie fallen, wenn sein Retter vor ihm steht, aber du verdrehst die ganze Zeit die Tatsachen und beleidigst mich, statt mir dafür zu danken, dass ich mir die Zeit genommen habe, dir dein mieses kleines Leben zu retten!"

„Du hättest dich gar nicht einmischen müssen. Mein Leben war zu keinem Zeitpunkt bedroht", entgegnete Christian aufgebracht, doch mir kam es vor, als streichelte mich seine wohlklingende, tiefe Stimme.

„Sie streiten sich", sagte Roxy überflüssigerweise zu Joy.

„Also gut“, sagte ich und bohrte den Zeigefinger in seine Brust. „Wenn noch mal jemand versucht, dich umzubringen, dann lasse ich ihn einfach gewähren, ja? Und wenn du tot bist, dann beschwöre ich dich, damit du mir sagen kannst, wie leid es dir tut. Und glaub mir, es wird dir verdammt leidtun!“

Christian machte einen Schritt auf mich zu, sodass wir beinahe zusammenstießen, und sah mich grimmig an. „Du gehörst zu der Sorte Frau, die ich überhaupt nicht leiden kann. Du bist aggressiv und eigensinnig und scheinst zu glauben, es sei dein gutes Recht, mich grundlos zu beleidigen!“

„Eigentlich dürften sie sich nicht streiten, oder?“

Ich schnippte mit den Fingern und winkte ab. „Als würde mich interessieren, welche Sorte Frau du leiden kannst und welche nicht! Und du hast verdammt recht, ich bin aggressiv und eigensinnig, und wenn du dich von mir beleidigt fühlst, dann ist das dein Problem!“

„Ich meine, das ist nicht richtig, oder? Dass sie sich so streiten, meine ich. Verstößt das nicht gegen die Regeln?“

„Ich weiß es nicht“, sagte Joy mit besorgter Miene. „Ich dachte, so etwas wäre gar nicht möglich, aber … vielleicht haben wir uns ja geirrt.“

Christian sah Joy an und knurrte etwas, das für mich nach deutschen Wörtern klang und mit Sicherheit ziemlich unhöflich war, dann marschierte er davon. In diesem Moment rückte die Polizei an und machte das Chaos in der Buchhandlung perfekt. Ich musste drei verschiedenen Beamten erzählen, was geschehen war, wobei ich mich sorgsam um die Beantwortung der Frage herumdrückte, woher ich eigentlich gewusst hatte, dass die Frau eine Waffe in der Hand hielt und Christian erschießen wollte, wo ich doch über zehn Meter entfernt mit dem Rücken zum Signiertisch im Cafébereich gesessen hatte.

Mein Blick wanderte immer wieder in Christians Richtung,

obwohl ich mich sehr bemühte, ihn nicht zu beachten. Wie ich feststellte, beobachtete er mich, doch einmal sah ich ihn auch heftig mit Joy streiten. Sie wies in meine Richtung und sagte etwas zu ihm, das ihm offenbar nicht passte. Er schüttelte wiederholt den Kopf und machte ablehnende Gesten mit den Händen. Schließlich fuhr er sie an, machte auf dem Absatz kehrt und ließ sie stehen. Wie ich aus ihrem überraschten Gesichtsausdruck schloss, war er wohl sonst nicht so unhöflich.

Zumindest nicht ihr gegenüber. Mich hingegen hatte er praktisch beschuldigt, eine Verbündete der Attentäterin zu sein. Ganz zu schweigen davon, dass ich angeblich irgendeinen dubiosen Plan durchkreuzt hatte, der mit seiner Selbstverstümmelung zu tun hatte. Vielleicht stand er ja auf perverse blutige Sexspielchen. Und er war auf jeden Fall sexy genug für fünf Männer. Da war durchaus davon auszugehen, dass er es als tyrannischer, arroganter Egozentriker liebte, wenn die Frauen ihn umgarnten und sich vor ihm erniedrigten. Männer! Hätte ich nicht – manchmal, unter gewissen Umständen – so eine Schwäche für sie, dann hätte ich sie mir schon längst komplett abgewöhnt.

Als die Polizei endlich die Befragung der Augenzeugen beendet hatte, war ich völlig erschöpft. Ich konnte mich kaum noch aufrecht halten, und obwohl mir eine nette Polizistin irgendwann einen Stuhl gebracht hatte, fühlte sich mein Bein an, als hätte es jemand beim Messerwerfen als Zielscheibe verwendet. Ich erhob mich langsam und knickte beim ersten Schritt fast um, doch dann bekam ich mein Bein wieder unter Kontrolle. Im selben Moment drehte sich Christian, der mit dem leitenden Polizeibeamten sprach, zu mir um und kniff argwöhnisch die Augen zusammen. Sie waren beinahe pechschwarz. Ich setzte ein hoffentlich passables höfliches Lächeln auf und hinkte zur Tür. Bei jedem Schritt spürte ich, wie sich sein Blick in meinen Rücken bohrte.

„Allie! Warte mal! Ich bin nicht mehr so schnell auf den Beinen wie früher!"

„Du warst noch nie schnell auf den Beinen. Gib es doch zu, Joy, du bist eine Amazone. Eine fette Amazone."

„Ich bin schwanger, du Zwerg! Da darf ich fett sein!" Joy kam schnaufend zu mir und gab mir ihre Karte. „Komm doch morgen zum Tee zu uns. Dann können wir uns in Ruhe unterhalten."

Ich warf einen Blick über ihre Schulter in Christians Richtung, der mich immer noch mit zusammengekniffenen Augen beobachtete. „Danke – aber nein, danke! Ich glaube, euer Freund da hinten kann mich nicht besonders gut leiden."

Joy legte den Kopf schräg, und Roxy grinste.

„Christian wird nicht da sein. So früh steht er nicht auf. Wir sind unter uns. Und vielleicht lernst du Raphael kennen."

„Das ist ihr Verlobter", erklärte Roxy.

Ich schaute unwillkürlich auf Joys dicken Bauch.

Roxy bedachte ihre Freundin mit einem bedeutungsvollen Blick. „Ich habe dir doch gesagt, ihr hättet heiraten sollen, sobald du wusstest, dass du schwanger bist. Was das arme Kind alles durchmachen muss, wenn man nicht rechtzeitig den Bund der Ehe schließt …"

„Komm doch bitte", sagte Joy zu mir. Die Wärme und Herzlichkeit, die sie ausstrahlte, waren entwaffnend. Ich zögerte, doch dann nahm ich ihre Karte an. Joys Lächeln wurde noch breiter.

„Meinst du, wir sollten ihr das mit den Schritten erklären?", fragte Roxy sie.

„Das mit den Schritten? Ihr wisst doch, dass ich ein schlimmes Bein habe."

Joy blickte nachdenklich drein. „Daran hatte ich gar nicht gedacht, aber du hast recht. Christian hat gerade den zweiten Schritt absolviert. Wenn ihn das nicht überzeugt, dann weiß ich auch nicht mehr weiter. Jetzt *muss* er mir einfach glauben."

„Was denn für einen zweiten Schritt?“, fragte ich irritiert. „Und wovon willst du ihn überzeugen? Warum habe ich das Gefühl, dass ich im falschen Film bin?“

Roxy stieß mich mit dem Ellbogen an. „Der dritte Schritt wird dir gefallen, glaub mir!“

„Der dritte Schritt wovon?“, fragte ich.

Joy stemmte die Hände in den Rücken und verzog dabei das Gesicht. „Das erklären wir dir alles morgen. Vier Uhr. Wir haben einiges zu besprechen.“

Mein Gefühl sagte mir, dass dies die Untertreibung des Jahres war.

4

Als ich endlich in mein Hotelzimmer zurückkehrte, war es zu spät, noch im GEDÜ-Büro anzurufen und Namen und Adresse der Eremitin zu erfragen, die mir möglicherweise bei meinem Problem mit der Geisterbefreiung helfen konnte. Also nahm ich ein langes Bad, bis meine Haut völlig verschrumpelt war, dann zog ich eine kurze Schlafanzughose und ein T-Shirt an und wickelte mich in einen schlabberigen grünen Bademantel. So fühlte ich mich pudelwohl, obwohl ich mit meinem vernarbten Bein, den komischen Augen und der saloppen Abendgarderobe sicherlich keinen atemberaubenden Anblick bot.

„Tja, Mieze, wie es aussieht, verbringen wir noch eine Nacht zusammen. Ich hoffe, du versteckst dich morgen wieder, wenn das Zimmermädchen kommt. Ich befreie dich, so schnell ich kann, aber ein Weilchen wird es schon noch dauern. Ich muss erst noch mit dieser Eremitin sprechen."

Ich setzte mich an den Tisch, um mir ein paar Notizen zu den Ereignissen des Abends zu machen, dann zog ich rasch meinen Jogginganzug über, ging nach unten und schrieb Corrine eine kurze Mail, um sie zu informieren, dass ich das signierte Buch für sie bekommen hatte. Dann hing ich noch ein bisschen in der Lounge herum, aber wegen der komischen Blicke, mit denen man mich bedachte (Jogginganzug und Sonnenbrille waren offensichtlich nicht der letzte Schrei), zog ich mich bald wieder in mein Zimmer zurück.

„Vom Schutz der Privatsphäre hält man in London anscheinend nicht viel", stellte ich fest, als ich die Tür hinter mir schloss: Christian saß in dem einzigen bequemen Sessel, den mein Zimmer zu bieten hatte. Die Beine hatte er mit lässiger Eleganz übereinandergeschlagen, und er rieb sich nachdenklich das Kinn, während er die dreibeinige Katze beobachtete, die unter dem Bett auf dem Rücken lag und mit den Fransen der Tagesdecke spielte. „Wie bist du hereingekommen? Was hast du dir dabei gedacht, einfach hier einzudringen? Was war das vergangene Nacht für ein komisches Happening, und wer waren diese Leute, die davongelaufen sind? Wie kannst du es wagen, mir zu unterstellen, ich hätte etwas mit der Verrückten mit der Pistole zu tun, und bist du nun ein Vampir oder nicht?"

Er zog seine eleganten dunklen Augenbrauen hoch und erhob sich würdevoll, um sich formvollendet vor mir zu verbeugen. „Ich glaube, wir wurden einander noch nicht offiziell vorgestellt. Ich bin Christian Johann Dante. Und dein Name ist …" Er runzelte die Stirn. „Allie?"

„Richtig, das ist die Kurzform von Allegra."

„Aha. Verkleinerungsformen mag ich nicht; sie klingen so gewöhnlich. Ich werde dich Allegra nennen."

Mir sträubten sich sofort die Nackenhaare. Ich nahm den Holzstuhl, der vor der Frisierkommode stand, und setzte mich so hin, dass ich Christian im Visier hatte. „Ach was? Dann will ich dir mal was sagen, du arroganter Schnösel! Mein Zwillingsbruder hat mir diesen Kosenamen gegeben, als er noch klein war. Mein Bruder, der achtzehn Jahre darauf bei dem Unfall ums Leben kam, durch den mein rechtes Bein verkrüppelt wurde. Du wirst es mir also nachsehen müssen, wenn ich diesen Namen kein bisschen gewöhnlich finde."

Er stand einfach nur da und sah mich an, bis ich schließlich genervt stöhnte und ihn bat, sich wieder zu setzen.

„Es tut mir leid, dass du deinen Bruder verloren hast. Auch ich habe in der Jugend einen Bruder verloren, der mir lieb und teuer war. Es hat viele Jahre gedauert, bis ich mir verzeihen konnte, dass ich selbst noch lebe, während er tot ist."

Ich sah ihn überrascht an, denn es erstaunte mich, dass er wegen des Todes seines Bruders die gleichen Gefühle gehabt hatte wie ich, als Leslie gestorben war.

„Erzähl mir von diesem Unfall. Wie alt warst du damals?"

Augenblicklich verschloss ich mein Bewusstsein vor ihm, weil ich spürte, wie er es sanft zu erforschen versuchte. In meinem Kopf stöberte niemand herum, wenn ich es nicht wollte! „Warum beantwortest du nicht erst mal ein paar Fragen, bevor du welche stellst? Zum Beispiel, wie du in mein Zimmer gekommen bist!"

Er zuckte mit den Schultern, und auch das sah elegant bei ihm aus. Er trug einen schlichten schwarzen Pullover und eine ganz normale schwarze Hose, aber ich hatte seltsamerweise das Gefühl, dass er eigentlich ganz anders gekleidet sein müsste: Ich fand, er sollte Rüschenhemden aus Seide mit Spitzenbesatz an den Manschetten tragen, kombiniert mit einer schillernden Weste, wie sie die Männer vor ein paar Jahrhunderten getragen haben, dazu enge Hosen und Stiefel, die bis zu den Knien reichten. Und eine Reitgerte sollte er haben, denn er sah in meinen Augen ziemlich nach einem Reitersmann aus.

„Ich wollte mit dir reden. Ich wusste nicht, dass du bereits Besuch hast." Er warf einen Blick auf die Katze, die sich hingebungsvoll den Bauch leckte. „Und dass dir meine Anwesenheit so unangenehm ist. Ich hatte das Gefühl, wir hätten nach dem beklagenswerten Zwischenfall noch ein paar Dinge zu klären."

„So, so", entgegnete ich zweifelnd. „Zum Beispiel die Frage, was du letzte Nacht in dem Keller gemacht hast. Oder wie du so schnell von dort verschwinden konntest. Moment, beantworte am besten zuerst die wichtigste Frage: Bist du ein Vampir?"

Er sah mich mit seinen mahagoni- und goldfarben glitzernden Augen an, aber abgesehen von einer leicht hochgezogenen

Braue deutete nichts darauf hin, dass ihm dieses Thema auch nur im Entferntesten unangenehm war. „Ich stamme aus Mähren und bin somit ein Dunkler."

Na, damit war mir wirklich geholfen. „Also *bist* du ein Vampir?"

Er machte eine elegante Handbewegung und ließ meine Frage unbeantwortet.

„Okay, dann versuchen wir es anders: Ernährst du dich von Menschenblut?"

Zunächst reagierte er nicht, zuckte nicht einmal mit der Wimper. „Ja", entgegnete er schließlich, und der Schmelz seiner Stimme verlieh dem Wort eine Kraft, wie ich es noch nie erlebt hatte.

„Bist du unsterblich?"

Wieder zögerte er. „Ich kann getötet werden."

„Nun, das trifft wohl auf die meisten Lebewesen zu. Lass mich die Frage anders formulieren. In welchem Jahr wurdest du geboren?"

Er sah mir unverwandt ins Gesicht. „Im Jahre des Herrn elfhundertzwölf."

Ich rechnete kurz nach. „Das klingt für mich ziemlich unsterblich. Und verkohlst du im Sonnenlicht?"

Ein leises Lächeln spielte um seine Mundwinkel, und ich wünschte mir auf einmal, dieses Lächeln zu sein. „Verkohlen? Nein, aber mir bekommt Sonnenlicht nicht besonders gut."

„Gut", sagte ich und zählte die einzelnen Punkte an meinen Fingern ab. „Du trinkst also Menschenblut, du bist mehr oder weniger unsterblich und gehst nicht in die Sonne. Weißt du, das hört sich für mich alles in allem doch sehr nach einem Vampir an!"

„Dunkle werden häufig als Vampire bezeichnet", entgegnete er.

„Höre ich da ein ‚Aber' heraus?"

Nun lächelte er ganz unverhohlen, und mir wurde etwas zu warm in meinem Jogginganzug. „Die Vampirmythologie und die Geschichte der Dunklen sind ähnlich, aber keineswegs identisch."

„Oh. Dann bist du also so etwas wie ein gutartiger Vampir? Ein Quasi-Vampir? Sozusagen die Lightversion eines Vampirs? Ziehst du durch die Welt und vollbringst gute Taten? Oder bist du einfach nur ein Vampir mit einem gewaltigen Komplex, der andere gern herumkommandiert und sich zum Spaß den Körper aufschlitzt?"

Er besaß tatsächlich die Frechheit, auf meine Worte mit einem äußerst gequälten Blick zu reagieren. „Du bist die respektloseste Frau, die mir je begegnet ist!"

„Und du weichst vom Thema ab."

„Das tue ich gleich noch einmal: Warum hast du einen Katzengeist in deinem Hotelzimmer?"

„Weißt du eine bessere Unterbringungsmöglichkeit?", fuhr ich auf, bedauerte meinen scharfen Ton aber sofort. „In diesem Zimmer spukt es angeblich. Ich habe versucht, den Geist zu beschwören, der hier zu Hause ist, aber stattdessen ist diese Katze aufgetaucht."

„Und gestern in dem alten Gasthaus warst du auch auf Geisterjagd?"

„Moment, wir sind noch nicht mit *meinen* Fragen fertig!"

„In der Regel besteht eine Konversation aus Geben und Nehmen. Ich habe etwas gegeben und erwarte nun, dass ich auch etwas bekomme."

Die Art und Weise, wie er das sagte, törnte mich extrem an und machte mich zugleich unglaublich wütend. Ich stand auf und stemmte die Hände in die Hüften. „Ja, ich war gestern tatsächlich in dem alten Gasthaus, um Geister zu beschwören. Das ist mein Job, ich bin Beschwörerin. Ich hatte allerdings keinen Erfolg, falls das deine nächste Frage gewesen wäre. Die Katze ist alles, was ich bisher an Geistern beschwören konnte, also wäre ich dir dankbar, wenn du ihr gegenüber ein bisschen mehr Respekt an den Tag legen würdest. Sie ist zwar kein Knaller, aber sie ist alles, was ich habe. Und außerdem habe ich versucht, sie auf die nächste Existenzebene zu schicken, aber irgendwie hat das Befreiungsritual nicht richtig funktioniert."

Er lächelte wieder, und abermals geriet mein (Christian-freundlicher) Körper mit meinem (definitiv Christian-feindlichen) Verstand in Konflikt. „Dann hättest du mich also gar nicht befreien können, wenn ich tatsächlich eine gequälte Seele gewesen wäre?"

Ich hob resigniert die Hände. „Woher soll ich das wissen? Ich habe noch nie versucht, den Geist eines Menschen zu befreien. So, jetzt habe ich gegeben, und du bist wieder an der Reihe. Was hast du in diesem Keller gemacht?"

Sein Lächeln schwand, als er sich erhob. Er machte zwei Schritte auf mich zu und kam mir so nah, dass ich seine Körperwärme spüren konnte. Er nahm mir die Brille ab, schaute mir prüfend in das eine, dann in das andere Auge und zeichnete mit dem Finger die Konturen meines Kinns nach. Ich wollte zurückweichen und mich gegen die seltsame Anziehungskraft zur Wehr setzen, die er auf mich ausübte, aber ich konnte es nicht. Sein warmer Blick ruhte auf meinem Gesicht, und seine Finger jagten kleine feurige Schauder über meinen Hals, die sich in alle erdenklichen Teile meines Körpers ausbreiteten.

„Joy meint, du seist meine Auserwählte, die Frau, der ein Leben an meiner Seite bestimmt ist."

„Oh", hauchte ich. Einerseits wollte ich nicht, dass er aufhörte, mich zu berühren, andererseits wollte ich auf keinen Fall in seinen Bann geraten. Ich wusste, was dabei herauskam, wenn ich zuließ, dass ein Mann Macht über mich hatte. Diesen Fehler würde ich nie wieder machen. Es kostete mich einige Mühe, aber ich trat langsam einen Schritt zurück. Sein Blick war völlig verschlossen, als er seine Hand sinken ließ.

„Ich glaube, Joy irrt sich“, sagte ich mit fester Stimme.

Er sah mich einen Moment lang prüfend an, dann nickte er. „Ich denke, du hast recht. Ich müsste meine Auserwählte sofort erkennen, wenn ich sie nur von Weitem sehe, und sie müsste es auch fühlen, aber weder bei dir noch bei mir tut sich etwas. Ich fürchte, ich muss Joy enttäuschen und ihr die Wahrheit sagen.“

„Ich bin sicher, sie wird darüber hinwegkommen“, entgegnete ich etwas heiser. „Und ich werde es auch verkraften.“

Wieder huschte der Anflug eines Lächelns über sein Gesicht, und dann lag ich plötzlich in seinen Armen, fest an seine Brust geschmiegt, und spürte den Druck seiner Oberschenkel gegen meine Beine. „Dann dürfte es ja kein Problem sein, wenn wir den Sachverhalt kurz überprüfen, nicht wahr?“, sagte er, und im nächsten Moment küsste er mich.

Eines musste ich dem Mann lassen: In seinem über neunhundert Jahre währenden Leben hatte er zu küssen gelernt. Seine Lippen waren zuerst hart und tyrannisch, doch dann wurden sie unvermittelt weich und zärtlich. Seine Zunge drängte in meinen Mund und tat Dinge, von denen ich gar nicht wusste, dass eine Zunge sie tun kann. Ich ließ mich ungefähr eine Minute lang von ihm küssen, dann löste er sich von mir.

„Du machst nicht mit?“

„Das hast du gut erkannt!“

Er rückte etwas von mir ab, um mir besser in die Augen sehen zu können. „Du fühlst dich von mir angezogen. Das spüre ich. Du schaust mich gern an. Dein Herz schlägt schneller, wenn ich in deiner Nähe bin, und trotzdem gestattest du es dir nicht, einen einfachen Kuss zu genießen?“

„Weißt du, Romeo, ich fühle mich öfter mal von einem Mann angezogen. Das bedeutet lediglich, dass ich eine gesunde Libido habe. Und wenn du im Spiel bist, ist mit Sicherheit gar nichts einfach, nicht einmal ein Kuss."

Irgendwie schien er sich über meine Worte zu freuen. „Wir versuchen es noch einmal, und diesmal machst du mit!"

Ich wich zurück. „Danke, aber ich glaube, du hast meine Zähne ausführlich genug untersucht."

Seine Augen wurden schwarz.

„Spar dir deine Tricks, du Angeber!" Ich stieß ihn zurück und ging zu meiner Tasche, um ein paar Geräte herauszuholen. Wenn ich schon einen Vampir zu Besuch hatte, konnte ich wenigstens ein paar Messungen vornehmen und meine Materialsammlung erweitern.

Das sagte ich mir jedenfalls. In Wahrheit musste ich auf Abstand zu Christian gehen, um nicht über ihn herzufallen und ihn zu küssen, bis ihm die Vampirzähne ausfielen.

Als ich mich wieder zu ihm umdrehte, lehnte er an der Wand und fuhr sich nachdenklich mit dem Finger über seine sinnlichen Lippen. Mein Gehirn rebellierte einen Moment lang und erging sich in Technicolor-Breitbild-Erinnerungen daran, wie es sich anfühlte, von diesen Lippen geküsst zu werden. Ich wies meinen mentalen Filmvorführer an, sich den Abend freizunehmen, und konzentrierte mich auf den Ionenanalysator.

„Warum trägst du Männerkleidung?"

Ich überhörte die Frage und nahm die Wärmebildkamera zur Hand.

„Ich will nicht, dass meine Frau männliche Angewohnheiten hat. Frauen sollten feminin sein, feinfühlig und hingebungsvoll. So sieht es deine Rolle vor, aber du bist nichts von alldem."

„Zum Glück bin ich ja nicht deine Frau", entgegnete ich und verbot meinem Gehirn, sich auszumalen, wie es wohl wäre, mit ihm zusammen zu sein. Er war zwar unglaublich sexy, aber zugleich herrschsüchtig und arrogant, und diese Eigenschaften waren sehr gefährlich.

„Ich sagte, du bist nicht meine Auserwählte. Davon, dass du nicht meine Frau sein könntest, habe ich nichts gesagt."

Ich erschauderte angesichts der dunklen Verlockung, die in seiner Stimme schwang. Irgendwo hatte ich gelesen, dass Vampire allein kraft ihrer Stimme Frauen verführen können – und daran hatte ich nicht den geringsten Zweifel. Ich schaltete mein Diktiergerät ein. Vielleicht konnte zu Hause im Büro jemand Christians Stimme analysieren und herausfinden, was sie so anziehend und evokativ machte. „Bist du eigentlich schon als Vampir auf die Welt gekommen, oder hat ein anderer Vampir an dir geknabbert und dich verwandelt?"

„Du bist außerdem eigensinnig und stur, und es mangelt dir an Selbstvertrauen."

Ich biss die Zähne zusammen, schaute auf das Messgerät für elektromagnetische Wellen und notierte mir, was es anzeigte. Ich würde mich doch nicht von ihm provozieren … *Hey!* Ich sah ihn grimmig an. „Stur? Nicht genug Selbstvertrauen? Wer beleidigt denn jetzt wen?"

„Das war keine Beleidigung, sondern eine Feststellung."

„Na, dann pass mal auf, ich habe auch ein paar Feststellungen zu machen!" Ich legte das Messgerät zur Seite, hinkte auf Christian zu und bohrte ihm den Zeigefinger in die Brust. Er ergriff meine Hand und hielt sie fest. Ich ignorierte die herrlichen Gefühle, die durch die Berührung in mir ausgelöst wurden, und polterte los: „Zu deiner Info, Dracula, die Frauen haben sich emanzipiert! Wir können selbstständig denken, treffen unsere eigenen Entscheidungen, und stell dir vor, wir führen ein glückliches und zufriedenes Leben, ohne dass uns neunmalkluge Männer erzählen, was wir zu tun haben. Außerdem bin ich

Beschwörerin. Das bedeutet zwangsläufig, dass ich einen starken Willen habe, und das hat mit Sturheit nicht das Geringste zu tun! Und was das Selbstvertrauen angeht – ich vertraue sehr auf mich und meine Fähigkeiten. Dass ich beim Beschwören bislang noch keine großen Erfolge verzeichnet habe, bedeutet nicht, dass ich es nicht kann. Ich kann es, das weiß ich, aber mein Fachgebiet ist nun mal keine exakte Wissenschaft, und es kommen viele unterschiedliche Faktoren ins Spiel, wenn man sich mit Geistern befasst."

„Ich habe nicht gemeint, dass es dir in Bezug auf dein Können an Selbstvertrauen mangelt, sondern vielmehr in Bezug auf dein Aussehen."

„An meinem Aussehen kann ich nichts ändern", entgegnete ich patzig. „Mir sind meine Makel durchaus bewusst, wenn du das meinst. Dass ich versuche, mit dem, was ich habe, so gut wie möglich zurechtzukommen, hat für mich nichts mit mangelndem Selbstvertrauen zu tun."

„Du verhüllst deinen äußerst femininen Körper mit formloser männlicher Kleidung, genau wie du deine Augen hinter einer dunklen Sonnenbrille versteckst."

„Ich trage Hosen, weil sie viel praktischer sind als Röcke und hohe Absätze, wenn man sich in Spukhäusern herumtreibt. Und ich trage eine Sonnenbrille, weil ich es etwas ermüdend finde, fünfzigmal am Tag als Missgeburt bezeichnet zu werden. Sonst noch Fragen, Sherlock? Oder kann ich mit meinen Untersuchungen fortfahren?"

„Dass du dich zu mir hingezogen fühlst, überspielst du durch Ablehnung."

Ich grinste und schaute auf meinen Ultraschalldetektor. „Aha, allmählich kommen wir der Wahrheit näher. Du bist sauer, weil ich nicht so auf deinen Kuss reagiert habe, wie du es erwartet hast. Dein männlicher Stolz ist angekratzt. Du Armer! Du bist es gewöhnt, dass die Mädels vor Verzückung in Ohnmacht fallen, wenn du sie küsst, nicht wahr? Tja, wie anziehend ein Mann tatsächlich ist, zeigt sich eben erst, wenn er seine Verführungskünste spielen lassen muss, ohne auf mentale Manipulation zurückgreifen zu können!"

Im Nachhinein betrachtet war es nicht sehr weise, ihn derart zu provozieren. Merke: niemals die Männlichkeit eines Vampirs infrage stellen – es sei denn, man ist härter als Granit oder tot. Man zieht nämlich immer den Kürzeren.

Er hatte mich gepackt, bevor ich Luft holen konnte, zog mich an sich und umklammerte mich erbarmungslos mit seinen stahlharten Armen. Aber es waren nicht seine Arme, die mir Sorge bereiteten, sondern vielmehr die Entschlossenheit, die aus seinen wunderschönen (nun nussbraunen) Augen sprach.

„Du bist unmöglich!", sagte er, und sein Mund kam meinem ganz nah. Ich spürte seine Erregung, und mein Körper reagierte umgehend darauf, obwohl ich sofort sämtliche Brandmeister losschickte, um all die herrlich kribbelnden Feuer zu löschen, die er in mir entfachte. „Du verspottest und beschimpfst mich, du hast keinen Respekt vor meiner Macht, und trotzdem weckst du Gefühle in mir, wie ich sie seit Jahrhunderten nicht gehabt habe."

Für einen kurzen Moment drang er in mein Bewusstsein vor, und ich merkte, dass ich weich wurde, als ich erkannte, wie groß seine Not war. Ich hatte seine inneren Qualen nicht vergessen, die ich im Traum und auch im Keller des alten Gasthauses gespürt hatte, aber ich hatte angenommen, sie seien in meiner Erinnerung viel schlimmer als in der Realität. Nun wusste ich, dass dies nicht stimmte. Christian war im Grunde seines Herzens zutiefst verzweifelt und sehnte sich nach Liebe, denn sie war der Schlüssel zur Rettung seiner Seele. Er sehnte sich danach, endlich von Schmerz und Hoffnungslosigkeit befreit zu werden. Doch mein Selbsterhaltungstrieb hielt mich dazu an, ihn aus meinem Bewusstsein auszusperren, und ich wehrte mich mit aller Kraft dagegen, der Verlockung seiner Lippen zu erliegen, aber in diesem Moment küsste er mich auch schon.

Diesmal war keine Zärtlichkeit im Spiel, nur Dominanz. Ich versuchte, ihm Widerstand zu leisten, doch er war stärker und ließ mir keine andere Wahl, als ihn gewähren zu lassen. Er verschlang mich förmlich, und wie er sich so über mich hermachte, wurde mir klar, dass er mir alles rauben würde, was ich im Leib hatte, bis nur noch eine leere Hülle von mir übrig war. Gegen ihn anzukämpfen war zwecklos, und ich war auch gar nicht sicher, ob ich das konnte. Es machte mir Angst, wie er Besitz von mir ergriff, doch sein brennendes Verlangen war übermächtig. Die Triebe und meine wachsende Lust, die er mich nicht verleugnen lassen würde, wie ich deutlich spürte, halfen mir schließlich aus meinem Dilemma heraus. Ich gab mich ihm hin, glich seine Härte durch Sanftheit aus und setzte seiner Macht die meine entgegen. Auf wundersame Weise wurde aus dem Kampf um Dominanz ein erotisches Spiel, und durch die Vereinigung unserer Begierde ging der Kuss rasch über die bloße Berührung zweier Münder hinaus. Ohne nachzudenken, nahm ich seinen Schmerz in mir auf und schenkte ihm im Gegenzug Wärme.

Unvermittelt löste er sich von mir und gab mich frei.

Ich hielt mich noch einen Augenblick benommen an ihm fest, bis ich meinen Körper wieder unter Kontrolle hatte. Dann wandte ich mich rasch ab, damit ich den Triumph in seinen Augen nicht sehen musste. „Okay, du hast mich überzeugt. Du bist der beste Küsser auf der ganzen Welt. Ich lasse gleich morgen früh eine schicke Plakette für dich anfertigen. Gibst du jetzt endlich Ruhe? Ich habe zu arbeiten."

Ich sammelte meine Geräte zusammen und setzte mich auf den Fußboden. Die Katze lag zusammengerollt unter dem Sessel und schlief. Christian schwieg, während ich mit der Kreide einen Kreis zeichnete. Nach einer Weile rang ich mich dazu durch, ihn anzuschauen. Er beobachtete mich, aber von Triumph war in seinen Augen nichts zu sehen. Vielmehr lag eine gewisse Verletzlichkeit in seinem Blick. Ich schaute rasch wieder auf meinen Kreis. Mit einem arroganten, herrschsüchtigen Christian konnte ich umgehen, aber nun sah er so aufgewühlt aus, wie ich mich fühlte, und das war eine ganz andere Sache. Es drängte mich, ihn zu trösten, ihn in die Arme zu schließen und mit meinen Küssen diesen sorgenvollen, schmerzerfüllten Ausdruck von seinem Gesicht zu vertreiben, aber ich wusste nur zu gut, wie ein tyrannischer Mann auf so etwas reagierte: Er würde mein Mitgefühl und meine Aufrichtigkeit dazu missbrauchen, die Kontrolle über mich zu übernehmen. Nie wieder, schwor ich mir und zeichnete ein Schutzsymbol auf meine linke Hand und über mein rechtes Auge.

„Was tust du da?"

Seine Stimme strich wie eine warme Brise über meine Haut. Ich zeichnete den Kreis sicherheitshalber noch einmal nach, weil ich befürchtete, dass ich ihn – durch Christians Anwesenheit abgelenkt – nicht ganz geschlossen hatte (wodurch er unbrauchbar gewesen wäre). „Ich bin Beschwörerin, also führe ich wohl eine Beschwörung durch."

„Warum?"

Offensichtlich hatte er sich schon wieder von unserem Kuss erholt. Ich jedoch nicht. Innerlich zitterte ich immer noch, was mich allerdings nicht davon abhielt, ihm einen genervten Blick zuzuwerfen. „Das tun Beschwörer nun mal. Wenn ich dich langweile, kannst du ja gehen."

Er lehnte sich erneut gegen die Wand. „Ich wollte nicht wissen, warum du generell Beschwörungen durchführst, sondern warum du es ausgerechnet jetzt machst. Hattest du nicht gesagt, du hättest es schon ausprobiert und nur die Katze auf den Plan gerufen?"

Ich wollte gerade etwas von „beharrlich bleiben" und „nicht aufgeben" sagen, aber dann fiel mir ein, dass er das vermutlich nur zum Anlass nehmen würde, um damit zu prahlen, was für einen positiven Einfluss er auf mich hatte. Also öffnete ich das Fläschchen mit der Totmann-Asche und bemühte mich, einen klaren Kopf zu bekommen. „Ich werde so lange versuchen, den Geist eines Menschen zu beschwören, bis ich wieder nach Hause muss."

Bevor er etwas sagen konnte, sprach ich die Beschwörungsformel, bemerkte die geöffnete Tür und verstreute reichlich Asche über dem Kreis. Wie gehabt verteilte sie sich in der Luft, und während ein Großteil davon innerhalb des Kreises zu Boden rieselte, flirrten mir die restlichen Flöckchen um die Nase.

„Das sieht ja wüst aus! Gibt es keine bessere Methode, um Geister zu beschwören?"

„Kommentare von Untoten sind nicht erwünscht", entgegnete ich, wedelte mit der Hand die Asche fort und starrte in den Kreis. Wie bei meinen letzten vier Beschwörungsversuchen in dem alten Gasthaus tat sich gar nichts. „Verdammte Asche!" Ich hielt mir rasch die Nase zu. „Die dringt aber auch in sämtliche Ritzen. Oh nein, ich glaube, ich muss …"

Ich nieste fürchterlich. Als ich die Augen wieder öffnete, stand Christian neben mir und schaute gespannt in den Kreis. Darin ballte sich die Luft zusammen und wurde immer undurchsichtiger, bis eine kleine, stämmige Frau mit dicken Korkenzieherlocken auf dem Kopf aus dem Nebel auftauchte.

Ich starrte den Geist sprachlos an und bekam eine Gänsehaut auf den Armen, als mir klar wurde, dass ich es geschafft hatte. Ich hatte meinen ersten menschlichen Geist beschworen! Ganz allein! Bingo!

Eine gebräunte Hand tauchte vor meinem Gesicht auf. (Wie bekam ein Vampir überhaupt Farbe? Gab es etwa Sonnenstudios speziell für Untote?) Ich ergriff sie und ließ mir aufhelfen.

Christian zog eine Augenbraue hoch und schaute von mir zu dem Geist. Auch ich sah ihn neugierig an. Die alte Dame trug einen schlabberigen grünen Bademantel, der meinem verdächtig ähnlich war, und darunter ein hochgeschlossenes, knöchellanges Flanellnachthemd. Sie musste geschlafen haben, als das Hotel bombardiert wurde.

Ich verankerte den Geist und brach den Kreis. „Äh … hallo! Ich nehme an, Sie sind die Dame, die bei dem Brand umgekommen ist."

Sie reckte sich und zupfte an ihrer Frisur herum. „Nun, an ein Feuer kann ich mich nicht erinnern, aber ich habe in diesem Zimmer gewohnt. Esme ist mein Name, Esme Cartwright. Und wer sind Sie?"

„Mein Name ist Allie", sagte ich. „Allegra", korrigierte ich mich rasch mit einem Blick in Christians Richtung. „Und das ist Christian Dante."

„Es ist mir ein großes Vergnügen, Sie kennenzulernen, Madam", sagte er und machte eine elegante Verbeugung.

„Na so was, ein Dunkler!" Sie kicherte, und ich hätte glatt gesagt, sie machte Christian schöne Augen, wenn sie nicht seit über fünfzig Jahren tot gewesen wäre. Dann sah sie mich mit einem kecken Lächeln an. „Ich muss schon sagen, Sie haben einen ausgezeichneten Geschmack, meine Liebe. Er ist eine Freude für das Auge."

„Oh, er gehört nicht zu mir", erwiderte ich.

Christian legte den Arm um meine Taille und zog mich an sich. „Wir sind noch dabei zu ergründen, von welcher Art unsere Beziehung genau ist."

„Nein, das sind wir nicht", widersprach ich und stieß ihn in die Rippen, bis er mich losließ. „Es gibt keine Beziehung, und da ist auch nichts zu ergründen."

„Oh, ein Streit unter Liebenden!", sagte Esme vergnügt und klatschte in die Hände. Ich sah sie böse an. „Ich habe viele junge Freunde, und sie sind alle der Meinung, dass ich die besten Ratschläge erteile. Wenden Sie sich in der Stunde der Not an mich, mein Kind!"

Ich musste sehr an mich halten, um nicht mit den Augen zu rollen. „Vielen Dank, Mrs. Cartwright. Ich werde daran denken", antwortete ich höflich.

„Esme, bitte", verbesserte sie mich sanft. „Sich beim Vornamen zu nennen ist doch viel angenehmer, finden Sie nicht? Und jetzt müssen Sie mir unbedingt erklären, was ich eigentlich hier mache, denn ich erinnere mich nur noch daran, dass ich mich nach dem entsetzlichen Vorfall mit den Frischvermählten schlafen gelegt habe. Wissen Sie, die beiden nahmen Anstoß daran, dass ich bei ihnen hereingeschaut hatte, um ihnen mit meinem Rat hilfreich zur Seite zu stehen."

Endlich war der Moment gekommen, auf den ich mich so lange vorbereitet hatte! Dem ich so entgegengefiebert hatte! Ich räusperte mich und versuchte Christian – so gut es ging – zu ignorieren. „Ich habe Sie beschworen, um der Menschheit Aufschluss über das Leben nach dem Tode zu geben. Wenn Sie gestatten, würde ich gern ein paar Messungen durchführen und Ihnen einige Fragen stellen, und dann werde ich Sie mit dem größten Vergnügen befreien und an den Ort Ihrer Bestimmung schicken. Und wenn Sie das Gefühl haben, noch etwas erledigen zu müssen, jemandem noch etwas sagen zu müssen, dann werde ich Ihnen gern dabei helfen, so gut ich kann. Bedenken Sie jedoch, dass Sie vor über fünfzig Jahren verschieden sind und die Wahrscheinlichkeit, dass ich Ihre Lieben kontaktieren kann, nicht sehr groß ist."

Es war eine schöne Rede, eine wirklich sehr schöne Rede, und sie kam von Herzen, aber Esme bekam nicht viel davon mit, denn die Katze, die offensichtlich durch die Beschwörung in ihrem Schlaf gestört worden war, kam unter dem Sessel hervor. Als Esme sie sah, lief sie kreischend auf sie zu und nahm sie auf den Arm. Sie küsste und knuddelte sie und drehte sich mit ihr im Kreis und drückte das arme Tier immer wieder an ihren üppigen Busen. „Da ist ja mein kleiner Schnuckel! Da ist ja Mamas Liebling!", rief sie ein ums andere Mal.

„Hmmm", machte ich und nahm mein Notizbuch zur Hand. „Interessant. Geister, die an denselben Ort gerufen werden, können körperlich interagieren."

„Offensichtlich", entgegnete Christian und verzog das Gesicht, als er beobachtete, wie Esme den Kopf der Katze mit Küssen pflasterte.

„Hast du etwa nie ein Haustier gehabt?", fragte ich.

„Mehrere. Sie sind alle gestorben."

Ich sah ihm ins Gesicht und nahm einmal mehr den Schmerz wahr, der seinen Blick trübte. „Was willst du eigentlich von mir?", platzte es unvermittelt aus mir heraus.

Ein Lächeln huschte über sein Gesicht, und seine Augen wurden so hell wie Eichenholz. „Wäre Erlösung zu viel verlangt?"

Ich verbot mir, sein Lächeln zu erwidern. „Wahrscheinlich."

„Verstehe. Wie wäre es dann mit einer Verabredung für morgen Abend? Es gibt da eine Vorführung, die dich interessieren könnte."

„Mein lieber kleiner Schnuckel! Hast du die Mama vermisst? Du hast mir so gefehlt, mein Schnuckelchen!"

„Was für eine Vorführung denn?"

„Ein Experiment, sollte ich vielleicht besser sagen. Ein bekanntes Medium hat Leute mit übersinnlichen Fähigkeiten dazu eingeladen. Die Veranstaltung ist öffentlich."

Ich fragte mich, woher Christian von der Spiritistenparty wusste, aber wahrscheinlich pfiffen das die übersinnlichen Spatzen bereits von den Dächern. „Ich habe davon gehört. Das kann ganz interessant sein, obwohl ich eigentlich nicht weiß, warum du da mit mir hingehen willst. Schließlich bin ich kein bisschen feminin und unterwürfig und sanftmütig, und außerdem habe ich noch dieses Riesenproblem mit meinem Aussehen."

Er kam zu mir und fasste mir ans Kinn, und sofort begannen kleine Flammen der Lust an meinem Hals zu züngeln. „Du bist aber auch eine sehr begabte Frau, und sehr intelligent, wenn auch ein wenig gefühlskalt."

Die Flammen erloschen. Ich schlug seine Hand fort und überging Esmes entsetzten Aufschrei. „Du bist der größte Schuft, der mir je begegnet ist! Seit du hereingekommen bist – als ungebetener Gast wohlgemerkt –, hast du mich in einem fort beleidigt, und jetzt hast du auch noch den Nerv, mir zu sagen, ich sei frigide?" Ich holte tief Luft und zeigte zur Tür. „Pass auf, dass dir die Tür nicht in den Rücken schlägt, wenn du das Zimmer verlässt!"

„Allie!", rief Esme empört. „Kind, so dürfen Sie doch nicht mit Ihrem Mann reden! Ein bisschen streng dürfen Sie schon sein, aber Sie dürfen niemals so ausfällig werden. Das ist ganz und gar nicht damenhaft."

Christian lächelte mich an – besser gesagt, er grinste so süffisant und vielsagend und selbstgefällig, dass ich ihm am liebsten eine schallende Ohrfeige verpasst hätte – und machte abermals eine altmodische Verbeugung, die wohl bei jedem anderen Mann lächerlich gewirkt hätte, bei ihm jedoch ganz wunderbar aussah. „Ich werde dich um zwanzig Uhr abholen."

„Raus!", brüllte ich und zeigte erneut zur Tür.

„Esme, es war mir ein Vergnügen. Ich hoffe, wir sehen uns wieder, aber falls Allegra herausfindet, was mit ihrem Befreiungsritual nicht stimmt, und es nicht dazu kommt, wünsche ich Ihnen jetzt schon einmal *bonne chance*."

„Ach, Christian, Sie sind wirklich ein Charmeur! Aber ich glaube, ich bin bestimmt noch ein Weilchen hier. Wie ich sehe, braucht Allie Unterstützung, den guten Rat einer Mutter."

„Esme, Sie sind nicht meine Mutter! Und Sie sind tot. Das sind nur zwei Gründe, warum Ihr Rat hier nicht gefragt ist."

Esmes Unterlippe begann zu zittern, und ihre Augen füllten sich mit Geistertränen.

„Und, bist du jetzt mit dir zufrieden? Du hast einen Geist zum Weinen gebracht!"

Ich sah Christian zornig an. „Wolltest du nicht gerade gehen? Oh, Esme, es tut mir leid, ich wollte Ihre Gefühle nicht verletzen. Es ist nur so … also, ich *habe* eine Mutter, und die ist noch sehr lebendig und gibt mir ständig gute Ratschläge, doch ich weiß Ihre Besorgnis wirklich zu schätzen …"

Esme zückte schniefend ein Taschentuch und putzte sich die Nase. Ich musste mir unbedingt notieren, dass auch Geistern die Nase lief, wenn sie weinten. „Aber Sie sind Amerikanerin! Dann lebt sie doch bestimmt in Amerika, oder? Sie brauchen auch hier eine Mutterfigur, mein Kind. Sie müssen offensichtlich noch eine ganze Menge über Männer lernen, und da ich viermal verheiratet war, bin ich genau die Richtige, um Ihnen zu erklären, worauf es ankommt. Und nun gehen Sie bitte, Christian", sagte Esme, steckte ihr Taschentuch ein und setzte ein strahlendes Lächeln auf. „Allie und ich haben eine Menge zu besprechen, und das ist nichts für Männerohren."

„Oh Gott, was habe ich nur getan?", stöhnte ich leise.

Aus Christians amüsiertem Lächeln wurde ein ausgewachsenes Grinsen, als er sich Esme zuwandte. „Sie haben meine ausdrückliche Erlaubnis, der jungen Dame Benehmen beizubringen. Zur Not mit dem Rohrstock."

Was als Witz gemeint war, tat mir in der Seele weh. Ich fragte mich, ob Christian jemals geschlagen worden war. Ich schon. Deshalb konnte ich solche Scherze auch nicht auf die leichte Schulter nehmen.

Sein Lächeln schwand, als er sich zu mir umdrehte. „Allegra? Stimmt etwas nicht?"

Ich spürte, wie er versuchte, meine Bewusstseinsbarrieren zu überwinden und meine Gedanken zu lesen. Ich verdrängte den Schmerz, den seine Worte mir bereitet hatten, und setzte ein Lächeln auf. „Alles in Ordnung. Gute Nacht, Christian."

Er sah mich durchdringend an und bemühte sich weiter, mein Bewusstsein zu erforschen, aber ich hatte einen starken Willen. Meine Gedanken für mich zu behalten war der erste Schritt zur Selbsterhaltung gewesen, den ich gelernt hatte. Es war eine harte Lektion gewesen, aber nun beherrschte ich es aus dem Effeff. Christian nickte kurz, drehte sich um und verließ das Zimmer.

Ich schloss die Tür hinter ihm und lehnte mich erschöpft dagegen. Erst jetzt wurde mir bewusst, wie sehr er mich innerlich aus dem Gleichgewicht gebracht hatte. Ich fühlte mich ausgelaugt und leer, fast als hätte ein Teil von mir mit ihm das Zimmer verlassen.

„Fantastereien, alles nur Fantastereien." Ich schüttelte missbilligend den Kopf und straffte die Schultern. Störende Einflüsse hin oder her, ich hatte zu arbeiten. Ich würde mir doch nicht von einem gut aussehenden Mann mit verführerischen Augen und sinnlichen Lippen ins Handwerk pfuschen lassen! Und ich würde mich nicht unterdrücken lassen, wie sehr er sich auch bemühte, mich zu beherrschen. Tapfer lächelnd drehte ich mich zu Esme um.

„Nur ein kleiner Ratschlag am Rande, meine Liebe. Ihr Lächeln sollte Ihre innere Schönheit widerspiegeln, Ihre natürliche Anmut. Sie sollten von innen heraus strahlen, und Ihr Lächeln sollte Ihrem Gegenüber das Herz erwärmen und ihn nicht an einen grinsenden Totenkopf erinnern."

Meine Mundwinkel sackten nach unten. Manchmal fragte ich mich wirklich, ob die ganze Beschwörerei überhaupt die Mühe wert war.

5

„Meine Liebe, Sie sind eine junge Frau. Und Sie haben einen flotten jungen Mann an Ihrer Seite. Sie sollten sich öfter mal die Haare aufdrehen, das würde wahre Wunder wirken!“

Ich biss die Zähne zusammen und notierte mir, was das EMW-Messgerät anzeigte.

„Und Ihre Kleidung – wirklich, ich verstehe ja, dass sie bequem ist, aber Sie müssen an Ihre Zukunft denken! Welcher Mann will schon eine Frau heiraten, die schlabberige Sporthosen und weite Pullis trägt? Sie haben doch eine sehr schöne Figur. Scheuen Sie sich nicht, sie zu zeigen!“

Knacks, mir brach die Spitze meines Bleistifts ab. Ich warf ihn leise knurrend weg und schrieb mit einem Kugelschreiber weiter.

„Und achten Sie auf Ihre Haltung! Mir ist bewusst, dass die Zeiten sich geändert haben, seit ich ein junges Mädchen war, aber meine Mutter wäre in Ohnmacht gefallen, wenn ich so einen Buckel gemacht hätte wie Sie. Schultern nach hinten, Kind, Rücken gerade und Kopf hoch! Eine Dame steht nicht so krumm da!“

Der Kuli bohrte ein Loch ins Papier. Ich schloss die Augen und atmete tief durch. Ich musste nur noch ein paar Dinge erledigen, dann konnte ich Esme auf die Reise schicken und hatte endlich meine Ruhe. Nachdem sie mir zwei Stunden lang nonstop Ratschläge erteilt hatte – gut gemeinte natürlich –, war ich mit den Nerven am Ende.

„Wissen Sie, wenn Sie einen anderen Eyeliner verwenden

würden, könnten Sie den Kontrast zwischen Ihren Augen ein wenig abschwächen. Dass sie sind, wie sie sind, lässt sich nicht ändern, aber aus dem, was man hat, muss man das Maximum herausholen, mit minimalen Mitteln, wenn Sie verstehen, was ich meine. Eine Dame malt sich nicht an wie ein billiges Flittchen. Sie unterstreicht vielmehr ihre natürliche Schönheit, und zwar ganz subtil, das ist das A und O der Kosmetik."

Ich nahm meine Digitalkamera und schaltete auf manuelle Steuerung um. „Könnten Sie Ihren ... äh ... Schnuckel kurz auf den Arm nehmen? Ich würde gern ein paar Bilder machen."

„Fotos! Oh ja, natürlich, mit dem größten Vergnügen. Komm her, mein Schnuckelschatz!"

Ich stellte das Bild scharf, vergewisserte mich noch einmal, dass der Blitz ausgeschaltet war (wie ich festgestellt hatte, waren Geister auf Fotos, die mit Blitzlicht gemacht wurden, fast nicht zu sehen), und machte mehrere Aufnahmen.

„Jetzt müssen Sie mich noch von links fotografieren", sagte Esme und warf sich in Pose, um mir ihr Profil zu präsentieren. „Das ist meine Schokoladenseite. Sie müssen immer an Ihre Schokoladenseite denken, meine Liebe. Nehmen Sie den Mann immer auf diese Seite, damit er das Schönste von Ihnen sieht. Und wir müssen uns über Ihre Augenbrauen unterhalten! Die jungen Damen heutzutage haben einfach keine Ahnung, wie man sie richtig in Form bringt."

„Meine Augenbrauen sind ganz in Ordnung, danke. Wie wäre es, wenn Sie sich jetzt an die Wand stellen? Ich würde gern ausprobieren, ob sie vor einem dunklen Hintergrund besser zu sehen sind."

„Oh, ganz bestimmt", entgegnete sie und stellte sich vor die Wand mit der dunkelblauen Seidentapete. Dann posierte sie wie ein Hollywood-Starlet aus den dreißiger Jahren. „Aber was Ihre Augenbrauen angeht – tz, tz, tz! Sie wollen doch nicht im

Ernst so aussehen, als hätten Sie zwei dicke behaarte Raupen im Gesicht. Augenbrauen müssen schmal sein und einen eleganten Schwung haben. Sie sollen den Blick öffnen und die Aufmerksamkeit auf die Augen lenken."

Ich schaute Esme über die Kamera hinweg an und zog fragend eine dicke behaarte Raupe hoch.

„Nun, also gut, vielleicht brauchen Sie bei Ihren Augen etwas kräftigere Augenbrauen, aber trotzdem muss da etwas getan werden. Eine ganze Menge!"

„Hm. Nur noch ein paar Fotos, und dann bin ich mit Ihnen fertig. Dann befreie ich Sie, damit Sie sich auf die nächste Existenzebene begeben können."

Esme lächelte, bis ich die Kamera sinken ließ, doch dann schüttelte sie ihren Lockenkopf und kam auf mich zu. „Oh nein, bitte nicht! Ich bin noch nicht bereit zu gehen!"

Ich notierte mir die Kameraeinstellungen und wann und wo ich die Fotos gemacht hatte, bevor ich den Apparat wieder in die Tasche packte. „Oh, verstehe, Sie haben also noch etwas zu erledigen. Nun, ich kann nicht garantieren, dass ich Ihnen helfen kann, aber ich tue mein Bestes. Was haben Sie denn für ein Anliegen?"

Sie klopfte mir lächelnd auf die Schulter, und mein Arm wurde taub. „Es geht um Sie, meine Liebe. Sie sind mein Anliegen."

Ich starrte sie an. „Ich? Was soll das bedeuten? Sie haben mich doch erst kennengelernt, nachdem ich Sie beschworen habe."

Sie nickte energisch. „Richtig. Und als ich Sie sah, sagte ich zu mir: ‚Esme, diese junge Frau braucht deine Hilfe. Jetzt weißt du, warum du all die Jahre in diesem Zimmer ausharren musstest.' Und ich hatte recht – Sie brauchen tatsächlich meine Hilfe."

Ich versuchte mich an alles zu erinnern, was ich jemals über die Befreiung von Geistern gelernt hatte. War es möglich, einen Geist gegen seinen Willen weiterzuschicken?

„Mist", knurrte ich, denn ich wusste nur zu gut, dass die Antwort Nein lautete. Man konnte einen Geist nicht befreien, wenn er nicht befreit werden wollte.

„Allie! Ihre Sprache! Wir werden nach unserer Ausdrucksweise beurteilt. Eine Dame tut gut daran, alle Grobheiten aus ihrem Wortschatz zu verbannen. Und Fluchen ist ein absolutes Unding! Ein Gentleman möchte keine Frau mit dem Mundwerk eines Seemanns an seiner Seite haben."

Ich ließ mich mit einem Kloß im Hals in den Sessel sinken. „Esme, ich weiß, Sie glauben, ich bräuchte Ihre Hilfe, und ich weiß Ihre Bemühungen und Ihre guten Ratschläge wirklich zu schätzen ..." – Ihre unerbetenen, nutzlosen, altmodischen Ratschläge, dachte ich – „... aber ich bin ehrlich gesagt sehr zufrieden mit mir und meinem Leben. Ich habe alles, was ich mir immer gewünscht habe: einen großartigen Job ... okay, großartig ist er erst, seit ich die Beweise für zwei erfolgreiche Beschwörungen in der Tasche habe ... eine hübsche Wohnung, ein paar nette Freunde ..."

Esme legte den Kopf schräg. „Und was ist mit Christian?"

Ich versuchte zu lächeln, aber ich war einfach zu müde, um meine Mundwinkel nach oben zu ziehen. Das ewige Grau vor dem Fenster wurde bereits wieder heller, und ein neuer Tag kündigte sich an. „Christian passt überhaupt nicht in mein Leben. Er ist nur ein Bekannter. Es gibt also nichts für Sie zu tun, und obwohl ich mich freuen würde, wenn Sie mir einfach so Gesellschaft leisten" – eine kleine Notlüge war an dieser Stelle angebracht – „wäre es doch sehr selbstsüchtig und vermessen von mir, wenn ich Sie noch länger von der Belohnung fernhalten würde, die auf Sie wartet."

„Reden Sie doch keinen Unsinn, meine Liebe! Wie könnte ich an irgendetwas Freude haben, wenn ich nicht sicher sein kann, dass Sie und dieser reizende Mann Ihre Differenzen beilegen?", entgegnete Esme, setzte sich auf das Bett und nahm die Katze auf den Schoß. „Nein, ich bleibe hier, bis alles in Ordnung gebracht ist, und dann können Sie mich weiterschicken."

„Aber …"

Es nützte alles nichts. Ich versuchte eine Stunde lang, sie dazu zu überreden, Ihrer Befreiung zuzustimmen (davon ausgehend, dass ich sie auch erfolgreich durchführen konnte), aber Esme bestand darauf, bei mir zu bleiben, bis sie sich mit eigenen Augen davon überzeugt hatte, dass ich glücklich war. Ich erklärte ihr noch dreimal, dass mein Glück nichts mit Christian zu tun hatte, aber sie parierte jedes Argument, das ich vortrug, mit Kritik an meiner Kleidung, meinem Haar und allem anderen, angefangen von meiner Einstellung zu Männern bis zur Farbe meiner Strümpfe.

Um acht Uhr morgens war ich vollkommen erschöpft, nicht nur, weil ich nicht geschlafen hatte und die Beschwörung von Esme mich viel Energie gekostet hatte, sondern vor allem, weil es extrem anstrengend war, sich die ganze Zeit ihre Ratschläge anzuhören.

Ich schnappte mir meinen Schlafanzug, sagte ihr, dass ich ein Bad nehmen würde, und zog mich ins Badezimmer zurück, wo ich mich entspannen konnte, ohne mir Kommentare zu meinen Augenbrauen, meiner Unterwäsche oder meinem Schlafanzug anhören zu müssen.

Der Frieden währte ganze zwei Minuten.

„Was für ein gemütliches Plätzchen!", sagte Esme und schwebte durch die geschlossene Tür herein. „Mir hat dieser Raum immer gefallen; von hier hat man eine herrliche Aussicht auf den Park. Wenn man am Fenster steht, meine ich, nicht vom WC aus.

Meine Liebe, ein kleiner Tipp am Rande – wenn man keinen großen Busen hat, sollte man die Schultern nicht so hängen lassen. Dadurch wirkt der Busen noch kleiner."

Ich ließ mich mitsamt meinem kleinen Busen ins Wasser sinken und überlegte, ob ich ganz abtauchen sollte, aber wenn ich in der Badewanne ertrank, blieb mein Geist mit Esme in diesem Hotelzimmer gefangen, und bei der Vorstellung, die Ewigkeit mit ihr verbringen zu müssen, bekam ich eine Gänsehaut auf den Armen.

„Esme, ich nehme ein Bad!", sagte ich schließlich und wedelte mit meinem Schwamm. „Sehen Sie? Wasser. Schaum. Badewanne. Ich."

„Oh, lassen Sie sich nicht von mir stören, meine Liebe, ich mache es mir hier drüben bequem. Worüber wollen wir uns unterhalten? Ach, ist das Ihre Kosmetiktasche? Mit Kosmetik kenne ich mich aus. Lassen Sie mich mal sehen, was Sie alles haben. Ich kann Ihnen sagen, welche Farben gut zu Ihrem Teint und Ihren … äh … Augen passen."

Das hatte mir gerade noch gefehlt, ein mütterlicher Geist!

„Nein, nein, dieser Eyeliner ist nicht das Richtige für Sie. Gut, für das dunkle Auge ist er in Ordnung, aber für das weiße Auge ist er viel zu hart."

„Es ist nicht weiß, sondern silbern. Oder grau, wenn Ihnen das lieber ist. Wie der Doktor sagte, hat mein linkes Auge einfach eine extrem helle Graufärbung, während das rechte ganz normal braun ist."

Esme sah von meiner Toilettentasche auf. „Allie, meine Liebe, Ihre Augen sind alles andere als normal."

„Nun, das linke sieht ein bisschen unheimlich aus, aber das rechte …"

„Hat eine Farbgebung, die bei Menschen einfach nicht vorgesehen ist."

Ich versank bis zur Nase im Schaum und schnitt eine Grimasse, die Esme nicht sehen konnte. Solche Kommentare hatte ich mir mein Leben lang anhören müssen, aber deshalb taten sie heute nicht weniger weh als früher.

„Oje, jetzt habe ich Ihre Gefühle verletzt. Das war nicht nett von mir. Allie, bitte verzeihen Sie mir!“

Ich reckte das Kinn aus dem Wasser. „Esme, Sie stehen quasi *in* meinen Beinen! Ich weiß ja, dass Sie sowieso nichts fühlen, aber auch ich habe allmählich kein Gefühl mehr in den Zehen.“

„Ich gehe erst weg, wenn Sie sagen, dass Sie mir diese unschöne Bemerkung verzeihen.“

„Ich verzeihe Ihnen. Glauben Sie mir, ich habe schon Schlimmeres gehört.“

Sie schwebte durch den Badewannenrand und tätschelte mir den Kopf, wovon mir einen Moment lang ziemlich schummerig wurde. „Hören Sie nicht auf die Leute, die Ihnen so hässliche Dinge sagen. Die sind nur neidisch. Und ignorant. Auch ich habe diese Bemerkung aus Unwissenheit gemacht, wie ich zu meiner Schande gestehen muss. Erklären Sie mir doch, was es mit Ihren Augen auf sich hat, damit ich im Bilde bin.“

Ihr Ausrutscher tat ihr wirklich leid, das musste ich ihr zugutehalten. Und weil sie so ein schlechtes Gewissen hatte, konnte ich ihr nicht länger böse sein. Ich erzählte ihr also von der *Heterochromia Irides* und wollte es bei den Fakten belassen, doch sie bohrte und drängte, bis ich ihr schließlich anvertraute, wie schwer es gewesen war, damit aufzuwachsen, anders als die anderen zu sein.

„Aber dadurch sind Sie etwas Besonderes, meine Liebe! Sie sollten Ihre Einzigartigkeit betonen und nicht verstecken!“

„Sie haben gut reden. Bei Ihrem Anblick werden die Leute ja auch nicht nervös.“

Sie zwinkerte mir lächelnd zu. „Das stimmt ja nun überhaupt nicht!"

Ich lachte über Ihre schelmische Miene, griff nach meinem Handtuch und stieg aus der Wanne. „Oh, ich weiß, ich habe einige Geschichten über den Geist von Zimmer 114 gehört. Sie treten in Erscheinung, wenn Paare sich streiten, und Sie räumen auch gern mal die Handtücher weg."

Esme verzog abschätzig den Mund. „Die jungen Frauen heutzutage haben keine Ahnung, wie man ein Handtuch ordentlich faltet."

Nach einer Weile gelang es mir endlich, Esme davon zu überzeugen, dass ich dringend schlafen musste, und sie löste sich buchstäblich in Nichts auf, was offenbar der Schlafzustand eines Geists war. Bevor sie jedoch verschwand, bat ich sie noch, das Zimmermädchen nicht zu stören, wenn es später zum Saubermachen kam. Sie nörgelte noch ein bisschen herum, aber letzten Endes versprach sie mir, nicht überraschend in Erscheinung zu treten.

Sechs Stunden später verließ ich das Hotel, um mich mit der Eremitin zu treffen. Das GEDÜ-Büro hatte ihren Namen und ihre Telefonnummer nicht herausgeben wollen, mir aber versprochen, meine Nachricht weiterzuleiten. Zehn Minuten nach diesem Telefonat hatte mich die Eremitin angerufen und sich mit mir in der British Library verabredet.

„Ich dachte, Eremiten ziehen sich vor der Welt zurück und treiben sich nicht in einer der bekanntesten wissenschaftlichen Bibliotheken der Welt herum", hatte ich mich nach dem Auflegen gewundert.

Die British Library hat heute ihren Sitz im Londoner Stadtteil St. Pancras in einem imposanten Gebäude: vierzehn Stockwerke voller Bücher, Manuskripte, Zeitschriften und anderer Werke. Ich wollte mich mit der Eremitin in der John Ritblat Gallery treffen (wo unter anderem die Magna Charta aufbewahrt wird), denn ohne Bibliotheksausweis hatte ich keinen Zugang zu den Lesesälen.

Ich ging durch die Ausstellungsgalerie und bestaunte Messbücher und Leonardo da Vincis Notizbuch, und als ich mir gerade ansehen wollte, wie die Arbeit in einer Schreiberwerkstatt ausgesehen hatte, kam eine Frau mittleren Alters in einem Tweedkostüm auf mich zu.

„Allegra Telford? Ich bin Phillippa. Wir haben heute Morgen miteinander telefoniert."

„Oh, hallo, dann sind Sie die …" Ich stockte. Konnte ich eine Frau, die ein Tweedkostüm trug und ihr blondes Haar sorgfältig frisiert hatte, tatsächlich als Eremitin bezeichnen?

„Ich bin die Eremitin, ja", entgegnete sie nickend und zeigte auf einen Ausgang. „Gehen wir doch auf eine Tasse Tee ins Restaurant. Dort können wir ausführlich über Ihr Problem sprechen."

Ich folgte ihr über den Innenhof in ein hell erleuchtetes Restaurant. Wir holten uns zwei Kännchen Tee und setzten uns an einen abgelegenen Ecktisch.

„Phillippa, Sie müssen mir verzeihen, aber ich habe wirklich noch nie einen Eremiten kennengelernt. Was … äh … was machen Sie eigentlich genau? Wenn es Ihnen hier, unter den vielen Menschen, nicht gefällt, können wir uns auch gern einen ruhigeren Ort suchen."

Sie sah sich um. „Nein, hier ist es gut. Ich verbringe viele Stunden in der Bibliothek. Ach, jetzt verstehe ich, was Sie meinen – Sie wollen wissen, wieso ich mich Eremitin nenne, wo ich mich doch gar nicht in einem dunklen Keller verstecke, oder?"

Ich nickte.

„In meinem Fall bezieht sich das Eremitendasein nur auf die metaphysische Ebene. Ich verbringe den Großteil meiner Zeit geistig abgeschottet mit Forschung. Manchmal beschäftige ich jedoch Lehrlinge, und ganz selten biete ich meine Dienste auch Leuten wie Ihnen an, die ihr Wissen mehren möchten."

Ich nagte an meiner Unterlippe. „Verstehe. Sie sind also eine Art mentale Eremitin?"

Sie verzog das Gesicht und nahm einen Schluck Tee. „In Ermangelung einer besseren Bezeichnung will ich das mal gelten lassen. Und was haben Sie nun für ein Problem mit der Befreiung von Geistern?"

Ich erzählte ihr, wie es mir am Tag zuvor mit dem Katzengeist ergangen war.

„Ich habe jede erdenkliche Variante ausprobiert, aber nichts hat funktioniert. Deshalb dachte ich, bei englischen Geistern muss man vielleicht anders vorgehen."

„Hmm." Die Eremitin schenkte sich Tee nach. „Sie haben sich doch geschützt, bevor Sie die Befreiungsformel gesprochen haben?"

Ich nickte. „Linke Hand, rechtes Auge."

„Genau richtig. Und der Ginseng? Ist er nicht mit Metall in Berührung gekommen? Waren Mörser und Stößel aus Stein?"

„Ich habe ihn selbst zermahlen."

„Haben Sie vielleicht kürzlich Dämonen beschworen? Wie ich festgestellt habe, kann sogar der schwächste Dämon eine verheerende Wirkung auf Ginseng haben."

„Das wusste ich nicht, aber ich habe auch noch nie einen Dämon beschworen. Ich interessiere mich nicht für die dunkle Seite, mir geht es nur um die Beschwörung von Geistern."

„Hmm. Das ist ja seltsam. Also, wenn es der Geist eines Menschen wäre, würde ich sagen, er hat hier noch etwas zu erledigen, aber eine Katze … eine Katze kann sich ganz bestimmt nicht gegen ihre Befreiung wehren. Was wissen Sie über die Besitzerin der Katze, die bei dem Brand umgekommen ist?

Vielleicht ist die Katze an sie gebunden, und Sie können sie aus diesem Grund nicht weiterschicken."

„Die alte Dame will unsere Existenzebene auch nicht verlassen. Sie sagte, sie wird erst gehen, wenn sie sicher sein kann, dass ich mein Glück mit … äh … mit einem bestimmten Mann gefunden habe. Aber daraus wird nichts, und ich weiß beim besten Willen nicht, wie ich sie dazu überreden kann, sich befreien zu lassen."

Die Eremitin stellte behutsam ihre Tasse ab. „Sie haben mir gar nicht erzählt, dass sie auch den Geist eines Menschen beschworen haben!"

„Oh, tut mir leid. Es ist mir in der Tat gestern Abend … besser gesagt heute in den frühen Morgenstunden gelungen."

„Und was meinen Sie? Ist die Katze an die Frau gebunden?"

Ich dachte daran, wie Esme die arme Katze geküsst und geherzt hatte. „Ganz sicher ist sie das. Die alte Dame ist ganz vernarrt in sie und nennt sie ‚Schnuckel'. Das sagt wohl alles."

„In der Tat!" Die Eremitin sah mich mit großen Augen an. „Und das ist auch die Antwort auf Ihre Frage. Der Katzengeist ist mit Sicherheit an den Geist der alten Dame gebunden. Wenn sie nicht gehen will, können Sie die Katze auch nicht weiterschicken."

„Aber ich habe versucht, die Katze zu befreien, bevor ich den anderen Geist beschworen habe."

Sie zuckte mit den Schultern und rückte die Perlenkette zurecht, die sie über ihrer rosaroten Bluse trug. „Aneinander gebunden sind sie trotzdem", entgegnete sie.

Dann gab sie mir noch ein paar Hinweise, die ich mir notierte, um sie bei zukünftigen Befreiungsritualen zu beachten.

„Erzählen Sie mir doch etwas mehr über den Geist, der sich nicht befreien lassen will", sagte Phillippa.

Ich seufzte. „Ach, diese Esme. Sie ist … Oh, mein Gott! Was machen Sie denn hier?“

Ich starrte entsetzt die durchsichtige grau gelockte Frau mit dem schlabberigen alten Bademantel und der dreibeinigen Katze im Arm an. „Guten Tag, Allie. Sie haben mich gerufen?“

„Verschwinden Sie!“, zischte ich und wedelte mit den Händen, um sie zu vertreiben, während ich mit einem Blick über die Schulter festzustellen versuchte, wie viele Leute die überraschende Geistererscheinung mitbekommen hatten. Zum Glück schaute gerade niemand in unsere Richtung, aber es würde sicherlich nur ein paar Sekunden dauern, bis jemandem auffiel, dass die dritte Person an unserem Tisch ungefähr fünfzehn Zentimeter über dem Stuhl schwebte.

Esme sah mich beleidigt an.

„Sie haben den Geist nicht auf das Zimmer festgelegt?“, fragte die Eremitin überrascht.

„Wir trinken Tee? Was für eine reizende Idee. Dieses Vergnügen hatte ich schon lange nicht mehr. Wie geht es Ihnen? Ich bin Esme Cartwright, Allies Freundin. Wie ich sehe, sind Sie auch Beschwörerin.“

„Auf das Zimmer festgelegt? Ich habe sie verankert, wenn Sie das meinen. Esme, gehen Sie! Lösen Sie sich in Luft auf, sonst sieht Sie noch jemand!“ Ich stützte den Kopf auf die Hände und schaute verstohlen über den Rand meiner Brille, um zu prüfen, ob schon jemand auf uns aufmerksam geworden war.

„Sie müssen einen Geist immer auf einen bestimmten Ort festlegen“, belehrte mich Phillippa und musterte Esme und die Katze alles andere als begeistert. „Dann bleibt er auch dort. Als Beschwörerin rufen Sie ihn nämlich sonst herbei, wenn Sie nur seinen Namen aussprechen.“

„Oh Gott, das wusste ich nicht! Esme, würden Sie *bitte* verschwinden!“

„Mmm, Earl Grey. Den habe ich früher immer gerne getrunken. Wer ist Ihre Begleiterin, Allie?“

In diesem Moment zerschellte irgendwo hinter mir Geschirr auf dem harten Fliesenboden, und eine Frau schrie auf – man war also auf uns aufmerksam geworden.

„Sie heißt Phillippa und ist eine Eremitin, und bitte, bitte, bitte, verschwinden Sie jetzt, Esme! Sie bringen mich in ernste Schwierigkeiten.“

„Nun, wenn Sie mich so nett bitten …“ Esme löste sich auf, bis nur noch ein schwaches Schimmern in der Luft von ihr zu sehen war.

„Gott sei Dank ist sie weg“, stöhnte ich und schlug die Hände vors Gesicht. Rasch wandte ich die einzige Art von mentaler Manipulation an, von der ich hin und wieder Gebrauch machte: Ich löschte die Erinnerung an Esme aus dem Gedächtnis der Frau, die ihren Freundinnen gerade völlig hysterisch erzählte, was sie gesehen hatte. Sie verstummte augenblicklich.

„Ich bin nicht weg, meine Liebe! Ich bin immer noch hier bei Ihnen. Soll ich wieder in Erscheinung treten?“ Esmes Stimme mochte zwar geisterhaft sein, aber sie war laut und deutlich zu hören.

„Nein!“, fuhr ich auf, dann senkte ich die Stimme und zischte mit zusammengebissenen Zähnen: „Bleiben Sie einfach in diesem Zustand und rühren Sie sich nicht! Phillippa, was soll ich jetzt tun? Wie bekomme ich sie wieder in das Hotelzimmer? Sie kann unmöglich bei mir bleiben! Ich habe heute Nachmittag noch etwas vor, und sie wird sicherlich immer wieder …“

„Ich mache Ihnen keine Schwierigkeiten, meine Liebe!“, beeilte sich Esme zu sagen.

„Nein“, sagte ich bestimmt zu der schimmernden Luft, dann wandte ich mich wieder der Eremitin zu. Sie öffnete den Mund, um etwas zu sagen.

„Es ist so lange her, seit Schnuckel und ich außer Haus waren“, klagte das Schimmern über dem Stuhl.

„Ein andermal, Esme!“

Die Eremitin wartete einen Moment ab, ob noch etwas kam, und trommelte mit den Fingern gegen ihr Teekännchen. „Haben Sie vielleicht einen Hüter dabei?“

„Einen Hüter?“ Ich sah an mir hinunter. Der Pullover, den ich zu meiner Jeans trug, war das femininste Kleidungsstück, das ich besaß, und ich hatte ihn angezogen, weil ich den Verdacht hatte, dass Christian bei Joy auftauchen würde. Da die Sonne kurz nach fünf Uhr unterging, war das durchaus möglich, und ich hässliches Entlein fühlte mich dem Vergleich mit der stattlichen, hochschwangeren und sehr femininen Joy und der zierlichen, hübschen Roxy keineswegs gewachsen. Dies nur am Rande, um – ausführlicher, als es vermutlich irgendjemanden interessiert – zu erklären, warum ich einen grauen Pullover mit Rosenmuster und kleinen cremefarbenen Troddeln trug. „Hm, ich glaube, ich habe keinen Hüter dabei. Das wüsste ich, oder?“

Die Eremitin seufzte. „Ein Hüter ist eine Art Talisman, an den man einen nicht festgelegten Geist binden kann. So haben Sie die Möglichkeit, einen Geist mit sich zu führen, ohne dass er in Erscheinung treten kann.“

„Ich heiße Esme Cartwright“, sagte die schimmernde Luft empört. „Ich bin kein *er*.“

„Aha. Die Stunde, in der es um Hüter ging, muss ich versäumt haben. Was brauche ich, um einen herzustellen? Eine Art Flasche oder irgendein Gefäß mit einem Deckel?“

Die Eremitin schüttelte den Kopf. „Nein, Sie können jeden x-beliebigen Gegenstand verwenden. Der Geist muss ja nicht in den Hüter hinein. Er wird ein Teil davon und bleibt daran gebunden, bis Sie ihn wieder befreien.“

Ich sah mich verstohlen um. „Okay … Und wie muss ich vorgehen? Ich schreibe mir alles auf und stelle heute Abend ein paar Hüter her."

„Allie, Sie sollten sich das wirklich gut überlegen, bevor Sie so eine radikale Maßnahme ergreifen. Sie kennen diese Eremitin doch gar nicht! Ich bleibe mit Vergnügen unsichtbar, so lange Sie wünschen, und ich versichere Ihnen, dass mein Schnuckelschatz und ich Sie bei Ihren Verpflichtungen nicht stören werden. Und wenn ich es recht bedenke, könnten Sie sogar Nutzen daraus ziehen, dass wir Sie begleiten, *großen* Nutzen! Ich kann Ihnen mit Rat und Tat zur Seite stehen, wenn Sie Christian treffen. Ich weiß, dass Sie sehr nervös wegen Ihrer Verabredung heute Abend sind, und ich stelle mich gern als Anstandsdame zur Verfügung, wenn Sie sich dann wohler fühlen. Ich lasse Sie keine Minute allein!"

Ich rupfte eine Troddel von meinem Pullover. „Ich mache es lieber sofort!", sagte ich in einem Tonfall zu der Eremitin, den sie mit hochgezogenen Augenbrauen quittierte. „Erklären Sie mir schnell, wie das geht!"

Sie zeigte mir, mit welchen Bannen ich den Hüter belegen musste, dann sprach ich die Bindungsformel. Während der gesamten Vorbereitung flehte Esme mich an, ihr nicht so etwas Grausames anzutun, dann drohte sie mir sogar, wieder aufzutauchen, wenn ich nicht sofort aufhörte. Ich rasselte in Windeseile die letzten Worte herunter, als sich die Luft über dem Stuhl verdichtete, milchig trüb wurde und sich zu einer wohlbekannten Gestalt zu formen drohte, dann konzentrierte ich mich und sah, wie Esme eins mit der Troddel wurde.

„Ich warne Sie, Allie, so lasse ich nicht mit mir umspringen! Ich bin doch kein Glücksbringergeiiiiii …"

Die Troddel zitterte einen Moment lang in meiner Hand und leuchtete von innen heraus, doch kurz darauf sah sie wieder ganz normal aus, auch wenn ein kaum merkliches Bibbern zurückblieb.

„Puh, das war knapp! Vielen Dank für Ihre Hilfe. Ich weiß nicht, was ich ohne Sie getan hätte."

Die Eremitin nickte kurz, dann sah sie auf ihre Uhr. „Ich muss jetzt wieder los. Ich habe ein Kräuterbuch zu übersetzen. Lassen Sie Ihren Hüter nicht irgendwo herumliegen, Sie sollten ihn immer bei sich haben."

Ich sah die Troddel an, die auf dem Tisch lag. „Oh, warum denn?"

„Nur wenn Sie den Hüter mit sich führen, haben Sie Kontrolle über den Geist, der an ihn gebunden ist. Wird der Hüter zerstört oder beschädigt, ist auch der Geist dahin."

„Ah, verstehe, das ist vermutlich nicht so gut."

„Nicht so gut?", Sie stand auf und griff nach ihrer Aktentasche. „Wenn das geschieht, bricht Ihre Seele entzwei. Da Sie den Geist beschworen haben, ist Ihre Seele mit ihm verbunden. Und wenn die Seele des Geists zerstört wird …"

„Wird auch meine zerstört", fiel ich ihr mit einem flauen Gefühl in der Magengrube ins Wort und verstaute die Troddel sorgfältig in der Innentasche meiner Jacke. „Alles klar. Nochmals vielen Dank. Wenn ich es schaffe, *Sie-wissen-schon-wen* davon zu überzeugen, sich befreien zu lassen, werde ich Sie informieren, ob Ihre Tipps geholfen haben."

Sie malte ein Schutzsymbol auf meine Stirn und verabschiedete sich rasch von mir. Ich blieb noch am Tisch sitzen, weil ich etwas erschöpft von der Herstellung des Hüters war – ganz zu schweigen von dem Stress wegen Esmes unerwartetem Erscheinen. Ich machte mir ein paar Notizen zu dem eben erlernten Verfahren, und eine halbe Stunde später verließ ich die British Library, um mit dem Taxi zum Jamaica House zu fahren, wo Joy und ihr Verlobter im obersten Stockwerk wohnten.

Zum Glück gab es einen Aufzug im Haus, und so konnte ich gefasst und würdevoll die Klingel drücken, statt mir nach Atem ringend das schmerzende Bein zu halten.

„Oh, da bist du ja", begrüßte Roxy mich. „Sie ist hiiiiiiier!", brüllte sie über ihre Schulter, packte mich am Handgelenk und zog mich in die Wohnung. „War es schwer, hierher zu finden? Es ist schon ein bisschen abgelegen, hm? Das hab ich Raphael und Joy schon mehrfach gesagt, aber ihnen gefällt es hier. Es ist ein historisches Gebäude, weißt du. Unten war mal ein Café, eins mit Tradition, nicht so ein moderner Coffee-Shop. Samuel Johnson und sein Literaturclub und so weiter. Ich wüsste zu gern, ob es hier Geister gibt. Hey, vielleicht könntest du dich ja mal umsehen. Moment, gib mir deine Jacke!"

Als Roxy eilfertig an meiner Jacke zerrte, kamen Joy und ein ziemlich großer Mann mit gelblichen Augen aus dem Wohnzimmer. (Kein Wunder, dass sie meine Augen gar nicht so seltsam fand!)

„Allie, schön, dich zu sehen! Das hier ist Raphael, mein Zukünftiger. Roxy, lass sie doch erst den Arm aus der Jacke ziehen, bevor du sie ihr abnimmst!"

Irgendwie – und ich schwöre, dass dabei jemand, der hier ungenannt bleiben soll, die Finger im Spiel hatte – fiel die Troddel, an die Esme gebunden war, auf den Boden, als ich Raphael die Hand schüttelte und Roxy mir gleichzeitig die Jacke von meinem linken Arm zog. Ich schrie erschrocken auf.

„Oh mein Gott, bleib stehen, sonst zertrittst du Esme!"

Namen haben Macht, und da ich den Geist nicht auf das Hotelzimmer festgelegt hatte, kam er auch prompt von der Troddel frei, kaum dass ich Esmes Namen ausgesprochen hatte – einen Sekundenbruchteil bevor Roxy drauftrat.

Als plötzlich der Geist einer mit einem Bademantel bekleideten älteren Dame, die eine dreibeinige Katze im Arm hielt, durch den Flur schwebte, wurde es totenstill. So still, dass man ein einzelnes Sauerstoffatom auf den Boden fallen hätte hören können.

Ich schloss einen Moment lang die Augen und fragte mich, warum mir kein nettes, normales Leben mit netten, normalen Geistern vergönnt war.

„Guten Tag, alle miteinander. Allie, Sie haben mir nicht gesagt, dass wir jemanden besuchen gehen. Ich sehe doch heute ganz furchtbar aus! Duftet es hier etwa nach Scones? Ich habe seit Jahren keine Scones mehr gegessen! Ich hoffe, Sie haben die mit Datteln, von Sultaninen bekomme ich nämlich immer Blähungen. Also, ich mache mich rasch ein bisschen frisch, und dann bin ich bereit für einen netten kleinen Plausch."

Drei Augenpaare sahen mich äußerst überrascht an. Ich gab mein Bestes und lächelte tapfer. „Sind wir zu früh?"

6

„Ich weiß ja, dass sie nichts zu sich nehmen kann, aber ich komme mir furchtbar unhöflich vor, weil ich ihr nicht mal eine Tasse Tee anbieten kann“, sagte Joy ein paar Minuten später, nachdem wir die Vorstellungsrunde überstanden hatten.

Raphael, der sich inzwischen verabschiedet hatte, weil er in seiner Firma, einem Sicherheitsdienst, noch etwas zu tun hatte, war zwar reichlich verdattert gewesen, aber letztlich hatten die drei Esmes plötzliches und höchst ungewöhnliches Erscheinen ziemlich gut aufgenommen.

Roxy war im siebten Himmel. Sie saß neben Esme auf der Couch und quetschte sie über das Leben nach dem Tod aus. Die beiden waren einander durchaus ebenbürtig, denn jeden guten Rat, den Esme ihr gab („Kleine, zierliche Frauen sollten keine Querstreifen tragen – damit sehen Sie aus wie ein Zwerg!“), parierte Roxy mit einer weiteren ungenierten Frage über den Tod und das Jenseits.

„Wie war das, als Sie festgestellt haben, dass Sie tot sind? Wieso sehen Sie so aus wie kurz vor Ihrem Tod und nicht wie zum Zeitpunkt Ihres Todes? Ich meine, wenn Sie bei einem Brand umgekommen sind, müssten Sie doch ganz schwarz und verkohlt sein, oder? Haben Sie das Licht am Ende des Tunnels gesehen? Und was hat es mit den Engeln auf sich – gibt es sie wirklich oder ist das nur dummes Zeug?“

Ich sah Joy entschuldigend an. „Das tut mir wirklich leid. Du hast natürlich gedacht, ich komme allein, als du mich zum Tee eingeladen hast. Wenn du dich in Esmes Gesellschaft unwohl fühlst, mache ich schnell wieder einen Hüter aus einer Troddel und lasse sie verschwinden.“

Joy, die ihre Hände auf ihren dicken Bauch gelegt hatte, betrachtete erstaunt meinen Pullover. „Du bewahrst deine Geister in den Troddeln deines Pullovers auf?“

„Manchmal“, entgegnete ich zögernd. „Aber nur im äußersten Notfall. Ich will ja nicht vom Thema ablenken, aber ich wüsste zu gern, was es mit den Schritten auf sich hat, von denen ihr gestern Abend gesprochen habt. Ich wollte Christian danach fragen, aber nachdem er nur abfällige Bemerkungen über mich gemacht und sich dann auch noch mit Esme gegen mich verschworen hat … na ja, da ist das einfach untergegangen.“

Joy sah mich eine Weile mit offenem Mund an, bevor sie antwortete. „Ich habe keine Ahnung, wovon du redest, aber dahinter verbirgt sich bestimmt eine äußerst spannende Geschichte. Und was die Schritte angeht, also …“ Sie sah Roxy an, die mit den Händen durch Esmes Oberkörper fuhr, woran letztere offensichtlich ihre helle Freude hatte. „Nun, es geht um die Schritte des Vereinigungsrituals. Weißt du überhaupt Bescheid über mährische Dunkle?“

„Nein, nur dass sie eigentlich nicht mit Vampiren zu vergleichen sind.“

Joy lehnte sich zu mir herüber. „Weißt du, du solltest wirklich Christians Bücher lesen! Vieles von dem, was er schreibt, basiert auf überliefertem Wissen, obwohl er es natürlich als Fiktion präsentiert. Wenn du willst, leihe ich dir gern meine Bücher aus.“

Ich knabberte an meiner Unterlippe. „Ich stehe eigentlich nicht auf solche Romane“, entgegnete ich zurückhaltend.

Sie lächelte, und in ihren Augen tanzte ein vergnügtes Funkeln. „Glaub mir, sie werden dir gefallen. Und zu allem, was du nicht verstehst, kannst du Christian befragen. Aber zurück zu den Schritten. Wie soll ich es dir erklären? Also, für jeden

Dunklen gibt es eine wahre Liebe, eine Auserwählte. Und diese Auserwählte ist seine Seelenverwandte, die er dann zu seiner Geliebten macht. Es ist ihre Bestimmung, ihn zu erlösen, damit er seine Seele zurückbekommt. Wir hatten angenommen, für jeden Dunklen komme nur eine einzige Auserwählte in Betracht, aber …"

Joy sah aus, als fühlte sie sich nicht ganz wohl. Ich wusste nicht, ob ihr vielleicht das Baby auf die Blase drückte oder ob es mit dem zu tun hatte, was sie nicht ausgesprochen hatte, aber ich vermutete, Letzteres war der Fall.

„Ach, das ist eigentlich überhaupt nicht wichtig. Ich will nicht, dass du denkst, es wäre wichtig, denn das ist es wirklich nicht."

Ich stutzte. „Okay."

„Und ich will nicht, dass du denkst, da liefe irgendetwas zwischen Christian und mir, denn ich liebe Raphael mehr als alles andere auf der Welt, und daran wird sich nie etwas ändern. Christian dachte mal, er habe etwas für mich übrig, und die Zeit war nicht ganz einfach, aber das ist schon eine Weile her, und jetzt ist alles gut, obwohl Raphael tatsächlich gefeuert wurde und eine Narbe abbekommen hat, aber dem Tattoo ist nichts passiert, also ist alles in Ordnung."

Ich öffnete den Mund, um etwas zu sagen, überlegte es mir jedoch anders.

„Aber ich habe Christian etwas versprochen, verstehst du? Ich habe ihm geschworen, dass ich ihm helfe, seine Auserwählte zu finden, und dann hatte Roxy die verrückte Idee, er solle ein Buch schreiben, um sie aus ihrem Versteck zu locken, aber ich wusste, dass das nicht funktioniert. Ich dachte allerdings, dass es möglicherweise klappen könnte, sie ausfindig zu machen, wenn Christian eine Lesereise durch ein paar Länder unternimmt, und Roxy ist extra wegen der Signierstunde aus Amerika hergekommen, weil Miranda – das ist eine mit uns befreundete Hexe – sagte, die Göttin habe ihr mitgeteilt, dass Rox in London gebraucht wird. Und es hat funktioniert, wir haben dich gefunden!"

Endlich ein Satz, den ich verstand. „Moment mal, wenn du meinst, ich wäre Christians große Eroberung, muss ich dich enttäuschen. Ich habe gestern Abend mit ihm darüber gesprochen, und er hat mir selbst gesagt, dass ich nicht seine Auserwählte bin. Er sagte auch, er wolle dich davon in Kenntnis setzen." Als Joy mich niedergeschlagen ansah, fügte ich sanft hinzu: „Aber das hat er offenbar nicht getan."

„Ich habe Christian nicht mehr gesehen, seit er uns nach der Signierstunde nach Hause gebracht hat", sagte Joy mit bekümmerter Miene und nahm sich ein Ingwerplätzchen. Sie runzelte nachdenklich die Stirn, doch nach einer Weile glätteten sich ihre Züge wieder. „Nein, nein, er irrt sich. Ganz bestimmt."

„Wer irrt sich?", fragte Roxy, als sie sich eine Handvoll Plätzchen griff.

„Christian. Er hat Allie gesagt, sie sei nicht seine Auserwählte."

„Ach so. Natürlich irrt er sich! Er hat schon falsch gelegen, als er dachte, du seist seine Auserwählte – da wundert es nicht, wenn er sich auch bei ihr täuscht", entgegnete Roxy. „Der Arme ist ein bisschen minderbemittelt, was die Auserwähltenerkennung betrifft", raunte sie Esme zu.

„Wirklich? Dabei macht er so einen netten Eindruck."

„Moment mal!", sagte ich und hob die Hand, weil ich das Gefühl hatte, nicht mehr mitzukommen. „Können wir noch mal kurz rekapitulieren? Christian dachte, *du* seist seine Auserwählte? Hast du das gemeint, als du sagtest, ich soll nicht denken, es sei wichtig?"

Nun begannen alle drei gleichzeitig auf mich einzureden: Roxy, um mir klarzumachen, dass Christian auch nur ein Mann war, obschon ein ganz süßer, den sie von Herzen liebte (rein platonisch natürlich, da sie einen hinreißenden Ehemann hatte), und dass Männer nun einmal Idioten waren, wie jede Frau wusste; Esme, um mich zu informieren, dass ein Korsett Wunder wirkte, wenn alles andere versagte; und Joy, um mir zu versichern, dass Christian nur ein wenig verwirrt gewesen sei und inzwischen alle Missverständnisse aus dem Weg geräumt seien.

Ich ließ sie reden, lehnte mich zurück und hörte gar nicht hin, um in Ruhe nachzudenken.

Christian hatte geglaubt, Joy sei seine Auserwählte. Sie war eindeutig verliebt in den großen Kerl namens Raphael, aber ebenso eindeutig war Christian ein sehr enger Freund von ihr. Aus der Wärme, die aus seinem Blick sprach, wenn er über sie redete, schloss ich, dass Christian ihr ebenso zugetan war.

Die Frage war nur, ob seine Gefühle für sie über das Freundschaftliche hinausgingen. Verbarg sich hinter der Fassade der Freundschaft vielleicht ein gebrochenes Herz? Oder litt er vielleicht sogar so sehr unter der Abfuhr, die er von Joy bekommen hatte, dass er bereit war, sich an jeden x-beliebigen warmen Körper zu klammern, um sich darüber hinwegzutrösten, dass seine Liebe unerwidert blieb? Ich wusste nicht genug über die Dunklen, um zu durchschauen, wie diese ganze Sache mit der Auserwählten funktionierte, aber mir war inzwischen klar geworden, dass es sich um eine ziemlich ernste Angelegenheit handelte, und wenn Christian geglaubt hatte, Joy sei seine Seelenretterin, dann musste er auch sehr starke Gefühle für sie haben.

So weit, so schlecht – und warum machte mir dieser Gedanke so zu schaffen?

„Okay, das genügt, ich habe verstanden“, sagte ich und versuchte etwas Ordnung in das Chaos zu bringen. „Vielleicht kann mir eine von euch jetzt diese Schritte erklären. Und was hat es überhaupt mit diesem Vereinigungsritual auf sich? Davon habe ich noch nie gehört."

Joy wirkte bedrückt und futterte geistesabwesend sechs Plätzchen. „Das Vereinigungsritual besteht aus mehreren Schritten. Genau genommen sind es sieben Schritte, die zur Vereinigung eines Dunklen mit seiner Auserwählten führen."

Mich beschlich ein schrecklicher Verdacht. „Du sprichst von Sex, oder?"

Joy verschluckte sich prompt. Roxy klopfte ihr ein paarmal auf den Rücken, bis sie wieder aufhörte zu husten.

„Wärst du nicht so ein Vielfraß, dann wäre dir das nicht passiert. Sex ist erst der fünfte Schritt, und die anderen haben nichts damit zu tun", sagte Roxy. „Gut, der dritte irgendwie schon, aber da geht es nur ums Küssen, das zählt für mich nicht."

Ich rieb mir erschöpft die Stirn. Ich kam mir vor wie Alice im Wunderland – umringt von Leuten, die in Rätseln sprachen. „Und wie sehen die Schritte im Einzelnen aus? Wenn ich das weiß, verstehe ich das gesamte Ritual vielleicht besser."

„Okay, das ist einfach", entgegnete Roxy. „Erster Schritt: Der Dunkle findet seine Auserwählte und nimmt mit ihr Kontakt auf. Ich nehme an, das ist bereits geschehen, oder?"

Ich nagte an meiner Unterlippe. „Was meinst du mit Kontakt?"

„Hattest du kürzlich Visionen?", fragte Joy. „Gab es Momente, in denen du das Gefühl hattest, dein Bewusstsein verschmelze mit Christians?"

Ich lächelte grimmig. „Niemand gelangt ohne meine Erlaubnis in mein Bewusstsein. Meine Gedanken vor anderen zu schützen war das Erste, was ich gelernt habe."

„Tatsächlich?" Joy sah Roxy an. Roxy schaute Joy an. Esme sah ihre Katze an. Die Katze leckte sich das Hinterteil. „Also, das verstehe ich jetzt nicht. Bei mir war es so, dass ich alles gefühlt und gesehen habe, was Christian fühlte und sah. Und umgekehrt.“

Ich verspürte den Anflug eines Gefühls, das Eifersucht erstaunlich nahe kam, und erstickte es sofort im Keim. Ich war *nicht* eifersüchtig auf Joy. Christian bedeutete mir nichts. „Ich habe allerdings von ihm geträumt. Träume sind oft die einzige Möglichkeit, um zu jemandem durchzudringen, der sein Bewusstsein sehr gut abschottet. Wir Beschwörer schützen uns, so gut wir können, bevor wir schlafen gehen, aber ein gewisser Kontrollverlust im Schlaf ist unumgänglich.“ Was einer der Gründe dafür war, dass ich nachts nur selten schlief. Die Nacht rief jene Kreaturen auf den Plan, die danach trachteten, die Herrschaft über das Bewusstsein von Beschwörern zu erlangen.

„Du hast von ihm geträumt? War es ein erotischer Traum?“, fragte Roxy gespannt.

Ich lachte. „Wohl kaum. Er war blutverschmiert und hatte bestimmt hundert Schnittwunden am ganzen Körper. Als ich ihn sah, dachte ich zuerst, er sei ein Geist.“

„Du hast ihn im Traum gesehen?“ Ich nickte. „Na, das war auf jeden Fall der erste Schritt, oder?“, sagte Joy.

„Ganz bestimmt“, antwortete Esme an Roxys Stelle und nickte energisch. Ihre Korkenzieherlocken hüpften auf und ab, und sie strahlte uns zufrieden an.

„Der zweite Schritt ist das Beschützen aus der Ferne“, sagte Joy.

„Und das konnten wir ja gestern Abend sehr schön beobachten“, fügte Roxy hinzu.

Ich gab mich unbeeindruckt. Zwei von sieben war statistisch gesehen immer noch Zufall.

„Der dritte Schritt ist klasse – Austausch von Körperflüssigkeiten!“

„Igitt!“

„Klingt ekelig, ist es aber nicht", versicherte Roxy mir. „Das bedeutet eigentlich nur Küssen. Du weißt schon …" Sie zwinkerte Esme zu. „Zungenkuss."

„Mein dritter Mann war sehr geschickt", erklärte Esme. „Er konnte mit der Zunge einen Knoten in den Stiel einer Kirsche machen."

Was sollten wir dazu sagen?

„Der vierte Schritt", fuhr Joy fort und setzte ihre Teetasse auf ihrem Bauch ab, „ist gemacht, wenn ein Dunkler seiner Geliebten sein Leben anvertraut, indem er ihr die Möglichkeit gibt, ihn zu töten."

„Hey, warte mal, ich wüsste gern, ob Allie und Christian schon den Zungenwalzer getanzt haben."

„Roxy! Das geht dich nichts an!"

„Hör mal, Schwester, ich habe mich ins Flugzeug gesetzt, um dir dabei zu helfen, Christian zu helfen, und meinen geliebten Mann für ganze sieben Nächte allein gelassen, deshalb geht es mich sehr wohl etwas an. Also …" Sie sah mich an. „Habt ihr, oder habt ihr nicht?"

„Ich … ich …"

„Sie wird rot", sagte Esme zu Roxy. „Ich würde die Vermutung wagen, dass das ein Ja ist. Und nachdem ich Christian gestern Abend selbst gesehen habe – so ein netter Kerl, auch wenn er ein Dunkler ist –, kann ich es ihr nicht verdenken. Wenn ich dreißig Jahre jünger wäre, würde ich glatt versuchen, ihn ihr auszuspannen."

Es gibt nichts Unerträglicheres als einen Geist, der sich in Koketterie übt …

„Der fünfte Schritt", sagte Joy bestimmt und sah ihre Freundin streng an, „ist der zweite Austausch."

„Ich wette, du kommst nicht drauf, was das bedeutet." Roxy kicherte.

„Hör auf, Roxy, du bist schrecklich! Du solltest Allie wirklich nicht so in Verlegenheit bringen! Beim sechsten Schritt bezwingt der Dunkle mit Hilfe seiner Geliebten die Finsternis in seinem Inneren, und der letzte Schritt, durch den er seine Seele zurückbekommt und seine Qual beendet wird, ist der Austausch von Blut, nach dem die Geliebte dem Dunklen anbietet, sich zu opfern, damit er leben kann."

„Keine Sorge, Christian würde niemals zulassen, dass du dein Leben für ihn opferst. Du musst nur die Bereitschaft dazu signalisieren. Das hat Joy jedenfalls getan, und es hat funktioniert."

Ich brachte die kleine Stimme in meinem Inneren zum Schweigen, die vermeldete, dass ich für heute genug über die Beziehung von Joy und Christian erfahren hatte. „Das klingt alles ziemlich … ich weiß auch nicht, irgendwie episch."

„Das ist es auf gewisse Weise auch", pflichtete Joy mir bei. „Das Ganze hat sehr viel mit Selbstlosigkeit und absoluter, bedingungsloser Hingabe zu tun, was tatsächlich an die ewig langen romantischen Gedichte des Mittelalters erinnert, aber ich kann dir versichern, dass es für Christian eine sehr ernste Angelegenheit ist. Er ist verwundet, um es mal so auszudrücken, und kann nur geheilt werden, wenn seine Auserwählte sich bereit erklärt, ihn zu retten."

„Aha. Nun, das ist alles sehr faszinierend, aber es unterstreicht nur, dass Christian vollkommen recht hat. Ich bin nicht der Typ für solche Epen. Ich habe nicht das Zeug zu so einer Geliebten. Ich bin schlicht und einfach eine Beschwörerin, und … äh … intensivere Gefühle jeglicher Art – die ich im Übrigen gar nicht habe – wären purer Zufall."

„So, so. Keine intensiven Gefühle, was? Bist du deshalb so rot geworden, als es ums Küssen ging?"

„Roxy, jetzt lass doch die Stichelei!" Joy sah mich nachdenklich an. „Vielleicht irren wir uns ja. Vielleicht bist du wirklich nicht Christians Auserwählte, obwohl ich schwören könnte … aber egal. Wenn du es bist, werdet ihr schon noch dahinterkommen, und wenn du es nicht bist, suchen wir einfach weiter nach der Frau, die ihn retten wird."

Tief in meinem Inneren regte sich etwas. Ich ignorierte es ebenso wie all die anderen merkwürdigen Dinge, die mein Bewusstsein mir mitzuteilen versuchte. „Würdet ihr mir bitte mal erklären, warum ihr zwei die Suche nach dieser Geliebten mit so viel Energie vorantreibt? Ich meine, Christian sollte doch selbst am besten wissen, was er will, oder?"

„Allerdings", meldete sich hinter mir jemand mit einer tiefen, wohlklingenden Stimme zu Wort. Ich drehte mich nicht zu ihm um, denn ich war vollauf damit beschäftigt, meinem Körper zu verbieten, aufzuspringen und sich ihm in die Arme zu werfen.

„Christian!", rief Joy erfreut, dann schaute sie zum Fenster. „Ist es etwa schon dunkel?"

„Noch nicht. Die Sonne geht erst in zwölf Minuten unter", entgegnete er und legte einen schwarzen Filzhut, einen schwarzen Seidenschal und einen knöchellangen schwarzen Mantel auf dem Tisch neben der Tür ab, bevor er zu uns kam. „Guten Abend, meine Damen! Joy, du bist wie immer eine strahlende Erscheinung. Roxy, dein bezauberndes Kleid lässt den erlesenen Geschmack deines Mannes erkennen. Bitte sag ihm noch einmal, was für ein herausragender Modeberater er ist. Esme, was für ein unverhofftes Vergnügen! Sie sind der Charme in Person."

Dann sah er mich an. Ich verschränkte die Arme vor der Brust und wartete ab. Er musterte mich eingehend von den Haaren – zusammengehalten von einem Gummi – über den Rosenpullover mit den Troddeln bis zu meiner Jeans, die, wie ich just in diesem Moment feststellte, ganz unten auf Knöchelhöhe einen großen eingetrockneten Matschfleck hatte. Ich schlug rasch die Beine übereinander, damit er ihn nicht sah, aber wie seine hochgezogene Augenbraue verriet, hatte er ihn längst entdeckt.

„Allegra, das ist ein überaus hübscher, sehr femininer Pullover. Darf ich zu hoffen wagen, dass du ihn meinetwegen angezogen hast?"

„Nein, das darfst du nicht. Ich habe ihn wegen dieser Troddeln an, die mir heute schon sehr nützlich waren. Mit dir hat das überhaupt nichts zu tun."

„Und schon hat sie mich wieder in meine Schranken gewiesen", sagte er mit einem Lächeln, das jedes einzelne meiner verräterischen inneren Organe dahinschmelzen ließ.

„Aber Christian, wie ist das möglich? Du darfst doch vor Sonnenuntergang gar nicht nach draußen!", sagte Joy besorgt.

Er sah mich noch einmal an, dann setzte er sich auf den freien Sessel neben ihr. „Ich bin früh aufgewacht. Und nach dem Essen ..."

„Er beschäftigt eine Menge Diener in seinem Londoner Haus, damit immer jemand da ist, an dem er sich gütlich tun kann", raunte Roxy mir zu. Als sie meinen entsetzten Gesichtsausdruck bemerkte, fügte sie eilig hinzu: „Oh, er löscht es jedes Mal aus ihrem Gedächtnis; sie erinnern sich nicht daran. Sie leiden überhaupt nicht."

„... beschloss ich, deiner liebenswürdigen Einladung nachzukommen, da Allegra und ich für heute Abend verabredet sind. Ich versichere dir, dass ich mich gut geschützt habe und mir die paar Sekunden im Tageslicht nichts ausgemacht haben." Christians Blick fiel auf meine Jeans. Unwillkürlich wischte ich mit den Händen über meine Beine, bis mir bewusst wurde, was ich tat.

„Wenn du deine Augenbrauen ständig hochziehst, bleiben sie eines Tages noch da oben hängen", fuhr ich ihn an. „Und guck mich nicht immer so an, als hätte ich meine Klamotten von der

Resterampe. Ich habe keine Damengarderobe dabei, und wenn Jeans und ein Rosenpulli mit Troddeln nicht deinen Vorstellungen entsprechen, dann setze ich mich eben in die St. Paul's Cathedral und versuche Sir Christopher Wren zu beschwören."

„Echt?", fragte Roxy. „So etwas kannst du? Cool!"

„Das war ein Witz", entgegnete ich.

„Ach, du Arme, natürlich hast du keine Ausgehkleider. Ich habe ganz vergessen, dass du ja nur zu Besuch hier bist, und im Unterschied zu gewissen Leuten, die ich kenne ..." Joy sah Roxy bedeutungsvoll an. „... reist du bestimmt nicht mit einer Tonne Gepäck. Ich leihe dir gern eins von meinen Kleidern, aber die sind dir sicherlich alle viel zu groß. Roxy?"

Roxy taxierte mich. „Ich glaube, in meine Sachen passt sie nicht rein."

Wie sollte ich das verstehen? Mir schoss die Röte in die Wangen. „Nein, bitte, es liegt nicht daran, dass ich keinen Platz für ein Kleid im Koffer gehabt hätte; ich besitze so etwas gar nicht."

„Das stimmt, ich habe gesehen, was sie im Schrank hat. Nur Jeans und diese furchtbaren schlabberigen Trainingshosen. Ich habe versucht, ihr zu erklären, wie eine Dame sich kleiden sollte, aber da hat sie sehr gereizt reagiert. Tja, allein der Zustand ihrer Unterwäsche würde jeden Mann mit Geschmack in die Flucht schlagen!" In diesem Moment wurde Esme offenbar bewusst, wer neben ihr saß, und sie bedachte Christian mit einem Haifischgrinsen.

Er reagierte mit einem charmanten Augenzwinkern, das in meinem Inneren zu einem kolossalen Hitzestau führte.

Ich sank resigniert in mich zusammen. Wenn jetzt schon meine Büstenhalter und Unterhosen zum Gesprächsthema wurden, dann wurde es Zeit, dass ich mir ein Zimmer im Altersheim für Beschwörer nahm.

„Alles klar“, sagte Roxy. „Ich verstehe dich vollkommen. Der einzige Grund, warum ich Kleider trage, ist, dass Richard – das ist mein Mann, er ist ein Schatz – mich gern darin sieht. Aber wenn es nach mir ginge, würde ich genau wie du in bequemen ausgeleierten Klamotten rumhängen, ohne Rücksicht darauf zu nehmen, dass ich keine gute Figur darin mache.“

„Du kannst dich einfach nicht benehmen, nicht wahr?“, sagte Joy und bewarf Roxy mit einem Muffin. „Entschuldige dich, du Dussel!“

„Wofür?“

„Vergiss es, spielt keine Rolle. Wenn ihr nichts dagegen habt, bringe ich Esme und Schnuckel jetzt nach Hause.“ Ich sah Christian an und schenkte ihm ein Zahnpastalächeln. „Um dein empfindliches Gemüt zu besänftigen: Ich habe noch eine schwarze Hose im Schrank. Das ist das Schickste, was ich dabeihabe.“

Er erhob sich gleichzeitig mit mir. „Ich begleite dich gern zu deinem Hotel, und dann führe ich dich noch in ein Restaurant aus, bevor wir uns die Show ansehen.“

„Ooh, essen gehen und danach eine Show! Warum machst du so etwas nie mit uns?“

Christian lächelte Roxy an. „Ich würde den ganzen Abend damit zubringen, die Heerscharen von Verehrern zu vertreiben, die dich belagern.“

Roxy fächelte sich mit der Hand Luft zu und grinste ihn an. „Er ist ein echter Charmebolzen, nicht wahr?“

Ich sparte mir jeden Kommentar. „Ich bin durchaus in der Lage, allein zum Hotel zurückzufinden.“

„Daran habe ich keinen Zweifel. Trotzdem wäre mir wohler, wenn ich dir Geleitschutz geben dürfte.“

„Es wäre ganz reizend, wenn Sie uns begleiten“, schaltete Esme sich ein, stand auf und rückte ihren Bademantel zurecht.

„Der Schutz eines Gentlemans ist einer Dame immer willkommen."

Ich schnaubte. „Ich glaube, ich komme ganz gut ohne ihn klar."

„Ich bestehe darauf, dich zu begleiten."

„Du kannst dir dein Bestehen dahin stecken, wo die Sonne nicht hinkommt", entgegnete ich zuckersüß.

Esme schnappte nach Luft. „Allie! Eine Dame spricht niemals von der Rektalregion eines Gentlemans, wie aufgebracht sie auch sein mag!"

Christian breitete die Arme aus und sah Joy an. „Siehst du, was ich alles ertragen muss?"

„Oje, das hätte er nicht sagen dürfen." Esme schüttelte den Kopf. Joy und Roxy nickten zustimmend.

„Ertragen?" Ich baute mich wütend vor ihm auf. *„Ertragen* hast du gesagt? Niemand zwingt dich, mich zu ertragen, Graf Dracula. Ehrlich gesagt kann ich sogar sehr gut darauf verzichten, dich jemals im Leben wiederzusehen, also kannst du dir das Ertragen auch irgendwohin stecken!"

„Meine Liebe, wie ich gerade sagte, spricht eine Dame …"

Christian kam einen Schritt auf mich zu. Aus seinen Augen sprach der blanke Zorn. Sein heißer Atem schlug mir ins Gesicht, während seine samtige Stimme mich einmal mehr in ihren Bann zog. „Ich habe deine Beschimpfungen bisher ertragen, weil mir bewusst ist, wie unsicher du in Bezug auf dein Aussehen bist, ganz zu schweigen von deiner Angst vor dem, was ich bin, aber ich werde deine Unhöflichkeit nicht länger hinnehmen. Du hast meine Pläne durchkreuzt, ohne dich dafür zu entschuldigen, du hast dich gegen meinen Willen in mein Leben gedrängt, und wenn ich etwas Nettes zu dir sage, reagierst du immer nur mit Grobheiten und kindischen Bemerkungen. Damit ist jetzt Schluss! Du bist vielleicht nicht meine Auserwählte, aber es gibt eine Bindung zwischen uns, auch wenn du dir das nicht eingestehen willst. Und weil Dunkle ihre Frauen zu beschützen pflegen, werde ich dich selbstverständlich zu deinem Hotel begleiten. Ende der Diskussion!"

Habe ich schon erwähnt, dass ich herrische, despotische Männer verabscheue? Wirklich, es war seine Verbalattacke, die mich dazu veranlasste, das zu tun, was ich tat. Ich bin nicht stolz darauf, aber ich bin ein gebranntes Kind. Mein Leben war früher von einem Mann kontrolliert worden, und ich hatte in der ständigen Angst gelebt, etwas zu tun, das ihm unter Umständen missfallen könnte, denn die Konsequenzen waren fast immer mit körperlicher Gewalt verbunden gewesen. Und so hatte ich mir, als ich vor Timothys leblosem Körper stand, hoch und heilig versprochen, dass ich mich nie wieder von jemandem unterdrücken lassen würde.

Ich bedankte mich bei Joy für den Tee.

„Ich bin sicher, wir sehen uns noch", entgegnete sie mit einem raschen Blick in Christians Richtung. Er zog eine Augenbraue hoch. Angesichts des stummen Einverständnisses zwischen den beiden knirschte ich mit den Zähnen, riss mich jedoch am Riemen, als mir bewusst wurde, was ich tat.

In Windeseile rupfte ich eine Troddel von meinem Pullover.

„Sag Auf Wiedersehen, Esme", sagte ich, während ich Hüterschutzsymbole in die Luft malte. Dann kehrte ich den anderen den Rücken zu, um leise die Formel zu sprechen (ich lasse mir nicht gern bei der Arbeit zusehen), und drehte mich wieder um, als die Troddel zu leuchten begann. Während ich meinen Mantel holte, beachtete ich Christian ebenso wenig wie er mich. Roxy quasselte fröhlich über dies und das, als sie mich zur Tür brachte. Ich achtete darauf, dass niemand sah, wie ich rasch ein paar Zeichen in die Luft malte und die Tür mit einem Bann belegte. Dann trat ich in den Flur und betete mit angehaltenem Atem, dass der simple Bann auch einem Vampir standhielt.

Christian blieb irritiert vor der Tür stehen. Er runzelte die Stirn und versuchte die von mir errichtete unsichtbare Barriere zu durchbrechen.

„Christian? Was ist?"

Ich lächelte, als er mich mit zusammengekniffenen Augen taxierte. „Was hast du getan?"

„Ich? Ich kindisches, unhöfliches, unsicheres, verängstigtes kleines Etwas? Was könnte ich denn getan haben?"

„Du hast etwas mit der Tür gemacht, Beschwörerin! Damit ich die Wohnung nicht verlassen kann!", knurrte er, und das klang so sexy, dass ich wohlig erschauderte, wie ich es noch nie erlebt hatte.

Ich zeigte ihm die Zähne. „Glaub bloß nicht, du könntest mir sagen, was ich zu tun habe! Ich bin ein freier Mensch und habe meinen eigenen Willen, und ich werde mich nie wieder unterdrücken lassen!"

Joy sah mich betroffen an, doch ich winkte ihr fröhlich zu, machte auf dem Absatz kehrt und verließ das Haus. Ein paar Minuten später ließ ich mich seufzend auf die Rückbank eines Taxis sinken, das ich ergattern konnte, als gerade jemand ausgestiegen war. Ich fragte mich, wie lange es wohl dauerte, bis Christian merkte, dass mein dürftiger Bann – Beschwörer kennen sich eigentlich nur mit Bannen zu ihrem persönlichen Schutz oder zur Verankerung von Geistern aus – lediglich für diese eine Tür galt und nicht für die anderen Ausgänge der Wohnung. Ich befürchtete, er würde ziemlich schnell dahinterkommen.

„Ich hasse es, recht zu haben." Seufzend schloss ich die Tür meines Hotelzimmers. Christian stand vor dem Kleiderschrank und stöberte in meinen Sachen.

„Esme hatte auch recht. Deine Unterwäsche ist in der Tat entsetzlich. Warum trägst du nichts aus Seide und Satin wie andere Frauen?"

Ich legte die Troddel mit Esme auf den kleinen Schreibtisch in der Ecke und zog meine Jacke aus. „Hör mal, wir haben beide ein paar Dinge gesagt, die besser ungesagt geblieben wären. Ich für meinen Teil entschuldige mich dafür, dass ich gesagt habe, du sollst dir dein Bestehen …" Ich winkte ab. „Du weißt schon. Das war zugegebenermaßen sehr unhöflich von mir, und es tut mir leid, aber ich kann herrische, arrogante Männer nun mal nicht ausstehen."

Christian kam zu mir und fasste mich am Kinn. Ich bezwang den inneren Drang, mich zu wehren, blieb regungslos stehen und ließ ihn mein Gesicht studieren.

„Du hast mir nicht gesagt, dass du in der Vergangenheit schlecht behandelt wurdest. Wer war derjenige, der dich so gedemütigt hat?"

Ich überlegte, ob ich ihn anlügen sollte, aber es war zwecklos, ihm etwas vorzumachen. Seine allwissenden Augen (die nun in einem herrlichen rötlich-goldenen Mahagoniton leuchteten) würden es sofort erkennen.

„Mein Mann."

Seine Miene versteinerte.

„Mein Ex-Mann", präzisierte ich. „Besser gesagt, mein verstorbener Beinahe-Ex-Mann. Ich hatte ihn verlassen und bereits die Scheidung eingereicht, als er starb – und nein, ich habe ihn nicht umgebracht, obwohl ich es am liebsten getan hätte. Er wurde von der Polizei erschossen, als er versuchte, mein Haus in Brand zu stecken. Nachts, als ich schlief."

Christians Augen wurden immer dunkler, was beinahe so aussah, als weiteten sich seine Pupillen bis zum Äußersten. „Dieser Mann, hat er dich misshandelt?"

„Er hat mich misshandelt, unterdrückt, gequält, und er hat meinen Bruder getötet – all das und noch viel mehr."

Er sah mich durchdringend mit onyxschwarzen Augen an. „Du hast gesagt, dein Bruder sei bei dem Unfall ums Leben gekommen, bei dem du dir das Bein verletzt hast."

„Du tust mir weh!"

Augenblicklich lockerte sich sein Griff um mein Kinn, und ich verspürte Wärme und ein erotisches Kribbeln auf der Haut, als er meinen Hals küsste, um den Schmerz zu vertreiben.

„Mein Bruder …" Ich hielt inne, als Christian eine besonders empfindliche Stelle unter meinem Ohr erreichte. „Mein Bruder *ist* bei einem Autounfall ums Leben gekommen. Timothy …" Eine weitere Unterbrechung, als er zärtlich an meinem Ohrläppchen knabberte und ich vor Wonne erschauderte. Um ihm nicht mit Haut und Haar zu verfallen, dachte ich an jene furchtbare Nacht zurück und ließ die Ereignisse noch einmal Revue passieren. Das ganze Leid sprudelte nur so aus mir heraus, und meine Stimme war heiser vor Schmerz.

„Timothy saß am Steuer. Er war betrunken – er war immer betrunken – und hielt es für eine tolle Idee, einfach durch den Wald nach Hause zu fahren, der an unser Grundstück grenzte. Leslie starb, als Timothy den Wagen gegen einen Baum setzte." Christian hatte mit seinen Liebkosungen aufgehört und sah mich mit dunklen, verhangenen Augen an. Ich verspürte einen Anflug von Reue, weil meine Rechnung aufgegangen war, doch den schob ich rasch beiseite. „Mein Bein wurde bei dem Unfall verletzt; es war viermal gebrochen, wie sich später herausstellte. Aber weil wir keine Krankenversicherung hatten und Timothy betrunken und ohne Führerschein gefahren war, schleppte er mich ins Haus und ließ Leslies Leiche im Wagen liegen. Später, als er so weit ausgenüchtert war, dass ihm klar wurde, was er getan hatte, hat er meinen Bruder dann begraben."

„Du hast ihn nicht angezeigt?“, fragte Christian, und aus seinem Gesicht sprach etwas, das in mir den Wunsch weckte, mich in seine Arme zu stürzen und mich von ihm vor der Welt beschützen zu lassen. Auch dieses Gefühl verdrängte ich. Schließlich hatte ich nicht gelernt, auf eigenen Beinen zu stehen, um meine Unabhängigkeit gleich wieder wegen des erstbesten Mannes aufzugeben, der mir ein bisschen Mitleid entgegenbrachte.

„Das konnte ich nicht. Timothy hatte mein Bein geschient und mich eine ganze Weile mit Medikamenten außer Gefecht gesetzt, überwiegend mit Schmerzmitteln. Als ich begann, die Pillen zu verstecken, die er mir gab, und mir klar wurde, dass er mich belogen hatte, als er sagte, Leslie sei spurlos verschwunden, war es zu spät. Ich hatte keine Beweise und war ans Bett gefesselt. Sechs Monate lang konnte ich nicht gehen. Ich weiß nicht, ob du jemals jemandem ausgeliefert warst, der keine Gnade kennt, aber die Erfahrung hatte mich gelehrt, dass ich keine Chance hatte, ihm zu entkommen.“

Christian wischte mir zärtlich die Tränen von den Wangen, die ich gar nicht gespürt hatte. „Aber letztlich *bist* du diesem Unmenschen entkommen.“

Ich nickte und schloss einen Moment lang die Augen, um seine liebevolle, wärmende Geste zu genießen. „Ein Jahr später hat er versucht, mich umzubringen. Da bin ich weggelaufen und habe schließlich in einem Frauenhaus Zuflucht gesucht. Eine der Frauen, die dort arbeitete, war eine Hexe. Sie erkannte meine Stärke, die ich mich so lange zu verbergen gezwungen gefühlt hatte. Sie half mir zu verstehen, was Timothy mit mir gemacht hatte und wie ich den Teufelskreis durchbrechen konnte. Sie lehrte mich, dass ich mich von niemandem unterdrücken lassen muss, und brachte mir bei, wie man Stärke beweist und sich zur Wehr setzt, statt das ewige Opfer zu sein. Sie machte mir klar, dass Männer erst Ruhe geben, wenn sie alles unter Kontrolle haben, und sie immer versuchen werden, jemanden, der ihre Autorität infrage stellt, zu tyrannisieren und einzuschüchtern." Ich hob den Kopf und sah Christian entschlossen an. „Ich werde nicht zulassen, dass mir ein Mann noch einmal so etwas antut."

Zu meiner Überraschung nickte Christian. „Ich bin sehr froh, dass du diesen qualvollen Lebensabschnitt überstanden hast und dich die tragischen Erfahrungen stark gemacht haben. Frauen sind keine hilflosen Opfer." Er strich mir eine Haarsträhne hinters Ohr. „Ich habe dich von Anfang an für sehr stark gehalten, Allegra. Ich würde dich niemals verändern wollen. Du hast bedauerlicherweise bisher nur die Kehrseite männlicher Stärke kennengelernt – Gewalt. Aber du darfst nicht glauben, dass alle Männer so sind."

Ich trat zurück. „Offenbar bestreitest du nicht, dass Männer erst zufrieden sind, wenn sie die Kontrolle haben."

Er zuckte elegant mit den Schultern, wie es seine Art war. „Das ist ein Aspekt dessen, was einen Mann zum Mann macht. Männer sind von Natur aus dominant, und Frauen sind …"

„Unterwürfig? Unterjocht? Dumme kleine Fußabtreter, auf denen Männer herumtrampeln können?"

Er lächelte, und seine weißen Zähne blitzten auf. „Diejenigen, die sich um das Wohlergehen anderer kümmern, wollte ich sagen. Frauen können zwar auch energisch werden, oder dominant, wenn du so willst, aber nur, wenn es um das Wohl ihrer Lieben geht. Im Grunde ihres Wesens sind sie es nicht."

Ich schnaubte (dank Christian entwickelte sich das allmählich zu einer schlechten Angewohnheit). „Tu mir und allen anderen Frauen des einundzwanzigsten Jahrhunderts den Gefallen und mach die Augen auf! Frauen können genauso stark sein wie Männer – wir trampeln dabei nur nicht auf jedem und allem herum."

Sein Lächeln wich einem Stirnrunzeln. „Frauen wollen nur

den Ton angeben, um sich zu beweisen, dass sie Männern in jeder Hinsicht gleich sind."

Ich kniff die Augen zusammen. „Oh nein, komm mir bloß nicht mit *der* Tour! Ich glaube, dieses Gespräch führt zu nichts. Du bist einer von diesen ewig gestrigen Machos, die denken, sie hätten das Recht, andere herumzuschubsen, wie es ihnen gerade passt. Du zeigst dich kein bisschen einsichtig oder offen für eine vernünftige Diskussion, also spare ich mir jedes weitere Wort." Ich ging zum Schrank und fischte ein paar Klamotten heraus. „Esme, du kannst jetzt rauskommen. Wenn du willst, kannst du unseren Nosferatu hier mit Geschichten vom damenhaften Benehmen unterhalten. Ich gehe duschen", sagte ich. „Allein", fügte ich mit Nachdruck hinzu.

„Unsere Unterhaltung ist noch lange nicht beendet, Allegra", rief Christian mir hinterher.

„Allie, ich muss Beschwerde einlegen gegen die Art und Weise, wie Sie mich und meinen Schnuckelschatz transportieren." Esme strich ihren Bademantel glatt, während die Katze sich zu ihren Füßen streckte und reckte. „Ich bestehe darauf, dass Sie uns nicht mehr in Ihrer Jackentasche unterbringen. Ich wäre um ein Haar erstickt! Guten Abend, Christian. Es ist mir immer wieder ein Vergnügen, einen Mann mit so ritterlichen Manieren zu sehen."

Ich verdrehte die Augen und marschierte ins Badezimmer. Einen winzigen Teil meiner Frustration – die überwiegend sexueller Natur war, wie ich leider zugeben muss – baute ich ab, indem ich die Tür hinter mir zuknallte.

Kurz darauf kam Esme ins Bad, aber ich beachtete sie nicht und konzentrierte mich ganz aufs Haarewaschen. Zwanzig Minuten später verließ ich den dampfigen Raum. „Das wollte ich dich vorhin schon fragen, aber du hast mich ja nicht gelassen – wie hast du meinen Bann eigentlich überwunden?"

Christian trug abermals seine Leidensmiene zur Schau – an der ich insgeheim meine helle Freude hatte –, antwortete aber auf meine Frage. „Ich bin durch die andere Tür raus."

Ich freute mich darüber, dass mein Bann ihm standgehalten hatte, doch ich sah mich genötigt, die Wahrheit zu sagen. „Der Bann hat vermutlich gar nicht lange gehalten. Ich kann das nicht besonders gut. Beschwörer brauchen Banne recht selten, und es kann dabei sehr leicht etwas schiefgehen, deshalb versuche ich, ohne sie auszukommen. Trotzdem ist es gut zu wissen, dass ich einen ausgewachsenen Dunklen in Schach halten kann, wenn es sein muss."

Christian blickte sogar noch eine Spur gequälter drein als zuvor.

„Okay, ich bin fertig, wir können essen gehen. Esme, Sie bleiben hier und benehmen sich, wenn das Zimmermädchen hereinschaut."

„Meine Liebe, Sie wollen uns nicht zufällig mit –"

„Ich glaube, Sie sind für heute genug herumgekommen", fiel ich ihr freundlich, aber bestimmt ins Wort, dann drehte ich mich zu Christian um. „Wohin führst du mich zum Essen aus?"

Auf diese Frage zog er beide Augenbrauen hoch. „Ich? Du gehst davon aus, dass ich auf männlich-arrogante Art über deinen Kopf hinweg entscheide und das Essen einer unabhängigen Frau bezahle, die es verabscheut, auf derart erniedrigende Weise behandelt zu werden?"

Ich zog meine Jacke an. „Da du wahrscheinlich Unmengen von Geld herumliegen hast, das du gar nicht ausgeben kannst, und ich auf eigene Kosten reise und meine gesamten Ersparnisse durchbringe, werde ich dir ausnahmsweise gestatten, mich zum Essen einzuladen." Ich öffnete die Tür und drehte mich zu ihm um. „Wenn du mich freundlich darum bittest."

„Weißt du", entgegnete er mit nachdenklicher Miene, als er

mir in den Flur folgte, „das war schon fast ein ziviles Gespräch. Vielleicht gibt es ja doch noch Hoffnung für dich."

Ich gab ihm einen Klaps auf den Arm, und als er mir die Hand reichte, ergriff ich sie nach kurzem Zögern. Ich verschränkte meine Finger mit seinen und grinste in mich hinein. Hoffnung? Nicht für mich, aber vielleicht in Bezug auf etwas anderes … Hm. Ein interessanter Gedanke.

7

Der Waffenstillstand hielt tatsächlich während des ganzen Abendessens an, und ich beobachte fasziniert, wie Christian sein Gericht *nicht* zu sich nahm.

„Wie machst du das?", fragte ich, als ich aufsah und feststellte, dass abermals eine Garnele von seinem Teller verschwunden war.

Er lächelte. „Hände sind schneller als Augen."

„Oh. Und du konntest noch nie Nahrung zu dir nehmen?"

„Diese Art von Nahrung nicht."

Ich dachte darüber nach, während ich einen Bissen von meinem Zitronenhühnchen nahm. „Wie bist du eigentlich so geworden, wie du bist?", fragte ich und sah mich verstohlen um. „Bist du so auf die Welt gekommen oder hat dich jemand verwandelt?"

Christian fuhr mit seinen langen Fingern über den Rand seines Weinglases. „Es gibt zwei Arten von Dunklen: Die einen werden so geboren, und die anderen werden erschaffen. Ich gehöre zu den Erstgenannten."

„Tatsächlich? Dann waren deine Eltern also auch Vampire?"

Er nickte. „Alle männlichen Nachkommen eines unerlösten Dunklen sind das, was ihr Vater ist."

Ich stutzte. „Moment mal, du hast doch gesagt, dass ihr von eurer Auserwählten erlöst werdet, indem sie eure Seele rettet, nicht wahr? Wie kann ein unerlöster Dunkler dann Kinder haben?"

„Genau wie alle anderen Männer", entgegnete er grinsend. „Viele Dunkle finden ihre Auserwählte nie, aber das bedeutet nicht, dass sie nicht Trost in einer Beziehung mit einer sterblichen Frau suchen können."

„Oh." Was natürlich für mich folgende Frage aufwarf: „Tust du das auch? Trost suchen, meine ich?"

Er setzte die Augenlider auf Halbmast und bedachte mich mit einem Blick, der so heiß war, dass er damit Karotten hätte garen können. „Fragst du aus Neugier oder aus einem bestimmten Grund?"

Ich versuchte die Teile meines Körpers zur Ordnung zu rufen, die (mit großer Begeisterung) auf seine samtige, wunderschöne Stimme reagierten – ganz zu schweigen von seinem Schlafzimmerblick. Am liebsten wäre ich aufgesprungen und hätte ihn geküsst, bis ihm Hören und Sehen verging, doch schließlich gelang es mir, ihn gelassen anzusehen. „Aus reiner Neugier, würde ich sagen."

Seine Augen färbten sich walnussbraun. „Warum tust du das?"

Ich sah ihn unschuldig an. „Was?"

„Warum wehrst du dich dagegen, dass du dich zu mir hingezogen fühlst? Ich finde dich auch anziehend, und ich kämpfe nicht dagegen an, denn das wäre sinnlos. Das kann man nicht kontrollieren – es ist, wie es ist. Trotzdem verleugnest du die Leidenschaft, die so stark in dir brennt, dass ich sie spüren kann, auch wenn ich dir nicht nahe bin. Fühlst du dich so bedroht von mir, dass du den Gedanken an körperliche Intimität nicht ertragen kannst?"

„Ich fühle mich nicht von dir bedroht", raunte ich ihm leise zu. Mir wäre es unendlich peinlich gewesen, wenn jemand gehört hätte, worüber wir sprachen. „Und ich brenne nicht vor Leidenschaft."

Er stieß ein leises, verführerisches Lachen aus, das mich samtweich umfing. „*Malý válečník!*"

„Tue ich wirklich nicht! Mir wurde oft genug gesagt, dass mir jegliches Feuer fehlt. Es fielen irgendwann sogar die Worte ‚kalter Fisch'. Und wie hast du mich gerade genannt?"

Christian überging meine Frage. „Hat das dein Ex-Mann zu dir gesagt?"

Ich rutschte nervös auf meinem Stuhl herum und fragte mich, woher er wusste, wie sehr ich dagegen ankämpfen musste, mich nicht auf ihn einzulassen. Ich hatte meine Gedanken absolut unter Kontrolle; Christian hatte meine Bewusstseinsbarrieren unmöglich überwinden können. „Ja, das hat er, aber ich weiß ganz sicher, dass es wahr ist. Ich bin weder Jungfrau noch prüde, Christian. Ich bin einunddreißig. Ich habe Erfahrung mit Männern. Und ich weiß, dass mir die Leidenschaft fehlt, die andere Frauen offenbar haben, denn mir hat Sex nie besonders viel Spaß gemacht, und nach den unzufriedenen Gesichtern meiner Partner zu urteilen hatten sie auch nicht viel Freude an mir. Du musst also keine Energie darauf verschwenden, mich zu verführen. In meinen Armen wirst du keinen Trost finden."

„Nein? Diese Theorie sollten wir überprüfen, findest du nicht?" Er streckte die Hand nach mir aus. „Komm her!"

Ich starrte seine Hand an, als käme mir eine fette Vogelspinne entgegen. „Was?"

„Komm her! Setz dich neben mich!"

Ich sah mich um. Wir saßen zwar etwas abseits, aber unser Tisch war für mindestens ein halbes Dutzend Leute gut zu sehen. „Nein! Hier kann uns doch jeder zuschauen!"

Eine Augenbraue schnellte nach oben. „Findest du diese Vorstellung erregend?"

Ich sah ihn missbilligend an. „Kein bisschen."

Er seufzte. „Wie ich sehe, muss ich dir einiges beibringen. Komm her, Allegra. Setz dich neben mich. Beweis mir, dass du ein kalter Fisch bist."

„Auf so eine billige Provokation falle ich nicht herein", erklärte ich und verdrehte genervt die Augen.

„Also hast du zu viel Angst vor mir, um zu beweisen, was du behauptet hast?"

„Ich habe keine Angst vor dir", erwiderte ich. „Und ich muss gar nichts beweisen!"

Er machte eine elegante Geste, die Bände sprach: Für ihn war damit bewiesen, dass er recht hatte und dass ich zu feige war, um ihn eines Besseren zu belehren.

„Also gut", knurrte ich, erhob mich und warf meine Serviette auf den Tisch. Ich ging zu ihm und ließ mich auf seinen Schoß plumpsen, ohne mich um die mindestens fünf Augenpaare zu scheren, die ich in meinem Rücken spürte. „Du willst, dass ich dir beweise, dass ich leidenschaftslos bin, also beweise ich es dir. Sei darauf gefasst, dass du dich zu Tode langweilen wirst!"

Ich packte ihn bei den Schultern und presste meinen Mund auf seinen, wobei ich meine Lippen absichtlich ganz fest gegen seine Zähne drückte. Er ließ mich einen Moment lang gewähren, dann nahm er zärtlich mein Gesicht in die Hände und neigte meinen Kopf nach hinten. „Das versuchen wir noch mal, aber ganz sachte und ohne Gewalt, ja?"

Ich sah ihn an und wusste, dass ich in Schwierigkeiten war; in ernsten, riesengroßen, ungeahnten Schwierigkeiten. Aus seinen dunklen Augen sprach grenzenloses Verlangen – ein Verlangen nach mir, wie ich es noch nie in den Augen eines Mannes gesehen hatte. Ich hatte das Gefühl, von diesem Verlangen überwältigt zu werden, als seine Lippen die meinen liebkosten und mit kleinen zärtlichen Küssen bedeckten, bis ich so erregt war, dass ich die Wahrheit nicht länger verleugnen konnte.

Ich wollte von ihm berührt werden. Ich wollte von ihm geküsst werden. Ich wollte ihn erkunden, wollte, dass er mich erkundete. Ich kämpfte verzweifelt darum, meine Lust in

Schach zu halten, aber als seine Zunge mit meinen Lippen in Berührung kam, waren alle guten Vorsätze dahin, und ich erlaubte ihm, in meinen Mund einzudringen. Damit war mein Widerstand endgültig gebrochen. Als seine Zunge energischer und drängender wurde und ihr Spiel mit meiner trieb, stöhnte ich und ließ es geschehen. Ich grub meine Finger in sein Haar und löste das Lederband, mit dem er es zusammengebunden hatte, sodass es ihm locker auf die Schultern fiel. Das Gefühl, wie es seidig meine Hände umschmeichelte, ließ mich wohlig erschaudern.

Ich spürte, wie er die Barrieren meines Bewusstseins zu überwinden versuchte, und wurde von einer unglaublichen Neugier gepackt. Ich wollte wissen, was er dachte. Doch es war absolut töricht, mich darauf einzulassen, seine Gedanken zu empfangen, denn dann würde er auch meine lesen können, aber das Feuer, das er in mir entfachte, ließ sich nicht mehr löschen. Er wurde noch leidenschaftlicher, als ich ihm mein Bewusstsein öffnete und sich die Gefühle, die er empfand, mit meinen vereinten. Seine Gedanken waren eine einzige Flut von Bildern der Lust, der Sehnsucht und Begierde und der verzweifelten Hoffnung. All das war so fest verschmolzen, dass es unmöglich war, die einzelnen Emotionen voneinander zu trennen. Obwohl ich wusste, dass es falsch war und nur in einer Katastrophe enden konnte, reagierte ich unwillkürlich auf die Sehnsucht, die aus seinem Inneren sprach, und nahm seine Finsternis in mich auf, um ihm alles Licht zu geben, was ich hatte.

Seine Macht hüllte uns ein, durchdrang uns und schmiedete uns auf eine Weise zusammen, die ich nicht verstand und auch nicht näher ergründen wollte. Statt mich von ihr erdrückt zu fühlen, genoss ich sie und ließ zu, dass sein Bewusstsein mit meinem verschmolz. Seine Erregung nährte meine, und meine Lust steigerte seine. Seine Zunge war überall in meinem Mund, dann war meine in seinem und erforschte ihn gierig und immer ungestümer.

Von einem kalten Fisch kann keine Rede sein, malý válečník, hallte es durch meinen Kopf.

Ich saugte an seiner Unterlippe und knabberte noch ein Weilchen daran, bevor ich mich langsam von ihm löste.

Was bedeutet „malý válečník" eigentlich?

Ich spürte sein Lächeln, als er mir antwortete. *Kleiner Krieger.*

Krieger, hm? Damit konnte ich leben. Was mir viel mehr zu schaffen machte, war die Leichtigkeit, mit der er sich in meinem Bewusstsein eingenistet hatte. Behutsam sperrte ich ihn aus und errichtete erneut meine mentalen Barrieren. Ich war völlig aufgewühlt, und es erschütterte mich zutiefst, wie verlockend der Gedanke für mich war, alle Vorsicht über Bord zu werfen und mich ihm hinzugeben, doch als ich in Christians dunkle Augen sah, rief ich mir ins Bewusstsein, dass er zwar unsterblich war, aber immer noch ein Mann. Er durfte keine Macht über mich haben.

Ich erhob mich von seinem Schoß, stolperte auf meinen Platz und griff mit zitternder Hand zu meinem Wasserglas.

„Sag mal ..." Ich musste mich räuspern, denn ich war von dem Kuss ganz heiser geworden. „Was weißt du eigentlich über diese Guarda White? Sie ist ein Medium, nicht wahr? Woher kennst du sie überhaupt?"

Christian legte einen Finger an seine sinnlichen Lippen. „Du gibst dich also nicht geschlagen?"

Ich nahm meine Gabel und spießte eine Bratkartoffel auf. „Ich wusste gar nicht, dass wir einen Kampf führen."

Er neigte lächelnd den Kopf. „*Touché.* Das war kein Kampf, sondern ..." Sein Blick fiel auf meine Lippen, die ich mir unwillkürlich leckte. Sie waren ganz empfindlich und weich und fühlten sich geschwollen an. „Ein Experiment mit höchst interessantem Ausgang. Ich glaube allmählich, ich war zu voreilig mit meinem Urteil.“

Sein sehnsuchtsvoller Blick ließ meinen ganzen Körper in Flammen aufgehen. Ich versuchte verzweifelt, den letzten Rest an Selbstbeherrschung zu wahren. „Bitte, Christian …“

Er überging mein leises Flehen, ergriff meine Hand und streichelte sie mit dem Daumen. „Warum wehrst du dich so? Warum verbirgst du dich hinter einem Schutzschild aus Gleichgültigkeit, wo ich doch die gleiche Leidenschaft in deinem Inneren spüre, die du in mir weckst? Warum leugnest du, dass du in Erregung gerätst, wenn ich dich berühre?“

Ich entzog ihm langsam meine Hand und legte sie in den Schoß. Plötzlich war ich den Tränen nahe, wusste jedoch nicht, ob ich seinetwegen weinen musste oder meinetwegen. „Es tut mir leid, Christian“, sagte ich mit gesenktem Blick. „Ich kann einfach nicht zulassen, dass ein Mann so viel Macht über mich hat.“

Christian schwieg eine ganze Weile. So lange, dass ich ihn schließlich ansehen musste. Seine Augen, an denen sich stets seine Gefühle ablesen ließen, leuchteten im Kerzenschein. Er senkte seine Stimme, die mich abermals zärtlich zu streicheln schien. „Es ist mir ein großes Anliegen, dir zu beweisen, dass nicht alle Männer Macht mit Gewalt gleichsetzen.“

Ich sagte nichts. Es gab einfach nichts zu sagen.

Das kleine Theater, das die Gemeinschaft zur Analyse von Geistererscheinungen und -aktivitäten (bekannt unter dem fragwürdigen Kürzel GAGA) für ihr Casting von Menschen mit medialen und übersinnlichen Fähigkeiten gemietet hatte, befand sich im Keller eines alten Gebäudes aus dem späten achtzehnten Jahrhundert.

Ich sah mir die Broschüre an, die man mir am Eingang in die Hand gedrückt hatte. „Hier steht, dass Guarda White und ein gewisser Eduardo Tassalerro, der Chef von Milan Psychics Limited, eine Art Expertenkommission zusammenstellen wollen, um das Wissen über Geister und übersinnliche Phänomene im heutigen Großbritannien zu mehren. Hmm. Was glauben die denn bewirken zu können, was wir von der GEDÜ nicht zuwege bringen?"

„GEDÜ?"

„Das ist die Gesellschaft, für die ich tätig bin. Wir arbeiten in Amerika und England und treiben die Forschung auf diesem Gebiet seit Jahren voran."

„Dann dient diese Expertenkommission vielleicht noch einem anderen Zweck."

Ich musterte Christian verstohlen. Nicht das, *was* er gesagt hatte, sondern vielmehr, *wie* er es gesagt hatte, ließ mich aufhorchen: In seinen Worten lag eine gewisse kontrollierte Erregung, die ich trotz aktivierter Barrieren spürte. Ich fragte mich, ob schon wieder etwas aus seinem Kopf in meinen durchsickerte. Das hatte mir gerade noch gefehlt: ein Mann, der so gut aussah, dass ich weiche Knie bekam und mir das Blut in den Adern kochte, wenn er mich nur anschaute, und der sich nach Belieben Zugang zu meinem Bewusstsein verschaffte. Ich studierte ihn erneut. Er hatte seine langen Haare wieder zusammengebunden und las mit gesenktem Kopf in der Broschüre. Sein nachtblauer Anzug war sehr schick und bestach durch ein gedecktes, dezentes Muster. Das cremefarbene Hemd und die dunkle Krawatte waren recht schlicht, aber seine Weste war ein richtiges Kunstwerk. Der saphirblaue Satin changierte bei jeder Bewegung und war mit exquisiten silbernen Stickereien verziert, die Adler und Falken in wilder Jagd darstellten, mit zurückgeworfenen Köpfen und ausgefahrenen Klauen. Die Motive waren wunderschön und zugleich ein wenig bedrohlich, und ich hätte Christian gern gesagt, wie gut ihm die Weste stand, weil sie seine Brust so schön zur Geltung brachte, aber er war schon eingebildet genug. So einem Mann durfte man wirklich nicht sagen, dass er das Attraktivste war, was die Welt je gesehen hatte.

Christian lächelte, ohne aufzusehen. Ich steckte die Nase wieder in meine Broschüre, biss mir auf die Lippen und fragte mich, ob es nur Zufall war, dass er so in sich hineingrinste. Aber natürlich! Was sonst? Auf meine Barrieren war Verlass. Ich hatte fast dreißig Jahre Zeit gehabt, sie zu perfektionieren.

Was allerdings nicht erklärte, warum Christians Grinsen immer breiter wurde.

Ich riss meine Gedanken von dem faszinierenden Thema los, das der Mann neben mir abgab, der lässig sein Bein an meins schmiegte, und sah mich im Theater um. Carlos saß mit zwei Frauen von der britischen GEDÜ – eine davon war die Vorsitzende – ganz vorn in der ersten Reihe. Die Zuschauerränge waren zur Hälfte gefüllt, und die meisten Leute trugen Abzeichen, auf denen die Namen örtlicher Geisterjäger-Vereine prangten. Ein paar Leute hatten Laptops auf ihrem Schoß und tippten hektisch darauf herum; andere hatten diesen spleenigen Gesichtsausdruck, der treuen Fans des Übersinnlichen häufig eigen war. Ich zupfte an meinem Pullover herum und fragte mich, ob ich genauso freakig aussah wie sie.

„Guten Abend, meine verehrten Kolleginnen und Kollegen, geschätzte Forscherinnen und Forscher, meine Damen und Herren!“ Die Frau auf der Bühne hatte einen leichten deutschen Akzent, der sehr gut zu ihrem kurzen silberblonden Haar und ihrem properen Erscheinungsbild passte. Sie sah vom Scheitel bis zur Sohle nach Hausfrau aus, aber die Aura der Macht, die sie umgab, war alles andere als gewöhnlich. „Ich bin Guarda White, die Präsidentin der Gemeinschaft zur Analyse von Geistererscheinungen und -aktivitäten. Ich heiße Sie herzlich zu unserer sechsten von acht Veranstaltungen im Londoner Raum willkommen! Denjenigen von Ihnen, die zum ersten Mal dabei sind, sei kurz erklärt, dass wir Freiwillige aus dem Publikum suchen, die an einer Gruppenbeschwörung teilnehmen möchten, was unter Laien häufig als Séance bezeichnet wird. Die Teilnehmer, bei denen wir eine besondere übersinnliche Begabung feststellen, werden eingeladen, unserer Vereinigung beizutreten. Mein Kollege Eduardo Tassalerro von Milan Psychics Limited, der selbst ein bekanntes Medium ist, wird sich zu uns an den Tisch gesellen. Wir brauchen zehn Freiwillige. Wenn Sie mitmachen möchten, heben Sie bitte die Hand, und eine unserer Assistentinnen wird Ihre Personalien aufnehmen."

Der Vorhang hinter Guarda ging auf, und es kam ein großer runder Tisch mit zwölf Stühlen zum Vorschein, der von einem Scheinwerfer angestrahlt wurde, während der Rest der Bühne im Halbdunkel lag. Ich überlegte, warum jemand einem Verein beitreten sollte, über den man gar nichts wusste, wo es doch zahlreiche anerkannte Gruppen gab, denen man sich anschließen konnte. Ich wandte mich Christian zu, um ihn zu fragen, was er davon hielt, doch der streckte zu meinem größten Erstaunen munter einen Arm in die Luft.

„Was tust du da? Du bist ein Vampir – du kannst keine Geister beschwören!"

„Stimmt, aber du kannst es."

„Ich?" Ich sah mich um und stellte entsetzt fest, dass eine junge Frau mit einem engen Minirock Christians Handzeichen gesehen hatte und schnurstracks auf uns zueilte. Es drängte mich, die Hand auf sein Bein zu legen, um ihr zu verstehen zu geben, dass er schon vergeben war …

„Verflixt!", fluchte ich leise vor mich hin.

„Ist irgendwas, Allegra?"

Allerdings war irgendetwas. Christian gehörte mir nicht; ich hatte keinen Besitzanspruch auf ihn. Ich setzte rasch ein munteres Lächeln auf, nach dem Motto „Der Mann neben mir ist nur ein flüchtiger Bekannter, an dem ich kein bisschen interessiert bin“, und hoffte, dass es überzeugend aussah.

Christian legte grinsend einen Arm um meine Schultern.

„Sie möchten mitmachen?“, fragte die Minirock-Tussi mit schmachtendem Blick. Ich stellte meine Bemühungen ein, Christians Arm abzuschütteln, und überlegte, ob ich schnell einen kleinen Dämon beschwören sollte.

„Leider verfüge ich nicht über die Fähigkeiten, die man braucht, um erfolgreich an einem Beschwörungszirkel teilzunehmen, meine Begleiterin hingegen schon. Sie ist sehr interessiert an der Arbeit Ihrer Gemeinschaft und wäre ganz begeistert, wenn sie an den Tisch gebeten würde.“

Ich funkelte ihn wütend an und befand, dass zwei Dämonen durchaus angemessen wären.

Die Frau musterte mich kurz und runzelte skeptisch die Stirn. „Ich kann nicht garantieren, dass Ihre Freundin ausgesucht wird. Mrs. White geht alle Informationen durch und entscheidet dann persönlich, wer mit ihr am Tisch sitzen darf.“

Christian legte eine zusätzliche Portion Schmelz in seine – von Haus aus wunderschöne und samtweiche – Stimme, sodass ihm die Worte förmlich von der Zunge perlten (und wie ich zu meiner Schande gestehen muss, entfachte der Gedanke an diese Zunge ein kleines Feuer in meiner Leistengegend). „Können Sie vielleicht irgendetwas tun, um sicherzustellen, dass meine Begleiterin ausgesucht wird? Ich versichere Ihnen, sie ist dieser Ehre durchaus würdig.“

Wie von Zauberhand glätteten sich die Gesichtszüge der jungen Frau. Christians Charme vollkommen erlegen, nickte sie eifrig. „Ich tue, was ich kann.“

Sie notierte rasch meinen Namen, meinen Beruf (ich verriet ihr lediglich, dass ich für die amerikanische GEDÜ arbeitete) und ein paar Stichworte zu meinem Werdegang.

„Sie sind die Liebenswürdigkeit in Person", sagte Christian und lächelte sie so strahlend an, dass ich ihr am liebsten meine Sonnenbrille angeboten hätte. Wie geblendet wankte sie davon.

„Okay, du Überredungskünstler, dann verrat mir jetzt bitte mal, was du vorhast. Warum willst du unbedingt, dass ich da mitmache?"

Er zog unschuldig die Augenbrauen hoch. „Wieso sollte mir daran gelegen sein, dass du an den Tisch gebeten wirst? Wie kommst du darauf?"

Vier aufgeregt miteinander schwatzende Mittzwanziger setzten sich hinter uns, und ich senkte meine Stimme. „Ich habe da so eine Ahnung. Dir kann es doch eigentlich gar nicht recht sein, wenn das Interesse für die Welt des Übernatürlichen wächst. Ich glaube nämlich, vom Beweis für die Existenz von Geistern ist es nur ein kleiner Schritt zu großen Menschenhorden, die mit Fackeln, Holzpflöcken und Knoblauchketten bewehrt durch die Landschaft rennen. Also komm, Dracula, spuck es aus!"

Wieder einmal erschien dieser gequälte Ausdruck auf seinem Gesicht.

„Wenn ich nicht auf die Bühne will, dann gehe ich auch nicht, da kannst du machen, was du willst!", raunte ich ihm zu. „Wenn ich dir bei irgendetwas helfen soll, dann musst du mir zuerst sagen, was los ist. Und wie es aussieht, bleiben dir ungefähr zehn Minuten, bevor die Leute aufgerufen werden. Du kannst also weiter herumdrucksen, bis es zu spät ist, oder du kannst es mir jetzt sagen, damit ich noch ein bisschen Vorbereitungszeit habe. Es liegt ganz bei dir."

Christian seufzte und schmiegte seinen Arm fester um meine

Schultern. Ich war hin- und hergerissen zwischen dem quälenden Verlangen, mich an ihn zu kuscheln, und der unliebsamen Einsicht, dass ich ihm Einhalt gebieten sollte, bevor er auf falsche Gedanken kam. „Es lässt sich wohl nicht umgehen, dass du davon erfährst. In den nächsten Tagen würdest du es ohnehin herausfinden."

„Was denn?" Ich sah ihn argwöhnisch an.

Der Blick, den er mir zuwarf, hätte Beton zum Kochen gebracht, doch dann verfinsterte sich seine Miene. „Ein Freund von mir – er heißt Sebastian und ist auch ein Dunkler – lebt in Nizza und ist vor drei Monaten verschwunden. Nachdem ich einen Monat lang vergeblich versucht hatte, ihn telefonisch zu erreichen, wurde ich unruhig und habe mich auf die Suche nach ihm gemacht, um herauszufinden, ob er Europa aus einem bestimmten Grund Hals über Kopf verlassen musste oder ob ihm etwas Unvorstellbares zugestoßen ist."

„Etwas Unvorstellbares?" Zwei von den GAGA-Assistentinnen nahmen Kurs auf die Vierergruppe hinter uns, und so rückte ich ganz eng an Christian heran, damit sie nicht sehen konnten, wie ich ihm pantomimisch einen Holzpflock ins Herz rammte (ich schwöre, ich kam ihm einzig aus diesem Grund so nah). „Meinst du so etwas?"

Er verzog das Gesicht und hielt meine Hand fest. Während er sprach, streichelte er meine Finger mit dem Daumen. „Du bist eine ungewöhnlich blutrünstige Frau. Und seltsamerweise finde ich das sogar ganz charmant. Es gibt auch andere Methoden, um einen Dunklen zu töten, aber ich war in der Tat besorgt, dass ihn ein grausames Schicksal ereilt hat. Sebastian ist eigentlich immer zuverlässig und macht sich nicht einfach so aus dem Staub, ohne mich oder jemand anders aus unserem Kreis zu informieren. Ich verfolgte seine Spur zunächst nach Paris, dann nach London und zuletzt zu einem kleinen Haus außerhalb von London."

„Lass mich raten – Guarda White und Signor Tassadingsbums waren in diesem Haus."

Christian sah mich nachdenklich an. „Nein, aber Mrs. Whites Gemeinschaft hat es gemietet", sagte er, dann schwieg er eine ganze Weile, bis ich ihn mit dem Ellbogen anstieß. „Und? War Sebastian da oder nicht?"

Die Assistentinnen zogen wieder ab. Christian hörte auf, mit dem Daumen Kreise auf meinen Handrücken zu malen. „Er war schon wieder weg. Aber er hinterließ mir eine Nachricht, der ich entnehmen konnte, dass er gefangen gehalten wird und keine große Hoffnung hat, sich aus eigener Kraft befreien zu können."

„Was denn für eine Nachricht?"

Christian kniff grimmig die Lippen zusammen. Ich riskierte einen Blick in seine Augen und schaute rasch wieder fort – ich konnte nur hoffen, dass er nie einen Grund haben würde, mich derart anzusehen. „Eine Nachricht nach Art der Dunklen."

Ich hatte plötzlich einen Kloß im Hals und schluckte. „Sie war mit Blut geschrieben?"

Christian nickte. „Geschützt vor den Blicken anderer und nur für denjenigen lesbar, für den sie bestimmt ist. Sebastian wusste, dass ich nach ihm suchen würde, sobald ich sein Verschwinden bemerkt hatte, und obwohl er geschwächt war und kaum noch Kraft hatte, verwendete er sein kostbares Blut darauf, mich zu informieren."

Ich dachte einen Augenblick darüber nach, während ich beobachtete, wie sich noch ein paar Nachzügler bei den Assistentinnen meldeten. Die Leute im Zuschauerraum unterhielten sich leise, und das Getuschel hallte von der hohen Decke wieder, als zöge ein Schwarm kleiner Vögel über uns hinweg. „Also, unter Umständen werde ich diese Frage bedauern, aber ich habe doch schon zu spüren bekommen, was für eine Macht du hast. Wie kann man einen Dunklen denn gegen seinen Willen gefangen halten?“

Christians Augen färbten sich mattschwarz. „Es gibt Mittel und Wege.“

Ich erschauderte angesichts der Kälte in seiner Stimme und beschloss, das Thema nicht weiter zu vertiefen. „Okay, du glaubst also, dass Guarda und Eduardo Sebastian irgendwo gefangen halten, und deshalb möchtest du, dass ich mich mit ihnen anfreunde und herausfinde, wo er steckt. Und wie kommst du auf die Idee, dass ich bereit sein könnte, dir zu helfen?“

Er liebkoste mein Gesicht regelrecht mit seinem Blick, und ich spürte, wie ich weich wurde. „Mir selbst stehen hier nur wenige Ressourcen zur Verfügung. Ich hatte die Hoffnung, an deine Neugier und deine Hilfsbereitschaft appellieren zu können.“

Ich hob den Kopf. „Das sind allerdings ganz andere Eigenschaften als ‚eigensinnig, stur und ohne Selbstvertrauen‘. Nenn mir einen guten Grund, warum ich dir helfen sollte!“

Er sah mir unverwandt in die Augen. „Weil ich dich demütigst darum bitte, mich bei der Suche nach meinem Freund zu unterstützen.“

Es lag so viel Aufrichtigkeit und Hoffnung in seinen Worten, dass meine Eingeweide vollends dahinzuschmelzen drohten, und ich rief sie zur Ordnung, um in Ruhe nachdenken zu können. Christian zu helfen stand nicht auf meinem Plan. Ich hatte nur drei Wochen in London, und fünf Tage waren bereits vergangen. Wenn ich mich auf diese merkwürdige Geschichte einließ, dann ging mir eine Menge Zeit verloren, die ich für die Beschwörung von weiteren Geistern brauchte. Andererseits kam ich so vielleicht an Material, das ich meinem Chef vorlegen konnte, um meine Stelle zu sichern. Ich betrachtete Christian nachdenklich, nagte an meiner Unterlippe und gestand mir schließlich innerlich seufzend ein, dass ich seiner Bitte nicht wegen eines sicheren Arbeitsplatzes oder wegen seines in Not geratenen Freundes nachkommen würde, sondern einzig und allein um seinetwillen.

„Also gut, ich werde dir helfen, aber es gibt ein paar Bedingungen."

Er verdrehte die Augen. „Das habe ich geahnt."

Ich grinste ihn an. „Du bist eben ein cleveres Kerlchen, trotz deines Machogehabes. Erstens: Du musst dich mal ein bisschen lockerer machen und wirst mich nicht mehr so herumkommandieren. Ich führe keine Befehle aus, ich berücksichtige Wünsche."

Da war er wieder, dieser gequälte Blick, und sein Gesicht war so angespannt, dass er beim Sprechen kaum die Zähne auseinander bekam. „Das wird nicht einfach sein, aber ich werde mich bemühen, meiner Neigung, meine Wünsche in Form von Befehlen vorzubringen, nicht nachzugeben. Genügt dir das?"

„Wohl kaum, aber ich will mal nicht so sein. Bedingung Nummer zwei: keine Bemerkungen mehr über meine Kleidung!"

„Einverstanden."

„Drittens …"

„Wie viele Bedingungen willst du denn noch stellen?", unterbrach er mich.

„Das ist die letzte. Also, drittens: Du musst aufhören, ständig in meinen Kopf zu gucken."

Er sah mich überrascht an.

„Jetzt tu nicht so! Ich spüre doch, wie du meine Gedanken belauerst. Und du fängst an zu grinsen, wenn ich denke, dass du …" Ich hielt inne, denn Christian lächelte. „Da ich meine Gedanken sehr gut vor der Außenwelt abschirme, bedienst du dich anscheinend irgendwelcher vulkanischer Bewusstseinstricks."

„Von vulkanisch kann nicht die Rede sein. Ich bin ein Dunkler!“

„Aha! Du gibst es also zu!“

„Ich gebe gar nichts zu. Wenn es eine innere Verbindung zwischen uns gibt, dann kann ich nichts dafür.“

Ich musterte ihn argwöhnisch, aber er sah mir direkt in die Augen. Ich konnte keine Anzeichen dafür erkennen, dass er mich belog, und für solche Dinge hatte ich ein ziemlich gutes Gespür. „Also gut“, sagte ich widerstrebend. „Aber bleib aus meinem Kopf, wenn ich dich nicht ausdrücklich hereinbitte!“

Christian fing wieder an, meinen Handrücken zu streicheln. Es kamen noch drei Personen den Gang hinunter, aber es waren keine Zuschauer. Sie trugen schwarzen T-Shirts mit der Aufschrift GAGA und gehörten also auch zu Guardas Gemeinschaft.

„Du musst mir allerdings noch ein paar Dinge erklären. Ich verstehe zum Beispiel nicht, warum Leute, die daran arbeiten, die Existenz von Geistern zu beweisen, einen Vampir gefangen halten sollten. Ich meine, das sind doch zwei verschiedene Paar Schuhe!“

„Du gehst von der Annahme aus, dass die Gemeinschaft die Ziele hat, von denen Guarda sprach. Aber in Wirklichkeit dient die ganze Sache einem viel finstereren Zweck.“

„Wirklich? Und der wäre?“, fragte ich.

„Allegra Telford? Sie wurden ausgewählt. Würden Sie bitte auf die Bühne kommen? Steve Ricks, Sie wurden ausgewählt. Bitte kommen Sie auf die Bühne! Arundel Roget, bitte kommen Sie auf die Bühne!“

Weitere Leute wurden aufgerufen, während die Minirock-Tussi herbeieilte, um ein bisschen Lob von Christian einzuheimsen und mich auf die Bühne zu scheuchen. Ich stellte mir schon vor, dass sie wie ein Hund darum betteln würde, gestreichelt zu werden, doch dann besann ich mich eines Besseren. Nicht einmal ich durfte so etwas Gehässiges denken. Um Buße zu tun, versah ich sie still und heimlich mit einem Schutzbann.

Christian stand auf, um mich vorbeizulassen, und drückte mir aufmunternd die Hand. Unwillkürlich drückte ich seine, denn er vermittelte mir, ob ich es wahrhaben wollte oder nicht, ein Gefühl der Sicherheit.

Diese sonderbare Empfindung schüttelte ich jedoch rasch ab und folgte der Assistentin auf die Bühne, wo man mir ein Stück farbige Kreide aushändigen wollte.

„Danke, ich habe selbst welche", sagte ich und holte meine Kreide aus der Tasche, die ich zusammen mit der Totmann-Asche ständig bei mir hatte, denn schließlich hielt ich mich in einer Stadt auf, die Unmengen von historischen Gebäuden und noch mehr historische Geister aufzuweisen hatte.

Als ich auf den mir zugewiesenen Platz zuging, spürte ich, dass mich jemand aufmerksam beobachtete. Ich sah mich verstohlen um und stellte fest, dass Guarda mich im Visier hatte, während sie mit einem ihrer Lakaien sprach. Ich schenkte ihr ein sprödes Lächeln und setzte mich. Ein gedrungener Mann mit schütterem Haar und einem gewaltigen Transpirationsproblem nahm zu meiner Linken Platz, und auf den Stuhl rechts von mir setzte sich eine junge großspurige Frau mit dicken blonden Locken.

„Ich bin Diane", stellte sie sich vor. Ich schüttelte ihr die Hand, sagte ihr meinen Namen und wendete mich dem Mann zu meiner Linken zu.

„Peter Dunwich." Seine Hand war ziemlich feucht, aber ich wischte seinen Schweiß rasch an meiner Hose ab, ohne dass er es mitbekam. Ich hoffte inständig, dass Guarda nicht zu denen gehörte, die Körperkontakt in einer solchen Runde für unerlässlich hielten, denn die Vorstellung, Peters Hand halten zu müssen, war alles andere als angenehm.

Guarda und Eduardo, ein großer Mann mit olivenfarbenem Teint, setzten sich nun auch an den Tisch. Bis auf den Scheinwerfer, der auf uns gerichtet war, ging das Licht im Saal aus.

„Showtime!“, murmelte ich, dann atmete ich tief durch und lenkte meine Aufmerksamkeit nach innen, um zur Ruhe zu kommen und mich auf das Beschwörungsritual einzustellen.

8

Guarda blickte aufmerksam in die Runde und sah jeden von uns durchdringend an, bevor sie das Wort ergriff. Ich war froh, dass ich meine dunkle Brille hatte, denn so konnte ich mich ganz unerschrocken und gelassen geben, als sie mich betrachtete.

Schließlich faltete sie die Hände und begann in eines der sechs Mikrofone zu sprechen, die auf dem Tisch verteilt waren. Im selben Moment schalteten drei Frauen und ein Mann mit schwarzen GAGA-T-Shirts ihre auf die Runde gerichteten digitalen Videokameras an. „Wie Sie vermutlich wissen, haben wir dieses Gebäude wegen des außergewöhnlich hohen Geisteraufkommens gewählt. Mindestens sechs verschiedene Wesen wurden hier ausgemacht. Drei von ihnen wurden bereits beschworen, bleiben also noch drei übrig. In der Regel gehen wir so vor, dass wir uns an den Händen fassen und unsere Kräfte vereinen, um die Geister zu rufen, die in diesem Gebäude wohnen, aber da wir heute Abend zwei erfahrene Beschwörer in der Runde haben, sollten wir meines Erachtens besser einzeln arbeiten. Wir wollen zunächst mit einer allgemeinen Anrufung beginnen. Wenn Sie jetzt also alle Ihre Hände so auf den Tisch legen, dass Ihre Finger die Ihrer jeweiligen Nachbarn berühren, können wir anfangen."

Ich hielt diese Anrufung eigentlich für Unsinn, weil sie nur eine alberne Show war, um die Unwissenden zu beeindrucken, und eigentlich keinen Nutzen hatte. Aber immerhin war es besser, nur die Spitze von Peters kleinem Finger zu berühren, statt seine Hand halten zu müssen, und so legte ich meine Hände auf den Tisch, spreizte die Finger und stellte den Kontakt zu Peter und Diane her. Während Guarda die Anrufung vornahm, versuchte ich ein Gefühl für das Gebäude zu bekommen, in dem wir uns befanden, und öffnete mich innerlich den drei verbliebenen Geistern. Ich spürte vage, dass einer ganz in der Nähe war, aber zu den anderen beiden bekam ich keinen Zugang. Als ich mich auf den Geist konzentrierte, gelang es mir immerhin, ihn zu lokalisieren: Er befand sich offenbar in einem kleinen Raum direkt hinter der Bühne.

„Da Allegra und Steve erfahrene Beschwörer sind, möchten sie vielleicht den Anfang machen, damit der Rest von uns zuschauen und von ihnen lernen kann!"

Das war ein Befehl und keine Bitte, und wie Guarda mich mit ihren hellblauen Augen taxierte, kam durchaus einer Herausforderung gleich. Unwillkürlich regten sich feindselige Gefühle in mir, die ich jedoch rasch verdrängte. Negative Gedanken sind tabu, wenn man einen Geist beschwören will.

Steve, ein junger Mann, der in seinem schwarzen Rollkragenpullover und der schwarzen Hose nicht annähernd so eine gute Figur machte wie Christian, als er am Vorabend etwas ganz Ähnliches getragen hatte, wollte seine Beschwörung gleich am Tisch durchführen. Weil mir die Vorstellung unangenehm war, derart im Mittelpunkt zu stehen, ging ich ans andere Ende der Bühne, wo kaum noch Licht war. Als ich eine Stelle fand, die mir zusagte, setzte ich mich. Ich ignorierte die kleine Schar Neugieriger und die beiden Kameraleute, die mir gefolgt waren, konzentrierte mich und zeichnete mit meinem Kreidestück einen Kreis auf den Boden.

Das Beschwörungsritual führte ich genauso durch wie immer, aber diesmal hatte ich kaum die Asche verstreut und die Formel beendet, da verdichtete sich bereits die Luft im Kreis und ballte sich zusammen. Ich wartete ab, konzentrierte mich auf den

Geist, den ich hinter der Bühne gespürt hatte, und versuchte ihn zum Auftauchen zu bewegen. Das Schimmern in der Luft wurde jedoch wieder schwächer.

„Oooh", machte jemand direkt hinter mir enttäuscht. Die Frau wurde augenblicklich von den anderen zur Ordnung gerufen, aber der Schaden war bereits angerichtet. Meine Konzentration war dahin. Ich wischte mit der Hand ein Stück von dem Kreidekreis weg, um ihn zu brechen, und sah Guarda an, die am Tisch sitzen geblieben war.

„Ich versuche es gleich noch mal. Ich brauche zwar keine absolute Stille, aber es wäre nett, wenn die Leute mir nicht so im Nacken sitzen würden."

Eine kleine Frau mit einem Muttermal auf der Stirn schnitt eine Grimasse. „Es tut mir schrecklich leid! Das war so aufregend, und ich dachte, Sie würden es schaffen. Ich verspreche Ihnen, keinen Mucks mehr von mir zu geben."

Ich lächelte sie an und warf einen Blick in den Zuschauerraum, aber da er im Dunklen lag und ich meine Brille auf der Nase hatte, konnte ich so gut wie nichts sehen. Ich atmete tief durch, konzentrierte mich, malte einen neuen Kreis auf den Boden, zeichnete die Bannsymbole in die Luft und sprach die Formel, während ich die Asche verstreute.

Die Aschepartikel verteilten sich in der Luft, ließen sich auf dem Mann nieder, der mir auf der anderen Seite des Kreises gegenübersaß, und segelten auch auf mich zu (sie schienen *immer* direkten Kurs auf meine Nase zu nehmen). Die Luft begann wieder zu schimmern, verdichtete sich und wirbelte im Kreis, als versuchte sie Gestalt anzunehmen. Plötzlich kribbelte es mir in der Nase, und ich musste niesen. Zweimal.

„Juhu!" Die Frau mit dem Muttermal sprang auf und zeigte auf meinen Kreis. Ich sah erstaunt auf. Es standen gleich zwei Geister vor mir: ein kleiner, missmutig dreinblickender junger

Mann mit schwarzer Kniehose, einem schmutzigen cremefarbenen Hemd und einem schwarzen Mantel im Stil des achtzehnten Jahrhunderts, der eine schmuddelige gepuderte Perücke trug, und eine ziemlich hässliche, alte weißhaarige Frau, deren Gesicht so verschrumpelt war wie ein alter, fauler Apfel. Sie trug ein enges, schwarz glänzendes, bodenlanges Kleid mit Schürze, das jede einzelne ihrer reichlich vorhandenen Rundungen betonte.

„Gott sei Dank", sagte ich leise.

„Amen", sagte jemand hinter mir. Ich stand auf und betrachtete meine Geister. Gleich zwei hatte ich beschworen! Durch *Niesen*?

„Das ist unglaublich, absolut unglaublich!", rief Guarda, kam herübergelaufen und ging um den Kreis herum, um die Geister zu begutachten. „Ich habe noch nie erlebt, dass jemand zwei Geister auf einmal beschworen hat. Ich habe noch nicht einmal davon gehört, dass eine solche Meisterleistung überhaupt möglich ist! Ein großer Tag, der in die Geschichte der Erforschung des Übersinnlichen eingehen wird!"

Ich rieb mir rasch die Nase, denn ich spürte schon wieder dieses Kribbeln. Es war nicht nötig, anzugeben und auch noch einen dritten Geist zu beschwören.

„Sie müssen sie rasch verankern, damit wir sie untersuchen und befragen können." Eduardo drängte sich an ein paar Leuten vorbei und nahm die Geister kritisch unter die Lupe. Das ärgerte mich ein bisschen. Es waren *meine* Geister, und ich wollte sie nicht zur Schau stellen. Ich hatte nichts dagegen, wenn die Leute ein paar Messungen vornahmen, aber ich würde es nicht zulassen, dass sie vorgeführt wurden wie in einem Monstrositätenkabinett. Ich würde sie befreien, sobald die Leute ihre Messergebnisse hatten.

Mit einem gewissen Widerwillen verankerte ich sie. Kaum hatte ich die Formel gesprochen, wetterte die alte Frau los, drohte mir mit erhobenem Zeigefinger und beschwerte sich lautstark mit einer furchtbar kratzigen Stimme.

„Was sagt sie?“, fragte ich Peter, der direkt neben mir stand.

Er kratzte sich an der kahlen Stelle auf seinem Kopf. „Ich weiß nicht. Das könnte Walisisch sein.“

„Walisisch? Was macht eine Waliserin hier in diesem Gebäude? Wie alt ist es überhaupt?“

„Schätzungsweise zweihundertfünfzig Jahre“, entgegnete Eduardo und fuhr mit der Hand durch die wütende alte Frau. Sie ging augenblicklich auf ihn los und blies ihm den Marsch. Obwohl sie ein körperloses Wesen war, wirkte sie durch ihr Erscheinungsbild und ihr Gebaren derart bedrohlich, dass er ein paar Schritte zurückwich.

Ich konnte mir ein Grinsen nicht verkneifen.

„Wie heißt du?“, fragte Guarda den jungen Mann. Ich schaute ihn mir genauer an. Er hatte Pickel im Gesicht, und seine abgetragene Kleidung sah aus, als habe er sie von seinen Brüdern geerbt. Seine Perücke, die irgendwann einmal weiß gewesen sein mochte, nun aber schmutzig gelb und reichlich in die Jahre gekommen war, passte ihm nicht richtig und saß schief auf seinem Kopf, sodass sein schwarzes Haar auf einer Seite darunter hervorschaute.

Der Geist sah Guarda unwirsch an und steckte die Hände in die Hosentaschen. „Darauf muss ich nich’ antworten.“

„Pass bloß auf …“

„Das ist richtig“, fiel ich Eduardo ins Wort und lächelte den Geist an. Ich schätzte ihn auf ungefähr fünfzehn. „Du musst uns nichts sagen, wenn du nicht willst. Ich bin hier, um dir zu helfen und dich von deinen Fesseln zu befreien, damit du weiterziehen kannst. Daran ist dir doch bestimmt gelegen, nicht wahr?“

Er schob trotzig die Unterlippe vor. „Weiß nich’. Mal sehn. Wer sin’ Sie überhaupt?“

Ich stellte ihm die Leute vor, deren Namen ich kannte, und erklärte ihm, dass wir einige Messungen durchführen wollten, um ihn und die alte Frau danach auf die nächste Existenzebene zu schicken.

„Kann ich Sie bitte kurz sprechen, Allegra", sagte Guarda und nahm mich beiseite. „Das ist ein sehr aufregender und wichtiger Augenblick in der Geschichte der Erforschung des Übersinnlichen. Ich begrüße Ihre Absicht, die Geister ihrer verdienten Belohnung zuzuführen, aber ich denke auch, dass es äußerst nützlich sein kann, sie gründlich und längerfristig zu studieren. Denken Sie nur an die Forschungsgelder, die man uns zur Verfügung stellt, wenn wir den Sponsoren einen konkreten Beweis für die Existenz von Geistern liefern."

„Aber was tun wir damit den Geistern an?", erwiderte ich. „Als Beschwörerin ist es mein Aufgabe, sie zu befreien, sobald die Untersuchungen abgeschlossen sind. Ich möchte ihnen die Weiterreise nicht verwehren und sie auf unbestimmte Zeit hier festhalten, nur damit sie von irgendwelchen Sponsoren beglotzt werden können. Das ist kein Argument für mich."

„Denken Sie an die Forschungsarbeit, die Sie und andere leisten können", redete Guarda auf mich ein. „Mit Ihrem Können ist Ihnen ein Platz in unserem Expertenteam sicher. Das Honorar ist selbstverständlich großzügig bemessen, und Sie würden mit den klügsten Köpfen der Branche zusammenarbeiten. Und bedenken Sie auch, wie viel Ruhm Sie erlangen können, denn Sie werden definitiv einen Bericht nach dem anderen zu allen erdenklichen Aspekten des Lebens nach dem Tod verfassen. Sie werden innerhalb wie auch außerhalb der Fachwelt berühmt! Es wird Bücher geben, Fernsehsendungen, Vortragsreisen, Sponsoring – Ihnen wird alles zur Verfügung stehen, was Sie brauchen, und all das dient nur einem, und zwar dem höchsten und hehrsten Zweck: der Forschung. Ich denke, Sie verstehen, warum es wichtig ist, dass wir unserer natürlichen Neigung widerstehen, die Geister zu befreien, und diese einzigartige Gelegenheit nutzen, um so viele Erkenntnisse wie nur irgend möglich zu gewinnen."

„Hm", machte ich, denn mir war im Laufe ihres manipulativen Vortrags immer klarer geworden, dass irgendetwas oberfaul war im Staate Dänemark, aber das musste ich Guarda ja nicht auf die Nase binden. Ich schob lässig die Hand in die Hosentasche und suchte nach etwas, das ich als Hüter verwenden konnte. Aber ich fand nur ein paar Münzen, und irgendwie konnte ich mir nicht so recht vorstellen, einen Geist an ein Geldstück zu binden. Also musste ich wohl oder übel noch zwei Troddeln von meinem Pullover opfern.

Die Frage war nur, wie ich es schaffen sollte, zwei Hüter herzustellen, ohne dass es jemand mitbekam.

„Ich wusste, Sie würden es einsehen", sagte Guarda zufrieden und wandte sich wieder den Geistern zu. Die alte Frau war davonmarschiert, hatte sich auf einen Stuhl plumpsen lassen und blickte wütend in die Runde. Der junge Mann glotzte ganz unverhohlen einen GAGA-Mitarbeiter mit Igelfrisur an, der ein Augenbrauenpiercing und jede Menge Tattoos auf den Unterarmen hatte.

„Sagen Sie, was ist eigentlich mit den drei anderen Geistern passiert, die bereits beschworen wurden? Werden die jetzt auch untersucht?"

Guarda tätschelte mir lächelnd die Hand. „Einer ja. Die anderen beiden haben wir leider verloren."

„Verloren?" Ein beschworener Geist konnte nur verschwinden, wenn der Beschwörer ihn befreite … oder wenn der Beschwörer starb. „Wie ist das möglich?"

„Es war ein bedauerliches Missgeschick, aber so etwas wird nicht noch einmal vorkommen, das kann ich Ihnen versichern", entgegnete sie, bevor sie sich wieder der Gruppe zuwendete. „Wenn Sie jetzt bitte zurückbleiben würden, damit die Gemeinschaftsmitglieder ihre Voruntersuchungen machen können!"

„Ich habe mein Ritual doch noch nicht durchgeführt", klagte der Beschwörer namens Steve.

„Ja, ja, machen Sie nur, es fehlt ja noch ein Geist", sagte Eduardo.

Ich überlegte mir, dass ein Ablenkungsmanöver hermusste, damit ich die Hüter herstellen konnte, aber zuerst musste ich noch die Namen der Geister herausfinden. Namen haben Macht, wie ich bereits erwähnte, und daher wollten die beiden bestimmt nicht, dass jeder wusste, wie sie hießen. Da ich ihre Beschwörerin war, mussten sie mir jedoch alle Fragen beantworten, die ich ihnen stellte. Ich verzog mich unauffällig in den dunkelsten Bereich der Bühne (man hatte mehrere Scheinwerfer eingeschaltet, als meine Geister erschienen waren) und nahm die alte Frau ins Visier. Ich konzentrierte mich auf sie, öffnete ihr einen ganz kleinen Teil meines Bewusstseins und fragte leise: „Wie heißen Sie?"

Sie bewegte den Kopf und schaute in meine Richtung. Dann bewegten sich ihre Lippen. „Alis Owens."

Guarda drehte sich ruckartig zu ihr um. Ich drückte die Daumen, dass ihr entgangen war, was die alte Frau gesagt hatte.

Ich schaute den jungen Mann an, konzentrierte mich und wartete, bis er der Kamerafrau, die ihm ziemlich auf den Leib gerückt war, den Rücken zukehrte, und stellte meine Frage.

„Jem Hopkins."

Das hatte Guarda gehört. Sie musste es gehört haben, denn sie schlich zu Eduardo und flüsterte ihm aufgeregt etwas ins Ohr, wobei sie immer wieder in meine Richtung schaute.

Mist! Ich musste handeln, und zwar schnell. Ich ging nach vorn auf die Bühne, streckte eine Hand aus und begann zu schwanken, wobei ich leise vor mich hin stöhnte und mir alle Mühe gab, so auszusehen, als fiele ich jeden Moment in Ohnmacht.

„Christian?", jammerte ich. Mehrere Leute liefen auf mich zu, aber Christian konnte offenbar sehr schnell sein, wenn er wollte. Einen Augenblick später stand er neben mir und legte einen Arm um meine Taille, um mich zu stützen. Ich lehnte mich Halt suchend an ihn.

„Ich fühle mich nur etwas schlapp. Die Beschwörung hat viel Kraft gekostet", sagte ich matt, wobei ich es sehr genoss, in seinen Armen zu liegen. Ich atmete den schwachen würzigen Duft ein, der ihm anhaftete und mich bis ins Mark zu durchdringen schien.

Christian gab meine Worte an die Leute weiter, die herbeiliefen, um nach mir zu sehen. Jemand holte rasch einen Stuhl für mich, doch ich schüttelte den Kopf und klammerte mich an Christian. Seine Lippen berührten ganz leicht meine Stirn.

Was kann ich für dich tun, malý válečník?

Ich erstarrte und überprüfte in Windeseile meine Bewusstseinsbarrieren. Sie waren aktiviert und stabil und hätten eigentlich jedes unerwünschte Eindringen verhindern müssen, und doch war es Christian gelungen, sie zu überwinden und mit mir zu kommunizieren.

Das ärgerte mich, aber um diese Sicherheitslücke konnte ich mich in dem Moment nicht kümmern. Ich würde mich später mit Christian darüber unterhalten. Aber zuerst …

Du musst die anderen ablenken, während ich die Hüter herstelle, übermittelte ich ihm, ohne die Barrieren zu deaktivieren, war aber nicht sicher, ob er mich so hören könnte.

Mit dem größten Vergnügen, entgegnete er und grinste in sich hinein.

Ein plötzliches lautes Krachen im hinteren Teil des Theaters ließ alle einschließlich meiner Person zusammenfahren – nur Christian natürlich nicht.

„Du hättest mich warnen können“, knurrte ich ihn an.

„Ein Poltergeist!“, rief jemand, und ein halbes Dutzend Leute stürmte nach hinten. Christian schirmte mich mit seinem Körper von den Blicken der restlichen Leute ab, und ich rupfte rasch zwei weitere Troddeln von meinem Pullover und machte sie zu Hütern.

Ich werde gleich so tun, als fiele ich in Ohnmacht, teilte ich Christian mit. *Die anderen wissen, dass sich die Geister nur von mir lösen können, wenn ich bewusstlos bin – oder tot, aber das wollen wir ja nicht. Es wäre nett, wenn du mich mit viel Trara auffängst und verbietest, dass ich heute Abend weitere Beschwörungen durchführe.*

Aus Christians Worten sprach Belustigung. *Kann es sein, dass du es jetzt ganz praktisch findest, einen starken Mann an deiner Seite zu haben? Einen, der anderen Befehle erteilen kann und durchsetzt, dass diese dann auch befolgt werden?*

„Da hinten ist nichts!“, rief einer der GAGA-Mitarbeiter und kam zurück auf die Bühne. „Rein gar nichts! Da ist alles leer!“

Ich nutzte die Gelegenheit, um die Geister von Alis und Jem an meine Hüter zu binden, und ließ die Troddeln rasch in meiner Hosentasche verschwinden.

Hör mal, Mister Selbstgefällig, du bekommst schon genug Ärger, weil du meine Barrieren überwinden kannst. Wenn ich du wäre, würde ich einfach tun, was von mir verlangt wird, und mir die schlauen Sprüche sparen! Und fang mich bitte auf, ich kippe jetzt um!

Ich machte ein paar wackelige Schritte von Christian weg, legte in klassischer Ohnmachtsanfall-Manier die Hand an die Stirn, verdrehte die Augen und ließ mich fallen. Starke Arme packten mich, bevor ich zu Boden sank, drückten mich an eine ebenso starke Brust, und dann hörte ich Christian überaus besorgt rufen: „Allegra ist ohnmächtig geworden! Die Doppelbeschwörung war einfach zu viel! Schnell, hat jemand etwas Wasser?“

Musstest du so übertreiben?

Du wolltest doch, dass ich viel Trara mache. Ich habe nur getan, was du von mir verlangt hast.

Ich wollte aber nicht, dass du darauf bestehst, mich mit nach Hause zu nehmen. Und ich wollte auch nicht, dass du allen das Lügenmärchen auftischst, wir wären verlobt. Was hast du dir nur dabei gedacht!

Guarda White hatte etwas dagegen, ihr begabtestes potenzielles Teammitglied in die Hände eines flüchtigen Bekannten zu geben. Da musste ich zu dieser Notlüge greifen, um sicherzustellen, dass du in meiner Obhut bleibst.

Verstehe. Aber warum beschleicht mich der Verdacht, dass dir die ganze Sache großen Spaß macht?

Sein Lachen hallte durch meinen Kopf. *Ich habe eine wunderschöne Frau im Arm und nehme sie mit nach Hause, wo wir ganz allein sind und uns allen erdenklichen Fantasien hingeben können. Warum sollte mir das keinen Spaß machen?*

Ich hatte das beängstigende Gefühl, die Kontrolle zu verlieren, und überprüfte noch einmal sämtliche Barrieren, die ich aktiviert hatte, um mein Bewusstsein vor Übergriffen zu schützen. Eigentlich wirkte alles ganz fest und stabil.

Du weißt, dass ich dir niemals etwas Böses antun würde.

„Ich glaube, sie kommt wieder zu sich! Sie schnaubt so merkwürdig. Vielleicht würde sie sich wohler fühlen, wenn Sie ihr die Brille abnehmen, Mr. Dante.“

„Allegra hat sehr empfindliche Augen. Helles Licht tut ihr gar nicht gut. Also bleibt die Brille besser, wo sie ist.“

Christians Atem kitzelte mich am Ohr. Ich schmiegte mein Gesicht an seinen Hals. *Ich weiß nicht, was für ein Parfüm du benutzt, aber es findet meine volle Zustimmung.*

Erneut erfüllte sein Lachen mein Bewusstsein.

„Ja, sie kommt eindeutig wieder zu sich. Sie lächelt. Sehen Sie das?"

Ein kühler Luftzug strich über meine Wangen. Ich befand, dass ich lange genug ohnmächtig gewesen war, und schlug langsam mit flatternden Lidern die Augen auf.

„Oh Gott, mir ist so schwindelig. War ich bewusstlos?"

Du bist ein grauenhafte Schauspielerin.

Sei bloß still!

Ich rückte meine Brille zurecht, blieb aber hübsch in Christians Arm liegen. „Mrs. White? Was ist passiert? Warum sitzen wir in Christians Wagen?"

„Ihr Verlobter bringt Sie nach Hause. Ich bin aus Sorge um Ihre Gesundheit mitgekommen, um mich davon zu überzeugen, dass Sie keinen bleibenden Schaden davongetragen haben."

Die Innenbeleuchtung von Christians schnittiger schwarzer Luxuslimousine, an deren Steuer ein Fahrer namens Philspott saß, war hell genug, um das Berechnende in Guardas Blick erkennen zu können.

Ich fuhr mir müde mit der Hand übers Gesicht. „Wie aufmerksam von Ihnen, aber Ihre Zeit ist knapp bemessen, und Sie haben doch sicherlich Wichtigeres zu tun."

„Keineswegs." Die Art und Weise, wie sie lächelte, erinnerte mich sehr an einen Hai. „Sie gehören doch jetzt zu meinem Eliteteam, und Ihr Wohlergehen kann mir gar nicht wichtig genug sein."

Ein alles andere als beruhigender Gedanke. Ich schenkte ihr ein mattes Lächeln.

Guarda beugte sich vor und drückte mir die Hand. Ich hätte

sie am liebsten sofort wieder ihren kalten Fingern entzogen, aber ich beherrschte mich. „Ihr Verlobter glaubt, die Beschwörung zweier Geister sei zu viel für Sie gewesen. Erinnern Sie sich vielleicht daran, was passiert ist, bevor Sie in Ohnmacht gefallen sind?"

Ich tat so, als dächte ich angestrengt nach. „Nein, ich fühlte mich plötzlich ganz kraftlos, und dann wurde mir auch schon schwarz vor Augen."

Vor deinem nächsten Auftritt solltest du unbedingt Schauspielunterricht nehmen.

Hast du schon mal einen Ellbogen in die Niere bekommen? Das soll ziemlich schmerzhaft sein.

Guarda sah mich bedauernd an. „Unglücklicherweise sind die Geister durch Ihre Bewusstlosigkeit wieder in ihren ursprünglichen Zustand zurückgekehrt."

„Ach, das ist aber schade."

Christian zwickte mich unauffällig.

„Ich meine, es tut mir wirklich sehr leid, dass ich in Ohnmacht gefallen bin. Ich komme morgen selbstverständlich gerne noch einmal ins Theater und versuche es erneut."

„Ich fürchte, das tut dir nicht gut. Du solltest dich erst einmal richtig erholen, Liebling."

Ich erstarrte. *Bist du verrückt geworden?*

Ich habe nicht ‚Geliebte' gesagt.

Ich entspannte mich wieder.

„Du hast vermutlich recht, Schnuckiputzi. Ich sollte ein, zwei Tage Pause machen, um meinen mentalen Akku wieder aufzuladen. Mrs. White wird bestimmt nicht wollen, dass ich mich überanstrenge und in meinem Gehirn irgendetwas durchbrennt."

Schnuckiputzi?

„Nein, natürlich nicht." Guarda war anzusehen, wie wenig ihr die Lage behagte, in die ich sie gebracht hatte. Da sie angeblich mitgekommen war, um sich davon zu überzeugen, dass für mein Wohlergehen gesorgt wurde, konnte sie schlecht von mir verlangen, sofort wieder an die Arbeit zu gehen. Ich hatte vor, meine Schonfrist dazu zu nutzen, der Frage nachzugehen, was Guardas Gemeinschaft eigentlich im Schilde führte.

Wenn du versprichst, mich nie wieder Schnuckiputzi zu nennen, werde ich dir erlauben, gemeinsam mit mir Nachforschungen anzustellen.

Erlauben?

Das ist ein gefährliches Unterfangen. Ich kann nicht zulassen, dass du dein Leben aufs Spiel setzt.

Erlauben, Christian?

Ein Seufzen ging durch meinen Kopf.

Ich nehme das Wort zurück, wenn du mir versprichst, nichts auf eigene Faust zu unternehmen.

Ich dachte darüber nach und kam zu dem Schluss, dass mir seine Hilfe durchaus nützlich sein konnte. *Abgemacht.*

Der Wagen fuhr in einen kleinen Flachbau, der sich als Christians Garage entpuppte. Er hatte mir auf der Fahrt zum Restaurant erzählt, dass er nur in London einen Fahrer beschäftigte – wegen des eklatanten Mangels an Parkplätzen, wie er sagte. Anscheinend haben Dunkle ein Problem mit Parkhäusern. Er half mir fürsorglich beim Aussteigen, und Guarda folgte uns, als wir über einen schmalen Weg zum Wohnhaus gingen. Ich betrachtete staunend das dreistöckige Gebäude.

Ein großes Haus für einen Alleinstehenden.

Ich brauche viel Platz und eine gewisse Privatsphäre.

Keine Sorge, du hast deine Ruhe, sobald Guarda weg ist und ich in mein Hotel verschwinden kann.

Wenn Not am Mann ist, kann man schon mal eine Ausnahme machen.

Ich sah ihn an, als er mir die Tür aufhielt, und fragte mich, ob er das so gemeint hatte, wie ich glaubte, dass er es gemeint hatte.

Ich lehnte es ab, mich von ihm die Treppe zum Schlafzimmer hochtragen zu lassen. „Nein, mein Lämmchen, es ist besser, wenn ich ein paar Schritte gehe. Schön langsam. Das beruhigt die Nerven."

Dir ist sicher klar, dass ‚Lämmchen' eine Kriegserklärung ist.

Ich schnaubte im Geiste, einfach nur um auszuprobieren, ob es möglich war, und ganz offensichtlich war es das.

„Wie du wünschst, schönste aller Lotosblüten! Wenn du meinen Arm nimmst, können sich deine Nerven beruhigen, und ich kann wiederum mit Mrs. White darauf achten, dass du auf dem Weg nach oben nicht zu Schaden kommst."

Hast du jemals daran gedacht, in die Politik zu gehen? Du bist ein Naturtalent.

Guarda folgte uns in einen großen Raum, der in sämtlichen Schattierungen von Saphir- bis Nachtblau eingerichtet war. Ein riesiges Himmelbett dominierte das Zimmer, zog meinen Blick wie magisch an und ließ ihn nicht wieder los. Ich blieb verblüfft stehen, und während ich es eine ganze Weile bestaunte, fragte ich mich, ob es sich wohl genauso herrlich anfühlte, wie es aussah.

Vielleicht willst du dich ja selbst davon überzeugen, geisterte Christians Stimme durch meinen Kopf.

Ich beachtete ihn nicht und ließ mich in einen Sessel mit blauem Seidenüberwurf sinken. „Vielen Dank, dass Sie uns nach Hause begleitet haben, Mrs. White. Dieses Theater zu verlassen hat mir gutgetan. Es geht mir schon viel besser. Und ich bin sehr neugierig auf Ihre Pläne. Darf ich vielleicht morgen bei Ihnen vorbeischauen, damit wir uns darüber unterhalten können, welche Rolle ich in Ihrem Team spielen könnte?"

Um Guardas Mund spielte ein Lächeln, aber ihre kalten blauen Augen blieben davon unberührt. „Selbstverständlich. Nichts lieber als das! Rufen Sie mich einfach unter dieser Nummer an, und meine Sekretärin sagt Ihnen eine Uhrzeit." Sie gab mir ihre Karte, die ich lächelnd entgegennahm. Christian zog eine Augenbraue noch. Guarda war anzusehen, dass sie gern noch etwas gesagt hätte, aber wie ihr anscheinend auch klar war, hätte sich das nicht mit ihrer vorgetäuschten Sorge um mein Wohlergehen vertragen. „Nun, dann verabschiede ich mich jetzt, damit Sie sich ausruhen können."

„Sie können sich auf mich verlassen. Ich werde dafür Sorge tragen, dass mein kleines Honigbärchen die ganze Nacht im Bett verbringt", sagte Christian mit einer Geschmeidigkeit, auf die der Seidenbaldachin über dem Bett nur neidisch sein konnte.

Welche Armee soll dir denn dabei helfen?

„Ach du, mein süßer Wuschelpuschel!", zwitscherte ich fröhlich, wovon mir tatsächlich ein bisschen übel wurde.

Guarda schaute von mir zu Christian, dann nickte sie und ließ sich von Christian aus dem Zimmer und nach unten geleiten.

Sobald sich die Tür hinter ihnen geschlossen hatte, sprang ich beunruhigt auf und begann händeringend auf und ab zu gehen. Dabei vermied ich es so gut es ging, das riesige Ungetüm von Bett anzuschauen. Christian hatte vor, mich zu verführen; dessen war ich sicher. Alles deutete darauf hin: seine eindeutig zweideutigen Gedanken, jede Berührung seines Körpers mit meinem, seine sehnsüchtigen, begehrlichen Blicke. Erschwerend kam hinzu, dass ich mich nach dem Kuss, bei dem ich ihm fast die Zunge aus dem Kopf gesaugt hatte, nicht mehr darauf verlassen konnte, dass er mich kaltlassen würde wie alle anderen Männern vor ihm. Eigentümlicherweise ließen mich in Bezug auf Christian nicht nur meine Bewusstseinsbarrieren im Stich. Meine ehrenhaften Absichten und meine Entschlossenheit, nie wieder einen Mann an mich heranzulassen, schienen unter dem Einfluss dieser dunklen, traurigen Augen einfach zu verpuffen.

Es gab nur eine Lösung für mein Problem: Ich musste verhindern, mit ihm allein zu sein. Wenn er, wie ich befürchtete, darauf beharrte, dass ich die Nacht in seinem Haus verbrachte, bestand die große Gefahr, dass ich seinen Verführungskünsten erlag. Deshalb durfte ich mich einfach nicht auf Situationen einlassen, in denen die Versuchung ihre tückischen Krallen ausfahren konnte.

Als Christian wieder ins Schlafzimmer zurückkehrte, unterhielt ich mich mit Jem und gab mir Mühe, Alis dabei nicht aus den Augen zu lassen.

„Du hast also als Kellner in einem Restaurant gearbeitet. Das ist ja interessant! Hat dir der Job Spaß gemacht?"

„Kein bisschen", gab der Teenager mürrisch zurück. „Warum hatte der Mann vorhin das ganze Metall im Gesicht? War der vom Wanderzirkus?"

Christian sah mich missbilligend an, und ich schenkte ihm ein strahlendes Lächeln, bevor ich mich wieder dem Geist zuwendete. „Du meinst den Mann mit den Piercings an Augenbraue und Nase? Das ist heute bei den jungen Leuten in Mode, besonders bei denjenigen, die gegen Konformismus und die Gesellschaft im Allgemeinen rebellieren."

Jem sah mich skeptisch an. Ich lächelte abermals. „Mit anderen Worten zeigt er so sämtlichen Autoritäten die kalte Schulter."

„Oh, ach so." Er nickte, und während er über meine Worte nachdachte, hellte sich seine verdrießliche Miene ein wenig auf.

Christian kam wie ein Panther, der ein besonders saftiges Beutestück im Visier hat, auf mich zu.

Der Vergleich ist treffender, als du ahnst, malý válečník.

Ich überhörte die seidenweiche Stimme in meinem Kopf. „Du sprichst nicht zufällig Walisisch? Alis scheint nicht sehr redselig zu sein und gibt mir keine Antwort, wenn ich sie frage, ob sie befreit werden möchte. Ich glaube, sie versucht gerade, genug telekinetische Energie zu mobilisieren, um diese blauweiße Vase da hinten umzustoßen. Die scheint sie aus irgendeinem Grund nicht zu mögen."

Christian warf einen Blick auf die untersetzte kleine Frau, die ihre Hände in die üppigen Hüften gestemmt und sich vor einer chinesischen Vase aufgebaut hatte. Dann näherte er sich mir, und als ich den Ausdruck in seinen Augen sah, sträubten sich mir sämtliche Nackenhaare.

„Nein, ich spreche kein Walisisch. Hast du auch Hemmungen, wenn Geister zuschauen?"

Ich wich vor ihm zurück und nickte energisch. „Oh ja, allerdings! Wenn du also denkst, was ich denke, dass du denkst, dann vergiss es! Du willst mir ja wohl keinen seelischen Schaden zufügen, indem du mich in ihrer Gegenwart küsst oder … oder … irgendetwas anderes machst. Das würde ich dir niemals verzeihen!"

„Dann rate ich dir, sie innerhalb der nächsten dreißig Sekunden wieder an die Hüter zu binden."

„Um mich müsst ihr euch nicht kümmern. Ich seh mir die Stadt an. Mal gucken, was sich alles verändert hat." Damit steckte Jem den Kopf durch die Wand, um auf die Straße zu schauen.

Ich sah von ihm zu Christian, dann flitzte ich zur Tür, aber Christian war schneller, und ehe ich michs versah, hatte er mich auch schon gepackt und gegen die Wand gedrückt. Er sah mir tief in die Augen und ließ mich an den Gefühlen Anteil haben, die in ihm tobten. Dann drang er in mein Bewusstsein ein und zeigte mir in anschaulichen Bildern, was er vorhatte.

Mit mir.

Die ganze Nacht.

Ich bekam weiche Knie. „Christian, ich kann nicht, ich kann einfach nicht. Das soll nicht heißen, dass ich nicht will, obwohl ein Teil von mir wirklich dagegen ist, weil es keine Zukunft für uns gibt. Der andere Teil ist zwar dafür, aber ich kann nicht."

Jem kicherte. Ich stierte ihn an, bis er den Kopf wieder durch die Wand steckte. Alis beachtete uns nicht und begann die Vase anzuschreien.

„Doch, du kannst." Christians glühender Blick drohte mich zu verbrennen. Ich schluckte und versuchte mir in Erinnerung zu rufen, warum ich den Gelüsten meines Körpers auf keinen Fall nachgeben durfte. Kontrolle, das war der springende Punkt. Ich durfte die Kontrolle nicht verlieren. Und daran änderte selbst die Aussicht auf eine Nacht endloser Freuden nicht das Geringste.

Wenn wir es tun, ohne dass für dich die Situation außer Kontrolle gerät, erlaubst du mir dann, dich zu lieben?

Christians Atem strich über meine Lippen, während er mich mit seinem stählernen Körper gegen die Wand drückte, und nach dem Druck gegen meinen Unterleib zu urteilen, war er extrem erregt. Konnte ich mich ihm hingeben, ohne mich ihm zu unterwerfen?

Ja, ja, tausendmal ja!, schrie mein Körper.

Er ist ein Mann, und alle Männer sind Schweine!, konterte der verletzte Teil meiner Seele.

Die entscheidende Frage war, ob ich Christian vertraute. Würde er meine Bedürfnisse respektieren und mir die Kontrolle nicht entreißen, oder würde er sich von seiner grenzenlosen Begierde davontragen lassen und sich nicht an sein Versprechen halten?

Ich sah ihm in die Augen, die in einem feurigen Rotbraun

leuchteten, und zögerte. Christian stand regungslos da und nahm weder Kontakt mit meinem Bewusstsein auf, noch bedrängte er mich irgendwie körperlich. Er beeinflusste mich nicht und ließ mich meine Entscheidung unbehelligt von Lust, Leidenschaft und anderen erotischen Gefühlen treffen, die er mühelos in mir wecken konnte, wenn er mich nur sachte mit seinen Lippen berührte.

Konnte ich ihm wirklich vertrauen? Ich hatte noch nie einem Mann vertraut. Unterschied er sich wirklich so sehr von den anderen, dass ich ihm vertrauen konnte?

Zugegeben, ich fühlte mich etwas zittrig, aber ich atmete tief durch und versuchte nicht darauf zu achten, wie herrlich es sich anfühlte, Christian derart nah zu sein und seine Brust an meinem Busen zu spüren. „Wenn du mir versprechen kannst, dass du nicht versuchst, mich zu dominieren, dann würde ich gerne ausprobieren, wie bequem dein Bett ist."

Jem, der uns mit einem spöttischen Grinsen im Gesicht, wie es wohl Jugendlichen aller Jahrhunderte gemein ist, beobachtet hatte, schnaubte und wischte sich die Nase am Ärmel ab. Alis sprang mitten in die Vase und hüpfte wütend auf und ab.

Wir schenkten den beiden keine Aufmerksamkeit.

Ein verführerisches Lächeln spielte um Christians Lippen. *Ich würde nie von dir verlangen, etwas zu tun, das du nicht tun willst. Wenn dir irgendetwas nicht recht ist, dann sag es mir einfach, und wir hören auf. Das verspreche ich dir.*

Mein Körper brach in Jubelrufe aus, als ich mich aus Christians Armen löste und die beiden Hüter zur Hand nahm. „Jem, Alis, ab in die Heia! Ich werde …" Ich warf einen Blick über die Schulter in Christians Richtung. Als ich den Ausdruck in seinen Augen sah, blieb mir die Zunge am Gaumen kleben. „… ein Weilchen beschäftigt sein", krächzte ich.

Christian beobachtete lächelnd, wie die Geister zu schimmern begannen und verschwanden, und als er dann auf mich zukam, breitete sich ein verschmitztes Grinsen auf seinem Gesicht aus.

Meine unschuldige, leidenschaftliche Süße, du wirst eine ganze Weile beschäftigt sein.

„Schreck lass nach!“, sagte ich, und das meinte ich ganz ernst.

9

„Dann wollen wir beginnen“, sagte Christian. In seiner Stimme schwangen Genugtuung, Lust und ein Hauch höchst schmeichelhafter Sehnsucht.

Nachdem ich mich nun auf die Sache eingelassen hatte, nachdem ich eingewilligt hatte, all das zu tun, was mein Körper begehrte, fühlte ich mich unbehaglich, unsicher und unbeholfen. Ich wusste nicht, was ich tun sollte. Musste ich den Stein selbst ins Rollen bringen, weil ich zuvor so viel Aufhebens darum gemacht hatte, dass ich alles unter Kontrolle haben wollte? Oder sollte ich darauf warten, dass Christian den ersten Schritt machte? Leider waren meine Erfahrungen in diesem Punkt nicht sehr hilfreich. Alle Männer, mit denen ich zusammengewesen war …

„Du wirst sie vergessen“, sagte Christian und legte einen Finger unter mein Kinn. „Es gibt nur dich und mich und sonst niemanden.“

Ich begann zu hyperventilieren. Ein ausgesprochen blöder Moment für eine Panikattacke!

„Es tut mir leid, Christian“, stieß ich hervor und verschränkte die Arme. „Es tut mir sehr leid, aber ich glaube nicht, dass ich das kann.“

„Meine Tapfere, meine Göttin“, murmelte er, während er mich zärtlich in die Arme nahm. Er streichelte meinen Rücken und vergrub sein Gesicht in meinen Haaren. „Deine Sorge ist völlig unbegründet. Wenn du noch nicht bereit bist, warten wir einfach bis morgen Abend. Und wenn du morgen nicht bereit bist, warten wir bis zum nächsten Abend und so weiter, bis du irgendwann so weit bist."

„Ich bin doch nur noch zwei Wochen hier", jammerte ich an seinem Schlüsselbein, doch je länger er mich streichelte, desto ruhiger wurde ich. Um seinen herrlichen maskulinen Duft einatmen zu können, schmiegte ich mich noch etwas fester an ihn.

„Mach dir keine Gedanken über die Zukunft, wenn die Gegenwart so verheißungsvoll daherkommt."

Ich erschauderte, als sein Atem mein Ohr streifte. „Danke für dein Verständnis", sagte ich, ohne ihm ins Gesicht zu sehen. „Ich glaube, ich würde es gern ... äh ... versuchen. Die Sache ist nur ..." Ich musste schlucken, weil ich einen gigantischen Kloß im Hals hatte. „Ich weiß nicht recht, was ich jetzt machen soll. Soll ich ... äh ..." Ich schaute zum Bett.

Er zog mich lächelnd zu seinem Sessel, setzte sich und nahm mich auf den Schoß. „Probieren wir es doch erst einmal so. Das war doch im Restaurant sehr schön und sollte uns auch jetzt gefallen, findest du nicht?"

Ich schenkte ihm ein zaghaftes Lächeln und entspannte mich. Er überließ mir die Entscheidung und hatte schließlich auch versprochen, jederzeit aufzuhören, wenn mir etwas nicht behagte. Vielleicht wurde es ja doch noch ganz nett.

Dein Vertrauen in meine Fähigkeit, leidenschaftliche Gefühle in dir zu wecken, macht mich demütig, flüsterte er mir ein, zog mich an sich und küsste mich.

Bevor du Demut an den Tag legst, friert die Hölle zu, entgegnete ich und erwiderte seinen Kuss.

In der Hölle war ich schon. Er neckte meine Lippen so lange mit seiner Zunge, dass ich ihn mit meiner dazu anhalten musste, mit den Spielchen aufzuhören und ernst zu machen. *Dass es da friert, ist nicht sehr wahrscheinlich.*

Kein Kommentar. Ich kicherte.

Er küsste mich leidenschaftlich und ließ sich ebenso leidenschaftlich von mir küssen. Es kam zu einer regelrechten Zungenrangelei, bei der wir versuchten, uns gegenseitig zu übertreffen und das Feuer immer weiter zu schüren.

Als sich unsere Lippen voneinander lösten, wand ich mich vor Lust auf seinem Schoß und krallte die Finger in sein Haar, um ihn stumm dazu aufzufordern, das Verlangen zu stillen, das er in mir entfacht hatte.

„Was möchtest du, meine Begehrliche?", fragte er und liebkoste mit den Lippen eine mir bislang völlig unbekannte empfindliche Stelle an meinem Schlüsselbein.

Ich hörte auf, an seinem Ohrläppchen zu knabbern, und sah ihm in seine schwarzen Augen. „Ich will dich anfassen. Und ich will, dass du mich anfasst."

Seine Zunge glitt über meinen Hals. „Dein Wunsch sei mir Befehl."

Er hielt mich in seinen Armen, erhob sich mit mir von dem Sessel und ließ mich langsam hinunter, bis ich wieder Boden unter den Füßen hatte. Ich prüfte rasch meine Gefühle und kam zu dem Schluss, dass ich in Sicherheit war. Ich fühlte mich weder bedroht noch bedrängt, wie es bei anderen Männern der Fall gewesen war. Christian hielt sich zurück, wie er versprochen hatte, und richtete sich ganz nach mir. Er ließ mir Zeit, so viel Zeit, dass ich vor Begierde regelrecht brannte.

„Du bist ein sehr cleverer Mann." Ich gab ihm lächelnd einen Kuss.

Er zog eine Augenbraue hoch. „Und das fällt dir jetzt erst auf?"

Er neigte den Kopf, um erneut von meinem Mund Besitz zu ergreifen, und ich lehnte mich Halt suchend an ihn. Ich war froh, seine starken Arme um mich zu spüren, denn meine Beine hatten sich unversehens in Wackelpudding verwandelt.

„Möchtest du, dass ich mich für dich ausziehe, oder würde es dir gefallen, das selbst zu tun?"

Ich schmiegte mich wollüstig und gierig an ihn und fühlte mich plötzlich wie eine große Verführerin. „Was würde dich denn mehr erregen?"

Seine Hände umfingen meine Brüste. „Definitiv Letzteres."

Erstaunt, dass es sich so gut anfühlen konnte, wenn ein Mann meine Brüste berührte, gab ich mich der Liebkosung einen Moment lang hin, bevor ich etwas von Christian abrückte und ihn kokett anlächelte. „Dann werden wir das auch so machen. Mal sehen … Womit fange ich an … Mit der Krawatte!"

„Eine ausgezeichnete Entscheidung", entgegnete Christian, als ich seinen Hals küsste, und legte seine Hände auf meine Hüften. Ich trat einen Schritt zurück.

„Nein."

Er zog beide Augenbrauen hoch. „Nein?"

„Nein. Keine Hände! Ich will dich ausziehen, ohne dass du mich dabei anfasst."

Er lächelte mich fragend an.

„Wenn du mich anfasst, kann ich mich nicht darauf konzentrieren, dich verrückt zu machen, aber genau das will ich. Also keine Hände!"

Er ließ die Hände fallen, und sein Blick wurde noch glühender. Ich fächelte mir mit der Hand Luft zu. „Es ist ein bisschen warm hier, findest du nicht? Okay, also, die Krawatte. Äh … da hätten wir sie auch schon." Ich legte die Krawatte auf dem Sessel ab, trat zurück und betrachtete Christian nachdenklich. Die augenfällige Wölbung an einer gewissen Stelle ignorierte ich erst einmal. „Das ist ein sehr hübsches Jackett, aber ich glaube, es muss auch weg."

„Ich bin absolut einverstanden mit deiner Entscheidung."

Ich zog ihm das Jackett aus und legte es ordentlich über die

Sessellehne. Dann taxierte ich Christian erneut. „Als Nächstes sind die Schuhe dran."

Ich ging in die Knie, band die Schnürsenkel auf und zog ihm erst den rechten, dann den linken Schuh aus. Dabei wagte ich nicht aufzusehen, denn ich wusste ja, was sich auf Augenhöhe befand. „Wo ich schon hier unten bin, können wir die Socken gleich auch noch erledigen."

Christian hielt einen Fuß hoch, und ich zog ihm eine Socke aus. Ich fuhr mit dem Finger über seinen schlanken Fuß, dann war der zweite an der Reihe.

„Du hast hübsche Füße."

„Danke. Ich kann mich nicht über sie beschweren."

„Manche Männer haben Haare auf den Zehen und richtig hässliche Quanten, aber deine sehen nett aus." Ich gab beiden Füßen einen Klaps, dann erhob ich mich wieder, ohne auf seinen Schritt zu schauen. „Und? Bist du schon verrückt vor Leidenschaft?"

Er schüttelte den Kopf. „Noch nicht. Du musst dich noch ein bisschen mehr anstrengen."

Aha, eine Herausforderung. Ich liebte Herausforderungen. „Jetzt ist dein Hemd dran", sagte ich und lächelte in mich hinein.

Er sah es und begann zu grinsen. „Davon verspreche ich mir einiges."

„Erster Knopf. Ach, guck mal, da kommt ja etwas Haut zum Vorschein!" Als ich die kleine Kuhle über dem Brustbein, die ich freigelegt hatte, küsste, schnappte er nach Luft. „Zweiter Knopf. Oh, Brustbehaarung. Sehr schön." Ich küsste seine Brust und machte weiter. „Dritter Knopf. Noch mehr Brusthaare, stell dir das mal vor!"

„Oh, das kann ich mir durchaus vorstellen." Er stöhnte, als ich mit der Zunge über seine nackte Haut fuhr. Dabei ballte er die Hände ein ums andere Mal zu Fäusten. Ich grinste ihn an. „Du bist so tapfer, da wäre es wirklich nicht fair von mir, dir noch mehr zuzusetzen."

„Wenn du aufhörst, sterbe ich", entgegnete er heiser.

„Oh, das will ich natürlich nicht", murmelte ich und machte rasch die nächsten vier Knöpfe auf. Ich ging vor ihm in die Hocke und hielt mich an seinen Hüften fest, um seinen Bauchnabel zu küssen. Dabei beobachtete ich mit Freude, wie sich seine Bauchmuskeln anspannten. Ich erhob mich wieder, zog ihm das Hemd aus der Hose und ließ meine Finger über seine Brust gleiten.

„Hände!", befahl ich und streckte meine fordernd aus. Er reichte mir seine, und ich sah sie mir an. Sie waren recht groß, die Finger lang und elegant. „Manschettenknopf Nummer eins", sagte ich. „Manschettenknopf Nummer zwei. Und jetzt ..."

Ich ließ meine Hände über seine Brust und die Schultern gleiten, dann seine Arme hinunter und zog ihm das Hemd aus, wobei ich sein Schlüsselbein mit kleinen Küssen pflasterte. Es machte so viel Spaß, dass ich eine ganze Weile damit zubrachte, aber es gab ja noch mehr auszupacken. Ich hob das Hemd vom Boden auf und warf es auf den Sessel, um mich dem Teil von Christian zuzuwenden, den ich die ganze Zeit ausgespart hatte.

„Ich muss schon sagen, ohne die Schnittwunden siehst du viel besser aus. Willst du mir eigentlich nicht mal sagen, was du da in dem Keller gemacht hast?"

„Später", entgegnete er heiser, und in seiner Stimme schwang jede Menge Gefühl.

Mein Magen zog sich zu einer kleinen Kugel zusammen und fühlte sich überhaupt nicht mehr an, wie sich ein Magen normalerweise anfühlt. Ich überlegte, ob ich mich übergeben musste oder ob ich einfach einen Grad der Erregung erreicht hatte, wie ich ihn noch nie erlebt hatte.

„Allegra, wenn du das nicht tun möchtest …“

Er war wirklich bereit, mir eine Auszeit zu geben, das sah ich in seinen Augen.

„Nein, ich möchte es. Ich glaube, als Nächstes ist dein Gürtel an der Reihe.“

Er sagte nichts, aber sein Blick sprach Bände.

Ich trat vor und biss mir auf die Lippen, während ich seinen Gürtel öffnete und ihn aus der Hose zog, um ihn zu den anderen Sachen auf den Sessel zu legen.

„Bleibt nur noch deine Hose. Hast du … äh … noch etwas drunter?“

Seine Augen wurden dunkler. „Ich überlasse es dir, das herauszufinden.“

Ich sah ihm tief in die Augen und sagte mir, dass es meine Entscheidung war. Ich musste nichts tun, was ich nicht tun wollte. Ich legte meine Hand auf seinen Reißverschluss und spürte, wie er auffuhr – der Teil hinter dem Reißverschluss, um genau zu sein. „Die Unterwäsche-Frage würde ich mit einem klaren Nein beantworten.“

Er zog die Brauen hoch. Ich brauchte beide Hände, aber schließlich gelang es mir, den Hosenknopf zu öffnen und den Reißverschluss aufzumachen, wobei ich Christian unverwandt in die Augen schaute.

Boing, schon hielt ich ihn in den Händen.

„Oh“, machte ich, als ich nach unten schaute. Ihm musste sehr kalt gewesen sein, als ich ihn das letzte Mal gesehen hatte. „Na so was. Äh. Okay. Ich glaube … äh … puh!“ Ich riss meinen Blick von seinem Gemächt los und zog ihm die Hose herunter. Während ich Christian half, aus den Hosenbeinen zu steigen, passte ich auf, dass ich mir nicht die Nase an seiner Erektion stieß.

„So, das hätten wir“, sagte ich etwas atemlos, als ich seine Hose auf den Sessel warf und mein Blick unwillkürlich wieder auf das imposante Stück fiel. Während ich es betrachtete, kam mir plötzlich etwas in den Sinn. Ich fuhr mir mit der Zunge über die Lippen. „Du willst doch nicht, dass ich … äh …“

Christian legte den Zeigefinger unter mein Kinn, sodass ich ihm in die Augen sehen musste. „Du musst gar nichts tun, was du nicht willst.“

Ich fühlte mich sofort besser. „Gut. Weil mir das noch nie besonders … Aber egal. Kann ich … Hättest du etwas dagegen, wenn ich dich einfach nur anfasse?“

„Das würde mir sehr gefallen“, entgegnete er ernst. Ich schaute ihm prüfend ins Gesicht, weil ich unsicher war, ob er sich vielleicht über mich lustig machte, aber ich sah nur Lust, Verlangen und Zustimmung.

Er war ganz heiß und seidig und hart.

„Hm, du bist nicht … äh … beschnitten.“

„Nein, bin ich nicht.“

„Oh. Ich frage nur, weil ich das da noch nie gesehen habe. Was muss ich denn mit diesem kleinen Extra machen?“

„Was würdest du denn gern damit machen?“

Ich betrachtete es nachdenklich. „Hm, also … fühlt sich das vielleicht gut an?“

An seinem Hals traten die Adern hervor. „Oh ja, allerdings. Das darfst du ruhig tun, wann immer du Lust dazu hast.“

Ich lächelte und war ziemlich stolz auf mich. Ehrlich gesagt kam es nicht so oft vor, dass ich einen Mann unter Einsatz von nur zwei Fingern zum Schielen brachte. Ich ließ meine Finger noch ein bisschen herumwandern und wagte sogar, die Umgebung zu sondieren. Das Ganze machte sehr viel Spaß, viel mehr, als ich mir je erträumt hätte. Christian war einfach … gut. Es fühlte sich gut an, ihn zu berühren.

„Bist du fertig?“, fragte Christian höflich, als ich seinem Penis einen zärtlichen Klaps gab. Ich sah besorgt auf. Seine herrliche, volle Stimme klang plötzlich, als drohe er zu ersticken.

„Fürs Erste schon. Es sei denn, du willst nicht, dass ich das noch mal mache.“

Er atmete tief durch, schloss kurz die Augen und öffnete sie wieder. „Ich muss sagen, dass das, was du tust, ganz oben auf meiner Wunschliste steht und ich inbrünstig bete, dass du es noch einmal wiederholst. Möglichst oft. Täglich, wenn nicht gar stündlich.“

„Oh.“ Ich war sehr zufrieden mit mir. „Gut.“

„Und jetzt“, sagte er, atmete abermals tief durch und räusperte sich, „bin ich an der Reihe. Wäre es dir lieber, wenn du dich selbst ausziehst, oder möchtest du, dass ich es tue?“

Mir stockte vor Schreck der Atem, und ich überlegte fieberhaft, was ich antworten sollte. Doch dann rief ich mir in Erinnerung, dass ich mit Christian Dinge getan hatte, die mir früher nie Spaß gemacht hatten, und dass ich nicht unbedingt feige kneifen musste, um die Kontrolle zu behalten. „Ich glaube, mir würde es gefallen, wenn du mich ausziehst. Natürlich nur, wenn du magst. Ich will dich nicht dazu zwingen.“

Er machte sich mit einem Schnurren über mich her, das tief aus seiner Brust kam und etwas in meinem Bauch zum Vibrieren brachte. Seine Hände waren überall, flogen über meinen Körper, öffneten Knöpfe, zogen Reißverschlüsse herunter und entkleideten mich mit fiebrigen Bewegungen, während er mir zärtliche Worte ins Ohr flüsterte, und bevor ich wusste, wie mir geschah, stand ich nackt vor ihm.

Splitternackt.

Einschließlich meines schlimmen Beins.

„Ih!“, machte ich, kauerte mich auf den Boden und versuchte das vernarbte Fleisch zu bedecken.

„Ich habe nicht ‚ih' gemacht, als du mich angestarrt hast – und zwar eine halbe Ewigkeit lang –, also darfst du dich jetzt auch nicht vor mir verstecken."

„Jetzt sagst du mir doch, was ich zu tun habe", bemerkte ich mit gesenktem Kopf und schlang die Arme um mein Bein.

„Ich weise nur darauf hin, dass gleiches Recht für alle gelten sollte, Allegra."

Ich sah auf, denn er klang plötzlich ganz ernst. Er streckte die Hand nach mir aus. „Lass mich dich ansehen!"

„Mein Bein ist hässlich."

„Nur wenn du es für hässlich hältst. Lass mich dich ansehen!"

Wie gern wollte ich daran glauben, dass er nicht zusammenzuckte, wenn er die hässliche weiße, verwachsene Haut sah! Wenn es irgendjemand schafft, dann Christian, sagte der optimistische Teil meines Gehirns.

„Okay. Ich richte mich jetzt auf. Aber wenn du irgendetwas unterhalb meiner Taille länger als zwei Sekunden anstarrst, dann gehe ich. Abgemacht?"

„Wie du willst."

Ich ergriff seine Hand und ließ mir aufhelfen. Seine Augen brannten sich förmlich in meine, als er mich an sich zog, ohne auch nur einmal an mir herunterzusehen. *Es gibt nichts an deinem Körper, das ich nicht verehren und anbeten werde, wie es dir gebührt. Du besitzt Schönheit und Anmut und alles, was sich ein Mann nur wünschen kann.*

Ich merkte, wie meine Nippel hart wurden, als seine behaarte Brust sie streifte, und fing einen Gedanken ein, den ich vermutlich gar nicht mitbekommen sollte.

Und du gehörst mir.

Ich beschloss, den Dingen ihren Lauf zu lassen. Christian hatte Wort gehalten, und er gab mir das Gefühl, begehrenswert zu sein. Er erregte mich so, dass ich mehr von ihm wollte, als ich je von einem Mann gewollt hatte – und das Schönste war, dass ich mich nicht gezwungen und beherrscht fühlte oder als sei ich am Geschehen völlig unbeteiligt.

Ich gab ein leises verführerisches Schnurren von mir, von dem ich gar nicht wusste, dass ich es im Repertoire hatte, und rieb mich an ihm. „Du piekst."

Seine Hände wanderten von meinem Hinterteil zur Taille und drückten mich fest gegen seinen Unterleib, sodass ich seine Erregung deutlich spürte. Sein heißer Atem streifte mein Ohr, als er meinen Hals mit glühenden Küssen bedeckte. „Ich möchte mit dir schlafen. Ich möchte mich mit dir nach Art der Dunklen vereinigen. Wenn du sagst, ich soll aufhören, dann tue ich das, aber du musst wissen, dass ich wahrscheinlich daran zugrunde gehen werde."

Ich fuhr mit den Fingern durch sein Haar und leckte seine Lippen. Ich musste nicht lange überlegen, denn ich wusste nun, dass Christian Wort hielt, wie leidenschaftlich es auch zur Sache gehen mochte. Ich konnte ihm vertrauen. „Nicht aufhören!"

Er küsste mich, und sein Mund nahm auf eine Weise von mir Besitz, gegen die ich weiß Gott keine Einwände hatte. Dann packte er mich, trug mich zu dem riesigen Bett und legte mich auf den kühlen Satin, der aufreizend meine Haut umspielte. Er stöhnte, als er sich zu mir legte und sich mit Händen und Lippen über meine Brüste und meinen Bauch hermachte, bis ich mich vor Verlangen krümmte.

„Das Vorspiel ist ja an und für sich eine gute Sache, und ein andermal werde ich es bestimmt auch zu schätzen wissen, aber weißt du, ich glaube, jetzt brauche ich etwas Stärkeres", sagte ich in einem Atemzug. Christian knabberte an meinem Bauch, und sein Haar hinterließ feurige Spuren, wo es seidenweich meine Haut streifte.

„Verfüge über mich!“, sagte er und warf einen Blick auf meinen wirklich intimsten Bereich, bevor er mir ins Gesicht sah.

Ich stutzte und wand mich noch ein bisschen mehr. „Was?“

„Sag mir, was ich tun soll!“

Ich schnaubte empört. „Das ist deine Rache, nicht wahr? Du willst, dass ich dir befehle, mit mir zu schlafen? Ich soll es tatsächlich aussprechen?“

„Ja, ich wüsste gern ganz genau, was ich tun soll. Ich gehöre dir. Sag mir, was du von mir verlangst!“

Ich seufzte. „Also gut, wie du willst. Ich befehle dir, mit mir zu schlafen! Und? Bist du jetzt zufrieden?“

„*Wie* soll ich mit dir schlafen?“

Ich hörte auf, seinen Arm zu streicheln, und boxte ihn auf die Schulter. „Muss ich es dir aufmalen?“

Er schüttelte den Kopf, und sein Haar kitzelte mich am Bauch. Ich erschauderte und versuchte ihn durch pure Willenskraft dazu zu bringen, über mich herzufallen. „Sag mir einfach, was du willst.“

Ich rieb meine Beine an seinen, und in diesem Moment kümmerte es mich überhaupt nicht, dass die hässlichen Narben deutlich zu sehen waren. „Ich will dich spüren. Ganz und gar.“

„Ja? Wo?“, fragte er, während er sich mit dem Mund zu meinen Brüsten vorarbeitete, bei denen er einen Augenblick verweilte. Ich krümmte den Rücken, spreizte die Beine und versuchte seine Oberschenkel zu umklammern.

„Ich will deinen Körper auf meinem spüren.“

Er rutschte noch etwas höher, bis sein Mund an meinem Schlüsselbein ruhte. „Und?“

Ich will dich in mir spüren.

Er hielt mich an den Hüften fest und beugte sich über mich, und schon drängte sein hartes Glied zwischen die empfindlichen

Teile meines Körpers, die ich bis dahin nur als zweckmäßige Einrichtung betrachtet hatte.

Ich verspürte ein köstliches Gefühl der Dehnung, als ich ihn in mir aufnahm, und dann ließ er mich an seinen Gedanken teilhaben und überflutete mich mit seinen Empfindungen von Wärme, Enge und Spannung und überwältigender Lust. Ich schlang die Beine um seine Hüften, als er begann, sich in mir zu bewegen, küsste seinen Hals und klammerte mich an ihn, während unsere Körper in absoluter Ekstase miteinander verschmolzen. Ich schwelgte in seiner Lust und erlaubte ihm, sich an meiner zu weiden, sodass wir uns gegenseitig anfeuerten und Vergnügen bereiteten, während sich unsere Körper in einem immer schnelleren Rhythmus bewegten und immer fester gegeneinander stießen, bis wir vor Leidenschaft glühend gemeinsam den Höhepunkt der Verzückung erreichten. Ich hörte, wie Christian meinen Namen rief, kurz bevor sich seine Zähne in meinen Hals bohrten. Das Glücksgefühl, das er verspürte und an mich weitergab, als er von meinem Blut trank, trieb uns weit über den noch in uns schwelenden Orgasmus hinaus. Was eigentlich etwas Verbotenes, Abstoßendes hätte sein müssen, war ganz im Gegenteil höchst erotisch, wild und sinnlich und weckte in mir ein Verlangen, das ich kaum zu benennen wagte.

Als er mir mit heißer Zunge über den Hals leckte, kam ich allmählich wieder von der Euphorie herunter, in die mich unsere Vereinigung versetzt hatte. Während mein Körper von kleinen Nachbeben der Wonne heimgesucht wurde, hielt ich Christian ganz fest, lauschte auf seinen keuchenden Atem und fühlte mich warm und sicher und zum ersten Mal in meinem Leben zutiefst zufrieden mit mir und der Welt.

Was hast du getan?, fragte ich, während ich langsam meine Hand über sein Hinterteil gleiten ließ. *Was hast du mit mir gemacht?*

Er hob den Kopf, um mich anzusehen, und küsste mich zärtlich. Seine Augen leuchteten in allen möglichen und unmöglichen Rot-, Gold- und Brauntönen, und sein Mund verzog sich langsam, ganz langsam zu einem ziemlich selbstgefälligen, absolut männlichen Lächeln. *Ich habe gerade, wie man so schön sagt, deine Welt auf den Kopf gestellt.*

Ich biss ihn in die Schulter, als er sich auf den Rücken rollte, sodass ich halb auf ihm lag. „Du hast mich gebissen."

„Du mich auch."

„Aber ich habe nicht dein Blut geschlürft."

„Ich habe nicht geschlürft, ich schlürfe nie. Ich habe davon gekostet. Ganz vorsichtig. Ehrfürchtig. Und dankbar."

Ich hob meinen Kopf, den ich an Christians Brust geschmiegt hatte. Sein Bett mochte das bequemste der Welt sein, aber sein Körper war noch viel bequemer. „Ehrfürchtig, hm? Und wie hat es geschmeckt?"

Er grinste träge. „Nach einer Frau, die gar nicht weiß, wie viel Leidenschaft in ihr steckt."

„Biest!", rief ich und machte es mir wieder auf seiner Brust gemütlich.

Seine warmen Hände ruhten auf meinem Hintern. „Habe ich die Schöne denn erobert?"

Ich stützte mein Kinn auf die Hände und sah ihn an. „Ich bin unter Umständen geneigt, dir zu antworten, wenn du mir zuerst ein paar Fragen beantwortest."

Seine Hände wanderten über meinen Rücken und zeichneten verschnörkelte Muster auf meine Haut, woraufhin kleine Hitzewellen durch meinen Körper jagten. „Gehe ich recht in der Annahme, dass die erste Frage lautet, was ich nackt und mit vierundneunzig Schnittwunden am Leib im Keller des alten Gasthauses gemacht habe?"

„Allerdings." Ich nickte und begann schwerer zu atmen, als

seine Hände wieder nach unten wanderten, um kleine Kreise auf meinen Hintern zu malen. „Vierundneunzig? Woher weißt du, dass es vierundneunzig waren?“

Er schloss die Augen. „Weil ich sie mir selbst beigebracht habe.“

Ich sah ihn nachdenklich an und wartete auf den Rest der Erklärung.

„Christian?“

„Du hast mich mit deiner lüsternen Begierde erschöpft. Ich bin müde.“

„Vampire werden nicht müde. Erzähl mir, was diese Show in dem alten Gasthaus sollte!“

Christian gab ein leises Schnarchen von sich. Ich drehte den Kopf und nahm eine hübsche kleine braune Brustwarze zwischen die Zähne. Seine Augen öffneten sich schlagartig. „Wenn du diesen Nippel behalten willst, solltest du die Frage beantworten!“

Er seufzte. „Ich glaube, ich habe einen Drachen heraufbeschworen.“

„Ich war schon immer ein Drache, ich war nur in einer unschuldigen Jungfer versteckt. Warum hast du dir vierundneunzig Schnitte verpasst und lagst blutend, um nicht zu sagen *ver*blutend, in einem lebensgefährlichen Zustand in diesem Keller?“

„Weil ich Guarda White und Eduardo Tassalerro über einen Mittelsmann, der dich nicht zu interessieren braucht, die Information zugespielt habe, dass ein weiterer Dunkler gefasst wurde und in extrem geschwächtem Zustand im Keller eines alten, leer stehenden Gasthauses gefangen gehalten wird.“

„Geschwächt, aha! Deshalb musste es so aussehen, als hättest du jede Menge Blut verloren.“

Seine Hände verließen mein Gesäß und rutschten auf meine Oberschenkel.

„Genau. Aber als White und Tassalerro den Köder unter die Lupe nehmen wollten, tauchte dummerweise eine mutige Beschwörerin auf, die mich von meinen ewigen Höllenqualen erlösen wollte."

Seine Finger schoben sich zwischen meine Schenkel, und ich riss die Augen auf, als sie noch weiter vordrangen.

„Huch!"

„Es hat wirklich etwas sehr Erotisches an sich, wenn eine Frau ihrem Partner solche zärtlichen Worte wie ‚Huch!' ins Ohr flüstert."

Seine Finger forschten. Und spreizten. Und streichelten. Sie taten Dinge, von denen ich gar nicht wusste, dass Finger sie in den betreffenden Gefilden überhaupt tun konnten. Oh, ich wusste schon, dass sie es *konnten*, ich wusste nur nicht, dass sie es auch *taten*, wenn Sie verstehen, was ich meine. Ich wand und schlängelte mich auf Christian herum und spürte, wie er hart unter mir wurde, während seine Finger einen sinnlichen Tanz vollführten.

Ich richtete mich auf, setzte mich rittlings auf ihn, ohne den stechenden Schmerz in meinem Bein zu beachten, und schaute auf ihn hinunter. Er hatte die Augen geöffnet, und sie leuchteten vor Lust und Begierde. Das Verlangen, das aus ihnen sprach, war so groß, dass es mir den Atem verschlug.

Ich nahm sein hartes Glied in die Hand und beugte mich vor, um die zuvor misshandelte Brustwarze mit der Zunge zu liebkosen. „Sag mir, was du willst, Christian."

Er stöhnte. *Dich.*

Während ich ihn streichelte, wanderte mein Mund mit kleinen Küssen zu der anderen Brustwarze. Ich saugte daran, nahm sie sanft zwischen die Zähne und genoss es, wie er stoßweise atmete. „Sag mir, was ich machen soll, Christian!"

Er packte mich bei den Hüften und hob mich mühelos hoch.

Als ich nach unten schaute, reckte sich mir sein erigierter Penis entgegen. *Ich will dich, Allegra.*

Ich begann ihn zu streicheln, schob die Vorhaut zurück und umkreiste ihn forschend mit dem Finger. *Wie willst du mich?*

Er ließ mich langsam herunter, während ich ihn dahin lenkte, wo ich ihn haben wollte, und drang in meine kribbelnde, heiße Höhle ein. *Ich will dich um mich, in mir, mit mir vereint. Ich will, dass unsere Herzen im gleichen Takt schlagen und wir dieselbe Luft atmen und dein Bewusstsein mit meinem verschmilzt.*

Ja!, rief ich vor Begeisterung jauchzend. Die Finsternis aus seinem Inneren wirbelte in uns herum, bis allmählich die Freude über unsere Vereinigung die Oberhand über seine inneren Qualen gewann. Ich bewegte mich auf ihm und fand einen Rhythmus, von dem ich wusste, dass er ihm ebenso viel Vergnügen bereitete wie mir, und nährte ihn mit meiner Lust, während ich mich von seiner beflügeln ließ. Der Schatten der Verzweiflung wich jedoch erst von uns, als ich mein Herz öffnete und seinen Schmerz in mir aufnahm und ihn Stück für Stück in ein intensives Glücksgefühl verwandelte, das uns beide ergriff.

Du bist das Licht, du bist meine Rettung, flüsterte Christian mir ein, während wir das Tempo beschleunigten und uns unaufhaltsam und immer schneller auf den höchsten Punkt der Erregung zubewegten, einen Moment, der so vollkommen war, dass mir Tränen des Glücks in die Augen stiegen. *Du nimmst mir den Schmerz und gibst mir nichts als Freude.*

Als wir gemeinsam kamen, öffnete ich die Augen, weil ich ganz tief in die seinen schauen wollte, bis in die Leere in seinem Inneren, von der ich wusste, dass ich sie ausfüllen konnte.

Du bist meine Bestimmung.

Seine Augen leuchteten in einem unvorstellbaren Nachtblau und waren von so viel Gefühl erfüllt, dass es beinahe schmerzte, seinem Blick standzuhalten. Meine Ekstase steigerte sich ins

Unermessliche, bis ich glaubte, in tausend Stücke zu zerspringen. Ich spürte Christians brennendes Verlangen, das immer größer wurde, immer heißer, immer überwältigender und allein mir galt. Ich beugte mich vor und bot mich ihm dar, weil ich wollte, weil ich es *brauchte*, dass er sich das nahm, was nur ich ihm geben konnte.

Ich kann nicht ohne dich leben.

Als er mich in die Halsbeuge biss und ich spürte, wie sich seine Zähne in meine Haut bohrten, war es um mich geschehen. Ich gab mich dem köstlichen Gefühl hin, wie wir eins wurden – ein Körper, ein Bewusstsein, ein einziges Wesen – und der Macht unserer Leidenschaft vollends erlagen.

Geliebte, hallte es durch meinen Kopf, während wir eine Ewigkeit lang lichterloh brannten. *Du bist meine Geliebte.*

10

Wir lagen eng umschlungen und schweißgebadet nebeneinander.

„Ich wusste gar nicht, dass Dunkle auch schwitzen“, murmelte ich an Christians Schulter. Ich war zu müde, um auch nur einen Finger zu rühren, dabei hätte ich gern seine warme Brust gestreichelt.

„Dunkle haben viele erstaunliche Fähigkeiten. Schwitzen ist nur eine davon.“

„Hmm. Dann sag mir doch mal, du erstaunlicher Mann, wie ein neunhundert Jahre alter mährischer scharfer Braten wie du einer aufregenden, exotischen, leidenschaftlichen amerikanischen Sexgöttin dabei helfen will, die vier Geister loszuwerden, die an sie gebunden sind?“

„Scharfer Braten?“

Ich küsste seinen Adamsapfel. „Das ist eine Schmeichelei, ein Ausdruck der Wertschätzung deiner unglaublich beeindruckenden, sagenhaften sexuellen Leistungsfähigkeit.“

„Aha. Dann will ich diesen Ausdruck mal akzeptieren.“

„Sehr liebenswürdig von dir. Hast du irgendeine Idee, was ich mit meinem Quartett machen soll, während ich herauszufinden versuche, was Guarda White und Co. vorhaben und warum sie deinen Freund gefangen halten? Ich kann sie nicht die ganze Zeit im Hotel lassen, und ich packe sie nur ungern in die Troddeln. Das ist für sie bestimmt alles andere als angenehm.“

„Das Hotelproblem ist zumindest gelöst.“

Ich sah ihn verwundert an. Seine müden Augen hatten nun

einen satten dunklen Eichenholzton. „Gelöst? Wie meinst du das? Inwiefern gelöst?“

„Gelöst insofern, als dass ich, während du dich leidenschaftlich, exotisch und aufregend mit mir vergnügt hast, deine Sachen vom Hotel hierher bringen ließ. Sie sollten inzwischen eingetroffen sein.“

Ich rückte von ihm ab und funkelte ihn wütend an. „*Was* hast du getan? Ohne meine Erlaubnis? Du hättest mich ruhig mal fragen können, ob ich überhaupt aus dem Hotel ausziehen will!“ Zornig schlug ich mit der Faust in mein Kopfkissen. „Verdammt, Christian, das ist genau das Problem! Du kannst nicht einfach so in mein Leben hereinspazieren und das Regiment übernehmen! Ich entscheide selbst, ob und wann ich bei dir einziehen will!“

Er strich mir eine Haarsträhne aus dem Gesicht, die an meinen Lippen hängen geblieben war. „Guarda White wird dich genau beobachten. Wenn sie herausfindet, dass du nicht meine Verlobte bist – und sie lässt uns garantiert beide beschatten, um mehr über uns zu erfahren –, dann wird es für dich gefährlich. Ich kann nicht zulassen, dass du dich meinetwegen in Gefahr begibst.“

Das entsetzliche Wort „zulassen“ und Christians rücksichtslose Vorgehensweise gingen mir gehörig gegen den Strich. „In Bezug auf Guarda verstehe ich dich ja, und ich stimme dir sogar zu. Ich würde ihr zutrauen, dass sie ein paar Privatdetektive engagiert hat, die in unserer Vergangenheit herumschnüffeln. Aber ich verbiete dir ein für alle Mal, Entscheidungen über meinen Kopf hinweg zu treffen. Das dulde ich nicht, Christian, das werde ich niemals dulden!“

Er lag eine ganze Weile schweigend da. Wie sehr er mit sich rang, war deutlich an seinen wunderschönen Augen abzulesen, die immer dunkler wurden. „Mir war nicht bewusst, dass ich über deinen Kopf hinweg handle. Ich vergesse einfach immer wieder, dass du gar nicht von mir beschützt werden willst. Dafür entschuldige ich mich. Ich hätte die Angelegenheit vorher mit dir besprechen sollen.“

Ich stutzte. Dass er zugab, einen Fehler gemacht zu haben, verblüffte mich. „Wirklich? Du gibst du, dass das falsch war?“

Er zog mich an sich, bis meine Lippen die seinen berührten. „Ja, das tue ich.“

„Hast du dich jemals zuvor bei jemandem entschuldigt?“

Seine Lippen liebkosten meine zärtlich. „Noch nie.“

Eine mir inzwischen wohlvertraute Wärme breitete sich in meinem Inneren aus, als er mich zu streicheln begann. „Aber es war gar nicht so schlimm, oder?“

„Doch. Furchtbar schlimm! Ich brauche Trost!“

„Männer! Ihr stellt euch immer so an!“, sagte ich, beugte mich über ihn und erstickte jeden möglichen Protest mit einem leidenschaftlichen Kuss. „Du hast wirklich meine Sachen herbringen lassen? Auch Esmes Troddel?“

Christian stöhnte und hielt mir schnell den Mund zu – leider nicht schnell genug, wie ich zu meinem Entsetzen feststellte.

„Ach du meine Güte! Sie sind ja beide nackt! Im Bett! Zusammen! Das dürfte ich doch gar nicht sehen! Schau nicht hin, mein Schnuckel, das ist nichts für dich!“

Ich starrte Esme über Christians Bizeps hinweg entgeistert an. Sie stand völlig perplex vor dem Bett und hielt ihrer Katze die Augen zu. Es war zwar dunkel im Zimmer, aber ich sah genau, wie sie Christian eingehend vom Scheitel bis zur Sohle musterte.

„Oh, meine Liebe, Sie können sich wirklich glücklich schätzen. Sehr glücklich, das muss ich schon sagen!“

Der Traum begann, als die Morgendämmerung einsetzte und das erste Licht den grauen, wolkenverhangenen Himmel über

London erhellte. Ich befand mich wieder einmal in einem Haus, und meine Schritte hallten durch die langen, leeren Korridore. Doch ich war nicht allein, das spürte ich deutlich. Und diesmal wusste ich, dass es Christian war, der meine Hilfe brauchte.

Ich ging durch einen Torbogen auf eine massive Stahltür zu, die mit einem schweren Riegel verschlossen war. Ich ignorierte den Riegel jedoch, stieß die Tür einfach auf und betrat einen Raum, in dem bereits eine Reihe von Leuten stand und einen Mann anstarrte, der regungslos auf einem Stahltisch lag. Es war Christian, der dort lag. Seine Augen waren kalt und leblos, denn Eduardo schwächte ihn, indem er ihm sein Blut abzapfte.

„Sie wird nicht kommen“, sagte ein kleiner dunkelhaariger Mann zu Christian. „Sie wird dich nicht retten, niemals! Vergiss sie! Und wenn ich sie nicht haben kann, nehme ich dich.“

„Du hast die Wahl“, sagte Eduardo zu mir. Ich schüttelte den Kopf und weigerte mich, eine Entscheidung zu treffen.

Christian sah mir in die Augen. Ein erstickter Schrei kam über meine Lippen, und ich versuchte Eduardo von dem Tisch wegzuzerren und zu widerlegen, was der andere Mann gesagt hatte. Ich war doch da! Ich würde ihn retten!

„Du musst mir vertrauen“, sagte Christian mit schmerzerfülltem Blick zu mir, dann hielt er dem zweiten Mann seinen Arm hin, der sich vorbeugte und seine Vampirzähne in Christians Handgelenk schlug.

Mein Aufschrei hallte von der hohen Decke in Christians Schlafzimmer wider, ohne von dem Vorhang gedämpft zu werden, den er rings um das Bett zugezogen hatte. Ich lag wie erstarrt da und registrierte verwirrt den Baldachin und den warmen Körper, der sich von hinten schützend an mich schmiegte.

Christian schlang den Arm, der auf meiner Hüfte gelegen hatte, um meine Taille. „Allegra? Hast du geträumt?“

Mein Herz raste, und ich nahm den schlechten Geschmack

wahr, den der Albtraum in meinem Mund hinterlassen hatte. Plötzlich hatte ich das Gefühl zu ersticken, stieß Christians Arm fort, setzte mich auf die Bettkante, schob den Vorhang zur Seite und rang vornübergebeugt nach Atem, während ich mir klarzumachen versuchte, dass sich nicht jeder meiner Träume bewahrheitete.

„Allegra?“

Nur in neunzig Prozent aller Fälle trat tatsächlich das ein, was ich geträumt hatte.

„Was ist los?“

„Ist schon okay“, murmelte ich. Ich wollte nicht, dass er mich in diesem Zustand sah. Ich litt an Albträumen und Schreckensvisionen, seit ich mit dem Beschwören angefangen hatte. Das war der Hauptgrund, warum ich mich nachts nicht mehr schlafen legte – die Wahrscheinlichkeit, dass ich von Albträumen heimgesucht wurde, war wesentlich geringer, wenn ich tagsüber schlief.

„Nichts ist okay. Du zitterst wie Espenlaub, und ich kann hören, wie schnell dein Herz schlägt.“ Ich spürte seine warme Hand in meinem Rücken. „Hast du geträumt?“

Ich nickte und umklammerte meine Knie.

„Offenbar handelte es sich nicht um einen Traum, in dem du unser vergnügliches Treiben noch einmal erlebt hast, oder?“

Ich schüttelte den Kopf.

Die Bettdecke raschelte, als er zu mir herüberrutschte und sich neben mich setzte. Er legte mir einen Arm um die Schultern, aber ich rückte von ihm ab. „Nein, bitte nicht anfassen!“

Dass meine Worte ihn schmerzten, spürte ich sofort, und obwohl mir von dem Albtraum speiübel war, lag mir daran, ihn zu beruhigen, aber ich konnte ihm nicht in seine wissenden Augen schauen. Ich drehte den Kopf, bis ich seine Knie sah, und richtete das Wort an sie. „Das hat nichts mit dir zu tun. Ich fühle mich nach diesen Träumen nur immer so beschmutzt. Ich möchte erst wieder angefasst werden, wenn dieses Gefühl verflogen ist."

„Hast du öfter solche Träume?"

Ich wollte nicht über den Traum reden. Ich wollte nicht daran denken. Ich wollte das Bild von Christians Gesicht, als er sein Leben gab, um mich zu retten, aus meinem Gedächtnis löschen. Ich wollte ihn genauso vergessen wie den Traum und einfach wieder in das Leben zurückkehren, das ich geführt hatte, bevor ich in dieses furchtbare Land gekommen war.

Lügnerin!, schalt ich mich.

Ich ließ meinen Kopf auf die Knie sinken und kniff die Augen zu, weil ich nicht wollte, dass Christian mich weinen sah. Er würde mich trösten wollen, und wenn er das tat, würde ich es möglicherweise nicht schaffen, wieder in mein Einsiedlerdasein zurückzukehren.

Warum willst du einsam sein, wenn du Christian haben kannst?, fragte mich mein Bewusstsein.

Du kannst mich mal!, erwiderte ich.

Der Traum war eine Warnung. Meine Träume zeigten mir häufig, was passierte, wenn ich nichts unternahm, um das Schicksal in die richtigen Bahnen zu lenken. Ich hatte keine Ahnung, wer der zweite Dunkle gewesen war und warum Christian mir gesagt hatte, ich solle ihm vertrauen, wo er doch eindeutig sein Leben für mich geopfert hatte ... Mir kamen die Tränen, als ich mich daran erinnerte, wie Christian dem Fremden sein Handgelenk dargeboten hatte. Ich rieb mir die Augen und wiegte mich sachte, während in meinem Inneren ein heftiger Kampf tobte. Das Bedürfnis, mit Christian zusammen zu sein, ihn von der Finsternis zu erlösen und ihm etwas anderes dafür zu geben, stand gegen das Wissen, dass ich alles aufgeben musste, was mir lieb und teuer war, wenn ich ihn retten wollte.

Christian erhob sich wortlos vom Bett und ging nach nebenan ins Bad. Ich hatte bereits am Abend die Marmorwanne, die goldenen Armaturen und die von Hand strukturierten Wände bestaunt. Dieses Badezimmer lud wahrhaftig zum Verweilen ein, aber es war schon merkwürdig, dass Christian sich ausgerechnet in dem Moment genötigt sah, es aufzusuchen, als ich meinen Zusammenbruch hatte. Ich vergoss schniefend ein paar Tränen auf meine Knie.

„Komm, ich habe dir ein heißes Bad eingelassen", sagte er wenige Minuten später. Feuchte Haarsträhnen klebten mir im Gesicht, als ich betrübt zu ihm aufsah. „Ich dachte, das könnte dir guttun."

Ein Bad, was für eine herrliche Vorstellung! Aber … Ich umklammerte meine Knie noch fester.

Er drehte sich um, ging zu einem großen Kleiderschrank und holte einen chinesischen Morgenmantel aus roter Seide heraus. Ich nahm ihn dankbar entgegen, zog ihn rasch über und verschwand im Bad. Mit seinem Luxuskörper dachte sich Christian vermutlich nichts dabei, nackt herumzulaufen – und ich hatte weiß Gott meine Freude daran, wenn er das tat –, aber ich wollte wirklich nicht im Evaskostüm vor ihm herumspazieren. An der Badezimmertür blieb ich stehen und sah ihn an. „Ich danke dir!"

Er quittierte meinen Dank mit einem Nicken.

Es dauerte eine ganze Weile, bis ich mich abgeschrubbt und meinen Körper von den Nachwirkungen des Albtraums gereinigt hatte, aber als ich schließlich in einer nach Jasmin duftenden Dampfwolke aus dem Bad kam, hatte ich zwei Entscheidungen getroffen. Erstens wollte ich die Tatsache unbeachtet lassen, dass Christian mich als seine Geliebte bezeichnet hatte. Es war ihm sicherlich nur herausgerutscht, weil wir im Bett ganz gut miteinander harmonierten, und bedeutete mitnichten, dass ich die Einzige war, die seine Seele retten konnte. Wir waren gut gewesen, sagte ich mir, aber *so* gut nun auch wieder nicht.

Zweitens hatte ich beschossen, dass ich Christians Wunsch, nichts auf eigene Faust zu unternehmen, leider nicht entsprechen konnte. Er hatte mir gesagt, dass er es für gefährlich hielt, wenn ich mich allein mit Guarda traf, und in meiner geistigen Verwirrung – ich lag schließlich nicht jeden Tag mit einem Vampir im Bett – hatte ich nicht widersprochen, als er mich bat, meine Verabredung mit Guarda auf den frühen Abend zu legen, damit er auf mich aufpassen konnte. Das war allerdings vor dem Traum gewesen. Inzwischen wusste ich jedoch, was geschehen würde, wenn Guarda und Eduardo herausfanden, wer Christian war – und ich würde Himmel und Hölle in Bewegung setzen, um das zu verhindern.

Christian war inzwischen eingeschlafen, und als ich nun vor seinem Bett stand und ihn betrachtete, kam ich zu dem Schluss, dass meine dritte Entscheidung ziemlich vernünftig war: Ich wollte seine Einladung, bei ihm zu wohnen, annehmen. Es gab keinen Grund, mich unglücklich zu machen, indem ich die Beziehung zu ihm abbrach. Abgesehen davon, sagte ich mir, als ich aus dem seidenen Morgenmantel schlüpfte und ins Bett krabbelte, konnte ich ihn viel besser im Auge behalten, wenn ich bei ihm wohnte.

Er murmelte schlaftrunken vor sich hin, als ich mich an seinen Rücken kuschelte. *Geht es dir jetzt besser, Geliebte?*

Ich überhörte die „Geliebte“ und ließ die Hand über seine Hüfte zu seiner Brust gleiten, während ich meine Wange an seine warme Haut schmiegte. Er fühlte sich stark, robust und unbesiegbar an, aber ich wusste, dass es damit sehr schnell vorbei sein konnte. „Viel besser, danke für dein Verständnis.“

Willst du mir von diesem Traum erzählen, der dir so zugesetzt hat?

„Nein."

Er drehte sich zu mir um und zog mich an seine Brust. Ich seufzte wohlig und genoss die Wärme, mit der er mich umgab, als er ein Bein um meine Schenkel schlang. *Ich will dich nicht bedrängen, malý válečník, ich will dir nur helfen.*

„Das weiß ich." Ich gähnte und kuschelte mich an ihn. „Aber jetzt ist alles wieder gut. Und ich will nur noch schlafen."

Sein Atem strich sacht über mein Haar, während wir einschlummerten. Kurz bevor ich vom Schlaf übermannt wurde, hörte ich noch ein ganz leises Echo seiner Gedanken.

Was Vertrauen angeht, musst du noch viel lernen, Geliebte.

„Also, es gibt ein paar Grundregeln, die ich kurz durchgehen möchte, bevor ich verschwinde. Jem, bitte nimm den Finger aus dem Ohr und hör zu! Da ist bestimmt nichts drin, was du noch nicht kennst. Esme, würden Sie Alis bitten, aufzuhören, an Christians Vase herumzuspielen, und auch zuzuhören? Danke! Gut, ich habe dem Ehepaar, das sich um Christians Haus kümmert, gesagt, dass ich einige sehr teure Geräte hier habe, an denen sich niemand vergreifen soll, und die beiden haben versprochen, das Arbeitszimmer nicht zu betreten. Solange Sie also hierbleiben, ist alles in Ordnung."

Ich ignorierte, dass jemand mit meinem Bewusstsein Kontakt aufzunehmen versuchte.

„Da is'n Typ, der was von Ihnen will", sagte Jem und sah mich finster an. Ich gewöhnte mich allmählich an seine mürrische Miene, denn sie gehörte wohl bei jedem männlichen Teenager zur Grundausstattung, auch bei Geistern. Ich nickte ihm zu, dann sah ich mir sein Gesicht genauer an.

„Was ist denn mit deiner Augenbraue passiert? Das kann doch nicht … Du hast doch nicht … Ist das ein Piercing? Warum hast du das getan? Und vor allem, *wie?*"

Er sah mich trotzig an.

„Und was ist mit der gepuderten Perücke passiert? Du hattest doch eine Perücke? Das weiß ich ganz genau!"

Er grinste spöttisch.

Erneut versuchte jemand hinter mir, auf sich aufmerksam zu machen.

„Esme, können Geister eigentlich ihr Erscheinungsbild nach Belieben verändern?"

Sie thronte damenhaft auf dem Ledersessel hinter Christians Schreibtisch. „Sicher, meine Liebe, natürlich können wir das. Jederzeit."

„Aber …" Ich schaute von ihren schäbigen Pantoffeln zu ihrem Nachthemd und dem Bademantel. „Aber wenn Sie Ihre Kleidung austauschen können …"

Sie lächelte. „Es kommt eine Zeit im Leben, in der einem Bequemlichkeit wichtiger ist als Schick. Ich hoffe allerdings für Christian, dass diese Phase bei Ihnen nicht so bald anfängt. Sie machen es sich jetzt schon bequem genug!"

Ich räusperte mich und sah fort, weil ich merkte, wie ich errötete. Es war furchtbar schwer gewesen, Esme aus dem Schlafzimmer zu verbannen, nachdem sie zu der Überzeugung gelangt war, dass es allein durch ihre Bemühungen zu der Wende in unserer Beziehung gekommen war. Christian musste ihr Angebot, uns in der Liebeskunst zu unterweisen, dreimal ablehnen, bevor wir sie schließlich dazu bringen konnten, ins Arbeitszimmer zu verschwinden.

Der Geist hinter mir versuchte abermals, meine Aufmerksamkeit zu gewinnen. Ich biss die Zähne zusammen und blieb eisern.

„Okay, Sie bleiben also hier in diesem Zimmer und machen nicht das Haus unsicher. Christian steht auf, wenn es dunkel wird, und ich bin gleich weg, also müssen Sie sich allein die

Zeit vertreiben. Ich muss Sie wohl nicht daran erinnern … Alis, würden Sie bitte aufhören! Sie können Christians Vase nicht umstoßen! Sie bringen bestimmt nicht genug telekinetische Energie zusammen, um das zu bewerkstelligen, und dieses Herumgewedele mit den Armen ist ziemlich nervig. Was wollte ich gerade sagen?"

Hinter mir flog ein Buch aus dem Schrank und knallte auf den Schreibtisch. Esme betrachtete es neugierig.

„Äh … oh, ja. Ich muss Sie wohl nicht daran erinnern, dass ich Sie …"

Das nächste Buch flog aus dem Regal.

„… dass ich Sie an die Hüter binde, wenn Sie sich nicht benehmen. Und da keiner in dieser Runde Wert darauf legt, in meine Tasche gequetscht zu werden, vertraue ich darauf, dass Sie sich so benehmen, dass diese Maßnahme nicht nötig sein wird."

Unvermittelt segelte eine rote Rose durch die Luft und landete zu meinen Füßen.

„Oh, wie romantisch!", rief Esme, und ihre Katze begann interessiert an der Blüte zu schnuppern.

„Was sollen wir'n machen, wenn Sie weg sin'? Einfach nur rumsitzen und der alten Irren zugucken, wie sie auf das Ding da draufhaut?"

Ich machte einen großen Schritt über die Rose und nahm die Fernbedienung für den Fernseher zur Hand, der in einer Eichekommode versteckt war. „Ich schalte den Fernseher ein, aber nur leise. Sie können sich damit beschäftigen oder aus dem Fenster gucken oder meinetwegen auch einfach nur Däumchen drehen – Hauptsache, Sie bleiben in diesem Zimmer."

Jem entglitten vor Überraschung sämtliche Gesichtszüge, und er starrte mit offenem Mund den Fernseher an. „Was'n das?"

„Das ist ein Fernseher, aber ich habe jetzt keine Zeit, dir das zu erklären. Esme, Sie haben so etwas schon mal gesehen, nicht wahr?"

„Oh ja, das habe ich. Das Zimmermädchen, das zum Saubermachen kam, hat ihn jeden Tag eingeschaltet. Mein Schnuckelschatz und ich sind große Fans von *Coronation Street*."

Zwei weitere Rosen fielen vor mir auf den Boden, während ich ein heftiges Rütteln an meinen Bewusstseinsbarrieren wahrnahm. „Gut, dann erklären Sie Jem, was ein Fernseher ist. Alis, was ist eigentlich Ihr Problem?"

„Sie war Haushälterin, meine Liebe."

„Und?"

„Bei einem Mann, der eine beachtliche Porzellansammlung besaß. Weil sie so wertvoll war, bestand er darauf, dass Alis sie ganz allein in Ordnung hielt. Da verwundert es nicht, dass sie solche Kunstgegenstände hasst."

„Hmmm." Ich beobachtete Alis eine Weile. „Glauben Sie, sie könnte ihre Energien so konzentrieren, dass sie tatsächlich Schaden anrichtet?" Geister waren unter bestimmten Umständen durchaus in der Lage, Gegenstände zu bewegen – wie an den Rosen zu sehen war, die mir vor die Füße fielen. Christians Vase und die zerbrechliche Büste einer griechischen Göttin, die gleich daneben stand und ebenfalls Alis' Interesse geweckt hatte, waren sicherlich sehr wertvoll, und die Vorstellung, dass sie sie kaputt machte, war mir äußerst unangenehm.

Esme riss ihren Blick von dem Fernseher los und sah mich nachdenklich an. „Ich bezweifle es, obwohl der Gentleman, der Sie so verzweifelt auf sich aufmerksam zu machen versucht, offenbar diese Fähigkeit besitzt."

In diesem Moment löste sich die bläulich-grüne Jadevase von ihrem Sockel, stieg zehn Zentimeter in die Luft und neigte sich zur Seite.

„Sofort wieder hinstellen!“, knurrte ich und holte meine Kreide und das Aschefläschchen aus der Tasche. „Ganz vorsichtig, sonst beschwöre ich dich nicht!“

Die antike Vase sank langsam wieder auf den glänzenden Holzsockel.

Ich zeichnete einen Kreis auf den Boden, malte hastig die Symbole in die Luft und sprach die Formel, obwohl ich mich sehr darüber ärgerte, einen aufdringlichen, lästigen Geist beschwören zu müssen, wo ich doch schon längst weg sein wollte. Es war schwer genug gewesen, mich nach ein paar Stunden Schlaf aus Christians Armen zu winden, und ich musste das Haus unbedingt verlassen, bevor er wach wurde und merkte, dass ich nicht mehr neben ihm lag.

Als ich mich niesend vom Boden erhob, schimmerte die Luft im Kreis und ballte sich zusammen, sodass Stück für Stück die Gestalt eines glutäugigen Mannes mit dunklem lockigem Haar, Spitzbart, elisabethanischer Halskrause, scharlachrot-goldenem Wams und einem sicherlich viel zu großen Hosenbeutel erkennbar wurde. Ich verankerte den Geist und nahm meine Jacke.

„*Mi amor!* Meine Schöne! Endlich bist du meinem Charrrme errrlegen und schenkst mirrr Gehörrr!“ Er hatte eine angenehme Tenorstimme und einen starken spanischen Akzent. Ich nahm an, es handelte sich um einen der spanischen Höflinge, die an Elisabeths Hof herumgelungert hatten, bevor die Armada ordentlich Prügel einstecken musste.

„Wie heißt du?“, fragte ich, während ich meine Jacke anzog.

Er warf mir eine Kusshand zu. „Ich bin Antonio de Gutierrez, Grrraf von Sevilla und Ihrrr errrgebensterrr Dienerrr.“

Er machte eine tiefe, übertriebene Verbeugung.

„Du hast zehn Sekunden, um mir zu erklären, warum ich dich unbedingt beschwören sollte!“

„*Mi corrrazón*“, entgegnete er, legte die Hand aufs Herz und betrachtete mich mit liebeshungrigem Blick. „Ich tue alles, was du sagst. Ich sah dich in den Arrrmen dieses tumben Bauerrrn, dieses Dunklen, und wusste soforrrt, dass wirrr fürrreinanderrr bestimmt sind. Du bist Beschwörrrerrrin! In deinem Herrrzen brrrennt das gleiche Feuer wie in meinem. Werrr sonst hätte mich von dem elenden, trrrostlosen Dasein errrlösen können, das ich viele Jahrrrhunderrrte lang frrristen musste!"

Ich schnappte mir eine kleine dicke Kerze vom Tisch und drohte ihm damit. „Niemand – ich wiederhole, *niemand* – darf zusehen, wenn Christian und ich … äh … wenn wir uns zurückziehen. Haben das jetzt alle verstanden?"

Esme nickte. Jem schwebte im Schneidersitz ungefähr zwanzig Zentimeter vor dem Fernseher. Alis begann eine kleine Keramikkatze anzuschreien, die im Bücherregal stand. Esmes Schnuckel leckte sich das Hinterteil.

„Gut. Und jetzt zu dir …" Ich wandte mich wieder Antonio zu. Er stürzte zur Tür und stellte sich in verführerischer Pose davor. „Ich habe keine Zeit, um mir deine Geschichte anzuhören und herauszufinden, was nötig ist, damit du weiterziehst, also kürze ich das Verfahren mal schnell ab. Entweder versprichst du mir, hierzubleiben, in diesem Zimmer, und nicht im Haus herumzuspuken, oder ich binde dich an diese Kerze."

Er starrte die Kerze an. Sie war aromatisiert und duftete angenehm nach Weihrauch. „Hast du nicht etwas Männlicherrres? Etwas, das ein bisschen mehr Schneid hat?"

„Nein. Kerze oder hierbleiben. Was ist dir lieber?"

Er machte einen Schmollmund, doch einen Augenblick später warf er mir bereits wieder anzügliche Blicke zu. „Ich tue, was du verrrlangst, meine Feurrige, weil es mein Lebenszweck ist, dich zu errrfrrreuen."

„Du bist aber schon tot", bemerkte ich und nahm meine Tasche. „Also, liebe Leute, schön brav sein! Ich bin so schnell wie möglich wieder da. Und immer an die Troddeln denken! Wer sich danebenbenimmt, bekommt eine ganze Woche Troddelarrest!"

Esme schnappte nach Luft und schlug die Hand vor den Mund. Alis und Jem ignorierten mich. Antonio blickte noch ein bisschen lüsterner drein und wackelte mit den Augenbrauen, was er sicherlich für unfassbar aufreizend hielt.

„*Mi corrrazón*, würrrdest du dich vielleicht auf ein kleines Tête-à-Tête mit mirrr in ein abgeschiedenes Gemach zurrrückziehen wollen? Es würrrde auch nicht lange dauerrrn, eine halbe Stunde oder so. Du ziehst deine Kleiderrr aus, ich ziehe meine aus, und dann …"

„Nein! Und jetzt ist Ruhe im Karton!"

Er bedachte mich mit einem Blick, der Stahl zum Schmelzen gebracht hätte, wäre Antonio lebendig gewesen. „Du weißt ja nicht, was dirrr entgeht, aberrr ich werrrde geduldig warrrten. Schon bald gehörrrst du mirrr! Schon bald wirrst du dirrr wünschen, dass ich dich beglücke, wie ich schon viele andere Frauen beglückt habe." Er hielt inne und fluchte leise vor sich hin. „Frauen, die mirrr natürrrlich nichts bedeutet haben, garrr nichts. Ich kann mich nicht einmal an sie errrinnerrrn, so betörrrend ist deine Schönheit."

Ich seufzte genervt und verscheuchte ihn von der Tür. Er warf sich neben der griechischen Büste in Pose, legte die Hände darauf, um seinen Kopf zu stützen, und setzte dazu eine Miene auf, die wohl unwiderstehlich gewesen wäre, hätte er noch gelebt.

„Um Himmels willen, Antonio … Du bist tot! Ich lebe noch. Selbst wenn ich wollte – aber ich muss dir sagen, dass ich mit Christian mehr als ausreichend versorgt bin, was Männer angeht –, könnten wir nicht zueinanderfinden. Je schneller du das in deinen Kopf bekommst, desto besser für uns beide. Und jetzt hör auf, mich mit anzüglichen Blicken zu befeuern, und leg deinen Hosenbeutel auf Eis. Ich habe Wichtigeres zu tun, als die Annäherungsversuche eines fünfhundert Jahre alten Romeos abzuwehren."

„Antonio heiße ich, nicht Rrromeo", sagte er gekränkt und sah mich mit traurigen Hundeaugen an.

Ich verließ fluchtartig das Zimmer, bevor er mir weitere eindeutige Angebote machen konnte.

11

„Mein lieber Schwan“, murmelte ich, als ich die Tür mit dem Schlüssel abschloss, den Christian mir gegeben hatte.

„Wie bitte, Miss?“

Ich setzte rasch meine Brille auf und lächelte Turner an, der sich zusammen mit seiner Frau um Christian kümmerte, wenn er in London war. „Nichts. Ist mein Taxi da?“

Er nickte und schnippte ein Staubkorn fort, das es gewagt hatte, sich auf dem Handlauf des Treppengeländers niederzulassen.

Ich hatte das Gefühl, dass Christians Bedienstete mich nicht gerade schätzten, aber da er mir erzählt hatte, dass sie auch ihm, einem exzentrischen Romancier mit fragwürdigem Lebenswandel, nicht sonderlich zugetan waren, scherte ich mich nicht darum, was sie von meinem plötzlichen sonnenbebrillten Erscheinen hielten. Ihre Meinung kümmerte mich genauso wenig wie Roxys Behauptung, Christian hätte jede Menge Diener im Haus, die sozusagen als lebendige Nahrungsquellen herhalten mussten.

Wie Christian mir nämlich erklärt hatte, pflegte er stets außer Haus zu speisen.

Auf der Taxifahrt dachte ich darüber nach, wie ich Guarda entlocken konnte, was ich wissen wollte, ohne dass sie mir auf die Schliche kam. Als Erstes galt es natürlich herauszufinden, wo Sebastian gefangen gehalten wurde, aber wie ich sie unauffällig danach fragen konnte, wusste ich nicht. Ich beschloss, den Umweg über den Geist zu nehmen, den Guarda versteckt hielt.

Es war doch sehr wahrscheinlich, dass der Geist an demselben Ort festgehalten wurde wie der Dunkle.

Es gab drei Methoden, wie man einen Geist an einem Platz halten konnte, der nicht sein angestammter Aufenthaltsort war: Man band den Geist an einen Hüter und legte den Hüter an dem gewünschten Ort ab, oder ein Beschwörer, der selbst gefangen gehalten wurde, rief den Namen des Geists, wodurch dann auch der Geist in der Falle saß, oder … An die dritte Möglichkeit wollte ich eigentlich gar nicht denken, denn sie hatte damit zu tun, dass man den Geist dazu verfluchte, für immer an dem entsprechenden Ort zu bleiben. Ein Beschwörer konnte einen verfluchten Geist zwar wieder befreien, aber dazu musste man den Dämon beschwören, der hinter diesem Fluch steckte, und auf diesem Gebiet hatte ich nur wenig Kenntnisse und noch weniger Erfahrungen.

Ich hoffte, Guarda hielt ihren Geist mit Hilfe eines Hüters gefangen, und versuchte alle Gedanken an Christian und die fünf Geister, die ich mittlerweile herbeigeniest hatte, aus meinem Kopf zu verbannen.

Zehn Minuten später wurde ich in ein schlichtes, spartanisch eingerichtetes Büro geführt, das in neutralen Graubraun- und Hellbeigetönen gehalten war. Als ich durch die Tür ging, verspürte ich ein leichtes Kribbeln, das auf einen Schutzbann hindeutete, aber da Guarda mich hereingebeten hatte, konnte ich ungehindert passieren. Bemerkenswert war allerdings, dass sie offenbar genug Macht hatte, um einen solchen Schutzbann über einen langen Zeitraum hinweg aufrechterhalten zu können.

„Allegra, wie schön, Sie zu sehen!“ Sie erhob sich und kam hinter ihrem großen Schreibtisch hervor. Ich ging mit ausgestreckter Hand auf sie zu. „Oh, verzeihen Sie, dass ich Ihnen nicht die Hand schüttele. Ich bin in letzter Zeit so empfindlich, und es ist mir nicht zuträglich, andere Menschen anzufassen, wenn ich später noch Beschwörungen durchführen muss. Nehmen Sie es mir nicht übel."

„Nein, nein, keineswegs", entgegnete ich. Es überraschte mich, dass sie auch Beschwörerin war. Ich hatte sie eher in den Bereich der Psychometrie eingeordnet und angenommen, sie könne durch das Betasten von Gegenständen hellsehen. Eine Beschwörerin, die auch über psychometrische Fähigkeiten verfügte, war sehr mächtig – vielleicht hatte ich deshalb von Anfang an ein gewisses Unbehagen ihr gegenüber verspürt. „Ich setze mich einfach hierher, ja?"

Ich nahm auf einem graubraun-blassgrün gestreiften Stuhl Platz, als Guarda nickte, und versuchte locker zu bleiben, als sie sich auf die Schreibtischkante setzte und mich prüfend ansah. „Sie sehen erholt aus."

Ich dachte an die vergangene Nacht zurück, in der ich alles andere getan hatte, als mich auszuruhen, verdrängte die Erinnerungen jedoch rasch wieder. Meine Bewusstseinbarrieren waren zwar aktiviert, aber ich wollte sichergehen, dass Guarda nicht doch noch irgendeinen Gedanken erhaschte. Seit ich in ihr Büro gekommen war, hatte sie bereits zweimal versucht, mein Bewusstsein zu erforschen.

„Danke, das bin ich auch. Mir geht es wieder gut, aber Christian hat mir das Versprechen abgenommen, dass ich vorsichtshalber heute noch keine Beschwörung durchführe."

Sie stand auf, ging um ihren Schreibtisch und setzte sich wieder auf ihren Bürosessel, aber bevor sie das tat, warf sie verstohlen einen Blick auf das schwarze geätzte Glasbild an der Wand. Ich öffnete mein Bewusstsein ein kleines bisschen und spürte die Anwesenheit einer Person hinter dieser Wand. Ich hätte mein Leben darauf verwettet, dass es Eduardo war. Mir sträubten sich die Nackenhaare. Ich hasste es, bespitzelt zu werden.

„Ach ja, Ihr Verlobter. Wie, sagten Sie, lautet noch mal sein Nachname?“ Guarda nahm ein cremefarbenes Blatt Papier und zückte ihren Stift.

Ich zögerte und knabberte an der Innenseite meiner Wange. „Ich glaube nicht, dass ich seinen Nachnamen erwähnt habe, und um ehrlich zu sein, weiß ich auch gar nicht, warum Sie danach fragen. Ich achte sehr darauf, dass mein Privatleben auch privat bleibt, Mrs. White. Ich bedaure, dass Sie sich gestern Abend aus Sorge um mich genötigt sahen, mit uns nach Hause zu kommen, aber ich versichere Ihnen, dass ich Berufliches und Privates normalerweise immer voneinander trenne.“

Sie legte den Stift ab und lehnte sich in ihrem teuren Ledersessel zurück, der ebenso blassgrün war wie die Streifen auf den Polstern meines Stuhls. „Verstehe.“ Sie taxierte mich eine Weile und tippte sich mit dem Finger ans Kinn, dann gelangte sie offenbar zu einer Entscheidung. „Ich muss Ihnen sagen, Miss Telford, dass unsere Gemeinschaft ihre Aufgaben sehr ernst nimmt. Wir scheuen weder Kosten noch Mühen, um sicherzustellen, dass die unter unserer Ägide durchgeführten Forschungsprojekte so genau und sorgfältig betrieben werden wie irgend möglich. Und mit der gleichen Genauigkeit und Sorgfalt wählen wir auch unsere Mitglieder aus. Wir untersuchen den Background eines jeden Bewerbers sehr gründlich, bevor wir ihm Zugang zum engsten Kreis gewähren. Sie werden mir sicherlich zustimmen, dass diese Vorkehrungen notwendig sind, damit sich niemand in die Gemeinschaft einschleichen kann, der eine andere Philosophie hat als wir.“

„Ja, natürlich“, entgegnete ich gedehnt und fragte mich, wie viel sie wohl im Laufe einer Nacht über mich herausgefunden haben konnte.

Eine ganze Menge, wie sich zeigte.

„Aus diesem Grund habe ich auch dafür gesorgt, dass die

Überprüfung Ihrer Vergangenheit vorrangig behandelt wurde."

So ein Mist! Mir schwante, dass ich bereits wusste, was als Nächstes kam.

„Unsere Nachforschungen haben ergeben, dass Ihr Arbeitgeber Sie in einem Hotel in Mayfair vermutet. Wie uns bei der Überprüfung des Hotels bestätigt wurde, waren Sie bis gestern Abend, dreiundzwanzig Uhr, dort angemeldet. Obwohl das Zimmer noch zweieinhalb Wochen reserviert war, haben Sie bereits gestern ausgecheckt. Die Rechnung wurde bezahlt, das Zimmer geräumt."

Ich bemühte mich, ruhig zu bleiben, und nicht herumzuzappeln, aber das war angesichts von Guardas blassblauen Augen gar nicht so einfach. Sie wirkten bedrohlich und zugleich Vertrauen heischend. Ich wusste gar nicht, was mir unangenehmer war.

„Außerdem hat Ihr Arbeitgeber meinem Kollegen gesteckt, dass dies Ihre erste Reise nach England ist. Mir erscheint es doch reichlich unwahrscheinlich, dass Sie jemanden kennenlernen und innerhalb von ein paar Tagen gleich einen Heiratsantrag von ihm annehmen", fuhr sie mit sanfter Stimme fort, doch ihre Augen wirkten alles andere als sanft. Sie wollten mich vielmehr zwingen, meine intimsten Gedanken preiszugeben, wogegen ich mich selbstverständlich wehrte, aber ich geriet zunehmend in Panik.

„Äh … nun, was das angeht …", stammelte ich und überlegte fieberhaft. „Eigentlich sind wir gar nicht verlobt. Nicht offiziell. Aber … äh … Christian und ich haben uns vor ein paar Tagen kennengelernt und auf Anhieb prächtig verstanden und … Na ja, Sie wissen doch, wie das Leben so spielt."

„Nein", sagte sie leise. „Das weiß ich nicht. Sagen Sie es mir."

Ich machte eine fahrige Handbewegung und tat so, als sei es mir unendlich peinlich, derart über meine Beziehung zu Christian ausgefragt zu werden, was mir nicht sonderlich schwerfiel. „Man will ja nicht jedem auf die Nase binden, dass man mit jemandem ins Bett gestiegen ist, den man gerade erst kennengelernt hat, und deshalb hat Christian gesagt, wir wären verlobt. Das ist alles."

„Wirklich?"

Ich setzte eine Unschuldsmiene auf und erwiderte Guardas Blick, ohne mit der Wimper zu zucken.

Jedenfalls versuchte ich es.

„Ich glaube nicht, dass das alles ist, Allegra. Ich glaube, Sie sollten mir sagen, was mit den beiden Geistern passiert ist, die sie im Theater beschworen haben."

Verflixt, wieso wusste sie über Jem und Alis Bescheid?

„Äh …"

„Eduardo und Steven haben das Theater vom Dachspeicher bis zum Keller abgesucht. Sie fanden nur Hinweise auf den einen Geist, der dort verblieben ist. Also müssen die Geister, die Sie beschworen haben, entweder befreit worden sein – aber dazu hatten Sie gar nicht die Zeit – oder …"

Sie sah mich mit ihren kalten blauen Augen durchdringend an, um mir die Wahrheit abzuringen. Obendrein versetzte sie mir auch noch einen mentalen Schubs, was mich unglaublich ärgerte. Ich hasse es, wenn Leute mit übersinnlichen Fähigkeiten aufdringlich werden.

„Oder was?", fragte ich und gab mich gelangweilt.

„Oder Sie haben die Geister an Hüter gebunden, als ich einen Moment abgelenkt war, und sie aus dem Theater geschmuggelt, nachdem Sie einen Ohnmachtsanfall vorgetäuscht haben. Da mir das die logischste Erklärung zu sein scheint, musste ich leider zu dem Schluss kommen, dass Ihr Handeln nicht im Geiste unserer Gemeinschaft und unvereinbar mit der Lehre ist, für die wir eintreten."

Ich ignorierte das Kribbeln, das ich im Nacken verspürte, und setzte ein Lächeln auf. „Nun, wenn Sie das so sehen wollen ..."

„Haben Sie eine andere Erklärung, die Sie mir gern vortragen möchten?"

Ich bemühte mich, genauso lässig und elegant die Achseln zu zucken, wie Christian es immer tat, aber es gelang mir nur unzureichend. „Ich glaube nicht, dass ich Ihnen irgendeine Erklärung schuldig bin, Mrs. White. Ich habe Ihnen versprochen, über einen Beitritt zu Ihrer Organisation nachzudenken, aber wie Sie wissen, habe ich bereits eine Anstellung. Ich müsste mich von meinem Arbeitgeber freistellen lassen, um hier bei Ihnen aktiv werden zu können. Wenn meine kleine Notlüge in Bezug auf Christian dazu geführt hat, dass Sie an meinen Absichten zweifeln, dann bedaure ich das, aber ich kann Ihnen versichern, dass die Mehrung des Wissens über Geister und andere paranormale Phänomene für mich höchste Priorität hat. Ich halte Geister nicht gegen ihren Willen fest. Ich pflege meinem Arbeitgeber keine Informationen vorzuenthalten. Und ich garantiere Ihnen, dass ich keine Geister an Hüter gebunden habe."

Guarda drückte den Summer auf ihrem Schreibtisch, was völlig überflüssig war, da ich sehr wohl wusste, dass Eduardo das Gespräch verfolgt hatte. „Ich bin bereit, zur Förderung eines guten Arbeitsverhältnisses über diese Sache hinwegzusehen. Dessen ungeachtet ist es natürlich meine Aufgabe, wertvolle Ressourcen zu schützen. Aus diesem Grund habe ich Ihre Unterbringung in unserem Haus in der Stadt veranlasst, in dem auch die anderen Mitglieder des Expertenteams einquartiert wurden. Sie werden sich dort bestimmt sehr wohlfühlen – das

Personal liest den Gästen jeden Wunsch von den Augen ab. Wir werden Ihre Sachen natürlich bei Ihrem Bekannten abholen und in Ihre neue Unterkunft bringen lassen. Ah, Eduardo, da sind Sie ja! Miss Telford und ich sprachen gerade über die Zukunft."

„Tatsächlich? Dann hat sich die Sache mit den verschwundenen Geistern also aufgeklärt?" Er schenkte mir ein falsches Zahnpastalächeln, doch hinter seinen grauen Augen verbargen sich nur finstere Gedanken.

Ich erwiderte sein Lächeln und wünschte ihm insgeheim, dass ihm seine viel zu weißen Zähne möglichst bald ausfielen. Er wusste nur zu gut, dass die Geisterfrage noch nicht geklärt war. „Nun, ich denke schon! Da Sie und Mr. Rick die Anwesenheit der Geister anscheinend nicht spüren konnten, versuchen Sie am besten, jemanden zu finden, der etwas sensibler ist."

Der Seitenhieb traf voll ins Schwarze, doch meine Torheit sollte mich teuer zu stehen kommen.

„Und was die Unterkunft angeht, Mrs. White", fuhr ich fort, „ich weiß Ihr Angebot zu schätzen, aber da, wo ich bin, fühle ich mich als Frischverliebte ganz wohl."

„Ich fürchte, was diesen Punkt angeht, muss ich eisern bleiben", entgegnete Guarda in einem Ton, der keinen Widerspruch duldete. „Es ist doch nur zu Ihrem Besten!"

Für Befehle war ich noch nie empfänglich gewesen. Jedenfalls seit meiner Wiedergeburt als eigenständige, selbstbewusste Frau. Ich lächelte bedauernd. „Leider muss ich genauso eisern bleiben. Der Umzug würde mir ganz sicher nicht gut bekommen, möglicherweise würde er meine Fähigkeiten sogar so stark beeinträchtigen, dass ich Ihnen gar nicht mehr zu Diensten stehen kann."

Subtilität war nicht gerade meine Stärke.

Guarda und Eduardo sahen sich an. Von der Macht, die plötzlich im Raum spürbar wurde, bekam ich eine Gänsehaut auf den Armen. Ich begann mir Sorgen zu machen, dass sie ernsthaft versuchen könnten, mich in Schach zu halten, indem sie mich kurzerhand von Christian trennten und in ihr Gemeinschaftshaus verfrachteten. Ich musste mir dringend etwas einfallen lassen. Wenn ich so tat, als sei ich bereit, meine Einwände noch einmal zu überdenken, und mich der Gemeinschaft gegenüber wohlgesinnt zeigte, kam ich vielleicht davon, ohne Schaden anzurichten. Ich war auf eine gute Beziehung zu den beiden angewiesen, wenn ich herausfinden wollte, wo Christians Freund festgehalten wurde. Andererseits war Guarda vielleicht viel zu clever, um auf ein solches Manöver hereinzufallen.

„Aber", sagte ich mit einem kleinen Lachen, das sogar für meine Ohren gezwungen klang, „wir wollen den Teufel nicht an die Wand malen, wie man so schön sagt. In Bezug auf die Unterkunft werden wir sicherlich eine Lösung finden. Mir ist absolut bewusst, wie wichtig Ihre Gemeinschaft ist. Wenn Sie mir vielleicht ein bisschen mehr über die täglichen Arbeitsabläufe sagen, über die Mitgliederzahlen, die aktuellen Forschungsprojekte und ihre Standorte und so weiter, bin ich vielleicht eher gewillt, die Zweisamkeit mit meinem Gefährten gegen ein Einzelbett in Ihrem Gemeinschaftshaus einzutauschen."

Guarda warf Eduardo einen bedeutungsvollen Blick zu. Ich bedauerte außerordentlich, dass ich nicht das geringste Talent zum Gedankenlesen besaß und Christians Einwände gegen ein Treffen mit Guarda ohne seine Begleitung so leichtfertig abgetan hatte.

„Aber natürlich, ich gebe Ihnen gern einen kleinen Einblick", entgegnete Guarda und faltete die Hände, während Eduardo sich auf die Schreibtischkante setzte. Sie sah nicht so aus, als hätte meine Show sie überzeugt, aber offensichtlich hatte sie beschlossen, im Zweifel für die Angeklagte zu entscheiden.

„Der Vorstand der Gemeinschaft setzt sich, wie Sie wissen, aus mehreren einflussreichen, wichtigen Leuten zusammen, die großes Interesse an der Erforschung des Übernatürlichen haben. Unser Hauptsitz ist hier in London, wo wir das Stadthaus und eine Forschungseinrichtung haben. Außerdem haben wir über das Land verstreut drei weitere Häuser, wo wir in verschiedenen artverwandten Arbeitsbereichen experimentieren, doch unser Hauptinteresse gilt natürlich Geistern und geisterhaften Phänomenen."

So, so, drei weitere Häuser. Ich gab die neugierige Touristin. „Das klingt ja spannend, besonders das mit den Häusern außerhalb der Stadt. Ich nehme doch an, in diesen Gebäuden spukt es? Ich liebe solche Orte. Ich würde zum Beispiel furchtbar gern einmal den Tower besichtigen, aber für Sie ist das bestimmt ziemlich unspektakulär. Wo befinden sich die Häuser denn genau? Ich habe noch nicht viel von England gesehen, denn meistens bin ich ja nachts unterwegs und besuche Orte, die für übernatürliche Phänomene bekannt sind."

Eduardo schenkte mir erneut ein strahlendes falsches Lächeln. „Eines unserer Häuser ist eine alte Abtei vor der Stadt. Dann haben wir noch eins in Schottland, das Zeuge mehrerer blutiger Schlachten wurde, und das dritte ist ein kleines Cottage in Cornwall, in dem jeweils zur Zeit der Sonnenwende viel Geisteraktivität verzeichnet wird. Wir vermuten dort einen erheblichen druidischen Einfluss."

„Druiden? Das ist ja äußerst faszinierend! Und was stellen Sie so mit den Geistern an, die Sie beschwören?", fragte ich Guarda im Plauderton und hoffte, dass ich nicht zu neugierig wirkte. „Sie hatten erwähnt, dass Sie die Geister eine Weile zu Forschungszwecken dabehalten, bevor Sie sie befreien – was machen Sie denn genau?"

Guarda zählte die üblichen Verfahren wie Spektralanalyse,

akustische Analyse von Stimmsignalen, Ionenanalyse und EMW-Messung auf und sprach außerdem von der Recherche der Lebensgeschichte und Befragungen zum Geisterdasein. Bis auf die letzten beiden Punkte entsprach das der üblichen Vorgehensweise. Beunruhigend fand ich allerdings, dass Guarda log. Sie log, dass sich die Balken bogen.

Beschwörer haben ein gutes Gespür dafür, ob jemand lügt. Das hat mit unserer Fähigkeit zu tun, selbst die winzigsten Veränderungen in der Umgebung wahrnehmen zu können (dem Erscheinen eines Geists gehen beispielsweise stets leichte Schwankungen in der Raumtemperatur und der Dichte der Luft voraus). Meines Erachtens können wir aufgrund dieses Gespürs für physikalische Veränderungen erkennen, wann jemand lügt, aber andere Beschwörer haben ihre eigenen Theorien dazu.

Ich war auf jeden Fall sicher, dass Guarda mich belogen hatte.

„Faszinierend. Also, das war wirklich ein hochinteressantes Gespräch. Vielen Dank, dass Sie mir gegenüber so offen waren. Ich werde das Angebot, in Ihr Stadthaus zu ziehen, überdenken und Ihnen meine Entscheidung in den nächsten Tagen mitteilen. Jetzt muss ich aber los, weil ich einem Freund versprochen habe, eine kalte Stelle in seinem Keller zu untersuchen, doch gleich morgen werde ich in aller Frühe hier erscheinen, und wir können versuchen, die beiden verschwundenen Geister im Theater zu beschwören."

Ich hatte mich erhoben, während ich sprach, aber Guarda und Eduardo blieben sitzen. „Ich fürchte, das können wir nicht zulassen, Allegra", sagte Guarda langsam und öffnete eine Schreibtischschublade. Mir stockte vor Schreck der Atem, und ich blickte wie gebannt auf eine Stelle über ihrer Schulter. Als sie und Eduardo sich umdrehten, um zu sehen, was ich da anstarrte, versah ich mich rasch mit einem Schutzbann. Für mehr blieb keine Zeit (eigentlich soll man vier ausbringen, wenn Gefahr im Verzug ist, einen in jede Himmelsrichtung), aber ich hoffte, dass der Bann stark genug war, um mich vor einer Kugel zu bewahren, falls Guarda eine Pistole hervorholte.

„Entschuldigen Sie“, sagte ich, als sich die beiden wieder zu mir umdrehten. Guarda hielt lediglich ein Bündel Papiere in der Hand, und ich atmete erleichtert auf. „Ich dachte, ich hätte da etwas gesehen. Mensch, ich bin ganz schön durch den Wind, nicht wahr? Es ist vermutlich doch ganz gut, dass ich heute Abend noch aussetze.“

Ein Packen Papiere konnte mir wohl nichts anhaben. Vor allem, wenn ich mich gut schützte. Ich nahm eine Hand hinter den Rücken und brachte den zweiten Bann aus, dann hielt ich die Hand neben mein schlimmes Bein und brachte den dritten aus. Nun fehlte nur noch der vierte, aber solange Eduardo mich mit seinen kalten grauen Augen ins Visier nahm, musste ich warten.

„Sie sind, wie ich bereits sagte, ein großer Gewinn für unsere Gemeinschaft, und da kann ich Ihnen unmöglich erlauben, im Alleingang Streifzüge durch irgendwelche feuchten Keller zu unternehmen. Wenn unsere Leute das Haus allerdings vorher sichern und sämtliche Voruntersuchungen durchführen können, lassen wir Sie natürlich gern Ihre Arbeit tun“, erklärte Guarda. „Sehen Sie es uns nach, wenn wir ein wenig überfürsorglich sind, was unsere Schützlinge angeht“, fügte sie mit einem furchtbar unechten Lächeln hinzu.

„Aber natürlich“, entgegnete ich, während sich mir vor Besorgnis der Magen zusammenschnürte. Ich spürte ihre Feindseligkeit deutlich, als sie abermals versuchte, meine Bewusstseinsbarrieren zu durchdringen, aber sie hielten, ohne auch nur eine Spur nachzugeben.

„Wenn Sie einfach diese Papiere hier unterschreiben, dann

ist die Sache amtlich, und wir können Ihnen Ihr erstes Honorar auszahlen."

„Oh? Wie viel ist das?"

Guarda sah Eduardo an. „Fünftausend Pfund für den ersten Monat", antwortete er schmeichlerisch.

Ich hätte beinahe meine Tasche fallen lassen. Das waren fast siebentausendfünfhundert Dollar! Für einen einzigen Monat?

„Wirklich!", sagte ich und ließ meine Tasche tatsächlich fallen.

Direkt auf eine kleine Blütenschale mit einer makellosen gelben Rose. Die Schale zerbrach, und das Wasser nahm Kurs auf Eduardos Gesäß, der fluchend vom Schreibtisch sprang.

„Ach, das tut mir aber leid!", rief ich, drehte mich rasch zur Seite und brachte den letzten Bann aus. „Wie ungeschickt von mir! Und es war so eine schöne Rose!"

„Macht nichts, lassen Sie nur, ist schon in Ordnung." Guardas Lippen waren weiß vor Anspannung, aber das war nichts im Vergleich zu dem, was ich fühlte. Da ich nun durch die Banne vor Guardas Macht geschützt war, spürte ich die Bedrohung, die in der Luft lag. Der Raum war praktisch voll von Bosheit und Niedertracht. Guarda hielt mir einen Stift hin, aber ich schüttelte den Kopf, drückte meine Tasche an die Brust und wich ein paar Schritte zurück.

„Es tut mir leid, aber das kann ich nicht tun. In meinem Arbeitsvertrag steht, dass ich ohne die Einwilligung meines Chefs für keine andere Organisation arbeiten darf. Ich muss erst seine Erlaubnis einholen, bevor ich irgendetwas unterschreibe."

„Dann rufen wir ihn sofort an. Anton Melrose heißt er, nicht wahr? Geben Sie mir die Nummer, dann können Sie das mit ihm klären."

Die Gefahr, die von Guarda ausging, rief bei mir Übelkeit hervor. Ich schwankte leicht und wich langsam zurück, bis ich den Stuhl zwischen mich und den Schreibtisch gebracht hatte. „Nein, das ist … äh … heute ist doch Mittwoch! Anton geht mittwochs immer mit dem Erzbischof von … äh … Fresno golfen. Er ist heute gar nicht im Büro!“

Eduardo knurrte mich regelrecht an, und ich wich abermals zurück. „Dann kündigen Sie eben auf der Stelle! Wir werden für eine großzügige finanzielle Entschädigung sorgen.“

„Oh, das könnte ich niemals tun!“, log ich, wich noch einen Schritt zurück und betete, dass meine Banne hielten und die beiden die Lüge nicht erkennen konnten. „Ich habe Anton so viel zu verdanken. Da kann ich doch nicht einfach so alles hinschmeißen. Das geht wirklich nicht!“

Ich spürte eine Bewegung hinter mir, fuhr ruckartig herum und starrte verblüfft die Frau an, die den Raum betrat.

„Gibt es ein Problem?“, fragte Phillippa, die Eremitin, und machte einen großen Bogen um mich. „Ich konnte deinen Zorn bis nach unten in den Korridor spüren, Guarda. Was ist los?“

Sie blieb neben Eduardo stehen, und dann nahmen sie mich zu dritt ins Visier. Ich brauchte einen Moment, um mich von der Überraschung zu erholen, und überlegte fieberhaft. Da Phillippa hier in diesem Büro war und offensichtlich mit Guarda auf freundschaftlichem Fuß stand, gehörte sie auch zu diesem Verein. Und daraus folgte wiederum, dass Guarda höchstwahrscheinlich Bescheid wusste über Esme und ihren Schnuckel und mein Unvermögen, die beiden zu befreien.

Und das bedeutete summa summarum, dass Allegra die Beschwörerin in gewaltigen Schwierigkeiten steckte.

Geliebte? Christians verschlafene, aber unendlich beruhigende Stimme erreichte mein Bewusstsein. Ich war nicht allein! *Du hast Angst?*

Und wie, entgegnete ich und fummelte nervös an meiner Tasche herum. *Ich habe etwas Blödes getan.*

Ich spürte seinen Seufzer, bevor seine Worte mein Bewusstsein streichelten. *Etwas Törichtes vielleicht, aber niemals etwas Blödes, Geliebte.*

„Äh, Phillippa, was für eine Überraschung! Ich hatte nicht erwartet, Sie hier anzutreffen."

Ich bin in Guardas Büro. Mit Eduardo und der Eremitin, von der ich dir erzählt habe. Ich glaube, sie wollen mich zwingen, in ihr Stadthaus einzuziehen. Sie werden mich hier nicht weglassen, Christian.

Sein Schweigen war fast so laut wie sein zweiter Seufzer. *Ich glaube, ich ziehe meinen Einwand gegen das „Blöde" zurück.*

„Sagen Sie bloß!" Die Eremitin sah Guarda an. „Sie kommuniziert mit jemandem, der ein ganzes Stück von hier entfernt ist. Mit wem hat sie Kontakt gehabt?"

Ich riss die Augen auf. Woher wusste sie, dass ich mit Christian sprach? Und wusste sie auch, wer er war? Mein Bedürfnis, ihn zu beschützen, war plötzlich so stark, dass ich mein Bewusstsein vor ihm abschottete.

Ich habe verstanden, Allegra. Aber es ist noch hell draußen. Ich kann nicht kommen, um dich zu retten.

Ich schluckte. Christian kam mir mittlerweile so normal vor, weshalb ich ganz vergessen hatte, dass er tagsüber nicht das Haus verlassen konnte.

Ich schicke Hilfe.

Der Kontakt seines Bewusstseins mit meinem genügte, um mir in Erinnerung zu rufen, dass ich kein Opfer war – ich war eine Frau, die ihr Leben im Griff hatte. Ich reckte das Kinn in die Höhe und sah Phillippa von oben herab an.

„Tatsächlich? Das ist ja interessant." Guarda musterte mich nachdenklich, dann erhob sie sich und kam auf mich zu. Ich wich zurück, bis sie ungefähr einen Meter vor mir stehen blieb. Die Bannsymbole, die ich in die Luft gezeichnet hatte, leuchteten plötzlich auf und schimmerten golden im trüben Licht des verregneten Novembernachmittags.

„Banne!", zischte Guarda und bedachte mich mit einem hasserfüllten Blick, den ich so schnell nicht vergessen werde.

Phillippa ging im Kreis um mich herum, und sobald sie in die Nähe eines Banns kam, leuchtete er auf und verblasste wieder, wenn sie außerhalb seiner Reichweite war.

„Sie hat sich geschützt", bestätigte sie. „Aber vielleicht gelingt es uns trotzdem."

Oh, oh, das hörte sich gar nicht gut an. Ich konnte nur hoffen, dass Christian die Feuerwehr oder den Katastrophenschutz alarmierte, denn mich beschlich das ungute Gefühl, dass das, was Phillippa im Schilde führte, alles andere als lustig sein würde.

„Äh, wissen Sie, ich denke, ich muss jetzt wirklich aufbrechen. Lassen Sie uns später noch einmal über die ganze Angelegenheit sprechen. Mein Verlobter wartet bestimmt schon auf mich."

Die drei reagierten gar nicht, steckten die Köpfe zusammen und tuschelten leise miteinander. Als ich mich der Tür näherte, merkte ich sofort, dass Guarda sie mit einem Bann versehen hatte, damit niemand gegen ihren Willen das Büro verlassen konnte, aber ich probierte es trotzdem. Die drei beachteten mich überhaupt nicht, als ich versuchte, die unsichtbare Mauer zu durchbrechen, die mir den Weg versperrte.

„Verdammt noch mal", knurrte ich und trat einen Schritt zurück, um mich zu sammeln. Man konnte einen Bann brechen, wenn man ihn genau studierte und feststellte, wie er zusammengesetzt war. Jeder, der Banne ausbrachte, ging von einem Grundkonzept aus, das er dann persönlich gestaltete, indem er hier ein Wort und da eine Geste hinzufügte. Durch die individuelle Ausformung war jeder Bann einzigartig und ließ sich nur brechen, wenn man genug Zeit und Muße hatte, ihn genau unter die Lupe zu nehmen. Die magische Wirkung ging eigentlich nicht von dem Bann selbst aus, sondern vielmehr von dem Glauben, den die Person, die ihn ausbrachte, in ihre Fähigkeiten hatte. Daran lag es auch, dass sich Banne, wenn jemand sie nur selten verwendete, nach kurzer Zeit wieder auflösten – wie der Bann, den ich bei Joy gegen Christian ausgebracht hatte. Ich praktizierte diese Methode einfach nicht häufig genug, um absolutes Vertrauen in meine Bannfähigkeiten zu haben.

Aber wie auch immer, Guardas Bann glitzerte jedenfalls silbrig, als ich mich gegen die Tür warf, und sein Muster war so kompliziert, dass ich Stunden brauchen würde, um es zu knacken.

Allegra!, hallte es laut durch meinen Kopf. Die Stimme war fordernd und gebieterisch, und ihr fehlte die samtige Klangfarbe, die ich so gut kannte.

Gegen meinen Willen drehte ich mich langsam um. Meine vier Banne glitzerten golden in der Luft, aber ich nahm sie nur verschwommen wahr, denn der Anblick, der sich mir bot, ließ mich erstarren. Guarda und Phillippa standen regungslos nebeneinander und stierten mich mit leeren Augen an, die aussahen, als hätten sie den Blick nach innen gerichtet. Eduardo saß hinter den beiden auf dem Schreibtisch. Er hatte den Kopf nach hinten geneigt, die Augen geschlossen und den Frauen die Hände in den Nacken gelegt. Mit angehaltenem Atem versuchte ich zurückzuweichen, aber es gelang mir nicht. Ich stand wie angewurzelt da und war unfähig, meine Beine zu bewegen. Entsetzt starrte ich die drei an.

Sie hatten ein Triumvirat gebildet, die mächtigste Formation, die bis dato in meiner Branche bekannt war.

Und sie hatten meine Bewusstseinsbarrieren durchbrochen.

12

Du wirst nicht mehr gegen uns ankämpfen!

Ich versuchte tief Luft zu holen, aber ich hatte mich Schutz suchend auf den Boden gekauert, als das Triumvirat mit vereinter Energie in mein Bewusstsein eindrang, und in dieser Haltung war tiefes Atmen überhaupt nicht möglich.

Du wirst erkennen, dass wir stärker sind!

Ich machte also viele kleine Atemzüge und konzentrierte mich nach Leibeskräften auf etwas Belangloses; auf etwas Harmloses, das nicht gegen mich verwendet werden konnte. Außerdem galt es zu verhindern, dass durch die Macht, die mein Bewusstsein eroberte, etwas Wichtiges Schaden nahm.

Du wirst uns sagen, was du mit den Geistern gemacht hast, die sich in deinem Besitz befinden.

Die Scherben der Blütenschale zersprangen in Tausende kleine Splitter.

Ich lenkte meine Aufmerksamkeit auf meine Schuhe. Die Spitzen waren schon leicht abgewetzt, und ich fragte mich, wie das überhaupt möglich war, wo man doch eigentlich nur mit den Sohlen den Boden berührte.

Ein kleines blassgrünes Kissen, das auf dem Sofa unter dem Glasbild lag, explodierte, und es regnete zahllose Schaumstoffflocken.

Die Energie des Triumvirats wurde immer stärker und breitete sich in einzelnen Strömen im ganzen Büro aus.

Ich fegte die Schaumstoffstückchen mit dem Fuß beiseite.

Wirklich seltsam: Obwohl ich nicht die schlechte Angewohnheit hatte, ständig irgendwogegen zu treten, waren die Spitzen meiner Schuhe abgewetzt.

Allegra Telford!

Namen haben Macht. Schmerz durchzuckte meinen Körper, als ich mich dagegen wehrte, den stummen Befehl zu befolgen, und ich nahm den Kopf zwischen die Knie und betete, dass die versprochene Hilfe rasch eintraf. Ich wusste nicht, wie lange ich der Macht des Triumvirats noch standhalten konnte.

Bücher flogen aus dem Bücherschrank. Geradewegs durch die zerberstenden Glastüren.

Du wirst keine Hilfe bekommen. Du musst dich uns ergeben. Du kannst gar nichts anderes tun!

Mein Inneres bäumte sich vor Schmerzen schreiend gegen die geballte Macht auf, die mir entgegenschlug. Es war, als stünde ich direkt vor dem Triebwerk eines Düsenjets, und kleine Machtsplitter drangen in mich ein und schwächten Körper und Geist zugleich. Schuhe!, rief ich mir verzweifelt in Erinnerung. Schuhe, das war das Thema! Wie nannte man eigentlich die kleinen Plastikendstücke von Schnürsenkeln?

Ich wurde von umherfliegenden Büchern getroffen. Das Triumvirat konnte die Energie, die es ausströmte, offenbar lenken und setzte sie gezielt ein, um mich immer weiter zu schwächen. Ich konnte mir gar nicht vorstellen, dass jemand dazu in der Lage war, Energieströme zu kontrollieren, aber jedes Buch, das mich traf, lieferte mir den Beweis dafür. Ich begann mich zu fragen, wie ich gegen die drei ankommen sollte.

Vergiss es! Du bist nicht stark genug. Du bist nicht versiert genug, um dich uns widersetzen zu können. Bevor du nach England kamst, warst du eine Versagerin. Du hattest nichts vorzuweisen. Richte dich nicht zugrunde, indem du zu beweisen versuchst, dass du uns besiegen kannst. Das kann niemand. Wir drei sind sehr mächtig.

Für einen kurzen Augenblick lauschte in den Worten, die in meinem Kopf widerhallten, und im selben Moment steuerte ich auch schon auf das Trio zu.

„Nein!“, schrie ich und hielt mich an dem Stuhl fest, der mitten im Raum stand, während ich mich immer wieder vor den Büchern duckte, die mir um die Ohren flogen. Einer der Energieströme war inzwischen zu einem richtigen Wirbelsturm mutiert. Er tobte durch das Büro und ließ Papier- und Schaumstofffetzen um uns herumschwirren, die mich im Gesicht trafen. Ich klammerte mich an die Stuhllehne und versuchte mir ins Gewissen zu reden. Wenn ich mich ihnen ergab, wenn ich ihren Befehlen folgte, lösten sich meine Banne auf und ich war ihnen auf Gedeih und Verderb ausgeliefert.

Ich bin stark!, redete ich mir grimmig zu. Ich bin durch die Hölle gegangen und habe es überlebt. Ich kann ihnen standhalten, ich harre aus, nur noch ein bisschen, bis … Ich löschte das Bild von Christian, noch bevor es vor meinem geistigen Auge erschien. Ich würde ihn nicht diesem Pack ausliefern.

Du wirst uns sagen, von wem du dir Hilfe erhoffst.

Diese kleinen Plastikdinger an Schnürsenkeln heißen doch irgendwie!, gab ich zurück. *Ich weiß, dass sie einen Namen haben! Der fällt mir nur gerade nicht ein!*

Die beiden Fenster, die auf die Straße hinausgingen, zersplitterten, aber der Wind heulte so laut durch das Büro, dass man das Klirren der Glasscherben auf dem Asphalt kaum hörte.

Uns geht die Geduld aus. Wir werden dein Verhalten nicht länger dulden. Du bist selbst schuld. Allegra Telford, die Kräfte des Lebens leuchten hell in uns.

Panik ergriff mich, und ich umklammerte die Stuhllehne noch fester. Der letzte Satz entsprach dem ersten Teil der Verankerungsformel, mit der man einen Geist an unsere Existenzebene band. Warum verwendeten sie nun diese Formel? Das konnte bei einem lebendigen Menschen doch gar nicht funktionieren, oder?

Die Macht des Lebens bindet dich an uns.

Ich schaute an mir herunter, denn ich hatte das Gefühl, mein Körper sei mit hundert Seilen vertäut, die langsam auf das Triumvirat zuschlängelten, um mich mit ihm zu verbinden. Aus der Angst heraus, die drei könnten tatsächlich Kontrolle über mich erlangen, begann ich auf die unsichtbaren Seile einzuschlagen, um die Verbindung zu kappen, aber für jedes Seil, von dem ich mich befreien konnte, kam ein neues zum Vorschein.

Du bist verloren!, rief mein Inneres. Gib auf, solange du noch bei Verstand bist!

Bis du befreit wirst, unterstehst du unserem Befehl!

Ein dickes Buch knallte gegen meinen Hinterkopf, und ich sah Sterne. Ich kämpfte verzweifelt dagegen an, das Bewusstsein zu verlieren, und konzentrierte die mir verbliebene Kraft auf meine Banne, aber ich wusste, der Kampf war verloren. Die Banne leuchteten nun golden und tauchten den Raum in ein warmes Licht, das jedoch von der Finsternis, die von dem Triumvirat ausging, geschluckt zu werden schien. Die goldenen Bannsymbole bekamen erste Risse, die in grellem Weiß hervortraten. Ich hatte keine Ahnung, wie sie es angestellt hatten, dass die Worte der Verankerungsformel bei mir Wirkung zeigten. Ich wollte nur noch weg, weg von diesem Büro, weg von der Macht, die mir immer mehr zusetzte. Meine Fähigkeiten waren begrenzt, und ich konnte nicht mehr lange Widerstand leisten.

Plötzlich öffnete Eduardo seine grauen Augen, in denen ein unheimliches Leuchten lag. Ich klammerte mich ratlos an den Stuhl. Was sollte ich tun? Wenn er seinen Blick auf mich richtete, war ich erledigt. Ich spürte zwar, dass die Verankerung noch nicht vollendet war, aber Eduardo musste nur noch die letzten Worte sprechen, um mich gegen meinen Willen an das Trio zu binden. Ich hatte nicht mehr genug Kraft, um meine Banne mit der nötigen Energie zu versorgen und mich ihrer Kontrolle zu entziehen.

Du kannst alles schaffen, was du willst, redete mir eine sanfte Stimme zu.

Christian?

Aha, sie spricht also mit ihrem Verlobten.

Oh, verdammt, sie hatten mich gehört!

Alles ist gut, Allegra. Du bist nicht allein. Sie können dir nichts antun. Das würde ich nicht zulassen.

Christian versorgte mich mit Energie und gab mir die nötige Stärke, um mich gegen Eduardo und die drohende Verankerung zur Wehr zu setzen. Als ich spürte, wie mein Selbstvertrauen und mein Glaube wuchsen, wurde mir ganz warm uns Herz. Ich tankte Kraft und verstärkte die Banne, bis sie wieder intakt waren und sich die Seile, von denen ich gehalten wurde, in Luft auflösten.

Im Namen des Triumvirats bist du hiermit gebunden!

Ich machte mich auf alles gefasst, aber die letzten Worte, die Eduardo sprach, konnten meine verstärkten Banne nicht durchdringen. Vor Erleichterung hätte ich fast geweint.

Durch den Kontakt hast du Christian verraten. Wir haben deine Gedanken gelesen. Jetzt wissen wir, was er ist. Du hast sein Schicksal besiegelt.

Die selbstgefälligen, zufriedenen Worte des Triumvirats zwangen mich in die Knie, und meine Schutzbanne leuchteten erneut in Gold und Weiß. Mein Herz wurde von Verzweiflung erfüllt, denn die drei hatten die Wahrheit gesagt. Mir war bewusst, dass ich versagt hatte. Mein Traum war keine Warnung gewesen, sondern ein Blick in die Zukunft.

Ich hatte soeben dafür gesorgt, dass das, was ich gesehen hatte, eintreffen würde.

Geliebte, du musst auf dich vertrauen! Ich glaube nicht, dass du mein Schicksal besiegelt hast. Ich weiß, du bist meine Rettung. Du bist das Licht und das Gute; du nimmst mir die Finsternis und machst mich heil und ganz. Du hast mehr Kraft, als du denkst. Hör nicht auf ihre Lügen. Du weißt, was in dir steckt. Halte daran fest!

Ich blendete die Stimme des Triumvirats aus, die durch meinen Kopf hallte, und konzentrierte mich auf Christians Worte. Er hatte recht: Ich war stark. Ich hatte schon die tollsten Dinge geschafft. Ich war durch die Hölle gegangen, ich hatte Geister beschworen, und ich hatte Finsternis in Licht verwandelt. Da ließ ich mich doch jetzt nicht von diesem Triumvirat unterkriegen!

Mit grimmiger Entschlossenheit stand ich auf und stellte mich den dreien entgegen, während mir der Wind ungestüm um die Ohren pfiff und Papierfetzen und alles andere, das nicht niet- und nagelfest war, durch den Raum wirbelte.

Ohne uns hast du keine Zukunft. Wenn du dich uns nicht anschließt, vernichten wir dich und alle, die dir lieb und teuer sind. Wir verdammen dich zu ewigem Leiden.

„Immer die gleiche Leier", stieß ich mit zusammengebissenen Zähnen hervor, während ich Christian noch mehr Energie abzapfte, um weiter Widerstand leisten zu können, und mühsam meine Schutzbanne wiederherstellte. In dem ganzen Chaos hörte ich plötzlich Lärm im Korridor, der glücklicherweise auch das Triumvirat ablenkte. Ich verschränkte die Arme vor dem Bauch und nutzte die kurze Unterbrechung, um wieder zu Atem zu kommen.

Irgendjemand hämmerte gegen die Tür, dann zersplitterte sie und flog aus den Angeln. Der Bann, mit dem sie versehen war, brach, denn das Triumvirat geriet offenbar aus dem Konzept. Mehrere Polizisten stürmten das Büro, erstarrten jedoch angesichts der Szene, die sich vor ihren Augen abspielte. Bücher flogen im Sog des Wirbelsturms durch die Luft, der von den drei Personen am Schreibtisch erzeugte wurde. Zwei Polizisten gingen nicht rechtzeitig in Deckung und wurden von Büchern getroffen, während ein anderer gerade noch einem umherfliegenden Blumentopf ausweichen konnte.

Dann wurde ich unvermittelt von einer Hand gepackt, die aus dem Heer der blau Uniformierten herausschnellte, und aus dem Büro gezerrt. Ich sah auf und stellte fest, dass sie einem großen Mann mit funkelnden gelben Augen gehörte.

Christian hatte Raphael geschickt.

„Ich glaube, mir wird schlecht", sagte ich. Vermutlich war ich schon ganz grün im Gesicht, denn er dirigierte mich sofort zu einem Stuhl, der im Korridor stand, setzte mich darauf und drückte meinen Kopf nach unten, bis ich ihn zwischen den Knien hatte.

„Rühr dich nicht vom Fleck!"

„Wie sollte ich?", entgegnete ich nuschelnd.

Geliebte?

Danke, Christian. Danke für alles! Ich bin dir unendlich dankbar.

Allegra, ich weiß, was du denkst. Du kannst mich nicht vor Guarda und Eduardo schützen. Du kannst mich nicht verlassen. Ohne dich habe ich kein Leben.

Widerstrebend sperrte ich Christian aus meinem Kopf aus und wiegte mich voller Schmerz und Kummer hin und her. Nachdem mein gebrochenes Herz gerade erst wieder verheilt war, hatte ich nichts Besseres zu tun gehabt, als mich in einen Mann zu verlieben, der seiner Vernichtung entgegensah, wenn ich ihn nicht aufgab.

Manchmal war das Leben echt beschissen.

„Ich bin froh, dass du mich mitnimmst", sagte ich zu Raphael, während wir in seinem Wagen durch die verregneten Londoner Straßen fuhren. „Dafür bin ich dir wirklich sehr dankbar."

„Joy war außer sich vor Sorge. Sie wird sich bestimmt selbst davon überzeugen wollen, dass es dir gutgeht. Außerdem ist es immer noch hell. Christian …" Er hielt inne und winkte ab.

Ich schob meine unerfreulichen Gedanken beiseite und sah den Mann an, der es geschafft hatte, die Londoner Polizei zu mobilisieren, um mich zu retten. „Warum fällt es dir so schwer, damit klarzukommen, was Christian ist? Du kennst ihn doch schon über ein Jahr, nicht wahr?"

„Ja, aber … manche Dinge sind schwierig. Das ist einfach nicht normal, genau wie du und deine …" Er winkte wieder ab.

Ich zog lächelnd eine Hand aus der Decke, die er mir um die Schultern gelegt hatte, weil ich so furchtbar gezittert hatte, und tätschelte ihm den Arm. „Ich weiß, manchmal wird einem das alles zu viel. Man denkt, man hätte die Welt verstanden, und dann kommt jemand daher und erklärt einem, dass es Geister und Vampire und Werwölfe gibt."

„Werwölfe?", fragte er mit einem Anflug von Panik im Blick. „Du hast schon mal einen Werwolf gesehen?"

Ich musste unwillkürlich kichern. „Nein, natürlich nicht. Ich glaube gar nicht, dass es so etwas gibt."

Der besorgte Ausdruck verschwand aus seinen seltsamen gelben Augen.

„Allerdings habe ich auch nicht geglaubt, dass es Vampire gibt, aber inzwischen wurde mir mehr als hinlänglich bewiesen, wie sehr ich mich getäuscht habe", erklärte ich und fuhr mit dem Finger über die winzige Wunde an meinem Hals.

Raphaels Miene verfinsterte sich wieder. „Was … äh … was waren das eigentlich für Leute in diesem Büro?"

„Leute mit übersinnlichen Kräften. Sie haben sich zu einem sogenannten Triumvirat zusammengeschlossen, um ihre Energien zu bündeln, wodurch ihre Macht um ein Vielfaches potenziert wird. Es ist fast unmöglich, ein solches Triumvirat zu besiegen. Und in diesem Fall war die Macht so groß, wie ich es noch nie erlebt habe.“ Ich betastete die Beule an meiner Stirn. „Es fühlte sich fast an, als …“

„Als *was*?“, hakte Raphael nach und fluchte leise vor sich hin, als direkt vor uns ein Auto aus einer Seitenstraße geschossen kam.

Ich wollte ihm nicht unbedingt auf die Nase binden, dass ich den Eindruck gehabt hatte, einer von den dreien habe seine Energie von einer finsteren Macht bezogen. „Ach, ist nicht so wichtig.“

Als Raphael mich ansah, kam es mir vor, als könne er mir trotz aller Barrieren geradewegs in den Kopf schauen. „Aha.“

„Wie hast du es geschafft, so schnell bei mir zu sein?“

Er grinste spöttisch. „Joy kann sehr überzeugend sein, wenn sie will.“

„Aber woher wusste sie …? Ach, Christian hat sie bestimmt angerufen.“

Aus Raphaels Grinsen wurde eine Grimasse. „Ja, und stell dir vor, ganz ohne Telefon.“

„Oh.“ Das musste ich erst einmal verdauen. Wenn Christian genauso leicht mit Joy kommunizieren konnte wie mit mir … Ich seufzte und fasste mir abermals an die Stirn. Darüber würde ich in Ruhe nachdenken, wenn ich ein bisschen Muße hatte. Ich war viel zu aufgewühlt und musste erst einmal Abstand zu dem eben Erlebten gewinnen. „Und was passiert jetzt mit ihnen? Mit Guarda, Eduardo und Phillippa, meine ich. Sie wurden doch nicht verhaftet, oder?“

Raphael schüttelte den Kopf und lenkte den Wagen durch

einen Kreisverkehr. „Für eine Verhaftung gab es keinen Grund. Meine Freunde von Scotland Yard verhören sie nur dazu, wie sich ihr Verein finanziert. Mrs. White wird der Geldwäscherei verdächtigt."

„Geldwäscherei?"

Er lächelte, und plötzlich war mir klar, wie er Joy erobert hatte. „Etwas anderes ist mir auf die Schnelle nicht eingefallen. Ich musste die Sache ja dringend machen."

Ich grinste ihn an. „Also, ich bin dir wirklich dankbar für deine Hilfe."

Er murmelte irgendetwas von „gern geschehen", während er angestrengt durch die regennasse Windschutzscheibe spähte. Den Rest der Fahrt verbrachten wir schweigend.

„Ich wünschte, ich könnte mich bei dir revanchieren und dich irgendwie für deine Hilfe belohnen", sagte ich eine Weile später, als er vor der Tür seines Hauses hielt. „Ich wäre in ernste Schwierigkeiten geraten, wenn du nicht genau in dem Moment gekommen wärst."

Er lächelte. „Kein Problem! Dass du Christian von Joy ablenkst, ist mir Belohnung genug."

Mein Lächeln erstarb. Ich stieg aus, schlug die Tür zu und winkte ihm zum Abschied, als er davonfuhr. Dass ich Christian in Zukunft leider nicht mehr ablenken konnte, behielt ich lieber für mich.

„Au Mann, was für ein entsetzliches Kuddelmuddel", sagte ich und rieb mir seufzend die schmerzende Stirn. Dann zog ich die Decke fester um mich, während ich darauf wartete, dass Joy den Türöffner betätigte. Ich fühlte mich, als hätte mir jemand einen Baseballschläger über den Kopf gezogen. Ich war körperlich und seelisch verletzt und vollkommen erschöpft. Ich war so fertig, dass ich in Tränen ausbrach, kaum dass Joy die Wohnungstür geöffnet hatte, und erst nach zwanzig Minuten wieder aufhörte zu weinen. Während ich mit einer Packung Taschentücher in der Hand zusammengerollt auf der Couch lag, unter mehreren Decken vergraben, sahen mir zwei besorgte Frauen dabei zu, wie ich meinen Schmerz hinausschrie, weil ich Christian für immer aufgeben musste.

„Die Schwangerschaft hat deinen Verstand verwirrt. Sie braucht jetzt keinen Kaffee, sondern etwas Hochprozentiges!"

„Alkohol war noch nie eine Hilfe, Roxy. Kaffee und Schokolade hingegen können Wunder wirken."

Ich schniefte ein letztes Mal in ein Taschentuch und sah auf. Roxy und Joy standen vor der Couch, Joy mit einer dampfenden Tasse in der einen und einer Schüssel mit etwas Schokoladigem in der anderen Hand. Roxy hielt mir eine Flasche Whiskey hin. Die Entscheidung war schnell getroffen.

Ich nahm Joy die Tasse ab, gab einen ordentlichen Schuss aus Roxys Flasche zu dem Kaffee und schnappte mir eine Handvoll Schokomandeln. „Danke. Das wird mir guttun."

„Oh, prima, das Hochwasser ist vorbei", sagte Roxy und holte sich einen Stuhl. „Dann kannst du uns ja jetzt alles erzählen. Und lass bloß nicht die interessanten Sachen weg, wie Joy das immer macht. Zuallererst: Seid ihr endlich zur Sache gekommen? Ich wette, du konntest dem knackigen Herrn Dante nicht sehr lange widerstehen."

„Himmelherrgott noch mal!" Joy schlug ihrer Freundin auf den Arm. „Steck deine Nase doch nicht immer in Angelegenheiten, die dich nichts angehen! Ignorier sie einfach, Allie! Sie ist unter Wölfen aufgewachsen und hat keine Manieren."

Roxy grinste mich nur an. „Und? Habt ihr oder habt ihr nicht?"

„Roxy!"

Ich zerkaute die Mandeln, die ich im Mund hatte, und spülte sie mit einem Schluck Whiskey-Kaffee hinunter. „Ich sage dir, was ich auch schon meinen Geisterfreunden gesagt habe: Was zwischen mir und Christian läuft, geht keinen etwas an."

„Richtig so!", lobte Joy mich und ließ sich in einen Sessel sinken.

„Also, du könntest uns wenigstens verraten, warum Christian diesen Bewusstseinsverschmelzungstrick mit Joy gemacht hat, woraufhin sie wiederum Raphael dazu gebracht hat, regelrecht durchzudrehen. Was war da eigentlich los?"

Es sagte einiges über meinen Zustand aus, dass ich es nicht einmal in Erwägung zog, den beiden die Wahrheit zu ersparen, wie ich es unter normalen Umständen getan hätte. Menschen, die nichts mit meiner Branche zu tun haben, reagieren meist ziemlich verstört, wenn man ihnen von Menschen mit übersinnlichen Kräften und Geistern und dergleichen berichtet. Meiner Erfahrung nach ist es besser, der Allgemeinheit nur einige ausgewählte Episoden anzuvertrauen und die ungeschminkte Wahrheit den Experten zu überlassen. Leider war ich zu müde und angeschlagen, um klar denken zu können, und so erzählte ich Joy und Roxy die ganze Geschichte.

„Wow!", machte Roxy, als ich fertig war. „Jetzt hast du schon fünf Geister? Hol sie doch mal her!"

„Vielleicht ein andermal." Ich lächelte matt.

„Genau, ein andermal vielleicht. Jetzt bleib einfach da liegen und ruh dich aus, Allie." Joy schaute zum Fenster. „Die Sonne geht in etwa einer Stunde unter, und dann kommt Christian dich abholen."

Ich schüttelte den Kopf, noch bevor sie den Satz beendet hatte. „Nein."

„Nein was?"

„Nein, Christian wird mich nicht abholen. Ich will nicht zu ihm nach Hause. Ich hatte gehofft, ich könnte bei euch übernachten, und morgen suche ich mir ein anderes Hotel."

Joy sah kurz in Roxys Richtung. „Allie, ich weiß, dass Christian sehr besorgt um dich ist. Er hat mich erst vor ein paar Minuten gefragt, wie es dir geht, und …"

Ich setzte mich ruckartig auf und schob die Decken zur Seite. „Er hat *was*?"

„Er hat sich Sorgen gemacht. Er sagte, du antwortest ihm nicht, und er wollte sich vergewissern, dass dir nichts fehlt …"

„Dieser … dieser …"

„Mann", soufflierte Roxy hilfsbereit.

„*Mann!*", schrie ich, nahm ein neues Taschentuch und putzte mir die Nase. „Wie kann er es wagen, sich bei einer anderen Frau nach mir zu erkundigen? Wie kann er es wagen, hinter mir herzuspionieren, wo ich ihm doch klargemacht habe, dass ich keinen Aufpasser brauche. Wie kann er es wagen …"

„Dich so sehr zu lieben, dass er wie ein Hund leidet, weil er dich nicht selbst retten konnte?", fiel Joy mir ins Wort.

„Ich kann mich ganz gut selber retten!", fuhr ich sie an, schämte mich jedoch sofort dafür, weil es nicht sehr nett war, eine Schwangere derart anzublaffen. „Das habe ich nicht so gemeint, Joy. Ich bin nur sauer auf Christian. Und er liebt mich überhaupt nicht. Ich bin gar nicht seine verdammte Geliebte – du bist es!"

„Weißt du was?", sagte Roxy nachdenklich und steckte sich eine Schokomandel in den Mund. „Das klingt für mich total nach Eifersucht. Vielleicht bist du nicht ganz ehrlich mit dir selbst – und zu Joy. Und zu Christian natürlich."

Ich sah Roxy wütend an.

„Rox, das war nicht sehr hilfreich."

„Ich gebe mir aber alle Mühe!", erwiderte sie und nahm einen Schluck aus der Whiskeyflasche. „Hör mal, Allie, diese Sache zwischen Joy und Christian ist einfach unwichtig. Dann können die beiden eben dieses Bewusstseinsverschmelzungsding, na und? Man muss Joy und Raphael nur ein paar Minuten allein lassen und sie legen los wie die Kaninchen. Joy hat längst nicht so viel für Christian übrig wie du. Sie hat ihm einmal eins auf die Nase gegeben und sie ihm fast gebrochen. Ganz zu schweigen davon, dass sie ihm schon mal das Knie zwischen die Beine gerammt hat."

Ich starrte Joy an, und sie nickte. „Christian kann manchmal ziemlich überheblich sein. Raphael zwar auch, aber ihm steht es viel besser."

„Du hast ihn geschlagen? Du hast Christian geschlagen?"

„*Und* sie ist ihm auf den Fuß getreten. Er hat noch eine Woche später gehinkt. Liegt natürlich daran, dass sie mindestens so viel wiegt wie ein Ackergaul."

Joy und ich ignorierten die freche Bemerkung.

„Ich bin nicht gerade stolz darauf", sagte Joy, wirkte jedoch nicht sonderlich zerknirscht.

Ich nickte und lutschte an einer Schokomandel, während ich mich fragte, ob ich jemals wütend genug sein würde, um Christian eins auf die Nase zu geben.

„Hoffentlich nicht! Das möchte ich wirklich nicht noch mal erleben."

Ich starrte den Mann an, der elegant im Türrahmen lehnte, und machte große Augen, als ich zum Fenster schaute.

Es war noch hell draußen.

„Christian, was um alles in der Welt machst du hier? Ich habe dir doch gesagt, dass es Allie gut geht!" Joy hievte sich ächzend aus dem Sessel und eilte von Fenster zu Fenster, um die Vorhänge zu schließen und das trübe Tageslicht auszusperren.

Ich drehte mich wieder zu Christian um, und Roxy knipste diverse Steh- und Tischlampen an. „Das geht doch eigentlich gar nicht, oder?"

Er zuckte mit den Schultern und legte Hut und Mantel ab.

„Nein, aber ich habe es trotzdem gemacht. Ich vertrage Tageslicht jetzt offenbar besser, und das habe ich dir zu verdanken."

Ich schüttelte den Kopf. „Ich bin nicht deine Geliebte, Christian. Joy ist es, sie hat nur andere Prioritäten."

Er ging auf meinen Einwand nicht ein und küsste Joy die Hand, und als Roxy sich ihm in die Arme warf, gab er ihr einen Kuss auf die Wange. Dann setzte er sich neben mich und legte lässig einen Arm um meine Schultern, wie man es tut, wenn man schon lange mit jemandem zusammen ist. Ich wollte ihn wegstoßen, aber es fühlte sich einfach zu gut an, wie er mich an sich zog. Ich schloss kurz die Augen und gab mich seiner Umarmung hin.

Warum musste das Leben nur immer so kompliziert sein?

Wäre es das nicht, wüsste man nicht zu schätzen, was man hat, entgegnete Christian.

Verschwinde! Ich bin zu müde, um mich mit dir auseinanderzusetzen.

„Arme Allie – sie hat einiges durchgemacht! Christian, sie hat gefragt, ob sie heute Nacht hier schlafen kann. Ich bin sicher, du hast nichts dagegen und drängst sie nicht dazu, es sich anders zu überlegen."

„Allegra weiß, dass ich sie niemals dazu zwingen würde, etwas zu tun, das sie nicht tun will." Ich hatte gerade noch genug Kraft, um ein Schnauben von mir zu geben. Christian beachtete mich nicht. „Wenn sie hier übernachten möchte, dann soll sie das tun."

Ich sah ihn überrascht an. Ich hatte damit gerechnet, dass er wenigstens pro forma Einwände erhob.

„Ich glaube zwar nicht, dass Raphael besonders begeistert sein wird, wenn wir hier unterschlüpfen, aber wenn Allegra darauf besteht, dann übernachten wir eben heute alle beide bei euch."

Ich öffnete den Mund, um zu protestieren, klappte ihn aber wieder zu. *Ich glaube nicht, dass du auch eingeladen bist.*

Christian sah Joy an. „Natürlich nur, wenn die Einladung auch für mich gilt."

Joy strahlte ihn an. „Aber selbstverständlich! Wenn es dir lieber ist, Allie in deiner Nähe zu haben, bist du uns ein willkommener Gast."

„Bevor jetzt noch jemand eine Pyjamaparty vorschlägt, verschwinde ich lieber", sagte Roxy, stand auf und zog ihre Freundin zur Tür. „Komm mit, Mama. Die beiden können sich nicht unterhalten, wenn du hier herumgluckst und sie bemutterst."

Joy sah Roxy aufgebracht an, aber die schob sie sanft zur Tür hinaus. „Ich habe sie gar nicht bemuttert! Ich war nur freundlich und hilfsbereit. Das gehört sich so unter Freunden. Ich kann dir gern ein bisschen Nachhilfe geben."

Die Tür fiel ins Schloss, aber ich hätte furchtbar gern noch Roxys Antwort gehört. Alles war besser, als an Christian zu kleben und seine Wärme zu spüren, was unwillkürlich das Verlangen in mir weckte, das Gesicht an seinen Hals zu schmiegen, damit ich seinen herrlich würzigen Duft einatmen konnte – beseelt von dem Wunsch, die Welt zu vergessen und den Rest meines Lebens in seinen Armen zu verbringen.

Ein ausgezeichneter Plan!

Der Lauscher an der Wand hört seine eigene Schand, erwiderte ich.

Hmm. Ich denke, es ist keine Schande, dass du mich für den aufregendsten Mann auf der Welt hältst.

„Das habe ich den ganzen Tag noch nicht gedacht, und jetzt verschwinde aus meinem Kopf!"

Er begann meinen Hals zu küssen.

„Und das kannst du auch lassen!"

Er knabberte an der delikaten Stelle unter meinem Ohr, und

ich erschauderte vor Wonne. „Das … das … ändert gar nichts an meiner Meinung. Ich bin nur eine Gefahr für dich, Christian. Oh Gott, das solltest du wirklich nicht … Oh ja, genau da!" Schmerz und Leid waren vergessen, als er meinen Nacken mit kleinen heißen Küssen verwöhnte, wodurch es an allen möglichen Stellen in meinem Inneren zu Spontanverbrennungen kam. „Ich … äh … ich bringe dir nur neue Qualen. Versteh doch, dass aus uns nichts werden kann."

Er hob den Kopf und zwang mich, ihn anzusehen. „Du bist nicht für das verantwortlich, was mir widerfährt, *malý válečník*, das redest du dir nur ein. Wenn du mich jetzt verlässt, bleibt von mir nichts mehr übrig, was Guarda und Eduardo foltern könnten."

„Jetzt übertreibst du aber", entgegnete ich und gestattete mir einen klitzekleinen flüchtigen Kuss, um Christian zu zeigen, dass ich mich geschmeichelt fühlte, weil er glaubte, er könne ohne mich nicht leben.

Kaum hatten sich unsere Lippen berührt, wurde aus dem harmlosen Kuss ein wahres Feuer der Leidenschaft. Zuerst wollte ich dem Verlangen, das Christian augenblicklich in mir weckte, nicht nachgeben, doch dann sagte ich mir, dass ich eine Menge durchgemacht und eine kleine Belohnung durchaus verdient hatte. Also gab ich mich dem Kuss hin, während ich meine Hände über seine Brust bis nach oben zu seinem Zopf wandern ließ.

Offen gefällt mir dein Haar besser, erklärte ich und löste das Lederband.

Dann musst du dafür sorgen, dass ich es immer so trage, entgegnete er.

Ich hörte, wie hinter mir die Tür aufging.

„Sie knutschen!", rief Roxy in den Flur. „Nein, so richtig! Mit Zunge und allem Drum und Dran. Was? Oh, na gut. Du wirst echt immer prüder …"

Die Tür ging wieder zu.

Christians Zunge umspielte meine in einem feurigen Tanz, bis ich am ganzen Körper brannte und mich von meinen Gefühlen davontragen ließ. Mir liefen die Tränen über die Wangen, während ich meine ganze Leidenschaft in den Kuss legte und immer ungestümer wurde, um mich ganz in ihm zu verlieren.

Das würde ich nicht zulassen, flüsterte er mir zu und wischte mir mit dem Daumen die Tränen aus dem Gesicht. *Ich könnte keine Frau lieben, die nicht stark genug ist, um ein eigenständiges Wesen zu sein.*

Er löste seine Lippen von meinen und küsste die feuchten Spuren der Tränen fort.

Du sagtest, ich vervollständige dich. Bist du denn nicht schon vollständig?

Ohne dich nicht, entgegnete er.

Aber ich bin ohne dich vollständig?

Er gab mir einen Kuss auf das rechte Auge, dann auf das linke. „Du bist vollkommen, so wie du bist. Du bist ein kleiner Krieger. Du könntest ohne mich leben. Du würdest lachen, du würdest lernen zu lieben, du würdest ein erfülltes Leben führen. Du würdest nach Erfolg streben und ihn auch erzielen, weil du gar nicht anders kannst."

Ich strich ihm das Haar aus dem Gesicht und sah ihm in die Augen. „Du bist jetzt schon neunhundert Jahre alt, Christian. Du hattest bestimmt schon einige Beziehungen, und die waren auch irgendwann vorbei. Darüber bist du genauso hinweggekommen, wie du über mich hinwegkommen wirst."

Er sah mich durchdringend an. In seinem Blick lag Wärme … und Liebe, auch wenn ich es nicht wahrhaben wollte. Er öffnete mir sein Bewusstsein, sodass sein Schmerz und seine inneren Qualen auf mich übergingen. Als er sprach, fühlte es sich an, als spräche ich selbst. Seine Gedanken waren meine, und meine waren seine. Wir waren eins. Wir waren so fest miteinander verbunden, dass ich mich zu Tode ängstigte. *Wenn du mich verlässt, habe ich keine Zukunft. Ich bin nicht so stark wie du, Geliebte. Ich kann den Gedanken an eine Zukunft ohne dich nicht ertragen. Wenn du dich von mir abwendest, mache ich meinem Leben lieber ein Ende, als in dem Wissen weiterzuleben, dich enttäuscht zu haben.*

„Du hast mich nicht enttäuscht", flüsterte ich, und mir stiegen Tränen in die Augen, weil ich wusste, dass er ganz ehrlich zu mir war. Ich spürte das unerträgliche Leid sehr deutlich, das fast tausend Jahre Verzweiflung über ihn gebracht hatten, und ich war mir im Grunde meines Herzens bewusst, dass er nicht nur mit dem Tod kokettierte. Er würde sich tatsächlich eher umbringen, als einer Zukunft ins Auge zu sehen, in der sich das Elend der Vergangenheit einfach nur fortsetzte.

Ich weiß nicht, wie ich auf die Idee gekommen war, ich hätte in dieser Sache etwas zu entscheiden, denn das hatte ich mitnichten. Entweder verließ ich Christian und er brachte sich um, oder ich blieb bei ihm, und Guarda und Eduardo nahmen ihm die Arbeit ab.

In meinem Traum hatte Eduardo gesagt, ich müsse wählen. Und ich Idiot hatte gedacht, ich müsse zwischen meinem und Christians Tod wählen – dabei ging es um die Entscheidung, auf welche Weise Christian sein Leben verlor.

Warum glaubst du, wir wären so leicht zu besiegen?

Als ich zu schniefen begann, reichte er mir ein Taschentuch. Angesichts der ernsten Lage erschien es mir irgendwie zu intim, von Bewusstsein zu Bewusstsein mit ihm zu kommunizieren. „Ich will dich nicht beleidigen, Christian, aber wenn Guarda und Eduardo deinen Freund bezwungen haben, warum sollten sie dann nicht auch dich bezwingen können?", fragte ich.

„Sebastian hat seine Geliebte noch nicht gefunden."

„Und?"

„Zwei sind stärker als einer allein, nicht wahr?"

„Ich denke schon. Du willst also sagen, dass ein Dunkler, der seine Geliebte gefunden hat …"

„Ein Dunkler, der sich mit seiner Geliebten *vereinigt* hat!"

„… mächtiger ist als ein Dunkler, der solo ist, aber das nützt uns in diesem Fall nicht viel. Ich bin nicht deine Geliebte."

„Bist du doch! Ich habe mich geirrt, als ich sagte, du seist es nicht. Jetzt weiß ich, dass du die Frau bist, auf die ich gewartet habe. Die Frau, die meine Zukunft in ihren Händen hält, die Geliebte, die meine Seele retten kann."

„Das bin ich nicht! Ich bin keine Seelenretterin! Ich bin Beschwörerin, mehr nicht."

„Das eine schließt das andere doch nicht aus."

„Aber …"

Christian nahm meine Hand und küsste sie. Kleine feurige Blitze durchzuckten meinen Arm. „Du hast bereits begonnen, meine Seele zu heilen, vom ersten Augenblick an. Deshalb kann ich das Tageslicht in der Morgen- und Abenddämmerung inzwischen aushalten. Der Hunger in meinem Inneren hat nachgelassen und sich verändert. Es verlangt mich nur noch nach dir. Auch das wäre nicht geschehen, wenn du nicht die Frau wärst, die mich wieder vollständig machen wird."

„Es verlangt dich nach mir?" Ich sah ihn argwöhnisch an. „Du meinst, du willst Sex mit mir?"

„Das ist ein Teil dieses Hungers, ja."

Ein kurzer Blick in sein Bewusstsein offenbarte mir, was er von mir brauchte. Da war die Hoffnung, dass ich seine Seele rettete, da war ein starkes Verlangen nach körperlicher Vereinigung, und da war eine große Gier nach …

„Blut. Oh, verstehe. Ein Dunkler ernährt sich nur vom Blut seiner Geliebten, oder?"

„Du bist alles, was ich brauche und was ich will. Es widert mich inzwischen an, das Blut von jemand anders zu trinken."

Er schaute mich prüfend an. Offenbar wollte er sehen, wie ich diese Information aufnahm. Zuerst war ich entsetzt und kam mir vor wie eine zweckentfremdete Milchkuh, die gehegt und gepflegt wurde, damit sie regelmäßig Blut spenden konnte, aber dann dachte ich an Christians Gefühle, an das, was er wirklich empfand. Ich hatte selbst erlebt, wie erregend – wie erotisch – er es fand, von meinem Blut zu trinken. Wollte ich, dass er das mit einer anderen Frau tat?

Ganz gewiss nicht.

Dennoch gab es noch einige offene Fragen. „Warum hast du gedacht, Joy sei deine Geliebte? Warum hast du gedacht, ich sei es nicht? Was hat dich dazu bewogen, deine Meinung zu ändern?"

Er fuhr sich mit seinen langen, schlanken Fingern durchs Haar, lehnte sich zurück und zog mich an sich. „Joy hat mal gesagt, sie hält es für möglich, dass sich, wie sie es ausdrückte, die Schicksalsfäden von zwei Frauen verheddert haben: Die eine ist eine geborene Geliebte, war aber nie dazu bestimmt, diese Rolle zu übernehmen, und die andere wurde nicht als Geliebte geboren, kann aber in diese Rolle hineinwachsen. Ich habe das seinerzeit nicht für möglich gehalten, aber jetzt …" Seine Augen leuchteten in einem warmen Rotbraun, und die goldenen Sprenkel darin ließen sie regelrecht funkeln. „Jetzt glaube ich, dass sie recht hatte. Du bist nicht zu meiner Geliebten geboren, aber du bist es trotzdem. Wenn du dich dafür entscheidest, bei mir zu bleiben und mir zu helfen, mein dunkles Ich zu überwinden, dann fehlt nur noch ein letzter Schritt zu unserer endgültigen Vereinigung."

Ih! Ich wusste, was er meinte: Austausch von Blut. Ich verdrängte rasch, dass ich, als Christian mit mir geschlafen und dabei von meinem Blut getrunken hatte, tief in meinem Inneren den verbotenen Wunsch verspürt hatte, auch von seinem Blut zu trinken, und konzentrierte mich stattdessen auf das Hier und Jetzt.

„Also gut, lassen wir die Geliebtenfrage mal einen Moment beiseite. Wie kannst du von mir erwarten, daran zu glauben, dass wir zusammen genug Kraft haben, um uns diesem Triumvirat zu stellen? Die drei hätten mich fast kaltgemacht, Christian, obwohl du mich mit Energie versorgt hast. Ich habe gespürt, wie sehr dich das geschwächt hat; du hast mir alles gegeben, was du hattest."

Er küsste mir abermals die Hand. Ich kämpfte gegen den wohligen Schauder an, der mich überlief, als sein Atem meine empfindliche Haut streifte. „Nach der Vereinigung sind wir ein Ganzes. Wir bilden eine Einheit. Du machst mich vollständig, und im Gegenzug wirst du unsterblich."

„Auch wenn ich unsterblich bin, kann ich Schaden nehmen. Du hast selbst gesagt, man kann einen Dunklen töten, und dein Freund ist der Beweis dafür, dass man auch dich gegen deinen Willen gefangen halten kann."

„Sebastian wurde nicht von Eduardo und Guarda allein überwältigt. Da hatte noch jemand seine Finger im Spiel – jemand, von dem Sebastian sich blenden ließ, weil er keine Geliebte hat. Ein Dunkler, der von seinem Leid erlöst wurde, würde niemals einen solchen Fehler machen."

„Lass mich raten: Wenn du deine Seele zurückbekommst, bist du noch perfekter als jetzt?"

Ein verführerisches Lächeln spielte um Christians Lippen. „Wir wollen nicht übertreiben, Allegra. Ein Dunkler würde nach der Vereinigung einfach nichts tun, was seine Geliebte in Gefahr bringt. Sie ist sein Ein und Alles. Er lebt dafür, sie glücklich zu machen. Er würde sein Leben niemals aufs Spiel setzen, weil er sie beschützen muss."

Ich erlag der Verlockung und gab ihm einen Kuss. „Woran liegt es bloß, dass mir diese Aussage etwas zweifelhaft vorkommt?“

Er zog mich auf seinen Schoß.

Das liegt daran, dass du selbst noch nie einen Dunklen zum Gefährten hattest. Aber es wird eine Erfahrung sein, die du niemals vergessen wirst … oder bereuen, das verspreche ich dir.

Die Tür ging wieder auf. Ich blieb, wo ich war.

„Jetzt sitzt sie auf seinem Schoß! Nein, Moment, sie knutschen schon wieder. Und er hat seine Hand auf ihrer Brust. Wirst du wohl aufhören, mich so anzuschreien? Du meine Güte, Joy, könntest du dich vielleicht mal entscheiden? Entweder *willst* du, dass ich nachsehe, was sie machen, oder du willst es *nicht* …“

Die Tür wurde wieder geschlossen. Diesmal ziemlich fest.

Ich lächelte, während ich Christian küsste. „Weißt du, du lässt mir ja gar keine andere Wahl. Das nennt man emotionale Erpressung!“

Sein Lächeln schwand, und ich sah etwas in seinem Gesicht, das mich mit Sorge erfüllte.

Schuldgefühle. Er hatte ein schlechtes Gewissen, weil er mir die Wahrheit gesagt hatte.

„Es tut mir furchtbar leid, Allegra …“

„Du hast mich in deinen Dickschädel hineinschauen lassen“, sagte ich und fuhr mit den Fingern durch sein seidenweiches Haar. „Ich weiß, dass du ehrlich zu mir bist, und wie du wiederum weißt, würde ich niemals zulassen, dass du dir etwas antust. Deshalb müssen wir wohl oder übel so etwas wie eine Beziehung auf die Reihe kriegen.“

Ich grub meine Finger in sein Haar und zog daran, bis er den Kopf in den Nacken legte. Dann knabberte ich an seinem Hals und liebkoste die empfindliche Haut um seinen Adamsapfel mit zärtlichen Bissen. *Aber es wird Regeln geben, Herr von und zu Arrogant! Viele Regeln!*

„Regeln haben durchaus etwas für sich", entgegnete er und streifte meine Lippen mit den seinen. „Mir gefällt die besonders gut, die besagt, dass ich dich so lange beglücken muss, bis du mich anflehst aufzuhören."

„Was das angeht, habe ich eine ziemlich hohe Toleranzschwelle", drohte ich, bevor seine Lippen von meinem Mund Besitz ergriffen.

Wenig später ging die Tür hinter uns auf.

„Leute, vielleicht wollt ihr euch lieber wieder was überziehen. Joy ist gerade pinkeln gegangen – zum fünfhundertsten Mal für heute –, aber gleich kommt sie, um nach euch zu sehen. Also ... äh ... Hallo? Ihr seid es doch, die sich da unter der Decke verkrochen haben, oder? Was auf dem Boden herumliegt, sieht jedenfalls nach euren Klamotten aus. Mann, Allie, du musst dir wirklich neue Unterwäsche besorgen! Das da erinnert mich an meine Großmutter. Ich wusste gar nicht, dass so etwas noch hergestellt ..."

Christian machte ihr die Tür vor der Nase zu, ohne von mir abzulassen. Ich gab mich stöhnend dem lustvollen Vergnügen hin und genoss das überwältigende Gefühl, als wir körperlich und geistig miteinander verschmolzen.

Es musste eine Möglichkeit geben, ihn vor dem Schicksal zu bewahren, das mein Traum prophezeit hatte. Und ich würde sie auch finden.

13

„Okay, was hältst du davon?“

„Das mag ich nicht.“ Christians Stimme war samtig wie immer, aber er klang ein wenig mürrisch.

„Du hörst dich an wie Jem. Wie wäre es damit? Ich wette, das könnte einem großen, starken Mann wie dir schmecken.“

„Nein.“

„Du hast es ja nicht mal probiert!“

„Ich muss es nicht probieren, um zu wissen, dass es mir nicht schmeckt.“

„Du stellst dich wirklich ganz schön an. Also gut, wie ist es hiermit? Ich liebe es, und ich bin sicher, es wird dir auch schmecken.“

Er sah mich misstrauisch an. „Was ist das?“

Ich schwenkte den Löffel unter seiner Nase. „Hühnchen mit Chili-Schoko-Sauce.“

Er verzog das Gesicht. „Ich glaube nicht, dass ich das Fleisch eines Tieres überhaupt runterkriege.“

„Probier es einfach mal! Mir zuliebe.“

Er machte eine Grimasse und nahm ein winziges Häppchen von dem Hühnchen. Sein Gesichtsausdruck, als er darauf herumkaute, war zum Schreien.

„Das ist dann wohl ein glattes Nein.“

„Ich will kein Fleisch mehr.“

„Okay, also gut, dann eben streng vegetarische Ernährung, kein Problem. Ich bin selbst kein großer Fleischfan. Mal sehen ...“ Ich ließ meinen Blick über den Esstisch schweifen, auf dem gut ein Dutzend verschiedene Schachteln und Tüten vom Imbiss standen.

„Der griechische Nudelsalat war doch gar nicht übel."

„Der Wein hat mir geschmeckt."

„Aber die Kichererbsenpaste war nicht nach deinem Geschmack." Ich schob die Paste mit Paprika und Oliven auf meine Seite des Tischs. Ich war nicht annähernd so wählerisch wie Christian. Aber ich hatte auch nicht erst mit neunhundert Jahren Essen gelernt. Unter den gegebenen Umständen stand es ihm wohl zu, klare Vorlieben zu haben.

„Der Wein war sehr gut."

„Und das Rindfleisch Kantonesisch und das Hühnchen mit Chili-Schoko-Sauce sind aus dem Rennen. Die Rippchen auch."

„*Wirklich* lecker, der Wein."

„Aber du hast den gebratenen Reis noch nicht versucht. Hier, probier mal!"

„Ich glaube, ich kann ruhig noch etwas Wein trinken, ohne dass es negative Auswirkungen hat", meinte Christian, als ich versuchte, ihm den Löffel zwischen die Lippen zu schieben, um wenigstens ein paar Reiskörner in ihn hineinzubekommen.

Seufzend ließ ich den Löffel sinken. „Du hast gesagt, du könntest am Anfang nur kleine Mengen von allem zu dir nehmen, Christian. Es war nicht die Rede davon, dass du eine rote Nase bekommst."

Er runzelte nachdenklich die Stirn. „Eine rote Nase?"

„Die kriegt man, wenn man zu viel Wein trinkt."

Er warf einen Blick auf das kleine Sherryglas, in dem ich ihm winzige Schlucke von verschiedenen Weinen zu probieren gab, damit er testen konnte, welcher ihm schmeckte und welcher nicht.

„Ich glaube, von ‚zu viel' bin ich bei den ein, zwei Teelöffelchen Wein, die du mir gnädigerweise gegeben hast, noch sehr weit entfernt."

„Alkoholisierte Vampire haben der Welt gerade noch gefehlt. Und jetzt probier den Reis, dann bekommst du auch noch ein Schlückchen von dem Gewürztraminer."

Er pickte sich ein einzelnes Reiskorn heraus und kaute vorsichtig darauf herum. „Annehmbar."

Ich schenkte ihm einen Schluck Wein ein.

„Okay, dann hätten wir da noch die Spaghetti, die dir wohl nicht schmecken werden, weil in der Sauce tote Kuh drin ist, und die Bratkartoffeln mit Salbei, die ich persönlich sehr lecker finde und die …"

„Warum drückst du dich eigentlich vor dem Unvermeidlichen?", fragte Christian und drehte das Sherryglas zwischen seinen eleganten Fingern.

„Ich habe dir doch schon gesagt, dass ich keine Hilfe beim Baden brauche."

„Du bist verletzt. Ich spüre deine Schmerzen, wenn du dich bewegst. Warum lässt du sie mich nicht bei einem heißen, genüsslichen Bad lindern?"

„Weil man beim Baden nackt ist. Und ich kenne dich! Dann willst du nur wieder mit mir schlafen, und das ist gar keine gute Idee. Gut war allerdings, dass Joy uns vorhin unterbrochen hat. Bevor ich nämlich nicht ein paar Dinge für mich geklärt habe, wirst du mich nicht anfassen, und das bedeutet: kein gemeinsames Bad."

Er lächelte.

„Es ist mir ernst, Christian."

Sein Lächeln wurde breiter.

„Schlag dir aus dem Kopf, was du gerade denkst!" Ich drohte ihm mit meiner Gabel.

„Wenn du wünscht, *corrrazón*, rrreiße ich ihm das Herrrz aus dem Leib und tanze darrrauf herrrum", ließ sich unvermittelt eine geisterhafte Stimme vernehmen.

Ich verzog das Gesicht, als die durchsichtige Gestalt eines notgeilen elisabethanischen Höflings auf der Bildfläche erschien. „Ich dachte, ihr guckt einen Film?"

„Die anderrren wollten ihn nicht sehen."

„Ach ja?" Ich runzelte die Stirn. Esme hatte herausgefunden, dass sie, wenn sie sich konzentrierte, die Knöpfe auf der Fernbedienung drücken konnte. Die neu gewonnene Freiheit, hemmungslos durch die Programme zappen zu können, hatte sie und Jem in kürzester Zeit zu Fernsehjunkies gemacht. „Warum?"

Er winkte ab. „Sie hatten etwas gegen den Film."

„Wie hieß er denn?"

Antonio schürzte die Lippen und sah mich wieder mit diesem Dackelblick an. „Das weiß ich nicht mehrrr genau. Ich glaube, es ging um einen Entdeckerrr, der einen Orrrt namens Dallas errrkundet hat."

„Dallas erkundet?"

„Debbie Does Dallas oder so ähnlich lautete derrr Titel. Der Film schien ganz unterhaltsam zu sein, aber Esme sagte, errr sei nichts fürrr ihrrre Katze. Pah!"

Ich verschluckte mich an dem Wein, den ich gerade im Mund hatte, und hustete und prustete eine ganze Weile, während Christian mir fürsorglich auf den Rücken klopfte, bis ich wieder einigermaßen Luft bekam. Antonio nahm offenbar daran Anstoß, denn er marschierte mit geschwellter Brust auf Christian zu.

„Oh nein, nicht schon wieder", stöhnte ich. Als wir nach Hause gekommen waren, hatte ich mir so viel Machogehabe ansehen müssen, dass es mir bis ans Ende meiner Tage reichte. „Ihr seid doch vorhin schon aufeinander losgegangen und habt das ganze Haus mit Testosteron verpestet! Wenn du nichts dagegen hast, Antonio, würden Christian und ich gern in Ruhe zu Abend essen. Geh zu den anderen und guck dir an, was immer sie gucken."

„Pah!" Antonio wies auf das Essen und schnaubte laut und vernehmlich. „Errr ist ebenso tot wie ich. Errr kann garrr nicht essen. Und dennoch, *mi amor, mi corrrazón*, ziehst du die Gesellschaft dieses Monstrrrums derrr meinen vorrr? Nein!" Er schüttelte den Kopf, und seine Locken flogen hin und her. „Das kann nicht sein. Das werrrde ich nicht hinnehmen. Ich werrrde ihn zum Duell um deine zarrrte Hand forrrdern."

„Christian ist nicht tot! Er ist nur ... anders. Er gehört einer vom Menschen geringfügig abweichenden Art an, das ist alles."

„Ganz egal, ich forrrderrre ihn herrraus. Errr hat mirrr meine grrroße Liebe gestohlen. Dafürrr wirrrd errr mit seinem Leben bezahlen!"

Ein geisterhaftes Klirren war zu hören, als Antonio seinen Degen aus der Scheide zog, die plötzlich an seinem Gürtel aufgetaucht war.

„Mannomann, ich *glaube* es ja nicht ..."

Antonio ließ den Degen derart durch die Luft wirbeln, dass er, wäre er echt gewesen, Christian, mich und drei von den Kerzen, die auf dem Tisch standen, geköpft hätte. „Nimmst du die Herrrausforrrderrrung an, du abscheulicher Toterrr, oderrr bist du zu feige, dich mirrr wie ein Mann zu stellen?"

Christian lächelte Antonio an und erhob sich. Ich stöhnte und notierte mir im Geiste, dass ich dringend einen Weg finden musste, Antonio zu befreien, bevor Christian wirklich die Geduld verlor. Von mir ganz zu schweigen.

„Wo ist Antonio denn ... Oh, hier sind Sie alle! Was ist denn los?", sagte Esme, als sie unvermittelt bei uns im Esszimmer auftauchte. „Ooooh, es gibt ein Duell? Wegen Allegra? Wie aufregend! Jem! Alis! Das müsst ihr euch ansehen. Antonio und Christian kämpfen um Allegra."

„Nein …", setzte ich an, aber im selben Moment waren Jem und Alis auch schon da. Esmes Kater sprang auf den Tisch und humpelte zu den Rippchen, um sie interessiert zu beschnuppern. „Also, jetzt mal alle herhören! Hier gibt es überhaupt kein … Jem, was um alles in der Welt hast du denn gemacht?"

„Du bedrängst meine Geliebte immer weiter, obwohl sie dich gebeten hat zu verschwinden?", polterte Christian los, ohne die Zaungäste zu beachten, die sich in einer Reihe an der Wand aufgestellt hatten, während Alis auf eine Sammlung antiker Statuetten aus Dresdener Porzellan zuschwebte und sie auf Walisisch anschrie. „Du bist nur hier, weil Allegra bereit ist, deine Anwesenheit zu dulden, du Geist, also würde ich vorschlagen, du tust, was sie sagt, und hörst auf mit diesem Unfug!"

„Hast du den Verstand verloren? So kannst du doch nicht herumlaufen!", fuhr ich Jem an. „Du siehst aus wie ein Punkrocker. Wie viele Kellner aus dem achtzehnten Jahrhundert kennst du, die einen lila Irokesenschnitt und einen Ring in der Nase haben? Ich wette, keinen einzigen!"

„Du bist mirrr vielleicht ein seltsamerrr toterrr Feigling", stichelte Antonio und warf mir mit übertriebener Geste eine Kusshand zu, woraufhin mitten auf meinem Hühnchen Kung Pao eine rote Rose auftauchte.

„Ist das etwa ein Tattoo? Wer hat dir erlaubt, dir ein Tattoo machen zu lassen? Noch dazu eine nackte Frau, Jem! Du bist erst fünfzehn! Wenn so etwas dabei herauskommt, wenn ich dich fernsehen lasse, dann wirst du demnächst nur noch den Kinderkanal gucken, das kann ich dir versprechen!"

Christian seufzte und hob die Hand. „Muss ich dir noch mal zeigen, wie viel Macht ich habe?"

Antonios geisterhafte Gestalt flackerte wie eine Kerzenflamme im Luftzug, dann löste er sich (zu seiner größten Überraschung, wie sein Gesichtsausdruck verriet) in Luft auf.

Ich blinzelte verdutzt. „Wie hast du das denn gemacht?"

Christian zuckte mit den Schultern und zog meinen Stuhl zurück, um mir beim Aufstehen zu helfen. „Ich habe eben den ein oder anderen Vorzug."

„Das macht er mit uns aber nicht?", fragte Esme beunruhigt und nahm ihren Kater auf den Arm. Jem bewunderte seinen neuen Look im Glas eines Bilderrahmens. Alis wedelte aufgebracht mit den Händen zwischen den Statuetten herum.

„Nein, das tut er nicht. Und jetzt ab ins Arbeitszimmer! Aber bitte leise! Ich will nicht, dass die Turners wach werden", entgegnete ich. „Hey!", rief ich, als Christian mich unvermittelt hochhob. „Moment mal, mein Freund! Du hast gerade diesen ‚Du brauchst ein Bad und ich bin genau der Richtige dafür'-Blick drauf!"

„Ach, Allegra." Er seufzte zufrieden, als er mich die Treppe hochtrug. Ich winkte Esme noch einmal, bevor die Tür hinter uns ins Schloss fiel. „Wie gut du mich inzwischen kennst! Du, meine Geliebte, brauchst ein Bad, um deine Schmerzen zu lindern und dich zu erholen, und ich bin genau der Richtige für alle anderen Bedürfnisse, die möglicherweise in dir geweckt werden, wenn du in dem warmen, dampfenden Wasser liegst."

Nicht seine Worte, sondern die erotischen, heißen Bilder, die er in mein Bewusstsein projizierte, ließen mich vor Erregung erschaudern. „Du dominierst mich schon wieder", sagte ich ein kleines bisschen verärgert. „Du weißt, ich mag das nicht."

Er stieß die Tür zu seinem Schlafzimmer auf und marschierte schnurstracks ins Badezimmer. „Dann wechseln wir uns am besten ab. Ich dominiere dich, bis du in der Wanne liegst, und dann dominierst du mich, bis ich dich dazu bringe, vor Wonne dreimal meinen Namen zu schreien."

Dreimal? Meine Beine gaben nach, als er mich absetzte. „Ähm." Es gab einen Grund, warum ich keinen Sex mit ihm haben wollte. Einen guten Grund. Ich wünschte nur, er wäre mir noch eingefallen.

Wir haben keinen Sex, korrigierte Christian mich, während er den Wasserhahn voll aufdrehte. Dann sah er seine Sammlung von Badesalzen und -ölen durch. *Wir machen Liebe, und zwar auf höchst erregende, berauschende Weise.*

Einen romantischen Vampir muss man einfach lieben!

„Du magst Jasmin, ja?"

Ich nickte, und obwohl ich fieberhaft überlegte, fiel mir kein einziger Grund ein, warum ich ihm nicht die Kleider vom Leib reißen und ihn dazu bringen sollte, *meinen* Namen dreimal zu schreien.

„Soll ich dich ausziehen?"

„Nein. Du verschwindest und lässt mich allein in die Wanne steigen."

Er zog eine Augenbraue hoch. „Geliebte, ich habe deinen Körper schon gesehen. Es gibt nichts, wofür du dich schämen müsstest."

„Ja, aber du hast meinen Körper noch nicht gesehen, nachdem er von umherfliegenden Büchern malträtiert wurde. Ich habe bestimmt überall blaue Flecke, und wenn du sie alle berühren willst – und sag nicht, du wolltest es nicht, denn ich kann deine Gedanken lesen –, dann verbringen wir die ganze Nacht hier. Also, geh jetzt bitte für eine Minute raus und lass mich in die Wanne steigen. Und wenn du brav bist, darfst du dann wieder reinkommen, dich auf die Bank dort setzen und dich nett mit mir unterhalten, während ich meinen geschundenen Körper so richtig einweichen lasse."

Mit einem Grinsen, das mich keine Sekunde lang täuschen konnte, beugte er sich über meine Hand, dann schlenderte er aus dem Bad. Sobald die Tür ins Schloss gefallen war, riss ich mir meinen Pulli vom Leib, schlüpfte aus Schuhen und Hose, zog mir den BH über den Kopf, ohne ihn zu öffnen, und streifte Unterhose und Strümpfe ab. Dann ließ ich mich in das warme, nach Jasmin duftende Wasser sinken und seufzte vor Wonne, als die Schmerzen von den Prellungen augenblicklich nachließen.

„Die Minute ist jetzt rum, und nachdem ich mir noch einmal vor Augen geführt habe, wie du gestern Abend und heute Morgen auf mich reagiert hast, bin ich zu dem Schluss gekommen, dass ich *wirklich* brav bin, und deshalb bin ich zurückgekehrt."

„Nackt", bemerkte ich, als Christian zu mir in die Wanne stieg. „Du bist nackt und … äh …"

Er schaute an sich herunter, als er sich am anderen Ende der riesigen Wanne ins Wasser sinken ließ. „Erregt?"

„Offenbar sehr." Das Wasser reichte mir bis an die Brustwarzen, und so machte ich mich ein bisschen kleiner, damit meine Brüste vollständig untertauchten. „Ts, ts, ts", machte Christian und rutschte auf mich zu, bis seine Beine neben meinem zu liegen kamen.

Wenn ich deine Blutergüsse nicht berühren und heilen darf, musst du mich ablenken.

Ich überlegte kurz, dann fiel mir ein, dass ich mit Dominieren an der Reihe war. Ich lächelte. „Wenn du darauf bestehst."

Er sah mir interessiert zu, als ich den Schwamm nahm und eine Seife aussuchte (sie roch würzig, genau wie er), auf ihn zurutschte und mich rittlings auf seine Oberschenkel setzte. Dummerweise waren meine Brüste nun wieder aus dem Wasser, aber dann musste ich mir eben mit dem Ablenken mehr Mühe geben, damit ihm nicht auffiel, dass sie ein wenig zu klein geraten waren.

Ich mag sie genau so, wie sie sind, erklärte er sanft und umfing besagte Brüste ebenso sanft mit den Händen.

Um richtig schön eingeseift und abgeschrubbt zu werden, sind Männer doch zu jedem Kompliment bereit!

Seine Finger umfuhren meine Brustwarzen in kleinen Kreisen, und ich drängte ihm entgegen und erschauderte, als er den herrlich kitzeligen Punkt unter meinem Ohr küsste, während das duftende, ölige Wasser sachte um unsere Körper schwappte.

„Aufhören", murmelte ich in Christians Haar.

„Was?" Er hob erstaunt den Kopf.

„Jetzt bin ich an der Reihe! Ich werde dich so richtig heiß machen!" Ich schenkte ihm ein besonders verführerisches Lächeln, das außer ihm noch nie jemand zu sehen bekommen hatte, und seifte den Schwamm ein. „Du, mein Freund, brauchst eine gründliche Reinigung, und dafür bin ich genau die Richtige!"

„Wenn du so resolut bist, finde ich dich wahnsinnig erregend", bemerkte er und linste mit halb geschlossenen Augen auf meinen Schoß. Ich lächelte nur und rieb seinen Arm mit dem Schwamm ab, fuhr mit den Fingern über seine nasse Haut und spürte, wie sich die Muskeln anspannten, als ich kleine Kringel in den Seifenschaum malte. Ich beugte mich vor, um seine Lippen mit kleinen Küssen zu necken, während ich den anderen Arm einseifte, dann gab ich ihm einen richtigen Kuss und biss ihn in die Unterlippe, bis er mir gab, was ich wollte, und den Mund öffnete.

Er stöhnte, als ich seine muskulösen Arme streichelte und gleichzeitig seine Lippen mit der Zunge reizte.

„Und jetzt zu deiner Brust", sagte ich und rückte von ihm ab. Das Wasser reichte ihm gerade bis über den Bauchnabel, und so stand mir genug Brust zum Herumspielen zur Verfügung, was ich auch ausgiebig tat. Ich seifte sie mit kreisenden Bewegungen ein und streifte mit den Fingern über seine Muskeln und das feine Brusthaar, bis er eine Gänsehaut bekam.

„Mir gefällt deine Brust", murmelte ich.

„Und mir gefällt, dass dir meine Brust gefällt“, entgegnete er, legte die Hände um meine Hüften und zog mich an sich.

„Noch nicht! Zuerst muss ich dich waschen.“

„Ich weiß nicht, ob ich so viel Vergnügen überleben werde.“

„Du musst dich einfach anstrengen“, entgegnete ich und nahm sein Glied in meine seifigen Hände. „Ich bin zu dem Schluss gekommen, dass mir auch dieses kleine Extra gefällt, das du da hast.“

Er legte den Kopf in den Nacken und schloss die Augen, als meine Finger auf Erkundungstour gingen und ihn verwöhnten, wie er mich in der Nacht verwöhnt hatte. Dabei ergriff mich ein Verlangen, das mich regelrecht schockierte, denn ich hätte nicht im Traum für möglich gehalten, dass ich dazu jemals Lust haben würde.

Ich kletterte von ihm herunter, und er öffnete ruckartig die Augen. Sein besorgter Blick war rührend. Ich lächelte ihn an. „Setz dich auf die Stufe!“

Auf einer Längsseite der riesigen Badewanne war ein breiter Marmorsims eingelassen. Christian sah ihn an, dann wieder mich, und zog eine Augenbraue hoch.

„Ich weiß, was ich gesagt habe, und da war es mir auch ernst. Mein Ex-Mann hat mich immer gezwungen ...“

Er legte den Zeigefinger auf meine Lippen, dann küsste er mich. „Es gibt nur dich und mich, Geliebte.“

Ich biss ihm in den Finger und vertrieb den Schmerz mit einem Kuss. „Dann setz dich auf die Stufe!“

Christian folgte meiner Aufforderung. Während das Wasser sanft gegen seine Beine schlug, legte ich die Hände auf seine Knie, ließ sie über seine Schenkel gleiten und schob sie auseinander, um mich dazwischen zu knien.

„Allegra, du musst das nicht tun ...“

„Ich weiß“, entgegnete ich und sah zu ihm auf. In seinen

Augen brannte das Feuer der Leidenschaft, und sein Atem ging schneller, als ich meine Hände um sein Gemächt legte. „Ich möchte es aber tun, Christian. Ich will dich beglücken."

„Du beglückst mich mit jedem Atemzug, den du machst, Geliebte. Was du vorhast, wird mich vermutlich umbringen."

„Was für ein schöner Tod!" Lächelnd beugte ich mich vor. In dem Augenblick, als ich ihn mit den Lippen berührte, entspannte ich mich. Es war anders als früher. Christian war anders. Er nahm an, was ich ihm gab, und öffnete mir sein Bewusstsein, um mich die Verzückung spüren zu lassen, in die ich ihn versetzte. Ich brachte meine Zunge ins Spiel und genoss es, wie er die Hüften bewegte, während ich einiges ausprobierte, bis ich einen Rhythmus fand, der ihn verrückt vor Verlangen machte. Nun legte ich richtig los, doch er packte mich plötzlich und zog mich an sich, sodass ich auf seinem Schoß zu sitzen kam. Sein hartes Glied klopfte stürmisch bei mir an.

Lass mich dich lieben, Geliebte.

Ich umarmte ihn und gab mit wiegenden Hüften meine Einwilligung. Er drang so behutsam in mich ein, dass mir die Tränen kamen. Wie war es möglich, dass sich dieser Mann so sehr von den anderen unterschied, die ich bisher kennengelernt hatte? Wie konnte ein Mann so zärtlich sein, dass er mich mit jeder Berührung in Erregung versetzte? Wie konnte mir ein Mann so viel Freude bereiten, dass es mich drängte, mit ihm eins zu werden, um ihm zu zeigen, wie sehr ich ihn begehrte?

Du bist meine Geliebte. Dir Freude zu bereiten ist das Mindeste.

Ich wand mich auf ihm und genoss das Gefühl, auf so erotische Weise aufgespießt zu werden. Weil es unfassbar erregend war, erhob ich mich noch einmal, um mich abermals daran zu erfreuen, wie er in mich eindrang und wir miteinander verschmolzen, um körperlich und geistig eins zu werden.

Als er seine Zähne in meinen Hals schlug, schrie ich seinen Namen. Es war richtig und gut; wir waren füreinander bestimmt, und nichts und niemand konnte etwas daran ändern. Als er von meinem Blut trank, zog sich alles in mir zusammen und ich kam, während ich ihn ebenfalls zum Höhepunkt trieb und das Feuer in unseren Körpern heller brannte als jede Supernova.

Sein Hunger erfüllte mein Bewusstsein, während er trank, aber zugleich nahm ich noch etwas anderes wahr: die Sehnsucht, dass ich von seinem Blut trank. Seine Zunge glitt sanft über meine Haut, als er mir seinen Wunsch anvertraute.

Trink, Geliebte! Ich weiß, du willst es. Vereinige dich mit mir. Nimm von mir, was nur ich dir geben kann!

Ich stand zitternd auf der Schwelle zu einem weiteren Orgasmus, denn er hörte nicht auf, sich in mir zu bewegen. Sein Duft berauschte und erfüllte mich und vermischte sich mit meinem Verlangen, das er gespürt hatte, obwohl ich es mir nicht eingestehen wollte. Meine Zungenspitze erkundete seinen Hals, und in meinem Bewusstsein hörte ich seinen lauten Pulsschlag. Die Vorstellung, von seinem Blut zu trinken, erregte mich und ergriff immer mehr von mir Besitz, bis ich nur noch eines wollte: den Geschmack seines Bluts auf meiner Zunge.

Ja, Geliebte! Es ist richtig. So soll es sein.

Er ritzte sich mit dem Fingernagel die Haut am Hals auf, und eine dünne rote Linie wurde sichtbar, aus der kleine Blutstropfen austraten. Ich starrte die roten Tröpfchen an und spürte das brennende Verlangen in meinem Körper. Ich senkte den Kopf, um an der Wunde zu lecken, um ihm näherzukommen als jedem anderen Mann in meinem Leben und den Kreis zu schließen, indem ich sein Blut in mich aufnahm. Einige Tröpfchen schlossen sich zu einem großen zusammen, der Christians Hals hinunterlief und eine rote Spur hinterließ.

Ich wollte sein Blut mehr als alles andere auf der Welt.

Eine leise Stimme in meinem Kopf erhob jedoch Widerspruch. Wenn ich es tat, vollzog ich den letzten Schritt des Vereinigungsrituals, und es gab kein Zurück mehr. Ich würde für immer an Christian gebunden sein und ihn nie wieder verlassen können. Wenn ich diese verführerischen roten Tropfen aufleckte, hatte ich nicht mehr die vollständige Kontrolle über mein Leben. Es würde fortan von ihm bestimmt werden.

Geliebte ...

„Nein." Ich vergrub meinen Kopf auf der anderen Seite seines Halses. Ein intensives Gefühl des Verlusts überkam mich, und ich weinte beinahe vor Enttäuschung. „Ich kann nicht, Christian. Ich kann einfach nicht."

Quäl dich nicht so. Nimm nur das von mir, was du willst, nicht mehr. Ich werde dich nie zu etwas zwingen, Geliebte. Ich will dich glücklich machen.

Er begann sich von Neuem in mir zu rühren, küsste meinen Hals und trieb mich dazu an, mich schneller auf ihm zu bewegen, indem er mir zeigte, wie viel Lust es ihm bereitete. Ich gab meiner Begierde nach und küsste ihn leidenschaftlich. Seine Zunge ahmte die Bewegungen unserer Körper nach, bis ich spürte, wie ihn sein Hunger überwältigte. Ich löste meine Lippen von seinen, krümmte den Rücken und genoss zitternd, wie sich seine Zähne in meine Brust bohrten und der mir inzwischen vertraute kurze Schmerz sich augenblicklich in Ekstase verwandelte, während unsere Körper die Vereinigung auf die natürlichste, elementarste Weise feierten.

Kurz vor Morgengrauen trug mich Christian in sein Bett. Wir waren beide völlig erschöpft, und ich vibrierte innerlich noch von den Wonnen, die er mir bereitet hatte. Er hatte mich dazu gebracht, seinen Namen viermal zu schreien und nicht dreimal, aber da er meinen ebenso oft gerufen hatte, war ich zufrieden. Ich lag müde in seinen Armen und lauschte seinem Herzschlag und war viel zu glücklich, um mich zu fragen, ob es vielleicht doch falsch gewesen war, mit ihm zu schlafen.

Bei uns ist es niemals falsch.

Muss ich doch noch ein „Betreten verboten"-Schild aufstellen?, erwiderte ich lächelnd.

Ich kann gar nicht umhin, deine Gedanken zu lesen. Das liegt in der Natur der Sache.

Ich ging nicht weiter darauf ein und genoss es einfach, mich an ihn zu kuscheln und schläfrig Schutzsymbole auf seine Hüfte zu malen. „Wie wollen wir denn die beiden GAGA-Häuser in der Stadt ausfindig machen, Christian? Du kennst nicht zufällig einen Hellseher, oder?"

„Doch, ich kenne eine Hellseherin, aber mit der willst du bestimmt nicht verkehren."

Ich sah ihn fragend an.

„Sie ist eine Wächterin."

„Oh, da hast du natürlich recht. Eine Wächterin müssen wir wirklich nicht ins Spiel bringen."

Wächter sind mächtige Magier, die Orte bewachen, an denen es Portale zur Welt der Dämonen und anderer finsterer Kräfte gibt, und davon existieren überraschend viele. Allein Detroit beispielsweise hat Hunderte solcher Portale vorzuweisen. „Wie wäre es, wenn wir einen richtig guten Privatdetektiv damit beauftragen, Besitzer und Mieter von infrage kommenden Gebäuden zu recherchieren?"

Christian strich über einen der zahlreichen blauen Flecke auf meinem Rücken, und seine Fingerspitzen wurden ganz warm, als er einen Bluterguss heilte. „Das habe ich schon versucht. Aber Guardas Verein hat seine Spuren ziemlich clever verwischt, und es war nur ein glücklicher Zufall, dass ich herausgefunden habe, wer das Haus in Greenwich gemietet hat."

„Mist." Während ich über das Problem nachdachte, kam mir

eine Idee. „Du kannst mit deinem Freund genauso kommunizieren wie mit mir, oder?"

„Es ist nicht das Gleiche wie mit dir, aber ich kann ohne Worte mit ihm kommunizieren. Ich habe immer wieder versucht, mit ihm Kontakt aufzunehmen, aber entweder ist er zu schwach zum Antworten oder er ist zu weit von mir entfernt."

„Wie weit ist denn zu weit?", fragte ich. Vielleicht lag ich ja mit meiner Vermutung falsch, dass der Dunkle in London festgehalten wurde. Vielleicht hatte man ihn nach Schottland verschifft.

„In Sebastians Fall? Ein paar Kilometer. Fünf bis sechs ungefähr."

Ich runzelte nachdenklich die Stirn und stützte mich auf den Ellbogen, um Christian anzusehen. „So wenig? Ich war praktisch auf der anderen Seite der Stadt, und du konntest mich problemlos kontaktieren!"

„Du bist meine Geliebte. Da ist es sehr viel einfacher."

„Trotzdem, ein paar Kilometer ist ja nicht besonders viel."

Er berührte eine Prellung auf meiner Schulter. „Die Entfernung kann größer sein, wenn ich den genauen Aufenthaltsort der Person kenne, mit der ich in Kontakt treten will. Die Kräfte eines Dunklen sind groß, *malý válečník*, aber sie haben ihre Grenzen. Wenn ich meinen Ruf aussende, ohne zu wissen, wo Sebastian genau ist, breitet er sich in alle Richtungen aus, bis er ihn erreicht. Sobald Sebastian antwortet, kann ich ihn gezielt anpeilen. Aber bis ich herausfinde, wo er steckt, muss ich großräumig senden. Dadurch reduziert sich die Reichweite meines Rufs."

„Oh. Entschuldige bitte, ich wollte dir nicht unterstellen, zu schwache mentale Kräfte zu haben." Ich schmiegte mich wieder an ihn und streichelte seine Brust. „Ich glaube, die Lösung für unser Problem liegt im Bereich des Illegalen."

„Sollen wir etwa ins GAGA-Büro einbrechen und nach Informationen suchen?“

Ich nickte und küsste die kleine Kuhle über Christians Brustbein. Er seufzte und zog mich an sich. „Ich fürchte, ich sehe auch keine andere Lösung.“

„Wir sollten es gleich heute Abend tun, denn dann treibt sich vermutlich niemand im Büro herum, weil sie alle zu beschäftigt mit der Geisterjagd sind.“

Christian schwieg.

„Andererseits rechnen sie vielleicht damit, dass wir genau das tun, obwohl ich nicht glaube, dass sie wissen, wonach ich suche. Sollten sie jedoch herausfinden, wer und was du bist, bringen sie dich wahrscheinlich mit Sebastian in Verbindung, aber wie viel sie wissen, lässt sich nicht sagen.“

Seine Brust hob und senkte sich sehr langsam unter meiner Hand. Auf fünf Atemzüge von mir kam einer von ihm. „Hmmm, weißt du, da du neuerdings das Tageslicht besser vertragen kannst, warten wir am besten bis kurz vor der Morgendämmerung. Dann liegen Guarda, Eduardo und Phillippa bestimmt im Bett, und sie kommen wohl nicht auf die Idee, dass du um diese Zeit draußen herumläufst.“

Ich spürte plötzlich, wie Christians Körper sich anspannte, und fragte mich, ob er sich Sorgen wegen des Lichts machte. „Ein direkter Vorstoß ist natürlich auch möglich. Ich könnte ein paar große starke Bodyguards anheuern und am helllichten Tag in das Büro marschieren. Mit etwas Glück erwische ich vielleicht einen günstigen Zeitpunkt, und Guarda und ihre Leute sind gerade beim Mittagessen oder sonst irgendwo.“

Christian hatte nicht nur aufgehört, mich zu streicheln, er erhob auch keinen Einspruch gegen meinen törichten Vorschlag, den sogar ich für den größten Schwachsinn hielt. Rohe menschliche Gewalt war nichts im Vergleich zur Macht des

Triumvirats, und wenn Guarda auch nur ein bisschen Grips hatte, dann sorgte sie dafür, dass Eduardo und Phillippa stets in ihrer Nähe waren – nur für den unwahrscheinlichen Fall, dass ich noch einmal ins Büro hereinschneite.

„Christian?“

„*Peste*“, fluchte er, schob mich sanft von sich herunter, stand auf und zog sich rasch eine schwarze Jeans an. Wie angespannt er war, ließ sich deutlich an seiner Körpersprache ablesen.

„Was ist denn los?“ Ich richtete mich auf und zog mir die Decke über die Brust. „Christian?“

Er ging zur Tür. „Spürst du es nicht?“

Ich konzentrierte mich und öffnete mich innerlich dem Haus. „Nein, ich kann nur mein Geisterquintett spüren. Die sind alle im Arbeitszimmer. Was meinst du denn? Rückt etwa das Triumvirat an?“

Ein Dämon!, zischte er, als er das Zimmer verließ, und ich erstarrte vor Angst.

14

„Oh, Scheiße“, stöhnte ich und war einen Moment lang völlig handlungsunfähig. Dann wurde mir klar, dass der Mann, den ich liebte, unterwegs war, um gegen den Soldaten irgendeines Dämonenfürsten zu kämpfen, und ich ihm zur Seite stehen musste, so gut ich konnte. Beschwörer sind zwar nicht gerade Experten im Kampf gegen die Kräfte der Finsternis, aber wir haben durchaus den einen oder anderen wertvollen Trick auf Lager. Ich zog hastig Pulli und Jeans an und schlüpfte auf dem Weg zur Tür in meine Schuhe, dann stürmte ich hinaus in den Flur und die Treppe hinunter.

Wenn es ihnen möglich ist, halten Dämonen sich unter der Erdoberfläche auf. Sie beziehen ihre Kraft aus der Erde und werden schwächer, je weiter sie sich von ihr entfernen. Deshalb suchen sie den Kampf fast immer im Keller eines Gebäudes. Ich stolperte die Treppe ins Erdgeschoss hinunter, und mein Bein schrie förmlich vor Schmerzen, denn nachdem ich es bereits bei der Badewannengymnastik strapaziert hatte, war eine solche Belastung einfach zu viel.

„Allie? Was ist denn?“ Esme tauchte am oberen Treppenabsatz auf.

„Ein Dämon!“, rief ich über die Schulter und lief auf die Tür zur Kellertreppe zu. „Bleiben Sie mit den anderen im Arbeitszimmer!“

Mühsam kramte ich alles, was ich über Dämonen wusste, aus der Erinnerung hervor. Das, was mir als Erstes einfiel, ließ mich auf der Stelle eine Kehrtwendung machen, und ich hinkte mit zusammengebissenen Zähnen die Treppe wieder hoch. In der Eile rannte ich in Christians Arbeitszimmer erst durch Esme, dann durch Antonio hindurch. „Tut mir leid, Antonio!", rief ich, während ich in meiner Tasche kramte. „Esme, holen Sie Alis wieder zurück! Hier sind Sie sicher. Wo zum Teufel ist meine … ach, da ist sie ja."

„*Mi amor*, gibt es ein Prrroblem? Hat dieserrr Kerrrl dirrr Angst gemacht? Diesmal entkommt errr mirrr nicht, das schwörrre ich bei meinem Leben!"

„Du bist tot, und das Problem ist nicht Christian, sondern ein Dämon. Bleibt um Himmels willen hier, wo ihr sicher seid!" Ich schnappte mir meine Kreide, die Flasche mit dem Weihwasser und mein Notizbuch und spurtete wieder los. Auf dem Weg zur Treppe gelang es mir mit knapper Not, Alis auszuweichen. Noch quälender als die Schmerzen in meinem Bein waren meine Gedanken. Christian war seit ein paar Minuten allein mit dem Dämon. Wie erging es ihm wohl? Hatte er überhaupt Erfahrung mit Dämonen? Wusste er, dass sie eine Abneigung gegen Wasser hatten und man ihnen entlocken konnte, wer sie beschworen hatte, wenn man sie in einem Kreis festhielt? Wusste er, wie man einen Kreis anlegte, damit er stabil genug für einen Dämon war? Die Frage aller Fragen lautete jedoch, um was für einen Dämon es sich überhaupt handelte – war er nur ein mickriger Lakai oder aber ein mächtiger Abgesandter eines Dämonenfürsten?

Ich roch ihn bereits, als ich die Kellertreppe hinunterlief. Dämonen stinken ziemlich; ihr Geruch wird häufig mit dem von Verwesung und Fäulnis verglichen. Da ich noch nie meine Nase in ein Grab gesteckt hatte, konnte ich das nicht beurteilen, aber der Gestank war auf jeden Fall so heftig, dass sich mir die Nackenhaare sträubten und mein inneres Warnsystem auf Hochtouren lief, um mich zur Umkehr zu bewegen.

Als ich die Tür zum Weinkeller aufstieß, blieb ich wie angewurzelt stehen. Christian lehnte an der Wand, die Arme vor der nackten Brust verschränkt, die Augen pechschwarz. Ihm gegenüber, am Ende von einem der zwei Meter hohen Weinregale, stand ein gut aussehender Mann, der einen Anzug mit Weste trug.

Ein sehr gut aussehender Mann.

Ein außergewöhnlich gut aussehender Mann. Einer mit nach hinten gekämmtem dunkelblondem Haar, breiter Stirn, dunklen spöttischen Augen und einem schmalen Oberlippenbart.

Ein Dämon also, dem es offenbar gefiel, einen auf Europäer zu machen.

Alles in Ordnung?, fragte ich Christian. Er gab keine Antwort, sah nicht einmal zu mir herüber, sondern streckte nur die Hand aus, um mich davon abzuhalten, zwischen ihn und den Dämon zu treten. Ich spürte seine geistige Kraft, mit der er den Dämon in Schach hielt, aber Hinweise auf Banne entdeckte ich keine. Ich hatte keine Ahnung, wie er Kontrolle über den Dämon ausübte, aber das *Wie* war in diesem Moment auch nicht so wichtig.

„Da ist deine Frau", sagte der Dämon, und seine Stimme verursachte mehrere Risse in der Wand.

Ich wusste, dass Christian nicht besonders begeistert von meinem Auftauchen war, zumal es sich offenbar um einen höheren Dämon handelte. Nur die höheren Soldaten eines Dämonenfürsten konnten mit ein paar Worten Risse in Wänden herbeiführen.

„Aber das Vereinigungsritual ist noch nicht vollendet. Überlässt du sie mir?"

Ein handtellergroßes Stück Putz fiel von der Wand.

Ich benetzte meine Finger mit Weihwasser und zeichnete ein Schutzsymbol auf Christians Brust, direkt über seinem Herzen, wobei ich darauf achtete, ihm nicht die Sicht auf den Dämon zu versperren.

„Sie ist doch nur Fleisch und Knochen, Dunkler. Du könntest mächtig sein, mächtiger, als du dir überhaupt vorstellen kannst. Ich weiß, wonach du strebst. Wenn du sie mir überlässt, kann ich dir mehr Macht geben als derjenige, der dich erschaffen hat."

Zwei Deckenlampen gingen aus.

Ich schützte auch mich mit einem Bann, dann hockte ich mich auf den Boden und benutzte das Weihwasser dazu, einen Kreis auf den Fliesenboden zu malen. Dabei fragte ich mich, wovon der Dämon eigentlich redete. Christian hatte mir doch gesagt, er sei als Dunkler zur Welt gekommen und sein Vater sei erschaffen worden.

„Das wird dir alles nichts nützen", sagte der Dämon zu mir, dann hörte ich, wie eine Weinflasche platzte. Ich sah auf und zeichnete rasch mit meinen noch feuchten Fingern ein Fixierungssymbol in die Luft. Diesen uralten Bann hatte mir ein Zauberer beigebracht, damit ich mich vor Sukkuben oder anderen niederen Kreaturen schützen konnte, die sich manchmal in Gebäuden herumtrieben, in denen es spukte. Der Bann hielt zwar nicht lange, aber man konnte ein Wesen damit für ein paar Sekunden fixieren, die unter Umständen entscheidend sein konnten.

„Um einen von seinem Kaliber festzuhalten, braucht man mehr als Weihwasser", sagte ich zu Christian. Er fuhr mit dem Fingernagel über sein Handgelenk und ließ etwas Blut in den Kreis tropfen. Ich hielt ihm meinen Arm hin.

„Bitte!"

Er zögerte.

„Christian, wir haben nicht viel Zeit. Du hast gesagt, wir sind stärker, wenn wir unsere Kräfte vereinen."

„Das gefällt mir nicht", sagte er und nahm widerstrebend meine Hand. Er wusste, wenn etwas schiefging, konnte der Dämon uns mit Hilfe unseres Bluts an sich binden.

„Ich weiß, und es ist lieb, dass du dich um mich sorgst, aber das ist unsere einzige Chance. Wenn wir ihn in den Kreis kriegen, muss er uns alles sagen, was wir wissen wollen."

Wie Christians Blick mir verriet, wusste er, dass ich recht hatte, aber er wollte mich trotzdem nicht in die Sache hineinziehen. Ich hielt ihm meine Hand vor die Nase, bis er schließlich doch einen Finger zwischen die Lippen nahm und in die Kuppe biss. Ich hielt den Finger über den Kreis und gab mein Blut zu seinem hinzu.

Der Dämon bäumte sich mit einem gewaltigen Schrei auf, und die freigesetzte Energie traf mich mit solcher Wucht, dass ich rückwärts gegen die Wand geschleudert wurde und heftig mit dem Hinterkopf dagegenschlug. Ich schrie auf und wollte Christian warnen, aber der Dämon marschierte bereits auf ihn zu.

Mein Bann schützte zwar Christians Herz, nicht aber den restlichen Körper. Bevor ich meine Benommenheit abschütteln konnte, stürzte sich der Dämon auf ihn und verpasste ihm einen Fausthieb in den Magen, der so kraftvoll war, dass er mit der Hand auf der anderen Seite wieder herauskam.

„Grundgütiger!" Fassungslos beobachtete ich, wie Christian sich an dem Dämon festhielt. Ob er Halt suchte oder mit ihm ringen wollte, konnte ich nicht einschätzen. Der Dämon zog ruckartig seinen blutüberströmten Arm aus Christians Körper. Er mochte zwar sehr stark sein, aber Christian hatte mit seinen neunhundert Jahren auch ein paar Tricks auf Lager. Ich sah, wie sich seine Lippen bewegten, als er dem Dämon mühelos den Arm brach.

Ich kroch zu dem Kreis und begann ihn ringsum mit Fixierungssymbolen zu versehen. Obwohl der Dämon stärker als ein Mensch war, schränkte ihn die Erscheinungsform, die er gewählt hatte, in seinen Fähigkeiten ein. Man konnte ihn zwar nicht vernichten, aber man konnte der Gestalt, die er angenommen hatte, so viel Schaden zufügen, dass ihm nichts anderes übrig blieb, als sie zu verlassen und zu seinem Herrn und Meister zurückzukehren.

Was alles in allem bedeutete, dass ich mich beeilen musste, wenn ich ihn in den Kreis zwingen wollte, bevor er Christian womöglich so schwer verletzte, dass Selbstheilung nicht mehr möglich war.

Der Dämon schrie erneut, als Christian ihn am Hals packte, und wehrte sich, indem er ihm ein Loch in die Brust schlug, aber Christian hatte den Schlag kommen sehen und ließ sich nach hinten fallen. Er zog den Dämon mit sich, und als sie auf dem Boden aufschlugen, riss er ihm die Gurgel heraus.

Ich spürte allerdings, wie Christians Kraft mit jedem Schlag, den er einstecken musste, dramatisch abnahm, und beeilte mich mit dem Fixierungsbann. Da ich ihn noch nie angewendet hatte, würde er nicht stark genug sein, um den Dämon dauerhaft festzusetzen, aber da der Kreis mit Weihwasser und unserem Blut versiegelt war, sollte der Bann wenigstens ein paar Minuten halten.

Ich zeichnete das letzte Symbol, sprach die letzten Worte der Formel und nahm alle Kraft zusammen, um den Kreis mit Energie zu versorgen.

Der Dämon stieß einen langen verzweifelten Schrei aus, und der Putz prasselte nur so von der Decke auf uns herab. Dann verschwand der Dämon aus Christians Armen und tauchte keuchend und mit glutroten Augen wieder in dem Kreis auf. Sein teurer Anzug von einem Herrenausstatter auf der Saville Row war über und über mit Blut beschmiert.

Ich wartete ab, ob der Kreis auch wirklich hielt, dann hinkte ich zu Christian, der völlig erschöpft und benebelt auf dem Boden lag.

Er hatte zwei ziemlich große, blutende Löcher im Oberkörper. „Wie kann ich dir helfen?"

„Verschmelzen", stieß er keuchend mit schmerzerfüllter Stimme hervor. Ich hielt meine Hände über seine Wunden, schloss die Augen, lehnte mich an ihn und öffnete ihm mein Bewusstsein, damit er Kraft tanken konnte.

Dunkle verfügen über bemerkenswerte Selbstheilungskräfte und genesen sehr schnell, aber wenn die Verletzungen zu schwer sind, können sie daran sterben. Zum Glück hatte der Dämon Christian jedoch nur geschwächt, weil ich sein Herz – seine verletzlichste Stelle – mit einem Bann geschützt hatte. Aber die Heilung brauchte ihre Zeit, und ich beobachtete mit Sorge, wie der Dämon immer wieder versuchte, eine Schwachstelle im Kreis zu finden und auszubrechen. Nach einer Weile ergriff Christian meine Hände und erhob sich. Er war immer noch verletzt, aber der schlimmste Schaden war behoben, und die Wunden hatten sich zumindest geschlossen und bluteten nicht mehr.

„Wie heißt er?", fragte Christian und näherte sich vorsichtig dem Kreis. Ich folgte ihm und brachte Schutzbanne in alle vier Himmelsrichtungen aus.

„Wie heißt du?", fragte ich den Dämon.

Die grün leuchtenden Fixierungssymbole, die ich rings um den Kreis in die Luft gemalt hatte, färbten sich plötzlich schwarz. Ich ließ alle Energie, die ich noch besaß, in den Kreis fließen, bis die Zeichen wieder grün wurden.

„Du wirst mir antworten! Wie heißt du?", fragte ich erneut.

„Sarra", stieß er hervor. Leider war ich nicht auf dem neuesten Stand, was Dämone und ihre Fürsten anging. Ich sah Christian unsicher an. Er nickte.

„Wer ist dein Meister?"

„Asmodeus", knurrte der Dämon und machte Anstalten, sich

auf uns zu stürzen. Die Symbole in der Luft wurden heller, aber der Bann hielt. Noch jedenfalls …

Lange werde ich ihn nicht mehr festhalten können. Kennst du seinen Fürsten?

Ja.

Christian nahm meine Hand und zog mich hinter sich. Ich zwickte ihn in den Arm und stellte mich neben ihn.

„Wer hat dich hergeschickt?", fragte ich den Dämon.

„Jemand, der unter dem Schutz meines Meisters steht."

Verflixt! Namen haben Macht, wie schon gesagt. Aber in der Welt der Finsternis gelten besondere Regeln, unter anderem die, dass man einen Dämon nicht zwingen kann, jemanden zu verraten, der unter dem Schutz seines Meisters steht. Wir konnten den Dämon also nicht dazu bringen, den Namen des Schuldigen auszusprechen, aber ich konnte Namen nennen und den Dämon ganz einfach fragen, ob die betreffende Person ihn geschickt hatte.

„Hat Guarda White dich geschickt?"

Der Dämon warf sich knurrend gegen einen Bann, der ein bisschen schwächer leuchtete als die anderen, und ich versorgte das Symbol rasch mit mehr Energie.

„Hat Phillippa die Eremitin dich geschickt?"

Er wirbelt herum und schlug wild um sich, während aus seinen Fingernägeln lange Krallen wurden.

„Hat Eduardo Tassalerro dich geschickt?"

Christian rückte auf seine unnachahmliche männlich-beschützerische Art dichter an mich heran, was mir in diesem Moment das Herz wärmte.

Der Dämon gab ein paar Verwünschungen von sich, die anatomisch gesehen unmöglich waren. Hinter ihm krachte ein Deckenventilator auf den Boden.

„Ich bin sicher, dass es Eduardo war", raunte ich Christian zu.

Nur wenige Leute, die sich mit den finsteren Mächten einlassen, benutzen ihre echten Namen.

„Stimmt! Guter Tipp!“ Ich wandte mich wieder dem Dämon zu. Wenn er es so genau haben wollte, tat ich ihm den Gefallen gern. „Hat derjenige, der sich Eduardo Tassalerro nennt, dich geschickt?“

„Ja“, zischte der Dämon. An seinen zornig funkelnden Augen war abzulesen, wie hart es ihn ankam, die Wahrheit preisgeben zu müssen.

„Aus welchem Grund wurdest du hergeschickt?“, fragte Christian. Ich sah ihn an. Er hatte wieder etwas Farbe im Gesicht und stand auch nicht mehr so verkrampft da. Offenbar kam er mit der Heilung gut voran. Ich konnte ihm zwar keine Energie mehr abgeben, aber ich drückte ihm rasch die Hand, um ihn wissen zu lassen, dass ich mich um ihn sorgte. Als Antwort drückte er meine.

Der Dämon ignorierte die Frage und versuchte an verschiedenen Stellen, aus dem Kreis auszubrechen. Ehrlich gesagt war ich ziemlich überrascht, dass er einem Dämon von Sarras Format so lange standhielt. Ich vermutete, es lag daran, dass Christian und ich unsere Kräfte vereint hatten, indem wir den Kreis mit unser beider Blut geschlossen hatten.

„Warum wurdest du hergeschickt?“, wiederholte ich die Frage. Weil ich den Dämon fixiert hatte, musste er mir antworten.

„Damit ich mir die Frau hole.“

Igitt.

Christian versuchte erneut, mich hinter sich zu ziehen. Ich wehrte mich jedoch und zwickte ihn ins Handgelenk, um ihn wissen zu lassen, dass ich nur ein gewisses Maß an Dominanz zu ertragen bereit war.

„Kannst du ihn zurückschicken?“, fragte er mich zögernd.

Ich sah den Dämon an, der mich höhnisch angrinste. Der Kreis war noch stabil, aber ich entdeckte erste Anzeichen dafür, dass er nicht mehr lange halten würde.

„Nicht allein."

Christian sah mich einen Moment lang mit seinen glänzenden onyxschwarzen Augen an und vermittelte mir Kraft und Zuversicht.

Dann tun wir es gemeinsam.

Ich verdrängte meine Zweifel und klammerte mich an Christians Vertrauen in unsere Fähigkeiten.

Ich ließ mein Bewusstsein mit seinem verschmelzen und hielt mich an ihm fest, während sich unsere Kräfte vereinten und wuchsen und schließlich den ganzen Raum erfüllten. Nachdem ich etwas ruhiger geworden war, gelang es mir, eine Formel aus meinem Gedächtnis hervorzukramen, mit der ich den Dämon zurück zu seinem Meister schicken konnte. Es genügte nicht, den Kreis einfach nur zu brechen. Wir mussten den Dämon dahin zurückschicken, woher er gekommen war.

Ich begann die Formel zu sprechen, aber bevor ich damit fertig war, schimmerte die Luft verheißungsvoll, und drei bekannte Gestalten platzten zur Tür herein.

„*Mi amor*, ich komme, um dich zu rrretten! Ich mache dich ferrrtig, du drrreckige, stinkende Teufelsbrrrut!", brüllte Antonio und fegte in den Raum, wobei er extrem schneidig, aber leider völlig wirkungslos mit seinem Degen herumfuchtelte.

„Ich habe eine Bibel gefunden", rief Esme eifrig, dann schaute sie bestürzt auf ihre leeren Hände. „Oje, ich habe sie wohl irgendwo verloren. Man muss sich ganz schön konzentrieren, um einen derart schweren Gegenstand transportieren zu können. Das ist nicht einfach. Vielleicht liegt sie ja auf der Treppe …" Esme machte kehrt und verschwand.

Jem, der nun eine verschlissene Baggy-Jeans trug, die ihm fast von den Hüften herunterrutschte, sowie ein löcheriges T-Shirt und eine schwarze Lederjacke mit einem Totenkopf auf dem Rücken, schlenderte an Antonio vorbei. Er hatte sich nach Art der Fünfziger-Jahre-Rebellen das Haar nach hinten geklatscht und sich zur Krönung des Ganzen mit mehreren dicken Goldketten behängt. Er zog ein Klappmesser aus der Tasche, ließ es aufschnappen und grinste den Dämon höhnisch an. „Hey, wenn du was aufs Maul willst, dann komm her!“

„Du wagst es, *mi amor* mit deinerrr widerrrlichen Anwesenheit zu besudeln? Dafürrr wirrrst du sterrrben!“

Christian schüttelte den Kopf und murmelte etwas, das ich nicht verstand. Vermutlich war es Tschechisch, aber ich brauchte keine Übersetzung. Meine Gedanken gingen in eine ziemlich ähnliche Richtung, allerdings bezweifelte ich, dass meine Formulierung auch nur annähernd so höflich war wie seine.

„Willste Ärger? Dann komm – ich bin bereit! Mach schon, zeig mir, was du drauf hast, du Arsch!“

„Jem sieht eindeutig zu viel fern“, brummelte ich.

„Ich habe sie! Also habe ich sie doch erst im Keller verloren! Alis, meine Liebe, das ist kein Porzellan. Das ist bestimmt nur eine billige Keramiklampe. Ich komme sofort! Warten Sie auf mich und meinen Schnuckel. Diese Bibel ist wirklich sehr schwer …“

An dieser Stelle muss ich einen interessanten Sachverhalt erklären: Geister können mit der Welt der Lebenden interagieren, wenn sie sich sehr konzentrieren und ihre telekinetischen Kräfte mobilisieren und gezielt einsetzen, aber miteinander können sie genauso interagieren wie wir. Das muss man wissen, denn nun kam Esme rückwärts, mit dem Hinterteil voran, in den Weinkeller und zog unerklärlicherweise eine von Christians antiken Bibeln hinter sich her, statt sie zu tragen. Sie konnte nicht sehen, dass sie sich auf Kollisionskurs mit Antonio befand, der um den Kreis herumtobte und dem Dämon alle möglichen Beleidigungen an den Kopf warf.

Ich sah es, jedoch zu spät.

„Esme!", rief ich, als sie mit einem Ruck an der Bibel zog, wodurch sie das Gleichgewicht verlor und mit Antonio zusammenstieß, der gerade rief: „Jetzt sehen wir uns die Farrrbe deinerrr Eingeweide an, du widerrrwärrrtiges Ekelpaket!" Er stürzte mit der Nase voran in den Kreis, der damit gebrochen war. Doch eine Nanosekunde bevor der Dämon begriff, dass er frei war, sprach ich das letzte Wort der Formel, das noch fehlte, um ihn dorthin zu jagen, woher er gekommen war. Er verwandelte sich in eine ölig schwarze Rauchsäule, die in sich zusammenfiel und in einem Riss im Fliesenboden verschwand, als würde sie von einem riesigen Dämonenstaubsauger weggesaugt.

„Na, das war aber spannend!", sagte Esme und rieb sich das Hinterteil.

Antonio kam völlig verdattert aus dem Kreis gewankt. Die lockigen Haare standen ihm zu Berge, als hätte er seine Finger in die Steckdose gesteckt. Er blinzelte einige Male und schien Schwierigkeiten mit der Koordination seiner Beine zu haben. „Ich … ich … ich …"

Esme stützte ihn und führte ihn zu einer Sitzbank.

Schwer atmend klammerte ich mich an Christian, während wir den schwarzen Fleck auf dem Boden anstarrten. Christian wollte darauf zugehen, aber ich hielt ihn fest.

„Es ist vorbei, Geliebte", sagte er und küsste meine Finger, bevor er sie von seinem Handgelenk löste.

Antonio sprang von der Bank und rückte sein Wams zurecht. Der Rauch, der aus seinen Locken aufstieg, sah wie ein Heiligenschein aus. „Du nimmst augenblicklich deine schmutzigen Hände von *mi corrazón*, sonst brrringe ich dirrr Manierrren bei, du blutgierrrigerrr Schluckspecht, du!"

Christian ging in die Knie, um sich den Riss im Boden genauer anzusehen, und ich versuchte Antonio zu beschwichtigen, bevor ich mich wütend zu Esme umdrehte. „Hatte ich nicht gesagt, ihr sollt im Arbeitszimmer bleiben? Ich habe euch ausdrücklich verboten, es zu verlassen. Hätte Antonio den Kreis durchbrochen, als ich noch nicht am Ende der Formel war, dann hätte dieser Dämon euch alle erledigt! Glaubt ihr etwa, ich wollte Phantome in Christians Haus haben?"

Esme wurde noch blasser, als sie ohnehin schon war. Ein Phantom war ein Geist, der in einer Art Zwischenwelt gefangen war und weder ins Reich der Geister noch in die Welt der Menschen gelangen konnte und keine Aussicht hatte, jemals befreit zu werden. Wenn ein Dämon mächtig genug war, konnte er Geister dorthin verbannen, und nach den Löchern zu urteilen, die Sarra Christian beigebracht hatte, wäre er mit meiner Fünferbande wohl spielend fertig geworden.

„Wirrr kamen, um zu helfen!", protestierte Antonio, aber in diesem Moment gaben seine Beine nach, und er plumpste wieder auf die Bank. Weil er sich jedoch nicht aufs Hinsetzen konzentriert hatte, sackte er mit dem Gesäß geradewegs durch die Sitzfläche. Er strampelte mit den Beinen und ruderte heftig mit den Armen, bis Esme und Jem Mitleid bekamen und ihn hochzogen.

„Und das wissen wir auch zu schätzen, aber …"

„Es war das Mindeste, was wir für Sie tun konnten – nach allem, was Sie für uns getan haben. Sie haben uns ein neues Zuhause gegeben, mit Fernseher, und uns auf kleine Ausflüge und zum Tee mitgenommen und so weiter. Sogar meinem Schnuckelschatz gefällt unsere neue Bleibe."

Ich hob die Hände und ließ sie hilflos wieder fallen. „Also, das war wirklich sehr nobel, aber …"

„Ey, Alter, kein verdammter Motherfucker kommt in meine

Hütte rein und vergreift sich an meinen Homies!", fiel Jem mir ins Wort. Der Kellner aus dem achtzehnten Jahrhundert klang inzwischen reichlich nach einem Rapper aus dem einundzwanzigsten Jahrhundert.

Ich fuhr den Zeigefinger aus. „Das reicht! Du guckst kein MTV mehr! Und zieh dir die Hose hoch! Es sieht absolut lächerlich aus, wie dir der Schritt zwischen den Knien hängt. Esme, bitte suchen Sie Alis! Der Himmel weiß, was sie da draußen wieder anstellt. Wir reden später weiter!" Ich sah sie alle mit zusammengekniffenen Augen an. Esme und Jem nickten rasch, doch Antonio kippte leise wimmernd zur Seite.

Ich drehte mich um und ging zu Christian. Mein Bein schmerzte höllisch, und nach dem kraftraubenden Kampf mit dem Dämon war ich auch viel zu erschöpft, um mich neben ihn zu hocken, und so lehnte ich mich nur an ihn und strich ihm über den Kopf.

„Hat er deinen schönen Fliesenboden kaputt gemacht?"

Christian ergriff schweigend meine Hand und zog daran, und als ich mich vorbeugte, spürte ich den Luftzug über dem Riss im Boden.

Meine freie Hand kribbelte, als hätte ich einen Elektrozaun angefasst.

„Oh nein", sagte ich und richtete mich wieder auf, während Christian sich erhob.

Seine Augen leuchteten in einem warmen Rot-Gold-Braun, das mich an gemütliche Winterabende vor dem Kamin erinnerte.

„Da werden wir wohl die Hilfe eines Wächters brauchen."

Ich spürte, wie meine Unterlippe zu zittern begann. „Du meinst doch nicht ..."

Er nahm mein Gesicht in die Hände und küsste mich zärtlich.

„Doch, doch“, entgegnete er. „Jetzt haben wir unser eigenes Höllenportal.“

„*Mierda!*“, stöhnte Antonio auf der Bank.

„*Merde*“, pflichtete ich ihm mit der französischen Entsprechung bei. Etwas anderes fiel mir dazu wirklich nicht ein.

15

Es dauerte eine ganze Stunde, aber dann hatte ich es mit Christians Unterstützung geschafft, sämtliche Türen und Fenster im Erdgeschoss mit Bannen zu schützen, damit niemand ins Haus eindringen konnte, der uns etwas Böses wollte. Die Banne waren sehr stark, und ich hatte Vertrauen in sie, weil ich die gleichen allabendlich in meiner Wohnung ausbrachte, und so fühlte ich mich ziemlich sicher, als ich an Christians Seite die Treppe zum Schlafzimmer hochhinkte. Ich sah ihn prüfend an.

„Für jemanden, der zwei faustgroße Löcher im Körper hatte, einen Dämon bekämpft hat und noch eine Stunde nach Sonnenaufgang unterwegs ist, siehst du ziemlich gut aus. Wie fühlst du dich?"

Er fuhr sich mit den Fingern durchs Haar (das er zu meiner Freude jetzt immer offen trug) und rieb sich das Kinn. „Als hätte ich einen Turnierzweikampf ohne Rüstung hinter mir."

Oh. Die kleine Rückschau auf längst vergangene Zeiten erinnerte mich einmal mehr daran, wie alt er war. Dennoch, er hatte viel Energie auf den Kampf mit dem Dämon und auf seine Heilung verwendet, und nachdem ihn die Mithilfe bei den Bannen und die aufgehende Sonne zusätzlich Kraft gekostet hatten, wurde es höchste Zeit, dass er ins Bett kam. Ich würde also unser Gespräch möglichst kurz halten, ihm Gelegenheit zu einem kleinen Snack geben, falls er Appetit hatte, und ihn dann schlafen lassen. „Ich werde dich bestimmt noch oft genug darüber ausquetschen, was du in deinem Leben schon alles erlebt hast, aber im Augenblick macht mir die Gegenwart mehr Sorgen."

Im oberen Stockwerk angekommen, wandte ich mich nach links statt nach rechts und hinkte auf das Arbeitszimmer zu. Christian packte mich von hinten, hob mich hoch und marschierte mit mir in die entgegengesetzte Richtung.

„Hey!", protestierte ich und gab ihm einen kleinen Klaps. „Wir müssen reden."

„Das können wir auch im Bett tun. Ich habe gegen einen Dämon gekämpft, schon vergessen?"

„Wenn wir uns ins Bett legen, werden wir nicht reden, das weißt du ganz genau."

Er grinste.

Ich biss ihm ins Ohr. „Christian, die Lage ist ernst! Wenn Eduardo schon so verzweifelt ist, dass er einen Dämon beschwört – was meinen Verdacht bestätigt, dass er mit einer finsteren Macht in Verbindung steht –, dann wird er jetzt nicht einfach die Schultern zucken und klein beigeben. Ich weiß zwar nicht, warum, aber er scheint mich unbedingt haben zu wollen."

„Mi amor!"

„Oh nein", stöhnte ich und ließ den Kopf auf Christians Schulter sinken. „Nicht schon wieder!"

„Stell dich mirrr, du Feigling!" Antonio hatte vor der Schlafzimmertür Stellung bezogen und schwenkte seinen Degen. „Jetzt können wirrr es endlich wie Männerrr austrrragen! Nie wiederrr wirrrst du *mi corrrazón* drrrangsalierrren!"

Christian blieb nicht einmal stehen, sondern machte nur eine lässige Handbewegung.

„Mein Täubchen, meine edle Rrrose, du musst doch errrkennen, dass wirrr fürrreinanderrr bestimmt sind … *Verrrflucht!* Ich hasse es, wenn errr das tut …"

Und damit verschwand Antonio.

„Mir fallen mehrere Gründe ein, warum Eduardo dich haben will", sagte Christian, als wären wir nicht unterbrochen worden, und setzte mich behutsam vor dem Bett ab. Dann zog er mir kurzerhand Pulli, Schuhe und Hose aus. Ich suchte quiekend unter der Bettdecke Zuflucht, während er die Tür abschloss und sich die Jeans auszog. Dann schlüpfte er zu mir unter die Decke und zog mich an sich.

„Nein, Christian, jetzt nicht! Wir müssen reden. Deine Hände bleiben die ganze Zeit auf der Decke! Und hör auf, deinen Zauberstab zu schwingen, sonst stichst du noch jemandem ein Auge aus."

Er drehte sich lachend auf die Seite und kuschelte sich in Löffelchenstellung an mich. „Also gut, mein tapferer *malý válečník*, wie sollen wir die Sache angehen?"

Ich schmiegte mich an ihn, ergriff seine Hand, die auf meinem Bauch lag, und dachte nach. „Zuerst müssen wir mal herausfinden, warum er mich unbedingt haben will. Gut, ich habe unter nicht gerade idealen Bedingungen zwei Geister beschworen, aber es gibt Beschwörer, die können das genauso gut, wenn nicht sogar besser. Warum macht er sich dann meinetwegen so viel Mühe?"

Christian schwieg eine Weile und rieb sein Kinn an meinem Hinterkopf. „Ich glaube, zuerst galt das Interesse dir als Person. Sie haben wohl gedacht, sie könnten dich mit den Forschungsmöglichkeiten locken und dich dazu bringen, Geister für sie zu beschwören, damit sie immer welche zur Verfügung haben."

„Zu Forschungszwecken?"

„Möglicherweise."

„Also, ich wüsste nicht, wozu man einen Geist sonst braucht. Aber du hast ‚zuerst' gesagt. Meint du damit, dass sie mittlerweile andere Interessen verfolgen?"

Er antwortete nicht. Das brauchte er auch nicht. Ich wusste sehr gut, weshalb sie sich inzwischen mehr denn je für mich interessierten. Mein Herz wurde von Schmerz erfüllt.

Christian drückte mich sanft. *Geliebte, du kannst nichts dafür. Sie wären im Laufe meiner Suche nach Sebastian sowieso früher oder später auf mich aufmerksam geworden. Das war mein Plan. Du hast mich nicht verraten.*

„Sie haben dich durch mich gefunden."

Und du hast mich stärker gemacht, als ich jemals war. Verstehst du denn nicht, dass du nicht mein Untergang bist, sondern vielmehr meine Rettung?

„Ich glaube, zwischen Untergang und Rettung liegt nur ein ganz schmaler Grat, und im Balancieren war ich noch nie besonders gut."

Christians Lachen hallte durch meinen Kopf und wärmte mir die Seele, wie sein Körper den meinen wärmte. *Ich liebe dich wie du bist! Anders würde ich dich gar nicht haben wollen.*

„Weil du verrückt bist! Und alt. Du bist viel zu alt für mich, das ist mir jetzt erst klar geworden. Mit Männern, die über fünfhundert Jahre älter sind als ich, lasse ich mich gar nicht ein. Die sind mir zu klapprig."

Er lachte abermals und zog mich ganz fest an sich. *Fühlt sich das klapprig an, Geliebte?*

„Hör auf! Wir müssen uns überlegen, wie wir vorgehen. Und außerdem warst du vor gerade mal anderthalb Stunden schwer verletzt. Ein Mann, der eben noch Löcher im Körper hatte und gegen einen Dämon gekämpft hat, kann nicht … Um Himmels willen, Christian!"

Er schob sein Knie zwischen meine Schenkel und drang in mich ein. *Jetzt wollen wir doch mal sehen, wer hier zu alt ist!*

„Du bist echt nicht fair", murmelte ich in seine Armbeuge.

„Das muss ich auch nicht sein. Ich bin ein Dunkler.

„Ein arroganter Kerl, das bist du!" Ich drehte mich zu ihm um und fuhr mit den Fingern durch die Haare auf seiner Brust.

„Allerdings ein arroganter Kerl mit vielen unglaublichen, wunderbaren Fähigkeiten, die mich dahinschmelzen lassen. Aber leider haben wir ganz andere Dinge zu besprechen. Wenn du also nichts dagegen hast, kommen wir auf ein weniger vergnügliches Thema zurück. Wie wollen wir gegen Eduardo vorgehen?“

Christians Seufzen strich über mein Haar. „Wir schützen uns vor einem erneuten Angriff, und ich spüre Sebastian auf.“

Ich zwickte ihn.

Er seufzte wieder. „Und da habe ich mir mehrere hundert Jahre lang eingebildet, meine Geliebte würde ein sanftes, zartes Wesen sein, das den ganzen Tag nichts anderes im Sinn hat, als mich zu erfreuen.“

„Träum weiter, Vlad Dracul! Und wie war das mit dem Aufspüren?“

„Wir schützen uns vor einem erneuten Angriff, und ich spüre – mit deiner Unterstützung – Sebastian auf.“

Ich kam zu dem Schluss, dass ich für heute genug gepiesackt hatte.

„Gerade noch mal den Kopf aus der Schlinge gezogen, mein Freund! Also, ich glaube, wir finden Sebastian am schnellsten, indem wir Eduardo geben, was er will – nämlich mich.“

„Nein.“

„Wenn ich mich irgendwie von ihm einfangen lasse, wird er mich an den Ort bringen, wo er Sebastian gefangen hält, denn er weiß, dass du sofort auf deinem weißen Pferd angaloppiert kommst, um mich zu retten.“

„Das kann ich nicht erlauben.“

„Um ihnen die Sache noch schmackhafter zu machen, könnte ich mir einen oder zwei Geister in die Tasche stecken – Antonio bietet sich bestimmt freiwillig an, darauf wette ich. Dann greifen sie auf jeden Fall zu.“

„Das kommt überhaupt nicht infrage!“

„Und wenn ich dann an dem Ort bin, wo dein Freund gefangen gehalten wird, lasse ich dich wissen, wo ich bin, und du kannst mit Verstärkung anrücken und Sebastian retten und mich vor dem furchtbaren Schicksal bewahren, das Eduardo und Guarda für mich vorgesehen haben, und dann leben wir glücklich und zufrieden bis an unser Lebensende."

„Dieser Plan ist ganz und gar unakzeptabel."

Nun war es an mir zu seufzen. Ich machte es mir auf Christians Brust bequem und stützte das Kinn in die Hände. „Hast du denn einen besseren?"

„Ja."

„Christian, du weißt, wir können nur herausfinden, wo Sebastian ist, wenn sich einer von uns gefangen nehmen lässt; eine andere Möglichkeit gibt es nicht. Und mal ehrlich – für dich ist es leichter, mich zu retten, als für mich, dich zu retten. Ich kenne mich gut genug. Ich weiß, was ich kann und was nicht, und es liegt eindeutig nicht in meiner Macht, zwei halb tote Vampire zu retten. Ich habe einfach nicht die Ressourcen, die du hast."

„Trotzdem …"

„Nein!" Ich hielt ihm den Mund zu. „Anstatt den ganzen Tag mit mir darüber weiterzustreiten, solltest du lieber einsehen, dass ich recht habe, und dein Superhirn mit der Frage beschäftigen, wie du gleichzeitig Sebastian retten und für meine Sicherheit sorgen kannst, wenn ich in den Klauen des Triumvirats bin."

Ich lasse nicht zu, dass du dich in Gefahr bringst.

Ich nahm meine Hand von seinem Mund und küsste ihn. *Ich vertraue auf dich, Christian, voll und ganz.*

Du bist mein Ein und Alles. Das kannst du nicht tun.

„Ich *muss* es tun", entgegnete ich und malte mit dem Finger seine seidigen Augenbrauen nach. „Verstehst du das denn nicht? Das ist ein Teil meines Traums, ein Teil von uns. Wenn wir das nicht machen – und zwar zusammen –, wird unsere Beziehung unvollständig sein, eine Farce, nur ein schwacher Abklatsch dessen, was sie eigentlich sein sollte. Wenn wir wirklich füreinander bestimmt sind, müssen wir das durchstehen. Wir müssen das Potenzial unserer Beziehung ausschöpfen."

Ich spürte, wie er mit sich rang; hin- und hergerissen zwischen dem Bedürfnis, mich zu beschützen und vor Schwierigkeiten zu bewahren, und der Achtung vor meinen Fähigkeiten, die ihn mit Stolz erfüllten. Er nahm mich ganz fest in die Arme und bedeckte meine Stirn mit zärtlichen Küssen. *Es läuft wohl darauf hinaus, dass wir bis in alle Ewigkeit jedes Unrecht sühnen und jeden in Not geratenen Menschen retten, von dem du Kenntnis erhältst, nicht wahr?*

Ich schmiegte lächelnd mein Gesicht an seine Brust, schloss die Augen und dankte dem lieben Gott dafür, dass ich Christian gefunden hatte. Ich verlangte mehr von ihm, als er jemals geglaubt hatte geben zu können, und doch war er alles, was ich mir je erhofft hatte, und noch viel mehr. Vielleicht war es ja doch kein Zeichen von Schwäche, wenn ich ein bisschen Kontrolle abgab. Vielleicht, ganz vielleicht, konnte ich stark bleiben, auch wenn ich mich auf Christian einließ. *Du hast mir erzählt, du wurdest mit einundzwanzig zum Ritter geschlagen. Einmal Ritter, immer Ritter. Das Einzige, was sich verändert hat, ist, dass du jetzt eine Partnerin hast.*

Hätte ich es nicht besser gewusst, hätte ich das Geräusch, das durch meinen Kopf hallte, glatt für ein empörtes Schnauben gehalten. Ich schützte uns beide mit einem Bann und schlief mit dem gleichmäßigen, kräftigen Klopfen seines Herzens an meinem Ohr ein.

Am Nachmittag hielten wir Kriegsrat. Es war nicht einfach gewesen, Christian dazu zu bewegen, da er es (törichterweise) für normal hielt, ganz allein Pläne zu schmieden und mich hinterher darüber zu informieren, welche Rolle er mir dabei zugedacht hatte. Aber nach einem kleinen Disput, bei dem alle fünf Geister verschwanden, als Christian damit drohte, mich in einem Zimmer einzusperren und den Schlüssel wegzuwerfen, woraufhin ich ihm wiederum in Aussicht stellte, ihn ganz langsam zu kastrieren, konnte ich ihn schließlich davon überzeugen, dass wir im Kampf gegen das Triumvirat durchaus noch ein paar Leute gebrauchen konnten, die uns Rückendeckung gaben.

Und so saßen wir also eine Stunde nachdem ich Christian beschrieben hatte, wie ich ihn entmannen würde (nämlich mit einem Obstmesser und zwei Eierbechern), mit Joy, Raphael, Roxy und den Geistern (außer Alis, die wir mit billigem Keramiknippes versorgt und im Gästezimmer untergebracht hatten) in seinem komfortablen Arbeitszimmer.

„Das ist total aufregend! Ich habe noch nie jemanden gerettet. Ich will eine Waffe. Raphael, kann ich eine Pistole haben? Ich glaube, ich brauche unbedingt eine!"

„Schusswaffen! Eine ausgezeichnete Idee", sagte Antonio. Roxy lächelte ihn an. Er strich sich über den Bart und wackelte mit den Augenbrauen, bis er merkte, dass ich ihn beobachtete.

„Keine Waffen", sagte Raphael zu Roxy und warf Christian einen gequälten Blick zu, der sich durchaus mit dem messen konnte, den Christian immer wieder meinetwegen zur Schau trug.

„Waffen werden nicht nötig sein", pflichtete Christian ihm bei. „Für deine Aufgabe brauchst du keine."

Sie runzelte die Stirn. „Ach? Und was ist meine Aufgabe?"

„Ich glaube, du hilfst uns am meisten, wenn du auf Joy aufpasst. Raphael ist bestimmt wohler, wenn er weiß, dass jemand bei ihr ist."

„Eine Frau, die in Erwartung eines freudigen Ereignisses

steht, sollte rund um die Uhr wohlbehütet sein." Esme, die neben Christian saß, nickte weise.

„Was?", fuhr Roxy auf. „Warum muss ich auf sie aufpassen? *Sie* will doch keiner kidnappen!"

„Wenn ich wollte, könnte ich mich durchaus mal kidnappen lassen", entgegnete Joy patzig.

„Ich würrrde dich entführrren, wenn du nicht … äh …" Antonio zeigte auf ihren Bauch.

„Vielen Dank, Antonio, das ist sehr freundlich von dir", entgegnete Joy und grinste Roxy selbstgefällig an.

Roxy verdrehte die Augen. „Er ist nur nett zu dir, weil deutlich zu sehen ist, dass du jeden Augenblick explodierst. Ich will dabei sein! Ich lasse mich nicht mit so einem Aufpasserjob abspeisen. Wenn es hart auf hart kommt, bin ich gut zu gebrauchen. Ich war im Selbstverteidigungstraining. Im Umgang mit Tränengas war ich die Beste im Kurs. Ich könnte garantiert ein paar von diesen GAGA-Idioten kaltmachen."

„Hier wird niemand kaltgemacht, es gibt kein Tränengas und keine Gewalt. Meine Firma ist auf Deeskalation spezialisiert, und ich setze den Ruf meines Sicherheitsdienstes nicht wegen einer schießwütigen Bürgerwehr aufs Spiel", entgegnete Raphael. Alle nickten, sogar Jem, der inzwischen von zerrissener Kleidung und dicken Ketten auf einen Nadelstreifenanzug umgestiegen war und wie eine Kreuzung von Figuren aus *Tom Jones – Zwischen Bett und Galgen* und *Der Pate* redete.

„Mit Trrränen kommt man nicht weit", erklärte Antonio Roxy verschwörerisch. „Ich perrrsönlich setze auf meinen Degen. Errr ist absolut tödlich und sieht außerrrdem sehr flott aus."

Sie warf ihm eine Kusshand zu. Ich bedachte beide mit strafenden Blicken. „Christian und ich haben die Sache besprochen, und wir haben einen Plan. Wenn ihr jetzt mal die Lauscher aufsperren würdet, sagen wir euch, was jeder zu tun hat."

„Ich muss doch nicht mit dem gestrandeten Wal zu Hause bleiben, oder?", fragte Roxy misstrauisch.

„Das war's! Du bist definitiv von der Liste der potenziellen Patentanten gestrichen", sagte Joy und versuchte die Arme über ihrem Bauch zu verschränken, was ihr jedoch nicht gelang.

„Werdende Mütter sollte man nun wirklich nicht mit Meeressäugetieren vergleichen!", schalt Esme. Jem kicherte.

„Nein, du musst nicht mit Joy zu Hause bleiben, wenn du nicht willst – und ich für meinen Teil finde übrigens, dass sie ganz bezaubernd aussieht", entgegnete ich. Joy strahlte mich an. „Der Plan ist denkbar einfach, und ihr werdet sehen, dass wir alles gründlich durchdacht haben."

Die anderen sahen uns erwartungsvoll an.

Erzähl du es ihnen! Ich lasse dir den Vortritt, da es größtenteils dein Plan ist.

Das ist überaus liebenswürdig von dir.

Du solltest den Bogen nicht überspannen! Ich bin immer noch sauer auf dich wegen dieser Einsperr-Geschichte!

Drei Stunden und zweiunddreißig Minuten später stürmten vier von uns das GAGA-Büro. Wir trugen Overalls und Atemschutzmasken mit dem Logo eines Erdgasversorgers und wurden von Raphael angeführt, der ein Clipboard in der Hand hielt und durch ein äußerst resolutes Auftreten bestach. Unterstützt von Christian, dem Meister der Bewusstseinsbeeinflussung, hatten wir die Räume innerhalb von ein paar Minuten geräumt.

„Das hat Spaß gemacht!" Roxy kicherte, als die letzte Sekretärin unter der irrigen Annahme, dass durch ein Leck in der Gasleitung eine Explosion von katastrophalem Ausmaß drohte, zur Tür hinausrannte. Sie nahm ihre Maske ab und lächelte Christian an. „Dieser vulkanische Bewusstseinsverschmelzungstrick ist wirklich eine praktische Sache. Ich wette, du könntest bei Pferderennen Mordsgewinne machen!"

Ich packte sie am Arm und schob sie auf ein paar Aktenschränke zu. „Hör auf, Christian anzumachen! Du bist verheiratet!"

Roxy salutierte grinsend. Wir verteilten uns in den Büroräumen und durchsuchten Aktenordner und Computer nach Hinweisen auf die beiden Häuser der Gemeinschaft in London.

„Hey, hilft uns das vielleicht weiter? Ich habe hier eine Rechnung über den Einbau eines begehbaren Weintresors."

„Ein Weintresor?" Christian sah von dem Computer auf Guardas Schreibtisch auf und kam in das vordere Büro. „Wie eine typische Weinkennerin sieht Guarda eigentlich nicht aus."

Wir drängten uns alle um die Rechnung.

„So etwas baut man im Keller ein", bemerkte ich.

„Das ist eine richtig massive Stahlkammer", sagte Raphael. „Bei der Größe klingt das schon eher nach einem Bunker als nach einem Weintresor."

„Wie lautet die Adresse?", fragte ich.

„Liegt im Norden der Stadt. Hmmm. Das sollten wir uns vielleicht mal anschauen." Raphael und Christian sahen sich an, und ich ging sofort dazwischen.

„Das könnt ihr euch gleich aus dem Kopf schlagen!" Ich drohte Christian mit dem Zeigefinger, zog meine Jacke an und nahm Roxy die Rechnung aus der Hand. „Alle oder keiner. Ihr habt die Wahl!"

„Mir wäre es lieber, wenn jemand bei Joy bleibt", sagte Raphael.

„Wir haben doch die Geister bei ihr gelassen. Falls jemand dort aufkreuzt, werden sie es uns sofort melden." Ich marschierte so schnell, wie es mein lädiertes Bein zuließ, an Raphael vorbei zur Tür hinaus. Nachdem wir in den Stadtplan geschaut hatten, stiegen wir in Raphaels Auto und fuhren los.

Von der Innenstadt ging es zunächst durch die belebten Randbezirke und dann in eine wohlhabende Gegend mit großen Stadthäusern. Hier wohnten Leute von Ansehen, und es überraschte mich irgendwie, dass sich Guarda für ihr Geister- und-Vampir-Gefängnis einen so ruhigen, vornehmen Vorort ausgesucht hatte. Raphael hielt mitten in einer hübschen, mondsichelförmig angelegten Straße an.

„Das da hinten, ganz am Ende, ist Nummer achtzehn."

Unsere Blicke folgten Raphaels Finger. Das Haus, auf das er zeigte, unterschied sich kein bisschen von allen anderen Häusern in der Straße.

„Sieht nicht besonders gruselig aus, nicht wahr?", meinte Roxy.

„Umso verdächtiger ist es", entgegnete ich und stieg aus dem Auto. „Sind alle im Bilde? Roxy und Raphael, ihr sorgt vor der Haustür für Ablenkung, und Christian und ich, wir gehen hintenrum rein."

„Ja, ja, nichts leichter als das! Niemand kann so gut eine Szene machen wie ich", entgegnete Roxy grinsend.

„Die Untertreibung des Jahres." Raphael stöhnte, ließ sich aber von Roxy am Arm nehmen und zu der Haustür von Nummer achtzehn zerren.

Christian nahm mich an die Hand und ging mit mir in eine kleine Gasse, die an der Rückseite der Häuser entlangführte.

Du wirst dich genau an unseren Plan halten, malý válečník, und nicht versuchen, Sebastian allein zu befreien!

Vorbei an Mülltonnen und geparkten Autos erreichten wir schließlich das letzte Haus in der Straße. Der kleine Garten war von dem ständigen Regen völlig durchweicht, und das Wasser drang sofort in meine Schuhe ein. Ich schaute an dem Haus hoch und erschauderte, als ich die dunklen Fenster sah, die mich mit leerem Blick zu betrachten schienen. Das Haus machte einen wachsamen Eindruck – als sei es daran gewöhnt, Geheimnisse in sich zu bergen und niemals preiszugeben. Irgendwo hinter diesen Mauern wurde in schändlicher Absicht ein Dunkler in einem geschwächten und lebensgefährlichen Zustand gefangen gehalten. „Ich habe dir schon dreimal versprochen, dass ich mich nicht in Gefahr bringe, Christian. Halte du dich bitte auch an das, was wir besprochen haben, und dreh nicht durch, wenn wir jemandem in die Arme laufen. Wenn ich Hilfe brauche, bist du der Erste, den ich es wissen lasse."

Christian seufzte schwer, machte aber eine kleine Handbewegung, und schon sprang die Hintertür auf. *Meine nächste Geliebte wird eine ganz liebe, zurückhaltende Frau sein, die mich respektiert und mir niemals Grund zur Sorge gibt.*

Er schlüpfte durch die Tür, und ich beeilte mich, ihm zu folgen. Wir betraten einen kleinen, halbdunklen Flur, der zugleich als Abstellraum diente. Achtlos abgestreifte Stiefel und Schuhe standen überall herum, und an den Wandhaken hingen muffig riechende Jacken. Christian verharrte einen Moment lang regungslos an der Tür. Roxys schrilles Gekreische und Raphaels grollende Bassstimme waren bis hierher zu hören. Roxy war wirklich ein Schatz: Es klang, als brächte sie vor dem Haus eine Wildkatze zur Welt. Wenn ihre theatralische Show nicht jeden neugierig machte, der sich in Hörweite befand, fraß ich einen Besen. Ohne irgendetwas zu sagen oder mir wenigstens zu winken, ging Christian auf eine Tür zu, hinter der sich, wie ich vermutete, die Kellertreppe befand.

Ich warf einen Blick in die Küche, um mich zu vergewissern, dass sie leer war, dann legte ich die Hände an die Wand und öffnete mich innerlich dem Haus. Der Geist, auf den ich es abgesehen hatte, war oben, in einer kleinen Kammer unter dem Dach. Unter mir im Keller nahm ich Christian wahr, wie er nach seinem Freund suchte.

Christian?

Ja, Geliebte? Still vor mich hin lächelnd nahm ich die dunkle

Holztreppe nach oben in Angriff und hörte, wie Roxy jemanden beschuldigte, sie angegrabscht zu haben.

Deine nächste Geliebte wird dich nicht annähernd so sehr lieben, wie ich es tue!

Überraschtes Schweigen. Ich musste grinsen.

Wenn das alles hier vorbei ist, werden wir uns in aller Ruhe unterhalten, Allegra. Lang und ausführlich. Vorzugsweise in der Badewanne.

Pass auf dich auf, Christian! Derjenige, der Eduardo und Guarda geholfen hat, Sebastian gefangen zu nehmen, wird dich bestimmt nicht mit Samthandschuhen anfassen. Du bist zwar ein herrschsüchtiger, arroganter Vampir, aber du bist mein *herrschsüchtiger, arroganter Vampir, und ich will nicht, dass dir etwas zustößt.*

Sein Lächeln erfüllte mein Bewusstsein. *Du bist meine Geliebte. Du bedeutest mir mehr als mein Leben. Ich werde alles tun, was in meiner Macht steht, um deinem Befehl nachzukommen.*

Dieses Versprechen musste mir wohl für den Moment genügen. Roxys Stimme wurde noch eine Spur schriller, als ich den Treppenabsatz erreichte. Ich hinkte tapfer weiter, aber es waren drei Treppen bis unter das Dach, und als ich oben ankam, schrie mein Bein vor Schmerzen. Die Schutzsymbole, die ich rings um mich in die Luft gezeichnet hatte, leuchteten in einem zarten Grün, was darauf hinwies, dass etwas Dämonisches im Haus war.

Alles in Ordnung?, fragte ich Christian.

Ja, ich habe den Weintresor gefunden. Die Tür ist verriegelt und mit Bannen geschützt, aber ich glaube, ich bekomme sie schnell auf. Und du hast niemanden gesehen?

Keine Menschenseele, entgegnete ich, dann schnitt ich mental eine Grimasse und ging den schmalen Korridor hinunter. Hinter einer der Türen befand sich der Geist. *Ich hoffe nur, Roxy beschäftigt die Leute noch eine Weile. Sag mir, wenn du Hilfe bei den Bannen brauchst.*

Halt dich an den Plan, entgegnete Christian ernst. *Keine Eskapaden! Keine unerlaubten Rettungsaktionen! Deine Sicherheit hat oberste Priorität.*

Ich verdrehte die Augen und drückte zuerst die Klinke der mittleren Tür zu meiner Linken herunter. Der Raum war nicht abgeschlossen.

Aber leider war er auch nicht leer.

„Allegra Telford!", rief Guarda, die in einem Sessel in der Ecke saß.

„Warum überrascht mich das nicht?", sagte Phillippa. Sie stand neben dem Geist eines kleinen Mädchens, und da sie mir den Rücken zukehrte, sah ich nicht viel mehr, als dass sie Stiefeletten trug, Strümpfe und einen eleganten, knielangen lachsfarbenen Rock mit einer kleinen Turnüre.

„Vielleicht, weil Sie übersinnliche Kräfte haben?", entgegnete ich, bedauerte meine große Klappe jedoch sofort. Mit einem Haifischgrinsen im Gesicht betrat ich den Raum. „Schön, Sie zu sehen, aber jetzt muss ich wirklich wieder …"

Der Geist drehte sich zu mir um. Die Verzweiflung, die sich im Gesicht des Mädchens spiegelte, war fast noch größer als die in Christians Innerem. Dieser Geist sehnte sich danach, befreit zu werden, aber er saß in der Falle, nachdem er von Phillippa oder Guarda beschworen worden war, die ihm nun die fällige Befreiung verwehrten.

„Honoria, geh zu deinem Hüter", befahl Guarda und erhob sich. Das kleine Mädchen richtete den Blick auf eine alte Stoffpuppe, dann verschwand es. Ein kleiner Funke Hoffnung glomm in mir auf, und meine Finger begannen automatisch, Bannsymbole in den Türrahmen hinter mir zu zeichnen. „Und für Sie, Allegra Telford, ist es an der Zeit zu begreifen, mit wem Sie sich angelegt haben. Phillippa?“

Die Eremitin nickte und verließ den Raum. Viel Zeit blieb mir nicht. Phillippa sollte garantiert Eduardo holen, der vermutlich vor dem Haus mit Roxy und Raphael beschäftigt war.

Christian?

„Ihnen wird wohl klar sein, dass Sie sich in unserer Gewalt befinden, nachdem Sie sich hierherbegeben haben.“

Ich spürte, wie konzentriert Christian daran arbeitete, die Banne an der Tür zum Weintresor zu brechen. *Ich habe es fast geschafft!*

Gut. Ich habe den Geist gefunden. Ich sollte ihn in ein paar Minuten haben, aber dann wird hier die Hölle los sein. Kannst du Sebastian allein befreien?

Christians Missfallen erfüllte mein Bewusstsein. *Das kann ich, aber den Geist mitzunehmen stand nicht auf unserem Plan, Allegra. Was verheimlichst du mir?*

„Wir sind stärker als Sie. Es wäre besser, wenn Sie sich uns freiwillig anschließen, aber wenn Sie das nicht tun …“ Guarda zuckte mit den Schultern und sah mir direkt in die Augen. „… dann wenden wir Gewalt an.“

Ich errichtete zusätzliche mentale Barrieren zwischen Christian und Guarda. *Ich hatte auch nicht geplant, mich in einen Vampir zu verlieben, aber manchmal muss man die Dinge einfach nehmen, wie sie kommen.*

„Warum quälen Sie das arme Kind so? Warum befreien Sie es nicht? Was kann Ihnen so eine halbe Portion schon an neuen Erkenntnissen bringen?“, fragte ich Guarda, um sie abzulenken und zu verhindern, dass sie etwas von meinem Gespräch mit Christian mitbekam.

Du führst irgendetwas im Schilde, hallte seine samtige Stimme durch meinen Kopf. *Ich kann dem jetzt nicht nachgehen, aber denk bitte daran, was du mir versprochen hast. Deine Sicherheit steht an erster Stelle.*

„Das arme Kind ist ein Geist, kein lebendiger Mensch, und hat keine Gefühle."

„Wissen Sie was?", sagte ich, legte den Kopf schräg und sammelte meine Kräfte, bis meine Hände glühend heiß wurden. „Ich glaube, Sie haben keine Gefühle, Guarda, und deshalb bedaure ich das hier nicht im Geringsten."

Guarda sah mich stirnrunzelnd an und ging mir in die Falle. „Was meinen Sie?"

Ich stürzte mich auf sie und schlug ihr mit den Händen ins Gesicht, sodass sie rückwärts gegen die Wand knallte. Als sie zu Boden ging, krachte sie mit dem Kopf gegen ein Holzregal und sackte in sich zusammen. Ich wusste nicht genau, ob die geballte Ladung meiner Energie sie außer Gefecht gesetzt hatte oder ob sie einfach nur k. o. gegangen war, aber das sollte mir erst einmal egal sein. Ein Stockwerk tiefer hörte ich einen Schrei.

„So ein Mist, sie steht mit Phillippa in Verbindung. Das hätte ich mir denken können!" Ich schnappte mir die Stoffpuppe und versteckte sie unter meinem Pullover, während ich auf dem Absatz kehrtmachte, um zur Hintertreppe zu laufen.

Der Krawall vor dem Haus wurde lauter.

Ich hoffe, du hast die Tür aufgekriegt! Du bekommst nämlich jeden Moment Besuch!, warnte ich Christian.

Er antwortete nicht, und ich hatte keine Zeit nachzuhaken. Als ich den Treppenabsatz im zweiten Stock erreichte, stürzte sich eine dunkle Gestalt auf mich. Meine Schutzbanne leuchteten augenblicklich gold und weiß auf, und der GAGA-Lakai bekam mich nicht zu fassen. Ich rannte weiter, so schnell ich konnte, doch er heftete sich an meine Fersen. Keuchend polterte er hinter mir die Treppe hinunter.

Die letzten Stufen übersprang ich mit einem Satz, aber mein

schlimmes Bein gab nach, und ich stürzte zu Boden. Mein Widersacher stolperte über mich und schlug der Länge nach hin. Ich rappelte mich mühsam auf, während meine Banne smaragdgrün aufleuchteten. Plötzlich flog die Tür zum Keller mit einem ohrenbetäubenden Knall aus den Angeln. Ich trat nach dem GAGA-Typen, als er mich zu fassen versuchte, und hinkte, so schnell ich konnte, zur Hintertür. Dabei warf ich einen Blick über die Schulter, um mich zu vergewissern, dass Christian mir folgte.

Ein großer, gut aussehender Mann mit verklebtem dunkelblondem Haar und eingefallenen Wangen kam aus dem Keller gewankt. Die zerschlissenen Lumpen, die er trug, hingen an seinem abgemagerten Körper herunter. Er war in einem Zustand, in dem kein menschliches Wesen überlebensfähig gewesen wäre. Als er mir folgen wollte, stolperte er und musste sich an einem Stuhl festhalten.

Er sah mich hohläugig an.

„Geliebte", flüsterte er so leise, dass ich es kaum hören konnte.

„Ja, ich bin Christians Geliebte", entgegnete ich und hinkte auf ihn zu.

„Nein, nein, nein!", schrie der GAGA-Typ und sprang auf. „Der gehört uns! Den bekommst du nicht!"

Ich schnappte mir den Teekessel von der Küchentheke, versah ihn mit dem letzten bisschen Energie, das mir noch geblieben war, und zog ihn dem Kerl über den Schädel. Er hatte nicht die geringste Chance.

„Komm schnell, es ist höchste Zeit!", sagte ich zu Sebastian, stützte ihn und versuchte ihn zur Tür zu zerren. „Wir müssen raus hier, bevor das Triumvirat …"

Ein regelrechter Schauder ging durch das Haus.

„Zu spät!" Stöhnend schleppte ich den Vampir zur Tür. Dabei

wurde ich von einer Energiewelle erfasst und gegen die Küchentheke geworfen. Nach Atem ringend klammerte ich mich an Sebastian fest, während ich von unglaublichen Schmerzen heimgesucht wurde. Meine Banne waren von der Macht des Triumvirats zerstört worden. Sebastian drohte zu stürzen und hielt sich an der Theke fest. Ich krallte meine Finger in den zerfetzten Stoff, der ihm über den Rücken hing, und kämpfte gegen die Schmerzen an, um die letzten paar Schritte zur Tür zu schaffen. Wenn es uns gelang, das Haus zu verlassen, hatte die Macht des Triumvirats wesentlich weniger Einfluss auf uns. Die Tür war zwar mit einem Bann versehen, aber den hatte ich mir bereits beim Hereinkommen angesehen. Ich stützte Sebastian, so gut es ging, und begann den Bann zu lösen. Dabei biss ich die Zähne zusammen, denn zu den Schmerzen, die ich auszuhalten hatte, kam noch der entsetzliche Gestank von Dämonen. Meine Kräfte schwanden rasch, und die letzten Reserven gingen dafür drauf, Sebastian Halt zu geben und den Machtsalven des Triumvirats standzuhalten. Mit einem Schluchzer, der einem Stoßgebet gleichkam, brach ich schließlich den Bann, riss die Tür auf und zerrte Sebastian hinaus in den Regen.

Die Fensterscheiben über unseren Köpfen zerbarsten, und es regnete Glassplitter auf die Pflastersteine, während ein wütendes Grollen die Nacht erfüllte.

„Komm!“, trieb ich Sebastian an, obwohl ich selbst vor Schmerzen kaum laufen konnte. „Wir müssen hier weg!“

Wir stolperten über Steine und stürzten zweimal in Matsch und durchweichten Rasen, aber es gelang mir, Sebastian durch den kleinen Garten in die Gasse zu bringen, die auf die Straße führte, wo Raphael seinen Wagen abgestellt hatte. Auf halbem Weg kam uns Roxy entgegen.

„Allmächtiger, ihr seid ja voller Blut!“

„Hilf mir!“, keuchte ich von Seitenstechen geplagt. „Ich kann ihn nicht mehr halten.“

Sie griff beherzt zu und nahm mir einen Teil der Last ab, und mit vereinten Kräften schafften wir es, Sebastian zu Raphaels Auto zu schleppen. Er ließ sich auf den Rücksitz fallen und begrub Roxy dabei unter sich, die versucht hatte, ihn in den Wagen zu ziehen. Raphael kam, gefolgt von mehreren GAGA-Mitarbeitern, die Straße heruntergelaufen.

„Steig ein!“, brüllte er, als ich mich zu der Gasse umdrehte.

„Ich kann nicht. Christian ist noch nicht da!“

„Steig in das verdammte Auto!“

Ich schüttelte den Kopf und trat von der geöffneten Tür zurück. „Christian ist noch im Haus!“

Dafür, dass er so ein großer, stämmiger Kerl war, konnte Raphael unglaublich schnell laufen, das musste man ihm lassen. Aber seine Verfolger hatten Wut im Bauch, und das bedeutete, dass Raphael keine Zeit hatte, sich anzuhören, dass ich unter keinen Umständen ohne Christian wegfahren würde. Er packte mich einfach, warf mich zu Roxy und Sebastian auf die Rückbank, sprang auf den Fahrersitz, ließ den Motor an und gab Gas. Als er losraste und einem der Gemeinschaftsmitarbeiter auswich, der auf uns zurannte, wurden wir auf der Rückbank tüchtig durcheinandergewürfelt.

Raphael fluchte und machte abermals einen Schlenker, doch der dumpfe Aufschlag, den wir hörten, ließ darauf schließen, dass der zweite GAGA-Mitarbeiter nicht so behände war wie der erste.

„Nichts passiert“, sagte Raphael nach einem Blick in den Rückspiegel. Ich lag halb auf Sebastian und richtete mich mühsam auf. „Hab ihn nur mit dem Kotflügel erwischt. Er ist schon wieder aufgestanden. Wir haben es geschafft!“

Ich drehte mich um und sah vier Männer auf der regennassen

Straße hinter uns herlaufen. Das im Hintergrund hoch aufragende Haus schien alles mit wachsamem Blick zu beobachten.

Ich ließ mich in den Sitz sinken, und ein stechender Schmerz durchzuckte mein Herz. „Nein, wir haben es nicht geschafft. Wir haben Christian zurückgelassen."

16

Roxy hatte alle Hände voll zu tun, um zu verhindern, dass ich mich aus dem Wagen stürzte, wenn Raphael unterwegs an einer Ampel anhalten musste. Ich fluchte still vor mich hin und dachte ernsthaft daran, sie mit einem Fluch zu belegen – nur mit einem ganz kleinen –, aber letztlich nützte alles Schluchzen und Betteln und Drohen nichts. Raphael fuhr beharrlich weiter, bis wir vor Christians Haus ankamen.

Was in Sebastian vorging, wusste ich nicht. Er wirkte irgendwie weggetreten, und wie ich zu meiner Schande gestehen muss, war es mir in diesem Moment auch ziemlich egal, was er dachte. Ich hätte ihn liebend gern gegen Christian eingetauscht.

„Guten Abend, Mrs. Turner", sagte ich zu Christians Haushälterin, als sie uns öffnete. „An Raphael und Roxy erinnern Sie sich ja sicherlich noch, und das hier ist ein Freund von Christian." Ich zeigte auf Sebastian, der wie tot in Raphaels Armen hing. „Er … äh … ihm geht es gerade nicht so gut, und Christian hat uns gebeten, ihn herzubringen."

Da Mrs. Turner Christian ohnehin für einen Exzentriker hielt, konnte sie die Tatsache, dass die Freundin ihres Arbeitgebers mit zwei Leuten, die sie nur flüchtig kannte, und einem fast toten Mann Einlass begehrte, anscheinend nur wenig beeindrucken, denn sie trat ohne mit der Wimper zu zucken zurück und ließ uns ins Haus. Sie blinzelte zwar irritiert, als sie mir in die Augen sah, aber sie war offenbar hart im Nehmen, denn sie fiel weder in Ohnmacht, noch lief sie schreiend davon.

„Wird Mr. Dante auch in Kürze eintreffen? Eine junge Dame

wartet nämlich auf ihn“, sagte sie, als wir die Treppe hochgingen.

Ich blieb stehen. „Ach ja? Was denn für eine junge Dame?“

„Schön, dass du dich nicht mehr gegen dein Schicksal sträubst“, rief Roxy von oben. „Das war das eifersüchtigste ‚Was denn für eine junge Dame?‘, das ich jemals gehört habe.“

„Christian wurde …“ Von mir getrennt … gefangen genommen … gezwungen, ungeahnte Qualen zu erleiden, ging mir durch den Kopf. „… aufgehalten. Kann ich vielleicht helfen?“

Mrs. Turner sah mich skeptisch an. „Die junge Dame sagte, Mr. Dante habe sie gebeten, eine gesprungene Bodenfliese im Keller auszubessern.“

Die Wächterin! Die hatte ich völlig vergessen. Sie hatte sich wirklich einen günstigen Zeitpunkt ausgesucht, um das Höllenportal zu verschließen.

„Wenn es Sie beruhigt, rede ich gleich mal mit ihr.“

Mrs. Turner sah zwar nicht besonders beruhigt aus, aber vermutlich hielt sich mich für das kleinere Übel, denn sie nickte nur und eilte geschäftig davon, um irgendetwas abzustauben. Ich hinkte, so schnell ich konnte, die Treppe hoch.

„Das hat mir gerade noch gefehlt! Jetzt muss ich mich auch noch um diese Wächterin kümmern, dabei ist es viel wichtiger, Christian zu retten.“

„Du weißt doch gar nicht, ob ihm etwas passiert ist“, bemerkte Raphael und trug Sebastian in Christians Schlafzimmer.

Ich ging hinter ihm her und wünschte, ich könnte meinen Schmerz und meine Frustration laut hinausschreien. „Klar, er ist in einem Haus voller Geister- und Vampirjäger, ganz zu schweigen von mindestens einem Dämon und einem Triumvirat, das uns mühelos alle vernichten könnte, und ich soll mir keine Sorgen machen? Leider weiß ich es besser! Christian hat sich garantiert für Sebastian geopfert, und jetzt steckt er in

Schwierigkeiten, und ich muss ihn retten. Würdet ihr Sebastian also bitte ins Bett packen? Ich schaue gleich noch mal rein, bevor ich losziehe, um den Mann zu retten, den ich liebe." Ich ging zur Tür.

„Aber in diesem Zustand kannst du ihn doch nicht sich selbst überlassen! Sogar ich sehe, dass er es nicht mehr lange macht", sagte Raphael, als er Sebastian aufs Bett legte. Der Dunkle war zu schwach, um sich zu bewegen, und lag saft- und kraftlos da.

Ich blieb in der Tür stehen. So ein Mist! Musste ich mich denn um alles kümmern? „Er braucht Blut", erklärte ich.

Roxy und Raphael sahen Sebastian skeptisch an. Ich machte eine wegwerfende Handbewegung. „Das ist offensichtlich. Ich kann seinen Hunger bis hierher spüren. Einer von euch muss ihm zu trinken geben."

„Zu trinken?", fuhr Roxy auf. „Du meinst … Blut?"

Ich schnalzte ungeduldig mit der Zunge. „Nur ein kleines bisschen! Denk dir einfach, du gehst Blut spenden. Ich habe jetzt wirklich keine Zeit, euch das lang und breit zu erklären. Ich muss Christian retten."

„Und wie willst du das anstellen?", fragte Raphael, während Roxy Sebastian entgeistert anstarrte. Letzterer begann sich unter ihrem Blick zu rühren, als wollte er protestieren. „Du hast es doch selbst nur mit knapper Not aus dem Haus geschafft. Wie willst du Christian finden und ihn befreien – gesetzt den Fall, dass er nicht aus freien Stücken dort geblieben ist?"

„Christian ist stark! Er würde sich niemals dem Triumvirat ergeben. Niemals!", ging ich auf Raphael los.

„Will nichts von denen", flüsterte Sebastian kraftlos. Ich sah ihn mir an, wie er da lag in seinem zerrissenen Hemd. Die Rippen traten deutlich unter der straff gespannten Haut hervor. Er atmete schwer und langsam; viel zu langsam. Seine müden, hoffnungslosen Augen flehten mich an, ihn von seinem Albtraum zu erlösen. Ich war hin- und hergerissen zwischen dem Drang, loszurennen und Christian zu retten, und der Notwendigkeit, seinem Freund zu helfen, der ihm so viel bedeutete.

Ich trat zögernd ans Bett. Wenn ich nicht etwas unternahm, würde Sebastian sterben. Er brauchte Hilfe, und auf Roxy und Raphael konnte ich nicht bauen. Sie verstanden es einfach nicht.

Ich hoffe, dir geht es gut, Christian. Ich hoffe, du verstehst, dass ich das hier erst noch erledigen muss.

Sebastian stöhnte in stummem Protest, als ich mich auf die Bettkante setzte.

„Du brauchst Blut", sagte ich leise zu ihm und rollte meinen Ärmel hoch. Roxy wich augenblicklich zurück, als ich Sebastian meinen Arm hinhielt.

Er schloss die Augen und kniff die Lippen zusammen.

„Mach schon", sagte ich und hielt ihm mein Handgelenk unter die Nase. „Bitte! Es ist meine freie Entscheidung. Christian würde wollen, dass du es tust."

Er atmete zischend durch die Zähne aus.

„*Ich* will es!"

Er wandte sein Gesicht ab.

Ich drückte mein Handgelenk an seine Lippen. „Himmelherrgott noch mal, ich musste noch nie jemanden anflehen, von meinem Blut zu trinken. Jetzt mach schon!"

Seine Hände flatterten hilflos über die Bettdecke. „Geht nicht", murmelte er. „Geliebte."

„Ach, verflucht …"

„Was ist los?", fragte Roxy, als ich mich aufrichtete.

„Er will mein Blut nicht. Ich glaube, es hat etwas damit zu tun, dass ich Christians Geliebte bin."

„Freut mich, dass dir endlich ein Licht aufgegangen ist", entgegnete Roxy und tippte sich nachdenklich ans Kinn. „Weißt du, ich glaube, er kann dein Blut wirklich nicht trinken. Die Vereinigung ist noch nicht vollzogen, oder?“

Ich schüttelte den Kopf.

Sie fuhr mit der Kinntipperei fort. „Das ergibt Sinn. Wenn ein Dunkler einmal Anspruch auf eine Frau erhoben hat, ist sie in einer Art Warteschleife und für andere Dunkle tabu. Da die Vereinigung noch nicht stattgefunden hat, gehörst du noch nicht zu ihnen, aber du bist auch kein richtiger Mensch mehr, weil ihr bereits ein paar Schritte des Vereinigungsrituals absolviert habt.“

„Es fehlt nur noch der letzte“, erklärte ich. „Aber Moment mal, was soll das heißen – ich bin kein richtiger Mensch mehr?“

„Demzufolge, was Christian in einem von seinen Büchern geschrieben hat – du *musst* sie unbedingt lesen, sonst hast du ja überhaupt keine Ahnung von Dunklen, und das wird sich als echtes Handicap erweisen, wenn du erst mal mit einem verheiratet bist –, ist dein Blut jetzt Gift für alle anderen Dunklen.“

Ich starrte Roxy mit offenem Mund an. „Das ist ja wohl das Lächerlichste, was ich je gehört habe! Mein Blut ist nicht giftig!“

„Für Christian nicht, aber wenn du dem armen Sebastian nur ein bisschen was auf die Lippen tropfst, machst du ihn kalt, um nicht zu sagen, *eis*kalt!“

Wir schauten Sebastian an. Er lag so still und leblos da, dass man beinahe glauben konnte, er sei bereits tot. So konnte ich ihn nicht da liegen lassen, das ging einfach nicht. Christian würde nicht wollen, dass sein Freund litt, und ich konnte es nicht zulassen. Nicht, wenn es eine Möglichkeit gab, ihm zu helfen.

„Was willst du denn jetzt machen?“, fragte Raphael. Ich drehte mich lächelnd zu ihm um.

Er war k. o., bevor er den Schlag kommen sah.

„Was hast du getan?“ Roxy riss die Augen auf, als Raphael

zu Boden ging. Sie schaute von seinem gewaltigen Körper zu meiner kleinen Faust. „Und vor allem: *Wie* hast du das angestellt?"

Ich nahm Raphaels linken Arm und wies mit dem Kinn auf den rechten. „Hilf mir! Er wird nicht sehr lange bewusstlos sein. Ich habe einen Zauber benutzt, um meinem Schlag mehr Wirkung zu verleihen, aber das hält nicht lange an. Ich bin nicht besonders gut im Zaubern."

Roxy ächzte, als wir Raphaels Oberkörper so aufs Bett hievten, dass sein Kopf neben Sebastians Oberschenkel zu liegen kam. Ich rollte ihm den Ärmel hoch und hielt Sebastian seinen Arm hin. „Es ist angerichtet!"

Sebastian schaute von dem Handgelenk vor seinem Mund auf den bewusstlosen Mann herunter, der halb auf, halb neben dem Bett lag.

„Du hast keine andere Wahl", sagte ich. „Es mag dir unangenehm sein, das Blut von jemandem zu trinken, der an deiner Rettung beteiligt war, aber Roxy werde ich nicht dazu zwingen, und mein Blut willst du nicht. Entweder nimmst du mit Raphael vorlieb oder du bekommst gar nichts."

Sebastian nickte und öffnete den Mund, aber sein Widerwille war ihm deutlich anzusehen.

„Raphael wird *so* sauer auf dich sein", sagte Roxy und beobachtete mit großen Augen, wie Sebastian seine Zähne in Raphaels Handgelenk schlug. „Ich meine, *richtig* sauer, um nicht zu sagen, stinksauer!"

„Dann sag ihm, er muss eine Nummer ziehen", entgegnete ich, holte die Stoffpuppe unter meinem Pullover hervor und legte sie behutsam auf den Boden. „Es gibt eine Menge Leute, die schon vor ihm auf mich sauer waren. Solange Sebastian sich vollsaugt, kann ich das hier noch schnell erledigen."

„Was denn? Was ist das für eine Puppe?"

Ich erzählte ihr von dem Geist, den Guarda beschworen hatte, während ich mit Kreide einen Kreis auf den Boden zeichnete.

„Moment mal, wenn sie den Geist beschworen und an einen Hüter gebunden hat, was kannst du dann noch tun? Ich dachte, das ginge nach der Devise ‚Wer zuerst kommt, mahlt zuerst'?"

„Es gibt noch eine andere Devise, die mir besser gefällt", sagte ich und holte eine kleine Schere, ein Band und die Flasche mit dem Weihwasser aus meiner Tasche. „Wer's findet, dem gehört's!"

Roxy zögerte einen Augenblick, doch dann kam sie zu mir an den Kreis.

„Er wird Raphael doch nichts antun?"

Ich schaute zum Bett. „Sebastian!"

Der Dunkle öffnete die Augen, und ich stellte überrascht fest, dass sie strahlend blau waren und nicht mehr gräulich-schwarz wie zuvor. Er saugte gierig an Raphaels Handgelenk.

„He, trink nicht zu viel, er ist einer von den Guten, verstanden?"

Er nickte matt.

Ich setzte mich vor den Kreis und schnitt mir eine lange Haarsträhne ab.

„Ich will ja nicht unhöflich sein, aber … äh … vertraust du ihm?"

„Ja." Ich sah zu Roxy auf. „Ich dachte, du bist hier die Expertin für Dunkle. Dann solltest du wissen, dass Sebastian sich Raphael verpflichtet fühlt. Er würde ihm niemals etwas Böses tun."

„Oh. Da hast du vermutlich recht. Es ist nur … Raphael ist ein guter Freund, und ich fände es nicht so gut, wenn ihm … äh … der Saft ausgeht, wenn du verstehst, was ich meine."

Ich lächelte. „Das wird nicht passieren. Sebastian passt auf."

„Das spürst du?"

Ich nickte. „Das spüre ich."

„Okay.“ Nach einem letzten Blick auf das Bett setzte Roxy sich neben mich. „Wie willst du den Geist denn in deinen Besitz bringen?“

Ich schob die Puppe in den Kreis und legte ihr die abgeschnittene Haarsträhne um den Hals. „Eigentlich habe ich das noch nie gemacht, ich weiß also nicht, ob es funktioniert. Theoretisch müsste es klappen, aber wer weiß?“

Das Band benutzte ich dazu, der Puppe die Hände auf dem Rücken zusammenzubinden. Dann kramte ich in meiner Tasche und holte ein pflaumenfarbenes Stoffbündel heraus, in das ein langer silberner Gegenstand eingewickelt war.

„Das ist ja zauberhaft. Was ist das?“

Ich hielt es hoch, damit Roxy die beiden Figuren am oberen Ende, ein eng umschlungenes Liebespaar, sehen konnte. „Das ist eine Hutnadel, wie man sie von früher kennt. Ein Zauberer, mit dem ich befreundet bin, hat sie für mich gemacht. Ich verwende sie allerdings für magische Zwecke.“

„Cool. Führt das Ding Befehle aus?“

Ich schüttelte den Kopf, vergewisserte mich mit einem raschen Blick, dass bei Sebastian und Raphael alles in Ordnung war, dann zeichnete ich die nötigen Bindesymbole in die Luft und schloss den Kreis um die Puppe, wobei ich darauf achtete, dass meine Hände auch in seinem Inneren blieben. Als Nächstes stach ich der Puppe mit der Hutnadel ins Herz.

„Diese Nadel sticht in dein Herz hinein, von nun an sollst du nur an mich gebunden sein.“

„Wow, Magie!“, sagte Roxy mit großen Augen.

Ich schnitt das Band durch, mit dem ich die Arme der Puppe zusammengebunden hatte, was die Zerstörung der Bindung des Geistes an Guarda symbolisierte. „Hielten alte Bande früher dich, bist du jetzt gebunden an mich.“

„Warum müssen sich solche Formeln eigentlich immer reimen? Ich meine, als hohe Dichtkunst kann man das nun wirklich nicht bezeichnen."

„Ich fürchte, es wird noch schlimmer", entgegnete ich, während ich meine abgeschnittene Haarsträhne in die verfilzte Wolle auf dem Kopf der Puppe flocht. „Jetzt bin ich ein Teil von dir, also gehorchst du nur noch mir!"

Roxy stöhnte.

„Jetzt kommt der letzte Spruch."

„Gut. Viel länger könnte ich das nämlich nicht ertragen. Du solltest wirklich einen Lyrikkurs belegen, bevor du so was noch mal machst. Nimm dir ein paar schöne alte Oden als Beispiel, das würde helfen."

Ich stach mir mit der Hutnadel in die Fingerkuppe und tupfte das Blut, das ich herausdrückte, auf zwei einander gegenüberliegende Stellen auf dem Kreis. „Mit meinem Blut befehle ich dir: Hör auf mich und komm zu mir!"

„Au Mann, das war ziemlich schwach! Aber, hey, es funktioniert!"

Ich zog meine Hände aus dem Kreis, als die Luft darin trüb wurde, zuerst hellgrau, dann immer dunkler, bis schließlich das schimmernde Bild eines kleinen Mädchens in einem viktorianischen Kleid erschien.

Ich verankerte den Geist. „Wie heißt du?"

„Honoria Entemann."

Roxy pfiff anerkennend.

„Honoria Entemann, möchtest du befreit werden?"

Ich schwöre, in ihren Geisteraugen glitzerten Tränen. Sie drückte ihre Geisterpuppe an sich und nickte. „Bitte."

Ich stand auf, zeichnete Schutzsymbole in die Luft, verstreute Ginsengpulver um den Geist, konzentrierte mich und sprach die Befreiungsformel. Mit geschlossenen Augen nahm ich alle Kraft zusammen, um den Geist auf die Reise zu schicken.

„Ganz schön spannend! Aber sollte da jetzt nicht etwas passieren?"

Ich öffnete die Augen. Der Geist stand immer noch mit Tränen in den Augen vor mir. Ich fluchte leise vor mich hin und stöpselte vorsichtig das Ginsengfläschchen zu.

„Allerdings sollte da was passieren, aber ich habe jetzt keine Zeit herauszufinden, was schiefgegangen ist. Esme, ich rufe dich!"

Esme tauchte vor uns auf. „Oh, Sie haben noch jemanden herbeigeniest! Was für ein hübsches kleines Mädchen! Wo kommst du denn her?"

Honoria stürzte schluchzend in Esmes Arme.

Ich hinkte zum Bett. „Ich habe sie nicht beschworen, sondern von Guarda gelöst. Geht es Joy und den anderen gut?"

Esme tätschelte Honoria die Hand. „Ja, Joy geht es gut. Sie hat Antonio dreimal hintereinander beim Strip-Poker geschlagen, aber ich glaube nicht, dass ihm das viel ausgemacht hat. Jem wollte sich die Zunge piercen, aber irgendetwas ist schiefgelaufen, und jetzt ist sie weg."

Ich stutzte. „Was ist weg? Der Stecker, oder was meinen Sie?"

„Nein, seine Zunge. Er ist ziemlich in Aufruhr deswegen."

Ich atmete tief durch und verdrängte rasch den Gedanken an eine frei umhersegelnde Geisterzunge. „Ich habe versucht, Honoria zu befreien, aber es ging nicht, und ich muss Christian retten, sobald ich mit Sebastian gesprochen habe und weiß, was Christian in diesem Haus hält, deshalb wäre es sehr nett, wenn Sie sich ein Weilchen um sie kümmern …"

„Nichts lieber als das! Komm, meine Kleine! Ich muss dir etwas Tolles zeigen. Wir haben hier einen Fernseher, und wenn wir Glück haben, läuft gerade *Buffy* auf BBC 2 …"

Die beiden verschwanden, und ich strich Sebastian sanft über den Kopf. „Ich denke, das sollte genügen."

Er löste langsam seinen Mund von Raphaels Handgelenk, leckte es ab und ließ den Arm los.

„Wow“, hauchte Roxy, als sie sah, wie die beiden kleinen Wunden an Raphaels Handgelenk innerhalb kürzester Zeit verschwanden.

Ich betrachtete Sebastian prüfend. Er sah immer noch furchtbar aus, aber zumindest war seine Haut nicht mehr so grau wie zuvor. „Ruh dich kurz aus, dann muss ich mit dir reden.“

Er schloss die Augen.

Roxy und ich schleppten Raphael zu dem Sessel neben dem Bett und setzten ihn hinein. Ich breitete eine Wolldecke über ihm aus und lief rasch nach unten in die Küche.

Als ich kurz darauf wiederkam und einen Teller mit einem Stück Napfkuchen und ein Glas Apfelsaft für Raphael hinstellte, damit er sich stärken konnte, wenn er wach wurde, sah Roxy mich nachdenklich an. „Weißt du, ich fand die Welt der Dunklen immer äußerst faszinierend, aber ich muss zugeben, dass es ein bisschen gruselig ist, wenn man einem Vampir dabei zusieht, wie er vom Blut eines guten Freundes trinkt.“

Ich legte eine Hand auf Raphaels Stirn und öffnete ihm mein Bewusstsein. Ich war zwar nicht besonders gut im Erspüren der Gefühle anderer, aber es schien Raphael nicht schlecht zu gehen. „Ich denke, er ist okay. Sebastian war vorsichtig, und Raphael wird sich vermutlich gar nicht daran erinnern, wenn du es ihm nicht auf die Nase bindest.“

Roxy sah mich entgeistert an. „Ich glaube, das lasse ich lieber.“

Ich schaute zu Sebastian. Er hatte seine himmelblauen Augen geöffnet und einen Hauch von Farbe im Gesicht.

„Kannst du sprechen?“

Er schluckte einige Male und nickte. „Ein bisschen.“

Er hatte einen Akzent, allerdings einen anderen als Christian. Vielleicht einen französischen.

Roxy zuckte zusammen. „Autsch. Du klingst ja, als hättest du mit Glasscherben gegurgelt."

Das stimmte zwar, aber befragen musste ich ihn trotzdem. Ich hatte getan, was ich konnte, um ihm fürs Erste über die Runden zu helfen, und nun musste er mir helfen. „Hast du gesehen, was Christian zugestoßen ist, als er kam, um dich zu retten?"

Sebastian schüttelte den Kopf und hob matt die Hand, um sich ans Auge zu tippen. „Konnte nichts sehen. Blind."

„Oh, tut mir leid. Aber jetzt kannst du wieder sehen, ja?"

Er nickte.

„Du weißt, dass Christian dich gerettet hat?"

Er verzog die Lippen zu einem Lächeln, aber ausgemergelt, wie er war, sah es zum Fürchten aus. „Ja. Wusste, dass er kommt. Brüder."

Ich starrte ihn an. Christian hatte nie einen anderen Bruder als den erwähnt, den er in jungen Jahren verloren hatte. „Christian ist dein Bruder?"

Sebastian schüttelte den Kopf, nestelte mit seinen langen Fingern an der Decke und legte die Hand auf sein Herz.

„Oh, ach so, im Herzen seid ihr Brüder. Dann wirst du ja verstehen, dass ich sehr besorgt um ihn bin. Hält ihn jemand gefangen?"

Sebastian sah mich schmerzerfüllt an. „Wusste nicht. Hatte nicht gedacht, dass er so schnell wiederkommt."

„Wer? Die Person, die dich gefangen hielt? Hält sie auch Christian gefangen?" Mir kam es vor, als verdickte sich die Luft in meinen Lungen, sodass ich nicht mehr atmen konnte.

Sebastian schluckte einige Male. „Asmodeus", stieß er schließlich hervor.

Mir gefror das Blut in den Adern. Nicht nur meine Atmung setzte aus, sondern auch mein Herz. Es war ein Wunder, dass ich überhaupt noch denken konnte. Aber vielleicht litt ich auch unter Wahnvorstellungen. Vielleicht hatte ich mir nur eingebildet, dass Sebastian den Namen des Dämonenfürsten ausgesprochen hatte; den Namen eines furchtbaren Wesens, das einst ein Mensch gewesen war und nun eine Armee des Schreckens von solcher Macht anführte, dass sogar Zauberer und Magier sich nicht mit ihm anlegen wollten. Ja, so musste es sein, ich hatte mich bestimmt nur verhört: Sebastian hatte den Namen eines der furchterregendsten Wesen der Welt gar nicht genannt.

„Ein Dämonenfürst." Ich atmete aus, und plötzlich gelangte auch wieder Luft in meine Lungen.

„Oh, das bedeutet Ärger. Das weiß ich aus Christians Büchern."

Sebastians verhangener Blick ließ ahnen, was Christian bevorstand, und mir stiegen die Tränen in die Augen.

„Ich werde nicht zulassen, dass er das Gleiche erleidet wie du", schwor ich und drückte ihm die Hand. Sie fühlte sich kraftlos an, doch ich spürte, wie stark er gewesen war, bevor man ihm so zugesetzt hatte. „Du musst mir helfen, Sebastian. Du musst mir alles sagen, was du über Asmodeus weißt! Wieso steckt er mit Eduardo und Guarda unter einer Decke?" Ich packte ihn am Kragen seines zerrissenen Hemds, um ihm klarzumachen, wie ernst es mir war. „Du musst mir ganz genau schildern, was dir widerfahren ist, wie sie dich geschnappt haben und wie sie dich so schwächen konnten, dass du weder in der Lage warst zu fliehen, noch auf Christians Rufe zu reagieren, aber vor allem musst du versuchen, dich genau daran zu erinnern, wie Christian dich gerettet hat!"

„Allie, ich glaube, du erwürgst ihn gleich. Und ich für meinen Teil bin schon fast taub, und wenn du nicht willst, dass Christians Haushälterin herbeigelaufen kommt, dann solltest du ein bisschen leiser sprechen!"

Ich schaute auf meine Hände und stellte fest, dass Sebastian tatsächlich keine Luft mehr bekam, weil ich so fest zudrückte. Er wehrte sich jedoch nicht und sah mich nur an, als hätte ich das Recht, ihn zu erdrosseln.

„Tut mir leid", sagte ich, ließ sein Hemd los und strich es glatt. „Ich wollte dich nicht anschreien. Und sieh mich nicht so an. Ich gebe dir nicht die Schuld an dem, was passiert ist."

„Er ist nur meinetwegen da hineingeraten", entgegnete Sebastian krächzend. Ob ihn das Wissen schmerzte, dass Christian sich für ihn geopfert hatte, oder ob ich seinem Hals tatsächlich Schaden zugefügt hatte, wusste ich nicht, aber so oder so konnte ich ihn nicht unnötig leiden lassen.

Roxy lief zu Raphael, als er plötzlich im Schlaf zu stöhnen begann. „Ich glaube, er kommt zu sich. Und er sieht jetzt schon sauer aus!"

Ich nickte kurz, dann wandte ich mich wieder Sebastian zu. „Christian ist nicht der Typ, der tatenlos zusieht, wenn jemandem ein Unrecht widerfährt", sagte ich und zog ihm die Decke über die Brust.

„Roxy?" Raphael versuchte sich aufzurichten. „Was is'n passiert?", murmelte er benommen.

„Ich habe Allie gesagt, dass du sauer sein wirst! Alles in Ordnung mit dir? Du siehst ein bisschen benebelt aus."

Sebastian zupfte unruhig an der Decke. Ich tätschelte ihm die Hand. „Besonders dann nicht, wenn jemand in Schwierigkeiten steckt, der ihm etwas bedeutet. Christian hat nur wenige Freunde, aber die bedeuten ihm alles, und er würde Himmel und Hölle in Bewegung setzen, um denen zur Seite zu stehen, die er liebt …"

Einer Frau beispielsweise, die seine Seele retten könnte.

„Bin auch benebelt. Was hab ich'n abgekriegt?" Raphael saß nun aufrecht da, schüttelte den Kopf und betastete vorsichtig sein Kinn.

Als ich den Schmerz in Sebastians Augen sah, schämte ich mich für meinen Egoismus, der mich davon abgehalten hatte, mich mit Christian zu vereinigen, wie ich es hätte tun sollen. Er hatte die ganze Zeit gesagt, dass uns die Vereinigung mehr Macht verlieh, als wir durch die bloße Addition unserer Kräfte erreichen konnten, und trotzdem hatte er mich nie zu dem letzten Schritt gedrängt, und ich hatte mich nicht ein Mal von ihm unter Druck gesetzt gefühlt. Er hatte mir den Eindruck vermittelt, auch ohne die Vollendung des Rituals glücklich mit mir zu sein, doch ich wusste ganz genau, dass ich schuld daran war, dass man ihn nun in diesem Haus gefangen hielt, während ich hier gesund und wohlbehalten mit Sebastian saß.

„Äh, das war Allies Faust", sagte Roxy zu Raphael. „Aber sie hatte einen guten Grund, dir eine zu verpassen."

„Nein!", rief ich und krallte meine Finger in die Bettdecke.

„Du hattest *keinen* guten Grund?", fragte Roxy verwundert, während sie Raphael aus den Augenwinkeln beobachtete. Er versuchte aufzustehen, aber erst beim dritten Versuch kam er auf die Beine. „Äh … ich dachte, es war wegen der Faubtierrütterung?" Sie sah mich bedeutungsvoll an.

„Stimmt ja auch. Ich hatte einen sehr guten Grund dafür, Raphael eine zu verpassen. Ich meinte, nein, ich werde nicht zulassen, dass Christian wegen meiner Dummheit leidet."

„Wenn du Christian schlägst, wie du mich geschlagen hast, wie kannst du dann sagen, dass du ihn nicht leiden lassen willst?", beschwerte sich Raphael und bewegte prüfend seinen Unterkiefer hin und her.

„Sie hat ein bisschen gezaubert, damit sie mehr Schlagkraft hat", erklärte Roxy rasch. Ich sah sie böse an. „Was? Raphael soll doch nicht denken, ihn könnte jeder X-beliebige einfach so umhauen."

„Sehr freundlich, Roxy. Aber ich wäre euch dankbar, wenn

ihr mir jetzt mal erklären könntet, warum es nötig war, mich auszuknocken."

„Ich brauchte Blut", meldete Sebastian sich zu Wort. „Du hast mir das Leben gerettet."

Raphaels Blick verfinsterte sich. „Wie bitte?"

„Siehst du? Ich habe dir doch gesagt, er wird sauer sein!"

Ich hob beschwichtigend die Hand, denn Raphael sah mich an wie ein wütender, angriffsbereiter Stier. „Raphael, ich werde dir das alles später erklären. Jetzt hat Christian erst mal oberste Priorität. Also, Sebastian, ich will alles, jede Kleinigkeit, an die du dich erinnern kannst! Fang ganz von vorn an, als du geschnappt wurdest, und lass nicht die kleinste Kleinigkeit …"

Die Schlafzimmertür flog auf, und ein heftiger Windstoß fegte in den Raum. Ich erstarrte, als mir ein vertrauter Geruch in die Nase stieg.

„Du hast dem Vampir mein Blut zu trinken gegeben? Du hast mich ausgeknockt und ihn mein Blut trinken lassen? Ohne mich vorher um Erlaubnis zu fragen?"

„Allie, wir haben ein Problem!", rief Esme, die in diesem Moment mit dem unheilvollen Wind ins Zimmer wirbelte.

„Und du hast einfach zugesehen, wie sie mich umhaut und an den Vampir verfüttert?"

„Also ehrlich, Raphael, was sollte ich denn tun? Sie ist größer als ich und hat alle möglichen coolen Tricks drauf. Und abgesehen davon *brauchst* du das ganze Blut doch gar nicht. Hat dir deine Mutter nicht beigebracht, mit anderen zu teilen?"

Honoria klammerte sich mit vor Angst weit aufgerissenen Augen an Esme, die mich besorgt ansah.

„Das ist *mein* Blut! Da habe ich ja wohl bei der Frage, wozu es verwendet wird, ein Wörtchen mitzureden!"

„Ein Problem?", fragte ich matt. Eigentlich wollte ich es gar nicht wissen.

„Du wirst mir das Ganze *auf der Stelle* erklären, Allie, und nicht erst später!", knurrte Raphael und kam auf mich zu.

Gleich ist es so weit, dachte ich, gleich schnappe ich über! Wenn jetzt noch eine winzige Kleinigkeit dazukommt …

„Tut mir leid, meine Liebe, aber der Dämon ist anscheinend wieder da. Im Erdgeschoss ist schon alles voll von Dämonenrauch. Und ich befürchte, der Keller wurde geradewegs in die H-Ö-Doppel-L-E hineingesaugt."

… dann platzt mir der Kopf!

17

„Natürlich! Ausgerechnet wenn Christian mich braucht, häufen sich hier die Notfälle! Erst Sebastian, dann ein Dämon. Was kommt als Nächstes? Die Apokalypse?“, schimpfte ich vor mich hin und packte hastig meine Tasche. Das Weihwasser kam als Letztes hinein, damit ich es griffbereit hatte.

„Es tut mir so leid, dass ich Ihnen den Abend verderbe“, entschuldigte sich Esme.

„Was hat Esme eigentlich damit gemeint, dass der Keller gerade …“

Ich hielt Roxy den Mund zu. „Sprich niemals das H-Wort aus, wenn ein Dämon im Haus ist!“

Als sie mit großen Augen nickte, nahm ich die Hand von ihrem Mund. „Ich habe keine Ahnung, was da unten passiert ist, und ich gehe wohl besser mal nachsehen, anstatt Christian zu retten, was ich eigentlich tun sollte.“ Ich warf mir die Tasche über die Schulter und verließ das Schlafzimmer. „Diese verdammte Wächterin! Was zum … Truthahn“ – auch das T-Wort spricht man nicht aus, wenn Lakaien der Hölle in der Nähe sind – „hat sie angerichtet?“

„Woher soll ich das wissen? Ich bin ja nur ein Futtersack, den man vampirischen Gästen zur Begrüßung um den Hals hängt!“

Ich blieb auf der Treppe stehen und drehte mich zu Raphael um, der mir gefolgt war. „Hör mal, Raphael, ich weiß es wirklich zu schätzen, dass du mir helfen willst, aber das hier musst du mir überlassen. Wenn Dämonen im Spiel sind, halten Menschen sich am besten raus.“

„Ach, und du bist kein Mensch?"

Ich grinste ihn an und hinkte die Treppe hinunter. „Roxy zufolge bin ich kein richtiger Mensch mehr, nein. Und abgesehen davon bin ich Beschwörerin. Ich bin beruflich mit Magie befasst. Ich gehe dem Dämon nicht so leicht in die Falle wie du."

Raphael schaute mir skeptisch hinterher, als ich auf die Kellertür zuging. Esme hatte recht; das Erdgeschoss war voll von Dämonenrauch, und das konnte zweierlei bedeuten: Entweder hatte die Wächterin den Dämon beschworen, um ihn für immer zu verbannen, oder irgendetwas war völlig schiefgegangen. Bei meinem Glück kam wohl eher Letzteres in Betracht. Ich hoffte nur, die Turners waren schon zu Bett gegangen und bekamen von dem ganzen Chaos nichts mit.

Ich drehte mich zu Raphael um. Obwohl er stinksauer auf mich war, weil ich Sebastian von seinem Blut hatte trinken lassen, wollte er an meiner Seite kämpfen. Er war wirklich ein netter Kerl, und ich hatte es mir zur Regel gemacht, nicht zuzulassen, dass nette Jungs zu Dämonenfutter verarbeitet wurden. „Wenn du nicht auf mich hörst, dann hörst du vielleicht auf Joy."

Er runzelte die Stirn, und ich nickte. „Denk mal an sie! Würde sie wollen, dass du unnötigerweise dein Leben aufs Spiel setzt und ewige Verdammnis riskierst? Oder würde sie dir raten, das Problem den Experten zu überlassen?"

„Also …"

Ich war noch nie gut in Bewusstseinsbeeinflussung gewesen, aber ich musste es versuchen. Ich legte eine Hand auf Raphaels Arm, konzentrierte mich auf das, was er tun sollte, und gab ihm einen mentalen Schubs. „Ich glaube, Joy braucht dich jetzt mehr als ich, Raphael. Sie liebt dich. Ich bin sicher, sie will, dass du nach Hause kommst. Jetzt gleich!"

Er blinzelte und zog die Augenbrauen zusammen. „Ich …"

Offenbar musste ich noch einmal nachlegen. Ich ergriff seinen Arm mit beiden Händen und nahm alle Kraft zusammen. „Vielleicht braucht sie dich ja sogar *ganz dringend*!“

Er hob ruckartig den Kopf und brüllte die Treppe hoch: „Roxy! Wir müssen los! Zack, zack! Ich habe keine Zeit, auf dich zu warten!“

Als ich die Kellertür öffnete, zerrte Raphael bereits eine heftig protestierende Roxy aus dem Haus. Auf der Treppe stand dicker weißer Rauch, und dieses stinkende Hindernis musste ich wohl oder übel überwinden, wenn ich nach unten wollte.

„Hallo?“ Der Dämonenrauch war so dicht, dass ich hustete wie eine Kettenraucherin. „Äh … Wächterin? Sind Sie irgendwo hier unten?“

Ich bahnte mir einen Weg durch den ekelhaften Rauch, der übel nach Innereien stank, und spähte in den Keller.

„Tut mir leid, aber in den Weinkeller dürfen Sie nicht!“, ertönte eine Stimme aus dem Rauch, die ziemlich jung für eine Wächterin klang. Eigentlich zu jung. „Die Gasleitung hat ein Leck. Es wäre wohl das Beste, wenn Sie das Haus räumen, Mrs. Turner!“

„Ich heiße Allie, und den mit dem Leck in der Gasleitung kenne ich schon!“ Ich ging auf die offene Tür zum Weinkeller zu, aus dem der Rauch kam. Ich musste ein paarmal würgen, bevor ich es schaffte, den Raum zu betreten, aber als ich endlich drin war, traute ich meinen Augen nicht.

Mitten im Raum baumelte Dämon Sarra mit dem Kopf nach unten an einem Seil. Er war an einem Bein aufgehängt, hatte die Hände auf dem Rücken gefesselt, und sein Anzug sah etwas ramponiert aus. Unter ihm krabbelte eine Frau mit kurzem, lockigem rotem Haar um einen sorgfältig gezogenen Kreis und zeichnete Bindesymbole mit einem goldenen Stift.

Sie sah auf, als ich den Rauch wegwedelte, der aus dem

Riss im Fliesenboden aufstieg. „Sie sind Beschwörerin. Hallo! Ich bin Noëlle. Wussten Sie, dass Sie unterschiedliche Augen haben?"

Ich ging um den Dämon herum, der mich wütend anstierte. „Ja, ich weiß. Warum haben Sie Sarra an einem Bein aufgehängt?"

Sie zeichnete ein weiteres Symbol auf den Kreis. Es leuchtete grün auf, sobald sie den Stift abgesetzt hatte. „Er ist pampig geworden. Wenn man sie aufhängt, lernen sie sich zu benehmen. Mit dem Rauch rächt er sich. Gehören die Geister, die ich gesehen habe, eigentlich Ihnen?"

„Ja, allerdings. Und ich habe noch vier weitere. Ich belästige Sie nur ungern, aber ich bin in Eile, denn Christian wird von dem Meister dieses Monsters hier gefangen gehalten. Wenn Sie so freundlich wären, mir kurz und knapp zu schildern, was hier los ist, dann kann ich mich gleich auf den Weg machen, um ihn zu retten."

Sie hielt inne und lutschte an ihrem goldenen Stift. „Asmodeus, hm?"

Der Dämon knurrte, und hinter mir fiel ein Stück Putz von der Decke, doch wir taten so, als sei nichts passiert. Man sollte einen Dämon grundsätzlich nicht merken lassen, dass er einen erschreckt hat.

„Das ist ein harter Brocken, aber wie man in der Dämonenwelt munkelt, ist er geschwächt und sucht ein geeignetes Opfer, um zu seiner alten Stärke zurückzufinden und seine Macht wiederzuerlangen", erklärte die Wächterin.

„Also, Christian kann er nicht haben! Der gehört mir. Aber wenn wir jetzt vielleicht wieder auf den Dämon zurückkommen könnten ..."

Noëlle sah zu Sarra auf und lutschte weiter an ihrem Stift. „Ein hübsches Exemplar, nicht wahr? Mir gefällt die Gelfrisur.

Eine nette Idee. Der Schnurrbart ist allerdings ein bisschen zu viel, finden Sie nicht? Damit sieht er unglaublich schmierig aus."

„Ähm …"

„Aber da ich ihn ohnehin vernichten werde, spielt das wohl keine Rolle."

Ich stutzte, dann ging ich blitzschnell in Deckung, als der Dämon die Wächterin anfauchte und zwei Weinflaschen aus dem Regal flogen. „Vernichten? Ich dachte, Dämonen könnte man nicht zerstören."

Sie lachte, steckte sich den Stift hinters Ohr und wischte sich beim Aufstehen über die Knie. „Aber natürlich kann man sie zerstören! Was bringt man euch Beschwörern eigentlich bei? Es ist recht einfach, nur ein bisschen zeitaufwendig, weil man die vielen Symbole in der richtigen Reihenfolge zeichnen muss, und dann sind da ja noch die zwölf Worte, die man ihnen entlocken muss. Achtung!"

Nun war ich wirklich verwirrt. „Zwölf Worte? Und warum …" Ich sprang zur Seite, um der Holzbank auszuweichen, die plötzlich auf uns zusegelte. „Oh, danke!"

Noëlle drehte sich zu dem Dämon um und stemmte die Hände in die Hüften. „Das war nicht sehr nett! Müssen wir uns etwa noch mal über gutes Benehmen unterhalten?"

Sie zeichnete ein paar Symbole in die Luft, und der Dämon schrie auf und krümmte sich vor Schmerz. Mein Blick fiel auf die ein bis zwei Meter langen Risse, die in der Kellerwand erschienen. „Beeindruckend. Wenn wir jetzt …"

„Die zwölf Worte sind nötig, damit man einen Dämon zerstören kann, wussten Sie das nicht?" Noëlle kniete sich wieder vor den Kreis und zückte ihren Stift. „Man muss sie ihm entlocken, bevor man ihn vernichten kann, aber er spuckt sie natürlich nicht freiwillig aus. Das Ganze ist ziemlich aufregend."

„Verstehe“, entgegnete ich gedehnt. Die sorglose, unbeschwerte Art der Wächterin bereitete mir Sorgen. Wächter waren hoch angesehene Leute und in meinem Hexenzirkel durchaus gefürchtet, und diese fröhliche, sommersprossige Frau entsprach so gar nicht meinen Erwartungen. „Darf ich fragen, wie lange Sie das schon machen?“

Sie zeichnete ein weiteres Symbol. „Jetzt schon fast sechs Monate.“

„Sechs Monate?“ Ich verschluckte mich vor Schreck an meiner eigenen Spucke und musste so heftig husten, dass mir Tränen in die Augen stiegen. Sarra gackerte hämisch, und die Tür fiel aus den Angeln.

„Meine Mutter ist auch Wächterin“, erklärte Noëlle rasch. „Ich habe jede Menge Erfahrung, wirklich! Und allzu anstrengend ist der Job in der Regel ja nicht. Hier eine Geisteraustreibung, da ein Höllenportal verschließen, gelegentlich ein, zwei Dämonen zerstören – das ist alles nicht sehr aufwendig, und mir bleibt viel Zeit für meine eigentliche Arbeit.“

„Und die wäre?“, hakte ich nach.

„Ich schreibe das ultimative Buch über Werwesen.“

„Werwesen?“

„Ja, Sie wissen schon, Werwölfe, Werkatzen, Werkäfer und so weiter. Das ist ein äußerst faszinierendes Thema.“

Ich notierte mir im Geiste, dass man Raphael auf jeden Fall von Noëlle fernhalten musste. „Das klingt wirklich spannend, aber ich muss jetzt los. Es sind nur noch …“ Ich sah auf meine Uhr. „… zwei Stunden bis zum Sonnenaufgang, und ich muss Christian retten. Ich lasse Sie nur höchst ungern allein. Sind Sie sicher, dass Sie hier klarkommen?“

Sie sah mich erstaunt an. „Natürlich. Warum auch nicht?“

Ich zeigte auf Sarra. „Nun … das da ist immerhin ein Dämon, und ein mächtiger dazu …“

Sie zog die Nase kraus und winkte ab. „Machen Sie sich keine Sorgen. Ich habe die Situation unter Kontrolle."

Ich stieß mental einen Seufzer der Erleichterung aus, nahm meine Tasche und ging zur Tür.

„Ach, Allie?"

Ich drehte mich zu Noëlle um. Sarra zappelte herum, bis er in meine Richtung schaute, und fing an zu knurren, aber ich konnte dem Eimer, der auf mich zugeflogen kam, gerade noch ausweichen.

„Was das Opfer angeht, das Asmodeus sucht …"

Ich nickte.

„Er ist nicht auf einen Dunklen aus. Er will seine Geliebte."

Das war's. Ich hatte meinen persönlichen Sättigungsgrad erreicht. Ab jetzt konnte mich so gut wie gar nichts mehr umhauen. Ich starrte Noëlle noch ein Weilchen an, dann nickte ich abermals und ging benommen die Treppe hoch.

Na, prima. Asmodeus wollte, dass ich mich für Christian opferte. Roxy hatte mir zwar gesagt, dass irgendwann eine Geste der Opferbereitschaft von mir verlangt werden würde, aber davon, dass dabei ein verdammter Dämonenfürst im Spiel war, hatte sie keinen Ton gesagt.

Ich öffnete die Kellertür und trat in den dunklen Korridor, in dem inzwischen kein Dämonenrauch mehr war.

Stattdessen war er voll von echtem Rauch.

„Da sind Sie ja!", sagte Mrs. Turner. Sie stand bekleidet mit Gummistiefeln und einem rosa Bademantel an der Haustür und hatte einen Gesichtsausdruck, der dem Hund von Baskerville zu denken gegeben hätte. Ein dicker Schlauch schlängelte sich von draußen an Mrs. Turner vorbei durch den Flur bis in den Raum am anderen Ende. „Es brennt in der Küche."

„Tatsächlich." Mein linkes Augenlid zuckte. Sie fuhr zusammen und wendete rasch den Blick ab.

„Ich dachte nur, Sie würden es wissen wollen."

„Aha. Ist es denn gefährlich?"

„Jetzt ist die Feuerwehr ja da. Die sagen, es ist nicht so schlimm."

„Okay. Ich komme nachher wieder. Mit Christian. Oder auch nicht. Das hängt davon ab, wie die Sache mit dem Opfer ausgeht. Sein Freund ist oben im Schlafzimmer. Bitte stören Sie ihn nicht!" Dann fiel mir noch etwas ein. „Und wundern Sie sich nicht, wenn Sie hören, dass der Fernseher im Arbeitszimmer von allein an und aus geht."

Mrs. Turner kniff grimmig die Lippen zusammen.

„Und aus dem Keller hören Sie möglicherweise Geschrei und unheimliche Geräusche. Stören Sie sich einfach nicht dran!"

Sie zurrte den Gürtel ihres Bademantels fest.

„Ich bin dann mal weg. Wenn Christian und ich nicht bis zum Einbruch der Nacht zurück sind, würden Sie dann bitte Raphael St. John von *St. John Security Services* anrufen? Die Nummer steht im Telefonbuch. Er und Joy und Roxy werden schon wissen, was sie wegen Sebastian und den anderen zu unternehmen haben. Also dann …" Ich schaute nach draußen und stellte fest, dass es goss wie aus Kübeln. Ein kräftiger Wind trieb Regen und sogar kleine Hagelkörner vor sich her. „Was für ein herrlicher Morgen! Da mache ich doch einen kleinen Spaziergang zum Taxistand."

Mrs. Turner machte auf dem Absatz kehrt, verschwand vor sich hin murmelnd in ihrem Zimmer und knallte die Tür hinter sich zu. Als ich das Haus verließ, versah ich die Tür rasch mit dem mächtigsten Schutzbann, den ich kannte, und marschierte tapfer in den Regen hinaus, um den Mann zu retten, dessen Leben inzwischen untrennbar mit meinem verbunden war.

„Hallo! Ich bin Allie. Ich glaube, Sie haben etwas, das mir gehört", sagte ich zu der GAGA-Mitarbeiterin, die mir die

Haustür öffnete. „Er ist ungefähr eins sechsundachtzig groß, hat langes schwarzes Haar und trinkt am liebsten Null negativ."

Die dünne blonde Frau schürzte die Lippen und trat zur Seite, um mich einzulassen. Vor dem Schutzbann in der Tür blieb ich kurz stehen und sah ihn mir genau an. Die Symbole waren wesentlich komplizierter als alles, was ich bisher in dieser Richtung gesehen hatte. Wenn ich nicht genug Zeit hatte, um sie eingehend zu studieren, würde ich den Bann wohl nicht brechen können. Als ich das Haus betrat, leuchteten meine vier Schutzbanne grün auf.

„Die werden Ihnen nicht helfen", rief Phillippa vom Fuß einer langen, geschwungenen Treppe aus.

„Wahrscheinlich nicht, aber so fühle ich mich einfach besser. Ich nehme nicht an, dass Sie geneigt sind, mich an den Ort zu führen, wo Sie Christian festhalten?"

Sie ging an mir vorbei und öffnete eine große Flügeltür. „Festhalten? Der Dunkle ist nicht unser Gefangener, falls Sie das glauben. Ich werde ihn fragen, ob er Sie zu sehen wünscht."

„Wenn Sie so freundlich wären", entgegnete ich eine Spur zu gereizt, aber die deutlich wahrnehmbare Anwesenheit eines grauenerregenden Wesens mit einer Macht, wie ich sie noch nie gespürt hatte, machte mir Angst, und ich war zugleich wütend, weil Christian von derart furchtbaren Leuten festgehalten wurde. Ich spähte neugierig durch die geöffnete Tür in den dahinter liegenden Raum, aber Phillippa schnalzte missbilligend mit der Zunge, bevor sie den dunklen Korridor zum hinteren Teil des Hauses hinunterging.

„Ah, die Geliebte ist eingetroffen!", sagte Eduardo hinter mir. Er lehnte lässig an dem Geländerpfosten am Fuß der Treppe und kam nun auf mich zu, um mich in die geräumige Bibliothek zu führen. Die Wände waren von der Decke bis zum Boden voll mit Bücherregalen, vor denen zwei große Schreibtische thronten, und an der Längsseite befand sich eine Sitzgruppe mit weinroten Sofas und Sesseln. Über dem Marmorkamin hingen – umgeben von kleineren Säbeln und gefährlich aussehenden Dolchen – zwei gewaltige gekreuzte Breitschwerter.

Mir schwante, dass jemand Probleme bekommen würde, und ich wusste auch schon, wer.

„Sehr ungewöhnliche Augen. Verständlich, dass Sie sie hinter einer Brille verstecken. Es würde mich sehr interessieren, den Zusammenhang zwischen der eigenartigen Farbgebung und Ihren besonderen Fähigkeiten zu untersuchen. Aber ich muss gestehen, Allegra Telford, ich hatte Sie früher erwartet!"

„Ich wurde aufgehalten. Ich musste erst noch den Dunklen aufpäppeln, den Sie ausgehungert haben, und dann hatten wir noch ein kleines Problem mit dem Dämon, den Sie uns geschickt haben."

Er hob beschwichtigend die Hände und bot mir einen Sessel an. Ich verschränkte die Arme vor der Brust und blieb stehen, damit ich im Notfall schnell reagieren konnte. Eduardo setzte sich auf ein Sofa, und als er die Beine übereinanderschlug, sah ich seine lachsfarbenen Socken. Ich weiß nicht, warum ich sie so witzig fand, aber bei ihrem Anblick musste ich unwillkürlich grinsen.

„Ach ja, Sebastian. Ich hatte gedacht, er würde vielleicht an unserem Gespräch teilnehmen."

„Wenn Sie glauben, ich würde ihn gegen Christian austauschen, dann sind Sie verrückt. Ich würde nicht einmal einen Goldfisch in Ihre Obhut geben!"

Eduardo winkte ab. „Aber meine Liebe, wir haben gar keine Verwendung mehr für Sebastian. Machen Sie mit ihm, was Sie wollen! Als sich herausstellte, dass er für unsere Zwecke nicht geeignet ist, haben wir ihn lediglich als Köder eingesetzt. Und dadurch haben wir genau das bekommen, was wir haben wollten."

Ich überlegte fieberhaft. „Warum ziehen Sie Christian vor? Sie sind doch beide gleich, beide sind Dunkle, nur dass Christian …“ Ich hielt inne, denn mir klangen plötzlich Noëlles Worte in den Ohren.

Eduardo nickte. „Christian hat eine Geliebte, Sebastian nicht. Deshalb mussten wir darauf warten, dass Christian den armen Sebastian aufspürt.“

„Moment mal!“ Da stimmte doch was nicht. „Dass Christian eine Geliebte hat, konnten Sie doch gar nicht wissen, als Sie Sebastian geschnappt haben – und auch später nicht, als sich herausstellte, dass Letzterer keine hat. Ich kenne Christian doch erst seit ein paar Tagen.“

„Wir waren darauf vorbereitet, zu warten.“ Eduardo zuckte mit den Schultern, aber bei ihm wirkte es nicht halb so elegant wie bei Christian. „Bis irgendwann ein Dunkler, der sich mit einer Menschenfrau vereinigt hat, in unserer Nähe auftaucht.“

„Aber warum *Sie*? Warum wollen ausgerechnet *Sie* die Geliebte eines Dunklen? Was haben Sie denn mit dem Dämonenfürsten zu tun?“

„Asmodeus“, hörte ich eine vertraute samtige Stimme sagen. Ich drehte mich ruckartig um, und mein Herz klopfte wie wild, als ich Christian hereinkommen sah, gefolgt von dem kleinen dunkelhaarigen Mann, den ich im Traum gesehen hatte.

Christian?

„Ah, da bist du ja! Sehen Sie, Allegra Telford? Christian ist nicht unser Gefangener. Ganz im Gegenteil, er ist ein hochgeschätzter Gast!“

Ich ging auf Christian zu, aber als ich seine Augen sah, blieb ich wie angewurzelt stehen. Sie waren pechschwarz, doch sie glänzten nicht wie beim Liebesspiel, sondern waren ganz matt. Ihnen fehlte die Tiefe, und es sprach die pure Hoffnungslosigkeit aus ihnen. Er hatte sich entschieden.

Ich konnte den Tod in seinen Augen sehen.

Nein, denk nicht einmal daran! Wir finden einen Ausweg!

Ich hätte mich am liebsten auf ihn gestürzt, seine sinnlichen Lippen geküsst, ihn in die Arme geschlossen und ihm versichert, dass alles gut werden würde. Ich wäre so gern mit ihm verschmolzen, um ihm alles an Liebe zu geben, was ich in mir hatte, aber das ging natürlich nicht. Nicht jetzt. Nicht solange *er* da war.

Ich drehte mich zu dem Mann um, der vor dem Kamin stand. „Du bist also Asmodeus?"

Er neigte den Kopf und blieb ruhig stehen, während ich ihn musterte. Er sah aus wie ein ganz gewöhnlicher Mann mit schwarzen Klamotten, dunklem Haar und dunklen Augen, aber ihn umgab eine Aura der Macht, die mich in höchste Alarmbereitschaft versetzte. Wie abscheulich er in seiner wahren Gestalt aussah, wusste ich nicht, aber sicherlich unterschied er sich dann ziemlich deutlich von dem scheinbar harmlosen Mann, der nun vor mir stand.

„Christian wird dir nicht antworten. Er hat mir sein Wort gegeben, und wenn man sich auf etwas verlassen kann, dann darauf, dass Dunkle unerträglicherweise immer zu ihrem Wort stehen."

„Ja, ich kann mir sehr gut vorstellen, dass ehrenhaftes Verhalten bei dir einen üblen Nachgeschmack hinterlässt", sagte ich und stellte meine Tasche ab. Sie war sehr schwer, aber nichts von dem, was ich eingepackt hatte, würde mir beim Kampf gegen dieses Monster helfen. „Ich verstehe allerdings nicht, warum du einen Deal mit Christian gemacht hast. Er kann doch gar nichts für dich tun. Du brauchst keinen Dunklen, sondern seine Geliebte."

Ich ging an den Schreibtisch, der mir am nächsten war, und begann in den Papieren zu blättern, nur um Eduardo zu ärgern.

Christian beobachtete mich, aber er kommunizierte nicht mit mir. Es drängte mich sehr, mein Bewusstsein mit seinem zu verschmelzen, aber das würde nichts nützen. Er versuchte offensichtlich, mich vor Asmodeus zu schützen, und zwar auf die einzige für ihn vorstellbare Weise: indem er sich dem Dämonenfürsten zum Fraß vorwarf.

Männer können so stur sein!

„Es ist, wie du sagst. Aber das Opfer muss freiwillig gebracht werden, es darf nicht erzwungen werden. Doch durch diesen kleinen Trick ...“ Er zeigte auf Christian. „Musstest du einfach kommen, und du bist gekommen, wie ich es erwartet habe.“

Ich legte die Papiere zur Seite, ging auf den Dämonenfürsten zu, zog meinen Arm aus der Jacke und hielt ihn ihm hin. „Was, willst du ein bisschen Blut? Nur zu, bedien dich! Ich habe genug davon.“

Asmodeus sah mir tief in die Augen, und für einen kurzen Moment konnte ich hinter seine Fassade blicken und erkannte sein wahres Wesen. Ich taumelte nach hinten, als hätte mir jemand in die Rippen getreten.

Wir hatten in der Tat *ganz gewaltige* Probleme.

„Ein redliches Angebot, aber leider kann ich mich nicht, wie du sehr gut weißt, an dem Blut einer Geliebten laben, die sich noch nicht mit ihrem Dunklen vereinigt hat.“

Ich sah Christian an. „Ich nehme an, er will, dass wir den letzten Schritt vollziehen. Was meinst du?“

Er betrachtete mich stumm mit seinen toten, kalten Augen. Ich lächelte ihn an und drehte mich wieder zu dem Dämonenfürsten um. „Christian scheint nicht besonders scharf darauf zu sein, und wenn ich ihn mir so ansehe, ist er es auch gar nicht wert, dass ich mein Leben für ihn gebe. Also werde ich mich jetzt einfach verabschieden.“

„Sie lügt!“, zischte Eduardo und sprang auf, als wollte er mich hindern, das Haus zu verlassen. Was er, wie ich mir eingestehen musste, auch mühelos geschafft hätte. „Sie ist seine Geliebte, ob die Vereinigung nun stattgefunden hat oder nicht! Sie wird ihn nicht bei uns zurücklassen. Das kann sie gar nicht!"

„Dann passen Sie mal gut auf!", sagte ich, zog meine Jacke wieder richtig an und nahm meine Tasche.

Der Dämonenfürst bewegte sich schneller, als ich gucken konnte. Gerade hatte er noch am Kamin gestanden, und im nächsten Moment war er bereits in der Tür und fasste mir ans Kinn, um mir in die Augen zu sehen.

„Du willst Christian wirklich hierlassen?"

Aus eigener Kraft konnte ich Christian nicht retten. Das war mir klar geworden, als ich einen Blick auf Asmodeus' wahres Wesen erhascht hatte. Es gab nur eine Möglichkeit, seiner Macht zu entkommen, und das war die Vereinigung mit Christian, aber wenn wir es vor den Augen des Dämonenfürsten taten, würde er mich manipulieren und dazu bringen, mein Leben zu opfern, um Christian zu retten. Und genau deshalb konnte ich in diesem Moment gar nichts für ihn tun. Ich brauchte Hilfe. Also konnte ich Asmodeus' Frage ganz ehrlich beantworten. „Ja, ich lasse ihn hier."

Ich wusste, er konnte die Wahrheit in meinen Augen sehen und spüren, dass ich ihn nicht anlog. Ich untermauerte meine Absicht mit noch mehr Entschlossenheit. Seine Finger umklammerten mein Kinn, und sein Blick brannte sich regelrecht in meine Augen, als wollte er sich auf diese Weise einen Weg in mein Gehirn bahnen.

„Du willst dich nicht opfern, um ihm das Leben zu retten?"

Ein stechender Schmerz durchzuckte mich, und mein Herz weinte Tränen aus Blut. Aber ich musste so handeln. Es gab keine andere Möglichkeit.

„Nein, das will ich nicht", sagte ich, und jedes einzelne dieser furchtbaren Worte des Verrats hämmerte in meinem Kopf. Es wäre sinnlos, schrie meine innere Stimme, um meine Seele davor zu bewahren, an Treulosigkeit zu zerbrechen. Wenn ich mich jetzt zu diesem Opfer bereit erklärte, erreichte ich gar nichts. Wir würden nur beide sterben und die Ewigkeit getrennt voneinander verbringen. Das konnte ich nicht riskieren – nicht solange noch ein Hauch von Hoffnung auf ein Wunder bestand. „Ich werde mich nicht opfern, um ihm das Leben zu retten. Zu diesem Opfer bin ich nicht bereit."

Asmodeus zog seine Hand fort, als hätte er sich verbrannt. In seinen schwarzen Augen glomm ein unheilvolles Leuchten, doch dann drehte er sich zu Christian um.

„Sie weist dich zurück, Sohn der Finsternis! Sie lehnt dich ab. Sie wird deine Seele nicht retten, und sie wird nichts unternehmen, um dich vor den Qualen zu bewahren, die du erleidest, sobald sie gegangen ist. Was sagst du dazu?"

Christian sah mich unverwandt an. Ganz kurz, einen Sekundenbruchteil lang, glaubte ich den Ausdruck einer so tiefen Kränkung in seinen Augen zu erkennen, dass mir fast schlecht wurde, aber er war sofort wieder verschwunden, überdeckt von dumpfer Hoffnungslosigkeit. Ich wagte nicht, ihm mein Bewusstsein zu öffnen, solange er unter Asmodeus' Einfluss stand.

„Es ist ihre Entscheidung", sagte Christian schließlich. Seine Stimme war so schön, dass ich mit den Tränen rang. „Das war es immer."

Mein Herz wurde von Liebe erfüllt; von der Liebe zu einem Mann, der das größte aller Opfer gebracht hatte, um mir die Chance zu geben, mit dem Leben davonzukommen. Was für ein wunderbarer, liebevoller, *dummer* Mann, dachte ich bei mir und verdrängte entschlossen meine Gefühle für ihn, damit Asmodeus mir nicht auf die Schliche kam und herausfand, dass ich nur bluffte.

„Das kann nicht sein! Sie ist seine Geliebte“, sagte Eduardo zu Asmodeus. „Sie muss sich opfern. Du hast doch gesagt, sie kann gar nicht anders. Wenn sie sich nicht opfert, können wir die Sache vergessen.“ Eduardo zeigte auf Christian. „Wir haben bereits einen Vampir verloren. Ich lasse nicht zu, dass wir um einen weiteren betrogen werden. Was soll das für eine Attraktion werden, wenn wir keine Geister und Vampire haben?“

„Eine Attraktion? Was hat das zu bedeuten?“, fragte ich und schob mich an Christian vorbei zur Tür. Ich sah ihm ganz kurz in die Augen, während Asmodeus durch Eduardo von mir abgelenkt wurde, aber in diesen einen Blick legte ich meine ganze Liebe.

Christian blinzelte.

„Die Vereinigung hat noch nicht stattgefunden. Dazu kann man sie nicht zwingen, und sie weigert sich, ihr Leben zu opfern. Solange sie weder das eine noch das andere zu tun bereit ist, ist sie wertlos für uns.“

„Sie lügt …“

„Eine Attraktion wie ein Spukschloss oder so etwas? Ein Grusel-Disneyland? Das ist es, nicht wahr? Ihr fangt Geister und Dunkle und was weiß ich noch alles, um eine Art Zoo für übernatürliche Attraktionen zu eröffnen?“

„Sie lügt nicht!“, bellte Asmodeus Eduardo an und wandte sich verächtlich von ihm ab.

„Aber woher willst du …“

„Ich weiß es eben!“

Als Asmodeus wutschnaubend auf Eduardo losgehen wollte, gab ich vor, aus Angst vor ihm zurückzuweichen, aber eigentlich tat ich es nur, um mit Christian zusammenzustoßen. Ich streifte kurz mit den Fingern seine Hand, aber Asmodeus fuhr augenblicklich zu uns herum.

Ich schluckte meinen Schmerz hinunter, als ich Christian

in die Augen sah. „Tut mir leid. Es funktioniert einfach nicht. Du hattest recht, als du gesagt hast, dass ich ohne dich leben kann. Bis demnächst mal!“ Ich warf einen Blick in Asmodeus’ Richtung. „Vielleicht.“

Ohne abzuwarten, ob er mir glaubte oder nicht, verließ ich den Raum. Eduardo begann zu protestieren, wurde jedoch schnell zum Schweigen gebracht. Offenbar hatte Asmodeus ihn genauso im Griff wie Christian, denn der Bann an der Haustür ließ mich ungehindert passieren.

„Also“, sagte ich zu mir und winkte ein Taxi heran. Was Christian durchmachen musste, bis ich mit Verstärkung zurückkehrte, wollte ich mir lieber nicht vorstellen. „Das hätten wir schon mal geschafft …“

Das Taxi fuhr mitten durch eine Pfütze, als es am Straßenrand anhielt, und bespritzte mich von der Taille abwärts mit schmutzigem, eiskaltem Wasser.

„Entschuldigung“, sagte der Fahrer, als er mir die Tür öffnete. Ich schaute von dem Wasser, das mir an den Beinen herunterlief, in den grauen Himmel.

„Spar dir die Mühe!“, sagte ich zu der Sonne, die vergeblich versuchte, die dichte Wolkendecke zu durchdringen. „Verschwende deine Zeit nicht damit, gegen das Schicksal anzukämpfen. Bis ich Christian zurückhabe, bin ich dazu verdammt, nass und unglücklich zu sein.“

„Willkommen in England!“, sagte der Taxifahrer. Ich stieg seufzend ein und ignorierte die Schmerzen in meinem Bein und die lähmende Müdigkeit, die mich zu überwältigen drohte.

„Wo soll’s denn hingehen?“, fragte der Fahrer aufgeräumt.

Ich nannte ihm Christians Adresse und konnte mir nicht verkneifen, ihn zu fragen: „Sie wissen nicht zufällig, wie man einen Dämonenfürsten besiegt?“

Er spitzte die Lippen zu einem lautlosen Pfiff, als sich unsere

Blicke im Rückspiegel trafen. „Das kann ich nicht behaupten."

Ich nickte und lehnte mich in den Sitz zurück, wobei ich mich fragte, wieso ich nicht nur von vorn, sondern auch von hinten klatschnass war. „Macht nichts. Ich glaube, ich kenne jemanden, der es weiß. Ich hoffe nur, sie hat zwischen Dämonenvernichtung und Werwolf-Interviews noch ein bisschen Zeit für mich."

Der Fahrer setzte mich in Rekordzeit vor Christians Haus ab.

18

„Wissen Sie, dass oben auf dem riesengroßen Bett ein Dunkler liegt?", fragte Noëlle, die gerade die Treppe herunterkam. Ich schälte mich im Flur aus meiner nassen Jacke und schnupperte: Es roch nur noch ganz leicht nach Rauch – nach Dämonenrauch und verbranntem Holz.

Ich hätte fast gelacht, so sehr freute ich mich, Noëlle zu sehen. Sie war eine so nette, normale Frau, und an Normalität mangelte es in meiner verrückten Welt ganz gewaltig. „Ja, er heißt Sebastian. Ich hoffe, Sie haben ihn nicht geweckt. Er war sehr krank."

„Ich bin nicht reingegangen. Ich habe nur einen Blick in das Zimmer geworfen, weil ich das Haus nach Kobolden abgesucht habe."

Nun, sie war *fast* normal.

„Gut." Ich stellte meine Tasche in ausreichendem Abstand zu der Pfütze ab, die sich zu meinen Füßen bildete. „Um Kobolde müssen wir uns also keine Sorgen mehr machen?"

Sie schüttelte den Kopf und fuhr mit den Fingern über das mit Schnitzereien verzierte Treppengeländer. „Nein, aber in der Speisekammer sitzt eine ziemlich verwirrte Maus. Sie hatte ihre Bleibe mit einem Kobold geteilt."

„Tja, da ich keinen guten Mäusetherapeuten kenne, muss sie wohl allein klarkommen. Würden Sie mich vielleicht kurz ins Arbeitszimmer begleiten? Ich möchte Ihnen ein Angebot machen."

„Ein eindeutiges? Oder meinen Sie beruflich?"

Ich blieb mitten auf der Treppe stehen. „Sehe ich aus, als wollte ich irgendjemandem Avancen machen?"

Sie ließ ihren Blick über meine durchweichten Schuhe, die schmutzige, nasse Jeans und meinen feuchten Pulli wandern – der etwas aus der Form geraten war, als ich die Stoffpuppe darunter versteckt hatte –, bis sie schließlich bei meinem Gesicht ankam. Mir schwante, dass ich aufgrund meines Schlafdefizits – ganz zu schweigen von dem anstrengenden Kampf um Sebastians Rettung und der nervlichen Belastung, den Anblick von Christian ertragen zu müssen, nachdem er sich Asmodeus freiwillig unterworfen hatte – ziemlich fertig aussah. Meine Augen waren ohnehin nicht die schönsten, aber blutunterlaufen und müde …

Noëlle erschauderte.

„So schlimm?"

Sie lächelte zaghaft. „Ich bin sicher, Sie hatten schon bessere Tage."

Ich trottete die Treppe hoch, wobei ich wie immer die Schmerzen in meinem Bein ignorierte, und spürte plötzlich das ganze Gewicht der Welt auf meinen Schultern. Ohne Christian war das Leben unerträglich. Es war mir absolut unmöglich, ohne ihn zu leben. Entweder schafften wir es gemeinsam, oder …

„Ich werde nicht untergehen, ohne ein paar von denen mitzunehmen!", knurrte ich, als ich die Tür zum Arbeitszimmer öffnete. Esme stürzte auf mich zu, und Honoria sprang auf und kam hinter ihr hergelaufen.

„Oh, Allie, ich bin so erleichtert, Sie zu sehen! Die arme Honoria war außer sich vor Sorge – ich natürlich auch, aber wie ich sehe, haben Sie eine Freundin mitgebracht. Hallo, ich bin Esme Cartwright. Sie müssen die nette Wächterin sein, die sich um den Dämon und die Kobolde gekümmert hat. Allie, warum sind Sie denn nur so nass?"

„Ich wusste nicht, dass wir Kobolde im Haus hatten", beteuerte ich und ließ mich in Christians Schreibtischsessel sinken. „Esme, Honoria, das ist Noëlle. Sie ist tatsächlich die Wächterin, die Christian gerufen hat. Ich nehme an, Sie sind mit Sarra fertig geworden?"

Noëlle nickte, setzte sich auf den Stuhl vor dem Schreibtisch und lächelte Honoria an. „Das ist aber eine hübsche Puppe. Hat sie einen Namen?"

Honoria versteckte sich hinter Esme, sodass nur noch die Spitzen ihrer braunen Locken zu sehen waren. „Bettina."

„Das ist ein sehr schöner Name. Wird Allie dich und Bettina befreien?"

Ich legte seufzend meine Arme auf den Schreibtisch und bettete mein müdes Haupt darauf. Das Wasser, das aus meinen Haaren tropfte, sammelte sich um meine Handgelenke.

„Sie hat es nicht geschafft!", entgegnete die Kleine zu meiner Entrüstung. Sie kam hinter Esme hervor, zeigte auf mich und stampfte aufsässig mit dem Fuß. „Sie hat gesagt, sie macht es, aber dann hat sie es doch nicht gemacht, weil sie dumm ist und nicht weiß, wie es geht!"

„Aber, aber, Honoria, so redet eine junge Dame nicht mit Erwachsenen."

Ich hob den Kopf und sah Esme wütend an. „Vor allem nicht mit jemandem, der sich so bemüht hat, dir zu helfen, wie Allie", beeilte sie sich hinzuzufügen.

„Ist mir doch egal. Sie ist dumm! Dumm, dumm, dumm!" Honorias schrille Piepsstimme tat mir in den Ohren weh und bohrte sich direkt in mein strapaziertes Hirn. Ich sah sie mit zusammengekniffenen Augen an.

„Du bist im Handumdrehen wieder bei Guarda, wenn dir das lieber ist!"

Honoria warf sich heulend in Esmes Arme.

Ich strich mir erschöpft das nasse Haar aus dem Gesicht. „Ich denke, Sie sollten die ganze Bande kennenlernen. Antonio, Jem, Alis, Schnuckel, ich rufe euch!"

Alle vier tauchten augenblicklich auf.

„*Mi corrazón*! Du hast mich gerrrufen! Mein Herrrz schlägt nurrr fürrr ... Hallo! Was haben Sie fürrr prrrächtige rrrote Locken, meine Dame!" Antonio machte eine tiefe Verbeugung.

„Ver'amm! Iih wii meie une wiee!"

Jem trug einen hautengen rot-blauen Spandexanzug und blaue Stiefel mit goldenen Flammen an den Seiten, und über den Kopf hatte er sich eine blau-schwarz-rote Maske gestülpt.

Ich verzog das Gesicht. „Lass mich raten! Du hast dir eine Wrestling-Show angeguckt?"

„Aa wa upe!"

„Die Zunge ist wohl immer noch weg?", sagte ich zu Antonio.

Er riss seinen Blick von Noëlle los und warf mir eine Kusshand zu. „Leiderrr, ich fürrrchte ja, mein kleinerrr Wasserrrgeist. Wirrr haben überrrall nach ihrrr gesucht, doch sie ist verrrschwunden. Wirrr können sie nicht finden. Aber werrr ist denn diese wunderrrschöne Dame?"

„Und was bist du für ein Vogel?", entgegnete Noëlle.

Antonio sah sie empört an, und ich stellte die Herrschaften rasch einander vor. Noëlle wandte ihre leuchtenden, wachen Augen von Antonio ab und widmete Esme und Honoria ihre Aufmerksamkeit.

„Ich war mal wie Sie", sagte ich zu ihr. Irgendwie war ich plötzlich total gereizt. „Ganz professionell und souverän, und ich hatte immer alles im Griff. Mich konnte nichts aus dem Konzept bringen. Na ja, so gut wie nichts jedenfalls. Ich hatte einen Plan, einen Lebensplan. Ich wusste, was ich wollte und wie ich es erreichen konnte. Und jetzt sehen Sie sich an, was aus mir geworden ist!" Ich lehnte mich zurück, und das inzwischen durchweichte Lederpolster in meinem Rücken gab ein schmatzendes Geräusch von sich. „Ich habe mich verliebt. Das kommt dabei heraus, wenn man sich verliebt! Klatschnass sitze ich da, mit einem Haus voller Geister und einem Mann, der glaubt, er müsse sich um das Glück aller anderen kümmern – aber bloß nicht um sein eigenes. Wenn ich mir das so ansehe, kann ich Ihnen nur dringend davon abraten, sich zu verlieben, ganz gleich, in wen!"

Noëlle grinste mich an. Ich seufzte. Sie war einfach zu süß. Irgendein Kerl würde sie sich früher oder später schnappen, und dann saß sie irgendwann genauso klatschnass und unglücklich da wie ich. „Esme, würden Sie Alis bitte ins Gästezimmer bringen? Von ihrem Geschrei bekomme ich Kopfschmerzen. Und dann können Sie mit den anderen noch ein bisschen fernsehen – aber leise! Ich muss mit Noëlle besprechen, wie ich Christian retten kann."

„Rrretten? Warrrum willst du diesen Toten rrretten? Ich fürrr meinen Teil bin frrroh, dass errr weg ist!"

Ich verscheuchte Antonio von der Schreibtischkante, auf der er sich gerade niedergelassen hatte.

„Oh! Eine Rettungsaktion! Das ist etwas für mich und meinen Schnuckelschatz. Wie können wir helfen?"

„Gar nicht", erwiderte ich matt. „Sie können nichts tun, Esme. Sie sind nur ein Geist." Ich war sogar zu müde, um auf dem Schreibtisch zusammenzubrechen.

„Wir sind zwarrr Geisterrr, aber wirrr sind äußerrrst schneidig und auf Zack", sagte Antonio und stolzierte mitten durch den Schreibtisch, wobei er anzüglich an seinem Hosenbeutel zupfte.

„Das stimmt! Ich bin sicher, wir können irgendetwas tun, um dem armen Christian zu helfen." Esme nickte eifrig.

„Be'imm!", fügte Jem hinzu.

„Ich habe noch nie einen Dunklen gerettet“, sagte Noëlle zögernd und runzelte die Stirn. Sogar das sah bei ihr süß aus. „Ich bin auch gar nicht sicher, ob das überhaupt in meinem Vertrag steht.“

Ich starrte sie an.

„Das war ein Witz!“

„Oh. Ha, ha, ha!“

„Und ich widerspreche Ihnen nur ungern, aber wenn Sie Ihren Freund wirklich retten wollen, können Ihnen Ihre Freunde hier durchaus nützlich sein.“

„Sehen Sie? Auch die nette Wächterin sagt, wir können helfen!“, rief Esme triumphierend. „Ich kann mit Sicherheit einen oder zwei Feinde zur Strecke bringen, und mein Schnuckelschatz würde liebend gern jemanden beißen, wenn ich ihm nur beibringen könnte, sich vernünftig zu konzentrieren.“

„Ich nehme meinen Degen mit, dann bin ich besonderrrs schneidig“, sagte Antonio zu Noëlle. Er führte ein paar Bewegungen vor, mit denen er sie glatt unfruchtbar gemacht hätte, wenn sein Degen aus etwas anderem als Luft und übernatürlicher Energie bestanden hätte.

Jem nahm eine typische Wrestler-Pose ein und knackte mit den Fingern. „Iih bi abei!“

„Wir werden alle helfen“, sagte Esme höchst zufrieden und schwebte zur Tür. „Ich hole Alis schnell wieder her. Es macht ihr bestimmt Spaß, sich vorzustellen, die Bösen wären Keramikfiguren, und sie tüchtig anzuschreien.“

Ich senkte den Kopf und hämmerte sachte mit der Stirn auf die Schreibtischplatte.

„Wissen Sie, da ist was dran. Sie denken zwar, die Geister könnten Ihnen nicht helfen, aber allein ihr Erscheinen kann schon ein nützliches Ablenkungsmanöver sein.“

Ich hörte auf zu hämmern und sah Noëlle an. „Sie wissen ja

nicht, mit wem ich es zu tun habe! Das sind nicht nur ein paar Beschwörer und ein olles Triumvirat. Ich muss Christian aus Asmodeus' Gewalt befreien, der höchstwahrscheinlich Christians Vater zum Vampir gemacht hat und daher eine besondere Verbindung zu Christian haben könnte."

Noëlle runzelte die Stirn. „Oh. Ich hatte vergessen, dass Sie Asmodeus erwähnt haben. Dann ist der Fall natürlich etwas komplizierter."

„Wie kompliziert?", fragte ich. In diesem Moment brachte Esme Alis ins Zimmer, flüsterte ihr etwas ins Ohr und redete beschwichtigend auf sie ein.

„Nun ..."

Ich seufzte. Mir lief die Zeit davon, und für lange Fachsimpeleien fehlte mir die Energie. „Ich will das Verfahren mal abkürzen: Wissen Sie, ob es möglich ist, einen Dämonenfürsten zu besiegen?"

Sie nickte. „Man kann alles und jeden besiegen, wenn man es richtig angeht."

Na, das klang doch ermutigend. Irgendwie.

„Okay, nächste Frage: Wissen Sie, *wie* man einen Dämonenfürsten besiegt?"

Noëlle schüttelte den Kopf.

„Kennen Sie denn jemanden, der es weiß?"

Sie schüttelte abermals den Kopf.

Ich war drauf und dran, die Nerven zu verlieren. Das merkte ich daran, dass ich den überwältigenden Drang verspürte, einfach loszukichern. Ich musste müder sein, als ich ahnte, denn als ich fragte: „Aber Sie haben schon mal davon gehört, dass jemand einen Dämonenfürsten besiegt hat?", fing ich auch schon an zu lachen.

Noëlle grinste, als ich immer mehr lachen musste. „Nein, habe ich nicht."

Ich gab auf und lehnte mich wiehernd zurück. Ich wischte mir die Tränen aus dem ohnehin schon feuchten Gesicht und lachte, wie man eben lacht, wenn man geistig und körperlich kurz vor dem Zusammenbruch steht. Esme schwebte mit besorgter Miene umher, Honoria kicherte, Jem demonstrierte sein Können, indem er einen Stuhl zu Boden rang, Alis (die sich aufgrund von Esmes Warnung zurückhielt) perfektionierte ihren Gewitterhexenblick, bis sie Steine damit hätte spalten können, und Antonio setzte sich auf die Lehne von Noëlles Sessel und stellte ihr sehr persönliche Fragen zu ihren Vorlieben in Sachen Männer. Als er bei der Frage angelangt war, ob ihre Sexualpartner unbedingt lebendig sein müssten, hatte ich das, was von meinem Verstand noch übrig war, wieder halbwegs sortiert, sodass ich einigermaßen klar denken konnte.

Esme hatte sich von Honoria losgemacht, um mir auf die Schulter zu klopfen. „Völlig übermüdet, armes Kind."

Mein Arm wurde taub.

„Am besten erzählen Sie mir alles von Anfang an", sagte Noëlle, stützte die Ellbogen auf die Knie und beugte sich vor, obwohl Antonio ihr ziemlich unverhohlen in die Bluse guckte.

Ich dachte daran, wie viel Kraft es kosten würde, ihr die ganze Geschichte zu erzählen, entschied mich für die Kurzfassung und schilderte ihr rasch die Höhepunkte der vergangenen Tage – die Intimitäten mit Christian natürlich ausgenommen.

Sie knabberte nachdenklich an einem Fingernagel. „Hmm. Ganz schön heikel. Dieses Triumvirat, von dem Sie sprachen, wird eindeutig von Asmodeus mit Energie versorgt. Aber das könnte sich als Vorteil für Sie erweisen."

Ich rieb mir die schmerzende Stirn und versuchte Noëlles Gedankengang zu folgen. „Sie meinen, wenn er die anderen mit Energie versorgt, wird er schwächer? Das kann ich nachvollziehen, aber was nützt mir ein geschwächter Asmodeus, wenn mir das Triumvirat im Nacken sitzt? Ich konnte Sebastian zwar mit knapper Not befreien, aber dass uns dabei nicht das Haus um die Ohren geflogen ist, haben wir nur Christian zu verdanken, der Asmodeus so weit abgelenkt hat, dass er das Triumvirat nicht mit seiner Energie nähren konnte."

Noëlle lehnte sich zurück und bat Antonio um Verzeihung, weil sie ihm mit ihrem Arm mitten durch den Oberschenkel gefahren war. „Asmodeus ist weitaus mächtiger als das Triumvirat."

Ich nickte. „Richtig. Also ist es sinnvoll, ihn zuerst außer Gefecht zu setzen. Das verstehe ich, aber das Triumvirat ..."

„Setzt sich aus Menschen zusammen."

Ich horchte auf. Ein guter Gedanke! Doch dann wurde mir klar, was Noëlle eigentlich damit gemeint hatte, und das bisschen, was von meinem Verstand noch übrig war, schlug die Hände über dem Kopf zusammen, packte die Koffer und trat einen sehr, sehr langen Urlaub an. „Sie meinen, ich soll einen Dämon beschwören, der sich um das Triumvirat kümmert?"

Sie nickte.

„Oje!" Esmes Augen waren kugelrund vor Besorgnis. Sie nahm ihren Schnuckel auf den Arm und drückte ihn und Honoria an ihren üppigen Busen. „Ob das so vernünftig ist?"

„Pipifax", schnaubte Antonio und schlug sich auf die Brust. Wir drehten uns alle zu ihm um. Wo hatte er nur dieses Wort aufgeschnappt? Aus seinem Mund klang es wirklich zum Schreien. „Ich kann *mi corrrazón* vorrr jedem Dämon beschützen! Ich bin ihrrr mutigsterrr Höfling!"

„Es kann nichts passieren, solange Sie den Dämon unter Kontrolle haben", sagte Noëlle langsam und musterte mich mit kritischem Blick. Ihr schien nicht zu gefallen, was sie sah. „Wenn ich es mir recht überlege, ist es wohl das Beste, wenn ich Sie bei diesem Unterfangen begleite. Ich möchte mir gar nicht vorstellen, was passiert, wenn ein Dämon, den Sie beschworen haben, in London Amok läuft."

„Errrdbeben, Massenhysterrrie", warf Antonio ein.

Ich sah ihn wütend an.

„Es regnet Heuschrecken, der Himmel steht in Flammen, die Meere färben sich blutrot", fügte Esme hinzu.

„Ja, vielen Dank, ich denke, das war anschaulich genug", sagte ich. „Was würde der Dämon denn genau …"

Jem nuschelte eine Menge unverständliches Zeug und schüttelte bekümmert den Kopf.

„Oh ja, ein, zwei Plagen garantiert." Esme nickte. „Und mit den Ratten hast du völlig recht."

Ich blickte verärgert in die Runde, dann lenkte ich meinen Blick wieder auf Noëlle. „Was würde der Dämon denn genau tun?"

Sie erklärte es mir.

Danach mussten sie mich ins Bett tragen. Die Erschöpfung und Noëlles Schilderungen waren einfach zu viel für mein armes kleines Gehirn. Glücklicherweise konnten sie und Antonio mich in Christians Schlafzimmer bringen und mich neben Sebastian aufs Bett legen, ohne dass die Turners es mitbekamen und Sebastian wach wurde.

Ich träumte von Christian, wie er eingeschlossen in einen Eisblock in einer Ecke des Schlafzimmers stand und mich beim Schlafen beobachtete. Das Eis verwandelte sich in Glas, und ich wusste, ich durfte nicht versuchen, ihn zu berühren, denn dann zersprang das Glas, und die Scherben bohrten sich in sein Herz. Ich erhob mich vom Bett und streckte hilflos die Hände nach ihm aus. Die Sehnsucht nach ihm und das Wissen, dass ich alles aufgeben musste, wofür ich gekämpft hatte, wenn ich ihn aus dem Glaskasten befreien wollte, brachen mir das Herz.

Ich weinte blutige Tränen und betrachtete ihn, bis sich sein Bild im trüben grauen Tageslicht auflöste.

Drei Stunden später wurde ich von Joy und Roxy geweckt. Es überraschte mich, sie in Christians Schlafzimmer zu sehen, aber meine Verwirrung war perfekt, als ich feststellte, dass nicht Christian, sondern Sebastian neben mir lag.

„Tut mir leid, dich zu wecken, Allie, aber Noëlle sagte, wir sollen dich nicht länger als bis zwölf Uhr mittags schlafen lassen."

„Ihr habt mit Noëlle gesprochen?" Ich richtete mich auf und sah Sebastian an. Sein Gesicht war längst nicht mehr so eingefallen und blass wie zuvor.

Roxy zeigte auf einen Ständer mit Beuteln und Schläuchen, der neben dem Bett stand. „Das hat Noëlle organisiert. Er bekommt jetzt eine Transfusion, ist das nicht clever? Das Blut hat sie von einer Blutbank."

„Wir haben mit ihr gesprochen, als wir herkamen. Wir wollten sehen, wie es dir geht. Sie ist gerade unter der Dusche", erklärte Joy.

„Oh." Ich rieb mir die Augen. Die blutigen Tränen aus dem Traum spürte ich immer noch auf meinen Wangen.

„Du siehst ein bisschen derangiert aus. Komm, wir bringen dich ins Bad, und dann isst du etwas von der Suppe, die Mrs. Turner gekocht hat. Das ist vielleicht eine komische Frau", redete Joy unentwegt auf mich ein, während sie mir aus dem Bett und aus meinen Kleidern half und mich in die Dusche schob, bevor ich überhaupt mein Gehirn einschalten und protestieren konnte.

Eine halbe Stunde später war ich gewaschen, angezogen und satt. Fünfzehn Minuten darauf standen Roxy und Joy winkend in der Haustür, als Noëlle und ich in ein Taxi stiegen. Weitere zehn Sekunden später merkte ich, dass ich auf einer meiner Hüter-Troddeln saß, und verbrachte die restliche Fahrt damit, das platt gedrückte Ding wieder in Form zu bringen.

Eine Stunde und sieben Minuten nach dem Wachwerden stand ich mit Noëlle vor dem Gemeinschaftshaus und bereitete mich darauf vor, meinen ersten – und hoffentlich auch letzten – Dämon zu beschwören.

Drei Minuten später betrachtete ich den Dämon und brach in Gelächter aus.

„Was?", fragte der Dämon und drehte seinen Kopf um 360 Grad, um sich zu begutachten. „Was ist denn so witzig? Warum lacht und weint die Beschwörerin gleichzeitig? Ich verstehe nicht, was hier so witzig sein soll! Ich bin ein Dämon. Wo bleibt da der Respekt? Warum zittert ihr nicht vor Angst?"

„Ähm ..." Noëlle musterte ihn von den Spitzen seiner glänzenden Lacklederschuhe bis zu der großen rosa Schleife im Haar. „Wie heißt du, Dämon?"

„Sehe ich etwa aus, als wäre ich auf den Kopf gefallen?", fragte er und stemmte seine speckigen Hände in die schmalen Hüften. „Du hast mir überhaupt keine Fragen zu stellen, Wächterin! Lies noch mal im Regelwerk nach! Ts, was für Amateure!"

Ich wischte mir die Augen und hickste noch einige Male, dann putzte ich mir die Nase und steckte das Taschentuch in die Tasche, in der ich keine Troddeln hatte. „Okay, ich glaube, jetzt muss ich ran." Ich sah den Dämon an und spürte, wie meine Mundwinkel schon wieder zu zucken begannen. Ich konnte einfach nichts dagegen tun. Der Anblick war zu viel für meine strapazierten Nerven. „Wie heißt du?"

„Tirana."

„Wem dienst du?"

„Oriens. Aber würde mir vielleicht mal jemand erklären, warum ihr eure Augen nicht von meiner furchtbaren, abscheulichen und für Menschen völlig unerträglichen Erscheinung abwendet?“

Noëlle musste kichern, täuschte aber rasch einen Hustenanfall vor.

„Sicher“, sagte ich, und meine Mundwinkel zuckten erneut. „Aber erst erklärst du uns mal, warum du in der Gestalt von Shirley Temple hier auftauchst, wie man sie auf dem Cover von *On the Good Ship Lollipop* bewundern konnte.“

Der Dämon wirbelte um die eigene Achse, und die große Schleife wippte auf seinem Kopf, als er sein Kleid und den gerüschten Petticoat glatt strich. „Meine groteske Gestalt ängstigt euch nicht zu Tode?“

Wir schüttelten beide den Kopf. Noëlle hielt sich den Mund zu, um nicht laut loszulachen. „Shirley Temple sah zu ihrer Glanzzeit sicherlich beängstigend aus“, sagte ich schließlich, „aber nicht in dem Sinn, wie du meinst.“

Die goldblonden Locken des Dämons wippten auf und ab, als er mit dem Fuß stampfte. „Mann, dieser Morilen! Er hat mir gesagt, dass diese Gestalt die Menschen mit Angst und Schrecken erfüllt! Na, der tut gut daran, sich hinter Paymons Armee zu verstecken, denn wenn ich wieder in der Hölle bin …“

Es ist grundsätzlich nicht schön, wenn ein Dämon zu fluchen beginnt, aber wenn es sich bei dem betreffenden Dämon um eine exakte Kopie von Amerikas kleinem Liebling handelt, dann ist der Gipfel der Absurdität erreicht.

„Haben Sie schon mal von Tirana gehört?“, fragte ich Noëlle, während der kleine Dämon wütend herumstampfte und auf seinen Kameraden schimpfte.

„Nein, aber Oriens ist der schwächste aller Dämonenfürsten. Ich würde sagen …“ Sie hielt einen Moment inne, um den Dämon zu beobachten, wie er auf einer Blume herumtrampelte. „Sie haben einen von den niederen Dämonen beschworen. Ich bin sogar ziemlich sicher, dass er auf der alleruntersten Sprosse der Dämonenkarriereleiter steht."

Ich sank mutlos zusammen. Nicht einmal einen anständigen Dämon konnte ich beschwören! Ich musste ausgerechnet das schwächste Glied in der Kette erwischen. Wie sollte ich Christian mit Hilfe eines Dämons retten, der Spitzensöckchen trug und eine große rosa Schleife auf dem Kopf hatte? Das konnte doch alles nicht wahr sein!

„Ich denke, es sagt eine Menge über die Reinheit Ihres Geistes aus, dass Sie keinen schlimmeren Dämon beschwören können als … nun ja … Tirana."

Ich fand ein wenig Trost in dieser Aussage, bis mein Blick auf die kalten, wachsamen Augen des Hauses fiel. Das Wissen, dass irgendwo in diesem Gebäude der Mann festgehalten wurde, den ich liebte, bestärkte mich in meiner Entschlossenheit, und ich straffte die Schultern.

„Okay, ich werde es schaffen! Tirana, hör auf, die Blume zu zertrampeln! Du machst dir deine hübschen Schuhe schmutzig! Wir haben eine Menge Arbeit vor uns. Mein Wille sei dir Befehl!"

„Befehlili, Befehlala", nörgelte der Dämon, folgte mir aber gehorsam.

Noëlle fasste mich am Arm, als ich die Stufen zur Haustür hochging. Sie nahm ihre Halskette ab, an der ein Amulett hing, und legte sie mir um, dann zeichnete sie mit dem Finger ein Symbol auf meine Stirn.

„Das bringt Glück", sagte sie mit einem kleinen Lächeln.

Ich betastete das Amulett. Es fühlte sich ganz warm an und gab mir ein Gefühl der Sicherheit, das ich in meinem gegenwärtigen Zustand sehr gut gebrauchen konnte. „Vielen Dank!"

„Sie wissen doch noch, was ich Ihnen gesagt habe?"

Das hoffte ich. Auf der Taxifahrt hatte ich zwar die ganze Zeit an der platt gedrückten Troddel herumgezupft, aber ich war ziemlich sicher, dass ich Noëlles Anweisungen behalten hatte.

„Ich wünschte, ich könnte mitkommen."

Ich schenkte ihr ein Lächeln, das hoffentlich aufrichtiger aussah, als es sich von innen anfühlte. „Ich weiß, und ich bin Ihnen sehr dankbar für Ihre Hilfe. Warten Sie hier auf mich?"

Sie nickte.

Ich drehte mich um und sah noch einmal das Haus an. Ich spürte, wie Asmodeus darin seine Kräfte sammelte. Ich schloss die Hand um meine Troddeln, konzentrierte mich und sammelte ebenfalls meine Kräfte. Das Amulett schien sie zu bündeln und sogar leicht zu verstärken. Ich reckte das Kinn in die Höhe, hob die Hand und befahl der Tür, sich zu öffnen. Dann marschierte ich bewaffnet mit einem geliehenen Amulett, einem Dämon, der aussah wie die Tanzpartnerin von Bill „Bojangles" Robinson, sechs dienstbaren Geistern – von denen jedoch einer ziemlich beleidigt war – sowie einer großen Portion Entschlossenheit in das Haus.

Die Tür zur Bibliothek war offen. Guarda, Phillippa und Eduardo standen in Dreiecksformation mitten im Raum. Noch hatten sie kein Triumvirat gebildet, aber dazu musste Eduardo lediglich die Hände ausstrecken und den Frauen in den Nacken greifen. Asmodeus stand zu ihrer Linken, Christian zu ihrer Rechten.

Ich blickte lächelnd in die Runde. „Ich hoffe, ich komme nicht ungelegen. Aber ich habe es mir überlegt. Ich hätte Christian doch gern zurück."

Hinter mir schlug die Haustür zu.

19

„Wie überaus eigenartig", sagte Asmodeus gedehnt und kam auf mich zu. „Ich hätte nicht gedacht, dass du zurückkehrst, aber als wir dich kommen sahen, wurde mir klar, wie clever du das angestellt hast."

„Sie hat gelogen. Das habe ich dir doch gesagt!", knurrte Eduardo.

„Sie hat nicht gelogen. In dem Moment, als sie es sagte, war es die Wahrheit. Ja, das war wirklich sehr clever. Es tut mir fast leid, dass so ein scharfer Verstand und so eine unverzagte Seele draufgehen müssen, damit ich neue Lebenskraft bekomme, aber das ist nun mal der Lauf der Dinge."

Ich hatte Christian die ganze Zeit beobachtet, während Asmodeus mich umkreiste, aber plötzlich wurde mein Amulett glühend heiß, und ich schreckte auf. Rasch trat ich mit einem Fuß aus dem Kreis, den Asmodeus um ein Haar um mich geschlossen hätte.

„Raffiniert", sagte ich und bemühte mich, mein heftig schlagendes Herz zu beruhigen. Wäre er ein wenig schneller gewesen, hätte er mich in seinem Kreis festgesetzt. „Aber nicht raffiniert genug!"

Er lächelte, und es kostete mich ein paar Jahre meines Lebens, ihm unverwandt in die Augen zu schauen. „Es war einen Versuch wert", entgegnete er.

Ich sah von ihm zu Christian. Mit blassem Gesicht stand er ganz still und regungslos da, und aus seinen glanzlosen Augen sprachen Schmerz und Leid. Ich dachte an die Warnung, die ich im Traum erhalten hatte: Ich konnte erst Hilfe von ihm erwarten, wenn ich ihn von seinen Fesseln befreit hatte.

„Tirana, tritt vor! Siehst du diesen Menschen?“ Ich zeigte auf Eduardo. Weil er der Stärkste im Triumvirat war, musste ich ihn mir zuerst vorknöpfen. „Weißt du, was mein Wille ist?“

Tirana seufzte und verschränkte die speckigen Ärmchen vor dem gerüschten Chemisette-Oberteil seines Kleides. „Red nicht lange um den heißen Brei herum, sag mir einfach, was ich tun soll!“

„Vernichte ihn!“, befahl ich kurzerhand.

Eduardo schrie auf und streckte die Hände nach Phillippa und Guarda aus. Tirana stürzte sich auf Eduardo, wurde jedoch augenblicklich von ihm weggeschleudert. Der Schutzbann vor mir leuchtete erst grün, dann weiß und begann silbrig zu schimmern, als mir die Macht des Triumvirats entgegenschlug. Ich stemmte die Beine in den Boden, senkte den Kopf, brachte einen Schutzbann aus und nahm alle Kraft zusammen. Das Amulett und der Bann leuchteten silbrig, als ich meine Macht bündelte und ihr Gestalt verlieh, um sie in Eduardos Richtung zu schleudern.

Die unerwartete Machtsalve erschütterte das Triumvirat und riss es auseinander. Ich warf lachend den Kopf zurück und setzte die ganze Macht meiner Liebe zu Christian frei, die sich von meinen Händen in einem silbrigen Strahl über den dreien ergoss.

„Die Kräfte einer erzürnten Geliebten sollte man nicht unterschätzen!“, rief ich und gab ihnen eine weitere Kostprobe meiner Entschlossenheit und Willenskraft, verfeinert mit einem Klacks Achtung vor den Lebenden und Toten. Phillippa brach schreiend zusammen.

Meine Freude war jedoch nur von kurzer Dauer. Eduardo packte fluchend die kraftlose Phillippa und brachte sie wieder auf die Beine, um immer neue Salven der Macht auf mich abzufeuern, die mir höllische Schmerzen bereiteten. Diese Macht, die ihren Ursprung in einer finsteren Quelle hatte, war ebenso verdorben und widerwärtig wie er und laugte mich völlig aus. Ich wehrte mich mit jeder Faser meines Körpers, doch das Triumvirat mit seinen vereinten Kräften drohte mich zu überwältigen. Aber noch hielt ich ihm stand und heftete meinen Blick auf Christian. Er beobachtete mich mit ausdrucksloser Miene und wirkte völlig unbeteiligt. Es sah aus, als sei ihm nicht bewusst, dass mich die Leute, denen er sich ausgeliefert hatte, förmlich in Stücke rissen. Der Versuch, ihn zu retten, war sinnlos; er führte zu nichts und war von Anfang an zum Scheitern verurteilt gewesen. Gegen das Triumvirat *und* Asmodeus kam ich nicht alleine an. Einen Augenblick lang dachte ich daran, einfach aufzugeben.

Doch dann musste ich an Christian denken, an seine Liebe zu mir, an die Zeit, die wir zusammen verbracht hatten, und an die Geister, die sich so tapfer bereit erklärt hatten, Sarra den Garaus zu machen. Sie waren nicht bloß Geister, sie waren meine Freunde.

„So schnell gebe ich nicht auf!“, sagte ich mit zusammengebissenen Zähnen. „Diese Monster werden uns nicht besiegen!“

Ich mobilisierte alles, was noch an Kraftreserven in meinem Körper war, jedes kleinste Fitzelchen, und schöpfte alle Ressourcen aus, angefangen von meinem Herzschlag bis zu der Atemluft in meinen Lungen, bündelte die Energie und machte mich bereit, sie ins Ziel zu bringen. Ich befreite meinen Geist von allen Gedanken und behielt nur Eduardos Bild im Kopf, obwohl sich mein Inneres verzweifelt dagegen wehrte. Was ich vorhatte, bedeutete das Ende meiner beruflichen Karriere, denn wenn ich meine Macht durch mein eigenes Bewusstsein hindurchlenkte, um Eduardo zu treffen, führte das zu einem

Kurzschluss, durch den ich sämtliche übersinnliche Fähigkeiten verlor. Ich würde nie wieder einen Geist beschwören, nie wieder Banne ausbringen und nie wieder an dem wunderbaren Gleichgewicht zwischen Natur und Magie teilhaben können. Ich tötete einen Teil von mir, den ich so mühsam aus den Scherben der Vergangenheit zusammengesetzt hatte. All das gab ich auf, aber ein Blick auf Christian bestärkte mich in meinem Vorhaben.

Nun wusste ich, was es bedeutete, jemanden mehr zu lieben als das eigene Leben.

Mit Christians Namen auf den Lippen ließ ich meine Macht los. Ich wurde nach hinten geschleudert und war regelrecht blind vor Schmerzen, als sie in Form eines übersinnlichen Energiestrahls aus mir herausbrach. Als Eduardo davon erfasst wurde, schrie er auf und flehte Asmodeus um Hilfe an.

Meine Macht war jedoch rasch verbraucht, und der Strahl wurde immer schwächer, bevor er schließlich ganz versiegte. Ich war so geschwächt, dass ich mich kaum noch auf den Beinen halten konnte. Mein Körper, mein Geist und meine Seele waren wie betäubt von der Anstrengung.

Der Dämonenfürst lächelte mich mitleidig an. „Dann können wir ja jetzt beginnen."

Er wandte sich Eduardo zu und versorgte ihn mit neuer Energie.

Ich öffnete meine Hand und starrte benommen die Troddeln an, die ich die ganze Zeit umklammert hatte, dann schleuderte ich sie rasch in Asmodeus' Richtung. „Meine Geister, ich rufe euch!"

Alle sechs Geister tauchten augenblicklich auf und griffen den Dämonenfürst an, der mit einem solchen Ansturm nicht gerechnet hatte. Er brach die Energieübertragung ab, um sich zu schützen, was Tirana die Möglichkeit eröffnete, Eduardo anzugreifen.

Ich stürzte mich auf Christian, packte ihn bei den Schultern und warf mich mit ihm hinter das Sofa, das knapp einen halben Meter vor der Wand stand. Völlig erschöpft und keuchend blieb ich auf ihm liegen und fuhr ihm mit meinen zitternden Fingern durchs Haar. „Christian, schnell, wir haben keine Zeit! Wir müssen uns vereinigen, solange die anderen noch abgelenkt und geschwächt sind."

Er sah mich starr mit seinen glanzlosen schwarzen Augen an.

Ich schüttelte ihn. „Komm schon, werd wach! Wir müssen sofort handeln, augenblicklich! Nur wenn wir vereinigt sind, haben wir die Macht, den Dämonenfürsten zu schlagen!"

Sein Blick war leer, seine Haut eiskalt. Vor Verzweiflung schluchzend, schüttelte ich ihn erneut. Ich wusste, dass die Geister nicht viel gegen Asmodeus ausrichten konnten. Sie konnten ihn höchstens ein paar Sekunden in Schach halten.

„Bitte, Christian, ich bitte dich! Wenn du mich liebst, dann komm zu mir zurück! Wir können das zusammen meistern, aber du musst zu mir zurückkommen. Lass mich nicht allein! Du hast versprochen, mich niemals zu verlassen!"

Ich spürte, dass sich etwas in seinem Bewusstsein regte, aber das genügte nicht. Seine Augen waren immer noch tot, sein Körper reagierte nicht, und sein Inneres war in einem Albtraum gefangen, in den er sich freiwillig hineinbegeben hatte, um mich zu retten.

Ich schlug ihn, so fest ich konnte, aber es nützte nichts. Er zuckte nicht einmal mit der Wimper. „Er wird dich nicht kriegen! Du gehörst mir, verstehst du? Mir!"

Christian lag teilnahmslos da, als ich ihn schluchzend küsste und in die Lippe bis. Rasch leckte ich den heißen Blutstropfen auf, bevor ich meine silberne Hutnadel aus der Tasche zog und mir damit in die Haut stach. Ich hielt mein Handgelenk an seinen Mund und versuchte ihn zum Trinken zu bewegen. Das Geschrei im Raum wurde immer lauter, während Tirana sein Bestes gab, um meinen Befehl zu erfüllen und Eduardo zu vernichten. Als ich die Geister kreischen hörte, wusste ich, dass Asmodeus sich von dem Überraschungsangriff erholt hatte und zum Vergeltungsschlag übergegangen war. Ich schickte ein Stoßgebet zum Himmel und hielt mein Handgelenk über Christians Lippen. Ich betete für die Seelen meiner Geisterfreunde, für Christian und mich und hoffte, dass er endlich den Mund öffnete.

Ein rubinroter Blutstropfen trat aus der Wunde aus, wippte im Rhythmus meines Pulsschlags und schwoll an, bis er schließlich hinunterfiel.

In diesem Moment öffneten sich Christians Lippen, und der Blutstropfen verschwand in seinem Mund.

Eine Sekunde später wurde das Sofa fortgerissen, flog quer durch den Raum und explodierte zu einer Wolke aus Lederfetzen und Holzsplittern. Asmodeus stand in seiner wahren, ganz und gar abscheulichen Gestalt vor uns. Sein entstellter Körper, der nur noch entfernt an ein menschliches Wesen erinnerte, bot einen grauenhaften Anblick: Was früher Fleisch und Knochen gewesen waren, bestand nur noch aus Elend und Hass, und eine Krone aus Gemeinheit und Hinterlist saß auf seinen langen grauen Locken, die sich wie eigenständige Wesen um seinen verwachsenen Leib schlängelten.

„Jetzt wird sich dein Schicksal erfüllen!“, schrie der Dämonenfürst und packte mich. Das Amulett leuchtete auf, dann zersprang es und fiel zu Boden. Er zog mich hoch und bleckte seine langen Zähne, die schwarz vor Sünde waren. Ich griff nach der Hand, die mich zu erwürgen drohte, aber ich hatte nicht annähernd genug Kraft, um seine grauenerregenden Finger von meinem Hals zu lösen.

Du findest offenbar Vergnügen an dramatischen Szenen, meldete sich eine warme, samtige Stimme in den Trümmern meines Bewusstseins zu Wort. *Auch darüber werden wir reden müssen.*

In der Badewanne?, fragte ich und hätte vor Freude am liebsten geheult.

Wie du wünschst.

Als Christian aufstand, drehte Asmodeus sich ruckartig zu ihm um. Hätte er mich nicht am Hals festgehalten, sodass meine Beine in der Luft baumelten, wäre ich in Jubel ausgebrochen, so gut sah Christian aus. Seine Augen leuchteten in einem herrlichen Mahagoniton mit goldenen Sprenkeln, als er mit einer Eleganz und Anmut auf uns zukam, die mein Herz schneller schlagen ließ. Sein Bewusstsein verschmolz mit meinem, und plötzlich hatte ich genug Kraft, um mich von Asmodeus loszureißen. Mein Körper – unser Körper – wurde von einer Macht erfüllt, die offenbar von unseren eins gewordenen Seelen herrührte. Obwohl Asmodeus meinen Hals noch fester zu umklammern versucht hatte, befreite ich mich mühelos aus seinem Griff. Dabei rutschte, wie ich zu meiner Überraschung feststellte, ein Ring von seinem Finger in meine Hand. Es war ein herrliches Gefühl, von unserer Macht durchströmt zu werden, die mir die Kraft gab, den Dämonenfürsten zur Seite zu stoßen.

Christian lächelte, als ich an seine Seite trat, und zog sich widerstrebend aus meinem Bewusstsein zurück.

„Ich habe dir doch gesagt, sie ist zu stark für dich“, sagte er zu Asmodeus, nahm meine Hand und warf einen erstaunten Blick in Tiranas Richtung.

„Mehr habe ich nicht zustande gebracht“, erklärte ich ihm, als Eduardo den kleinen Dämonen in die Luft schleuderte. Die Locken flogen ihm um den Kopf und zogen sich immer mehr in die Länge, als wollten sie nach Eduardo greifen. Phillippa lag zu Guardas Füßen. Ob sie tot oder nur bewusstlos war, wusste ich nicht. Guarda stand mit ausgestreckten Händen und leerem Blick da und versorgte Eduardo mit Energie. Ich war den beiden gegenüber nun fast milde gestimmt, denn die Macht, die uns die Vereinigung verliehen hatte, gab mir Sicherheit. Es sollte uns nicht schwerfallen, sie zu besiegen.

„Du überschätzt die Frau und auch dich", zischte der Dämonenfürst durch seine kaputten Zähne. „Besser gesagt, du unterschätzt meine Macht!"

Mit einem grausigen Gesichtsausdruck, der wohl ein Lächeln sein sollte, verschwand er. Er ging einfach in Rauch auf und war weg. Christian atmete tief durch und schloss die Flügeltür. Dann nahm er eins der Breitschwerter von der Wand und schob es durch die Griffe unter den beiden Türknäufen.

„Warum machst du das?"

„Er hat seine Legionen gerufen."

Ich drehte mich zu dem zerschlagenen Triumvirat um. Tirana hatte sich wieder auf Eduardo gestürzt und kämpfte mit ihm. Guardas Kräfte schwanden zusehends, denn sie gab alle ihre Energie an Eduardo ab.

Christian nahm das andere Breitschwert von der Wand und wog es in seiner Hand. „Kannst du dich um die drei kümmern?"

Ich stutzte. „Klar, kein Problem. Aber was für Legionen? Warum stehst du da vor der Tür wie der Highlander persönlich? Was …"

Irgendetwas Gewaltiges krachte von außen gegen die Tür, und das Holz splitterte. Ein unheimliches Heulen ertönte im Korridor, das Tirana mit lautem Gebrüll parierte. Ich hielt mir die Ohren zu und beobachtete, wie Christian die Schultern straffte und das Schwert mit beiden Händen umklammerte. Im selben Moment wurde die Tür eingeschlagen.

Allmählich war ich das ganze Dämonentheater wirklich leid.

Ich wurde von einer Hand an der Schulter gepackt und nach hinten gerissen, als Christian auf den ersten Dämon losging, der in den Raum stürzte. Guardas Blick war nicht mehr leer; Zorn und Hass verzerrten ihre Gesichtszüge fast bis zur Unkenntlichkeit. Sie beschimpfte mich auf Deutsch und grapschte nach meiner Hand, bis ich begriff, dass sie versuchte, mir Asmodeus' Ring zu entreißen, den ich immer noch festhielt.

„Jetzt habe ich aber genug von dir und deiner widerwärtigen kleinen Bande!", schrie ich sie an und entwand ihr meine Hand. Dann trat ich ihr kräftig auf den Fuß, riss mich von ihr los und konzentrierte mich, um sie und Eduardo mit einem kräftigen Energiestoß direkt auf die Straße zu befördern.

Mein Gehirn gab ein klägliches Winseln von sich und machte dicht. Da stand ich nun, allein und hilflos und ohne jegliche Energiereserven.

„Mist, verdammter!", sagte ich, bevor Guarda sich auf mich stürzte. Voller Panik sprang ich zur Seite und wäre beinahe einem Dämonen ins Gehege gekommen, der Christian angreifen wollte, doch ich stolperte über die Leiche eines anderen Dämonensoldaten, rutschte auf dem glitschigen schwarzen Dämonenblut aus und fiel auf die Knie. Das Schwert zischte über meinem Kopf durch die Luft, und Christian befahl mir, hinter ihm Schutz zu suchen. Ein kleiner, besonders hässlicher Dämon wollte sich gerade auf mich stürzen, doch ich konnte ihm im letzten Moment ausweichen und verzichtete ausnahmsweise darauf, Christian wegen seines beschützerischen Gebarens zurechtzuweisen.

Guarda hatte versucht, Tirana von Eduardo wegzureißen, aber als ich in ihr Blickfeld geriet, machte sie einen Satz über die Leiche eines Dämons und griff mich erneut an. Ich streckte die Hand nach Christian aus, um mich mit Energie zu versorgen, weil ich Guarda und Eduardo ein für alle Mal außer Gefecht setzen wollte, aber in dem Moment, als mein Bewusstsein mit seinem verschmolz, wurde mir unvermittelt die Bedeutung von Asmodeus' Worten klar.

Wir müssen sofort hier weg!, warnte ich Christian, der gerade mit einem gezielten Schwerthieb einem groß gewachsenen Dämonen den Bauch aufschlitzte und mit dem nächsten Schlag einen anderen enthauptete. *Dir wird bald die Energie ausgehen, und ich bin mit meinen Kräften am Ende. Wir können sie unmöglich alle besiegen!*

Guarda sprang auf meinen Rücken und schrie mir in die Ohren. Ich warf mich nach hinten und knallte sie gegen den Marmorsims über dem Kamin, wobei ich mir einen der Dolche von der Wand angelte und damit auf den Arm einschlug, mit dem sie mich in den Schwitzkasten zu nehmen versuchte. Kreischend ließ sie von mir ab.

Wenn wir jetzt fliehen, lässt Asmodeus die Dämonen los. Auf der Jagd nach uns werden sie Tod und Zerstörung über London bringen, erklärte Christian. Ich wusste, dass nicht mehr viel von unserer vereinigten Energie übrig war. Außerdem hatte er zuvor viel Blut verloren, sodass er völlig ausgelaugt sein musste. Ich hatte angenommen, wir würden nach unserer Vereinigung von einer nicht enden wollenden Quelle der Macht versorgt, doch nun war mir klar, dass Christian lediglich seine letzten Reserven mit mir geteilt hatte.

Tirana segelte an mir vorbei und krachte gegen die Wand, war aber sofort wieder auf den Beinen. Seine wirren Locken bildeten einen goldenen Heiligenschein um sein Puttengesicht, doch als er den Mund aufriss, wurden seine gefährlich spitzen Zähne sichtbar. Er stieß eine finstere Drohung aus und stürzte sich auf Eduardo, wobei er Guarda gleich mit zu Boden riss. Ich nutzte die kurze Verschnaufpause, um unsere Möglichkeiten abzuwägen.

Was ist mit dem Weintresor unten im Keller, in dem Sebastian eingesperrt war? Er sagte, er sei mit Bannen versehen worden. Wir könnten ihn als Bunker verwenden und die Banne umkehren, sodass sie uns schützen.

Nein, da gehe ich nicht mehr rein. Christian machte einen Schritt zur Seite und wich einem angreifenden Dämon aus, wodurch er mit ein paar Rissen im Hemd und einer blutigen Schramme auf der Brust davonkam.

Wir müssen aber! Wenn wir nicht in den Keller gehen, sterben wir hier. Ich spürte Christians Unentschlossenheit und seinen Horror vor dieser Stahlkammer, in der man ihn anscheinend den Tag über eingesperrt hatte, während ich mit anderen Dingen beschäftigt gewesen war.

Es tut mir leid, Liebling, aber wir müssen nach unten. Ich brauche etwas Ruhe, um zu prüfen, was mir von meinen Fähigkeiten noch geblieben ist, und den entstandenen Schaden abzuschätzen, und du brauchst Blut.

Ich trat nach einem Dämon, der auf mich zukam, und geriet aus dem Gleichgewicht, doch Christian wehrte die Kreatur ab. Dann drehte er sich um und rammte mit letzter Kraft sein Schwert in den Boden. Der Teppich unter meinen Füßen gab nach und riss mich und Christian mit sich in die Tiefe. So landeten wir relativ weich auf dem Steinboden des Kellers, und ein überraschter Dämon spähte vom Rand des Lochs über unseren Köpfen zu uns herunter.

Schnell, Geliebte, wir müssen da lang!

Ich ergriff Christians Hand und ließ mir von ihm aufhelfen. Mein schlimmes Bein knickte ein, aber Christians Hand war stark und warm, und er warf mich mit einem Ruck über seine Schulter. Das Schwert hielt er immer noch in der anderen Hand. Mit den Füßen schob er Schutt und Betonbrocken zur Seite, während er mit mir auf den Weintresor zulief.

Die Dämonen strömten durch das Loch und kamen hinter uns her, und die entsetzlichen Schmerzensschreie hinter ihnen verrieten, dass sie nicht sehr wählerisch waren, was ihre Opfer anging. Es fiel mir jedoch schwer, für die Mitglieder des Triumvirats Mitleid zu empfinden, und ich hielt Christian an, schneller zu laufen, während ich den Dämonen, die hinter uns herstürzten, mit den Fäusten drohte.

Die Tür zu der Stahlkammer war, wie Sebastian gesagt hatte, mit Bannen versehen. Sie waren zwar gebrochen, aber die Symbole hatten sich regelrecht in das Metall gefressen und zeugten von den Qualen der Männer, die in dieser Kammer eingesperrt gewesen waren.

„Kannst du sie mit Schutzbannen versehen?“, fragte Christian und kehrte mir den Rücken zu, um die angreifenden Dämonen abzuwehren.

Ich versuchte mich zu konzentrieren und meine Kräfte zu sammeln, aber ich war leer. Ich konnte keinen Bann ausbringen.

„Nein!“, rief ich voller Entsetzen darüber, dass ich meine sämtlichen Fähigkeiten verloren hatte.

Christian drosch auf den ersten Dämon ein und trieb ihn zurück, dann stieß er die Tür auf, schob mich in die Kammer und knallte die Tür hinter uns zu.

„Kann man sie verriegeln?“, fragte ich, als er sich gegen die Tür stemmte, damit die Dämonen nicht hinter uns herkamen.

„Nicht von innen.“

„Kacke.“

„Kein sehr vornehmer Ausdruck, aber ziemlich treffend.“

„Und was machen wir jetzt?“

Das Geräusch, wie von außen der Riegel vorgeschoben wurde, und das darauf folgende stürmische Dämonengelächter beantworteten meine Frage.

„Sieht ganz so aus, als sei unser Problem gelöst, zumindest

bis einer von den Dämonen erkennt, dass wir zwar jetzt nicht mehr rauskönnen, sie aber auch nicht rein", bemerkte Christian trocken und trat von der Tür zurück.

Sie blieb zu.

Als ich mich in dem kleinen, mit Bleiplatten ausgekleideten Raum umsah, sträubten sich mir die Nackenhaare. In einer Ecke stand ein Stahltisch, an dem Fixierungsgurte herunterhingen. Der Tisch an sich entsetzte mich weniger, es waren vielmehr die Angst und die Wut und die Schmerzen, für die er stand, die mich so erschütterten. Ich schlang meine Arme um Christian.

„Was haben sie dir nur angetan? Haben sie dich hier gefoltert?"

Er sagte nichts, aber seine Augen wurden dunkler. Ich schmiegte mich an ihn, ließ mein Bewusstsein mit seinem verschmelzen und sah alles, was er erlitten hatte, als Eduardo ihm Blut abgezapft und ihn verhöhnt und verspottet und damit gequält hatte, dass er mich nicht würde retten können.

Aber du hast mich gerettet, sagte ich und pflasterte sein Gesicht mit Küssen. *Du hast uns beide gerettet, das erkenne ich jetzt. Ich habe es zuerst nicht verstanden, aber jetzt weiß ich, warum du dich Asmodeus ausgeliefert hast. Du wusstest, dass es der einzige Weg ist, ihn glauben zu machen, dass ich mich nicht für dich opfern würde.*

Christian stand regungslos da, nahm meine Liebkosungen entgegen und ließ meine Liebe in die ausgedörrten Winkel seiner Seele dringen. Dann zog er mich ganz fest an sich. Seine Lippen suchten meine, und ich nahm ihn auf in meinen Körper, in mein Herz, in mein Innerstes. Seine Zunge neckte meine, drang forschend vor, erinnerte sich und übernahm augenblicklich in vertraut überheblicher Manier das Kommando.

„Wie lange werden sie uns wohl in Ruhe lassen, bevor sie dahinterkommen?", fragte ich atemlos.

Er schob mich gegen die Wand. „Lange genug“, entgegnete er und schmiegte sein Gesicht an meinen Hals. Ich gab mich seiner Umarmung hin und fuhr mit den Fingern durch sein langes, seidiges Haar.

„Verflixt, was habe ich denn hier?“ Ich öffnete meine Faust, um beide Hände für Christian freizuhaben. Ein leises metallisches Klirren ertönte, als ich im Begriff war, ihn leidenschaftlich zu küssen, bis ihm die Vampirzähne klapperten. Wir hielten inne und schauten dem goldenen Ring nach, der über den Boden rollte.

Christian lächelte. Ich hingegen schaute reichlich dumm aus der Wäsche, aber, hey, ich hatte auch einiges durchgemacht. Ich durfte dumm aus der Wäsche schauen, wenn mir danach war.

„Ist das etwa, was ich glaube, dass es ist?“

Ich nickte und blickte immer noch reichlich verdutzt drein.

„Asmodeus’ Ring! Woher hast du den denn?“

„Ich weiß nicht. Er ist ihm einfach vom Finger gerutscht, als ich mich aus seinem Würgegriff befreien wollte. Ich hatte ganz vergessen, dass ich ihn habe.“

Christian sah mich an. Ich sah ihn an; nicht mehr verdutzt, sondern mit wachsender Bestürzung. „Ich kann nicht, Christian. Ich kann nicht.“

„Das ist ein persönlicher Gegenstand. Ein Talisman der Macht. Warum kannst du nicht?“

Da es keine andere Sitzgelegenheit gab, ließ ich mich auf den kalten Stahlboden sinken und schlang die Arme um die Knie. Ich musste es Christian sagen. Er würde es ohnehin merken, wenn wir das nächste Mal geistig miteinander verschmolzen. „Ich habe mir das Gehirn durchgeschmort, als ich das Triumvirat angegriffen habe. Ich habe es versucht, ich habe wirklich versucht, Eduardo zu bezwingen, aber meine Fähigkeiten sind weg. Aus und vorbei, das war’s mit der Magie. Ich konnte ja nicht mal die Tür mit einem Bann versehen, und das ist ja nun wirklich kinderleicht."

Christian setzte sich neben mich, legte mir seine warme Hand auf die Schulter und zwang mich, ihn anzusehen. „Allegra, du hast dir nicht das Gehirn durchgeschmort. Du hast dich verausgabt, ja, aber du hast keine bleibenden Schäden davongetragen. Das ist gar nicht möglich. Du bist meine Geliebte. Du bist jetzt unsterblich."

„Wenn ich so unsterblich bin, warum tut mir dann mein Bein immer noch weh? Und ich wette, meine Augen haben sich auch nicht verändert."

„Die Unsterblichkeit befreit einen nicht automatisch von körperlichen Schwächen."

„Und das Gehirn profitiert offensichtlich auch nicht davon. Ein Teil meines Gehirns ist tot, Christian, und zwar der gute Teil; der Teil, der wirklich von Bedeutung war. Das einzig Wertvolle, was mir noch geblieben ist, ist mein Blut."

Er strich mir mit einer so zärtlichen Geste eine Haarsträhne aus dem Gesicht, dass mir die Tränen in die Augen stiegen. „Glaubst du wirklich, ich würde mir eine Frau aussuchen, die mir außer Nahrung nichts zu bieten hat?"

„Du versuchst doch nur nett zu sein, damit ich mich besser fühle", klagte ich. „Und als Nächstes sagst du mir bestimmt etwas Liebes, Süßes, das mein Herz zum Schmelzen bringt und mich Dinge erkennen lässt, die ich von allein nicht erkenne, nicht wahr?"

„Ja", entgegnete er, dann legte er mir einen Finger unters Kinn und küsste mich. *Sag mir, wer du bist.*

„Allegra Telford", entgegnete ich und weigerte mich, auf die vertrauliche Gesprächsebene zu wechseln.

Das ist dein Name, aber wer bist du?

„Deine Geliebte."

Damit sagst du, was *du bist.* Wer *bist du?*

„Eine Frau, die gern mit dir ins Bett geht."

Allegra, seufzte er leise.

„Schon gut. Ich bin Beschwörerin. Zumindest war ich das, bevor ich mein Beschwörungszubehör bei dem Versuch kaputt gemacht habe, Eduardo zu bezwingen."

Und, hast du ihn bezwungen?

„Nein."

Ist er denn jetzt hier?

„Nein, die Dämonen haben ihn sich geschnappt. Das nehme ich wenigstens an. Ich bezweifle, dass jemand den Ansturm von Asmodeus' Horde überlebt hat."

Dann hast du ihn bezwungen.

„Indirekt vielleicht. Hey, darfst du an meinem Hals knabbern, während du mich in die Mangel nimmst?"

Ich kann alles tun, was ich will. Ich bin ein mährischer Dunkler.

Ich ahnte, was als Nächstes kam, und wartete ab.

Und du bist meine Geliebte.

Womit du vermutlich andeuten willst, dass ich auch alles tun kann, was ich will.

Seine Hände wanderten über meine Taille nach oben und umfingen meine Brüste. *Alles*, flüsterte er mir ein, als ich ihm den Kopf zuwandte und ihn küsste.

Du musst trinken. Du bist schwach, aber wir haben deine Kraft jetzt bitter nötig. Mein Blut ist alles, was ich dir zu bieten habe, also nimm es bitte.

Seine Zunge war Feuer in meinem Mund. Ich spürte die Flammen bis in meine Brust und wurde von Begierde und Hunger erfüllt. *Du hast so viel mehr zu bieten, Geliebte. Ich glaube an dich. Ich glaube daran, dass du alles tun kannst, was du nur willst.*

Als sein Bewusstsein mit meinem verschmolz, strömten seine Gedanken in meinen Kopf. Meine Seele reinigte seine, und unsere Herzen schlugen im selben Takt. Ich spürte sein grenzenloses Vertrauen in mich, in meine Fähigkeiten, in uns. Lächelnd küsste ich ihn, und mir liefen die Tränen über die Wangen, als ich die Arme um ihn schlang. Seine Stärke war keine Bedrohung mehr für mich, sondern eine willkommene Unterstützung. Sie bot mir Schutz und war ein Teil meines Lebens geworden, ohne den ich nicht mehr sein wollte.

Er drückte mir den Ring in die Hand. *Tu es, Geliebte!*

Ich sah ihn zweifelnd an.

Ich weiß, dass du es kannst.

Die der Magie zugrunde liegende Macht rührt, wie ich bereits erwähnte, von dem Vertrauen in die eigenen Fähigkeiten her. Wenn man nicht daran glaubt, funktioniert es nicht. Ich schaute den Ring an, dann sah ich Christian in die Augen, in seine wunderschönen dunklen Augen, die mich nun voller Liebe und Stolz und Erwartung anlächelten, sodass mir ganz warm ums Herz wurde.

„Wirst du mich auch noch lieben, wenn ich versage?"

„Ich werde dich immer lieben, was du auch tust."

Gestärkt durch das Vertrauen, das er mir einflößte, legte ich den Ring auf den Boden und klopfte meine Hosentaschen ab, bis ich ein kleines Stück Kreide fand. Christians warme, starke Hand ruhte auf meiner Schulter und gab mir Sicherheit, als ich den Kreis auf den Boden zeichnete. Es war ein eigenartiges Gefühl zu wissen, dass ich ganz ich selbst sein konnte, dass ich alles sein konnte, wofür ich gekämpft hatte, und trotzdem zu Christian gehörte – aber leider hatte ich keine Zeit, um mich solchen romantischen Gedanken zu widmen, wie gern ich es auch getan hätte.

Ich musste einen Dämonenfürsten zurück in die Hölle schicken.

„Warum ist es nie einfach mit dir? Warum musst du selbst die simpelsten Dinge immer so kompliziert machen?"

Ein dumpfer Schlag gegen die Tür hallte in dem kleinen, schallisolierten Raum wider.

Ich bin nicht schwierig, ich bin nur praktisch. Und jetzt beiß mich!

„Ich brauche kein Blut."

Wieder war ein Schlag zu hören, lauter diesmal, und die Tür erzitterte.

Das Schwert, das Christian wie einen Keil zwischen Tür und Boden getrieben hatte, klapperte und drohte sich zu lösen.

Doch, das brauchst du. Du bist völlig ausgelaugt. Ich spüre doch, wie geschwächt du bist. Trink!

„Ich will dein Blut nicht. Du brauchst jetzt deine ganze Kraft."

Trotz meines Strebens nach Unabhängigkeit habe ich sehr wohl begriffen, dass deine Stärke ein wesentlicher Bestandteil von meiner ist, Christian. Entweder du trinkst jetzt sofort von meinem Blut oder ich schließe den Kreis nicht. Ich nehme an, die Dämonen sind in fünf Sekunden hier drin, also beiß mich jetzt oder schweige für immer.

Seine Zähne bohrten sich in meinen Hals, und der stechende Schmerz verwandelte sich sofort in ekstatische Wonne. Während er sich gierig labte, wurde mir schwindelig, zum einen vor Freude, weil er von meinem Blut trank, und zum anderen, weil ich die Kraft spürte, die ihn durchströmte und ihm neue Lebensenergie gab. Die Tür erzitterte wieder und drohte nachzugeben, aber diesmal hielt sie noch stand. Ich wusste jedoch, dass die Dämonen sie beim nächsten Versuch zerstören würden. Jetzt oder nie, dachte ich. Es blieb mir gar nichts anderes übrig, als an mich zu glauben.

Ich biss Christian rasch in den Daumen und drückte drei

Blutstropfen heraus, die neben Asmodeus' Ring in den Kreis fielen. Christian leckte die kleine Wunde an meinem Hals ab, bevor er sich von mir löste. Ich wischte ihm das Blut von den Lippen und zeichnete damit ein Bindesymbol in den Kreis, und dann spürte ich auch schon das typische Kribbeln der Macht in meinen Fingern.

„Asmodeus, siebenundsechzigster Geist von Göth, Herrscher über die dreißig Legionen, ich beschwöre dich mithilfe der Macht deines eigenen Talismans. Komm herbei und sei mir untertan!"

Die Dämonen machten sich für einen erneuten Ansturm auf die Tür bereit. Ich spürte ihren Drang, uns zu vernichten. Christian stellte sich schützend vor mich.

Vertrauen ist alles. Ich erhob mich und zeichnete mit grimmiger Entschlossenheit Schutzsymbole in die Luft. Diesmal funktionierte es, und die Banne wirkten sofort. Sie leuchteten glutrot auf, als ich spürte, wie die Macht in mir zu wachsen begann.

„Asmodeus, siebenundsechzigster Geist von Göth, Herrscher über die dreißig Legionen, ich befehle dir, vor mir zu erscheinen!"

Die Dämonen brachen durch die Tür, als Asmodeus mit einem wütenden Knurren auftauchte. Ein paar Blutstropfen und das Vertrauen, das Christian und ich in meine Fähigkeiten setzten, verhinderten tatsächlich, dass er aus dem Kreis entkam. Die Dämonen blieben wie angewurzelt stehen, denn sie konnten sich nicht fortbewegen, solange ihr Meister in dem Kreis gefangen war.

„So viel Macht hast du nicht!", sagte der Dämonenfürst mit einem höhnischen Grinsen im Gesicht und wuchs, bis er den ganzen Raum auszufüllen schien. „Du kannst mich nicht gefangen halten, denn ich bin allmächtig!"

Christian stand vor den Dämonen, und das Vertrauen, das er in mich hatte, strömte in mein Bewusstsein und verwandelte sich in Macht, während wir eins wurden – ein Wille, ein Bewusstsein, ein Geist.

„Asmodeus, siebenundsechzigster Geist von Göth, Herrscher über die dreißig Legionen, unterwirf dich mir!"

„Du wirst nicht über mich triumphieren! Du bist nicht mächtig genug, um …"

„Asmodeus!" Meine Stimme übertönte das Gebrüll des Dämonenfürsten und hallte glockenhell durch den Raum. Die Dämonen zogen kreischend die Köpfe ein. Asmodeus krümmte sich, dann sackte er zusammen. Ich atmete tief durch und legte meine ganze Kraft in die letzten Worte. „Asmodeus, ich schicke dich in das Dreckloch zurück, dem du entstiegen bist!"

Mit einem Schrei, der das Haus in seinen Grundfesten erschütterte, verwandelte sich Asmodeus in eine rote Rauchwolke, die einen Augenblick lang im Raum schwebte, bevor sie sich langsam auflöste.

Die Dämonen hinterließen hässliche schwarze Flecken auf dem Boden, als sie zusammen mit ihrem Gebieter Asmodeus verschwanden und zurück in die Hölle befördert wurden.

Christian nahm meine Hand und zog mich zur Tür.

„Warte, der Ring …"

„Vergiss ihn! Das Haus stürzt ein!"

Er hatte recht. Das Haus hörte nicht mehr auf zu beben, und es rumpelte immer heftiger über unseren Köpfen. Das unheilvolle Poltern, das von oben zu hören war, brachte uns dazu, schnurstracks den schmalen Korridor hinunterzurennen, dann schleppte Christian mich mehr oder weniger die Treppe zur Küche hoch. Wir waren gerade durch die Hintertür, da krachte das zweite Stockwerk auf das erste. Dann fiel das ganze Haus in sich zusammen. Ich klammerte mich im Garten an Christian und barg mein Gesicht an seiner Brust, um mich vor umherfliegenden Holzstücken und Scherben zu schützen.

Eng umschlungen standen wir da und betrachteten die Trümmer des Gemeinschaftshauses, das praktisch dem Erdboden gleichgemacht worden war. Keiner von uns sagte etwas. Es gab nichts zu sagen.

EPILOG

Christian bewegte sich in mir, immer tiefer und heftiger und drängender. Er gab mir nicht nur seinen Körper, er gab mir alles, auch sein Bewusstsein und sein Herz. Das Wasser spritzte nach allen Seiten, denn die Stufe in der Wanne war eigentlich nicht für den Zweck gemacht, für den wir sie verwendeten. Trotz der Schmerzen in meinem Oberschenkel schlang ich die Beine um seine Hüften, als er meinen Nacken mit Küssen und zärtlichen Bissen liebkoste, während unsere Körper sich in einem zeitlosen Rhythmus bewegten, und grub meine Fingernägel in seinen Rücken.

Tu es!

Wie fordernd du bist! Seine Stimme war so weich wie sein Haar. Ich griff in seine feuchte Mähne und zog daran.

Tu es auf der Stelle!

Habe ich dir schon gesagt, wie erregend ich es finde, wenn du so energisch wirst?

Ich schmiegte mich noch fester an ihn und drängte ihm begierig entgegen, um ihn tiefer in mir aufzunehmen. *Ich weiß genau, wie erregt du bist. Das ist ziemlich offensichtlich. Wärst du noch ein bisschen erregter, würdest du mich glatt der Länge nach aufspießen. Und jetzt … mach … endlich!*

Allegra, meine Allegra, seufzte er und knabberte an der empfindlichen Stelle unter meinem Ohr. Dann packte er mich an den Hüften und zog mich an sich, bis nicht mehr zu erkennen war, wo sein feucht glänzender Körper aufhörte und meiner begann. *Wie sollte ich ohne dich leben?*

Mach!

Ein stechender Schmerz, dann ein unvergleichlicher Sinnestaumel, als er von mir Besitz ergriff, meinen Lebenssaft trank und triumphierend meinen Namen rief, bevor unsere Körper im grellen Feuer der Leidenschaft aufgingen.

„Wollten wir uns nicht unterhalten?", fragte ich eine ganze Weile später, als ich meine Sprache wiedergefunden hatte. Wir lagen eng umschlungen im warmen Wasser, das unsere müden Körper wohltuend umschmeichelte. Ich legte den Kopf in den Nacken und biss Christian ins Kinn. „Du riechst gut. Nach Jasmin und einem Hauch von Eau de Sex."

Er öffnete träge ein Auge. „Du hast mich fertiggemacht, Allegra. Und anstatt meine Leistungsfähigkeit zu preisen, anstatt Sonette über meine Männlichkeit zu schreiben, anstatt mich in Oden mit Lob zu überschütten, klagst du nur über den zurückbleibenden Duft des Liebesakts. Ich werde mir das gut merken und Sorge dafür tragen, dass Frauen, die sich zukünftig um die Position meiner Geliebten bewerben, frei von diesem Makel sind."

Ich umkreiste seine linke Brustwarze mit den Fingerspitzen. „Immer dieses Gerede von irgendwelchen zukünftigen Geliebten! Du kommst dir wohl unwiderstehlich vor!"

Er schloss das Auge wieder. „Ich weiß, dass ich unwiderstehlich bin."

Ich schnaubte und kniff ihn in die Brustwarze.

„Du findest mich doch unwiderstehlich! Und du findest mich sexy. Vergiss nicht, ich kann deine Gedanken lesen."

Ich richtete mich auf und beugte mich über ihn. *Du bist eingebildet, arrogant und herrschsüchtig – alles, was ich an einem Mann nicht mag.*

Und du bist unabhängig, stur und unachtsam – alles, was ich an einer Frau nicht mag.

Ich schob die Hände unter seinen Rücken und küsste seine feuchten Lippen. *Warum liebe ich dich eigentlich so sehr?*

Er schenkte mir ein selbstgefälliges, kleines Lächeln und umklammerte meine Beine mit seinen. *Weil ich dich liebe, und von einem Dunklen geliebt zu werden ist alles, was sich eine Frau nur wünschen kann.*

Ich zwickte ihn an einer besonders empfindlichen Stelle und erlaubte ihm, mich mit seiner ganzen unwiderstehlichen Arroganz zu küssen.

„Da seid ihr ja! Du liebe Güte, ich dachte schon, ihr taucht nie mehr auf! Wir warten jetzt seit einer halben Ewigkeit auf euch! Ihr hättet eure Libido wenigstens für ein paar Minuten auf Eis legen können, um uns zu erzählen, was passiert ist!"

„Roxy, sei nicht immer so unhöflich!"

„Ich bin nicht unhöflich, nur besorgt. Ihr wart ja nicht dabei, als sie nach Hause gekommen sind. Allie sah halb tot aus, als Christian sie ins Haus geschleppt hat, und Noëlle hat lediglich gesagt, sie muss die Trümmer des Gemeinschaftshauses untersuchen, um sicherzustellen, dass sich dort nichts Böses mehr herumtreibt. Was für Trümmer? Was ist mit dem Haus passiert? Und was soll sich da Böses herumtreiben? Mehr will ich doch gar nicht, nur ein paar einfache Antworten auf ein paar einfache Fragen, und dann kann ich packen und nach Hause zu meinem Mann zurückkehren."

„Keinen Augenblick zu früh", murmelte Raphael Joy ins Ohr. Sie stieß ihm den Ellbogen in die Rippen, aber dann schmiegte sie sich an ihn und legte ihre Hand auf die seine, die wiederum auf ihrem Bauch ruhte.

Ich ließ meinen Blick durch Christians Arbeitszimmer schweifen und wurde so traurig, dass mir die Tränen kamen.

Was ist los, Geliebte?

„Die Geister“, entgegnete ich und schluckte. „Ich vermisse sie. Sie haben dieses Zimmer geliebt. Und den Fernseher. Und da das Gemeinschaftshaus zerstört ist …“

Christian nahm meine Hand. „Wir werden sie suchen, Allegra.“

„Asmodeus hat sie wahrscheinlich in Phantome verwandelt“, sagte ich mit belegter Stimme und wandte mich von den anderen ab, um mir verstohlen die Augen zu wischen. Christian zog mich an seine Brust, damit ich mich ausweinen konnte, während er den anderen rasch erklärte, was sich zugetragen hatte. Seine Stimme war sanft und leise und spendete mir Trost, aber trotzdem schmerzte es mich unendlich, daran zu denken, was ich meinen Freunden abverlangt hatte.

„Ich bin sicher, es geht ihnen gut, Allie“, sagte Joy nachdenklich. „Ich glaube nicht, dass dieser Asmodingens Zeit hatte, ihnen etwas anzutun. Anscheinend hatte er es doch in erster Linie auf dich und Christian abgesehen.“

Ich brummelte eine unverbindliche Antwort in Christians schwarzen Pullover.

„Ja, und abgesehen davon sind die Geister ziemlich clever“, fügte Roxy hinzu. „Gut, Jem war nicht gerade der Hellste, und diese verschrumpelte Waliserin hatte nicht alle Tassen im Schrank, aber ansonsten waren sie doch ein recht pfiffiger Haufen. Sie würden sich nicht einfach so phantomisieren lassen!“

Ich schniefte und atmete Christians wunderbaren Duft ein. Wenn ich auch für die ewige Verdammnis von sechs Geistern verantwortlich war, so half es mir doch zu wissen, dass er meinen Schmerz teilen und mit mir leiden würde.

Oder mir auf andere Art beistehen würde.

„Wir fahren noch mal hin, sobald die Sonne untergegangen ist“, flüsterte Christian mir ins Ohr. „Und dann suchen wir nach deinen Geistern.“

Ich nickte, schniefte abermals und nahm mich zusammen. Christian setze sich und zog mich auf seinen Schoß, während die anderen Fragen stellten, aufgeregt die Ereignisse besprachen und Christian und mich mit Lob überschütteten, weil wir so schnell und geistesgegenwärtig gehandelt hatten.

Ich fühlte mich hundeelend.

„Hallo? Jemand zu Hause? Oh, hallo nochmals, Joy, Roxy. Und du bist bestimmt Raphael. Weißt du, dass du gelbe Augen hast?"

„Bernsteinfarbene", korrigierte Joy.

„Tatsächlich?" Noëlle legte den Kopf schräg und studierte Raphael. „Wenn du meinst. Allie, ich habe in den Trümmern des Hauses nach Dämonen und Kobolden gesucht und dabei das hier gefunden."

Sie streckte die Hand aus und hielt mir die kümmerlichen Überreste ihres Amuletts hin.

„Oh, Noëlle, es tut mir so leid! Ich wollte dir sagen, dass ich es verloren habe. Asmodeus hat es kaputt gemacht. Es war bestimmt ein wertvolles Einzelstück, aber ich werde tun, was ich kann, um es dir zu ersetzen."

„Keine Sorge, ich habe jede Menge davon. Und das Wertvolle ist ja nicht das Amulett selbst, sondern das, was man hineinsteckt."

Ich schenkte ihr ein mattes Lächeln. „Christian kennst du noch nicht, oder?"

Ich wollte aufstehen, damit er sie begrüßen konnte, aber er hielt mich mit einer Hand fest und reichte ihr die andere. Sie sagte, dass es nett sei, ihn endlich persönlich kennenzulernen, dann fragte sie: „Und was ist mit dem Dunklen passiert, der oben in dem großen Bett lag?"

Ich lehnte mich an Christian und ließ mich von seiner samtigen Stimme berieseln.

„Sebastian hat sich von den ihm zugefügten Qualen gut erholt, wofür ich Ihnen sehr dankbar bin. Wie ich hörte, haben Sie ihm Blutkonserven besorgt."

„Wir wussten nicht, ob er überhaupt Blut mag, das nicht frisch gezapft ist, wenn ich das mal so ausdrücken darf, aber das schien ihm nichts auszumachen", sagte Roxy. „Er hat es sogar ziemlich schnell weggeputzt. Und es hat ihm unglaublich gutgetan, nicht wahr?"

„Das hat es", pflichtete Joy ihr bei.

„Er hat mir eine Nachricht hinterlassen und mich gebeten, Ihnen herzlich zu danken", sagte Christian zu Noëlle.

„Oh, er ist schon weg?", entgegnete sie. In ihrer Stimme schwang Enttäuschung. Ich horchte auf und musterte sie nachdenklich. „Das ist aber schade! Ich habe noch nie einen Dunklen kennengelernt – Anwesende ausgenommen – und hätte ihn gern zu den mährischen Werwesen befragt."

„Zu den *was*?", fragte Raphael argwöhnisch.

„Sch!", machte Joy beschwichtigend.

„Ich würde mich Ihnen gern ...", setzte Christian an.

„Nein, würdest du nicht", unterbrach Joy ihn rasch. „Du hast jede Menge zu tun. Du musst Allies Umzug vorbereiten, du musst diesen GAGA-Verein zerschlagen und so weiter. Du hast wirklich keine Zeit!"

Empört über die Art und Weise, wie sie Christian sagte, was er zu tun hatte, richtete ich mich auf. „Wenn Christian doch gern ..."

„Er will aber gar nicht, nicht wahr, Christian?", erwiderte Joy und wackelte vielsagend mit den Augenbrauen.

Raphael stöhnte und nahm sie in den Arm. „Nein! Das lasse ich nicht zu. Einmal hat mir gereicht. Jetzt ist Schluss. Von nun an führen wir ein ruhiges Leben."

„Natürlich tun wir das", sagte Joy und tätschelte geistesabwesend seinen Oberschenkel.

Ich sah Roxy an. Sie grinste schelmisch. Ich sah Christian an. Er blickte nachdenklich drein. Noëlle wirkte einfach nur verwirrt. Ich wusste, wie ihr zumute war. Ich war ebenso verwirrt wie sie.

Kann es sein, dass alle Frauen geborene Kupplerinnen sind?, fragte mich Christian.

Ich musterte Noëlle abermals, und dann dämmerte es mir. Ich musste unwillkürlich grinsen. „Ich fürchte, Joy hat recht, Noëlle. Christian ist in nächster Zeit wirklich sehr beschäftigt. Aber ich bin sicher, dass Ihnen einer seiner Freunde, einer seiner *mährischen* Freunde, gern bei Ihrem Buch behilflich sein wird." Ich sah Christian an. „Hattest du nicht gesagt, dass Sebastian die anderen Häuser von Guardas Gemeinschaft ausfindig machen will, für den Fall, dass es dort weitere Gefangene gibt? Dann ist er doch noch eine Weile im Lande, oder?"

„Allegra …"

Ich ignorierte den warnenden Unterton in Christians Stimme und lächelte Noëlle an. Roxy und Joy lächelten ebenfalls, und Noëlle wich angesichts so viel Freundlichkeit einen Schritt zurück.

„Er wird sich bestimmt gern mit Ihnen unterhalten, wenn er wiederkommt."

„Äh … ja, das ist eine Möglichkeit. Also, es war schön, Sie alle kennenzulernen, aber jetzt muss ich los. Meine Mutter wurde zu einem schlimmen Hekatoncheiren-Ausbruch gerufen, und ich habe versprochen, ihr zu helfen."

„Hekatoncheiren?", fragte Roxy. „Was ist das denn?"

„Fiese erdgeborene Monster mit fünfzig Köpfen und hundert Händen. Machen Sie es gut, alle miteinander! Ach, Allie …" Noëlle blieb an der Tür stehen und griff in ihre Tasche. „Fast hätte ich es vergessen! Die hier habe ich auch gefunden. Ich dachte, Sie hätten sie gern zurück."

In ihrer Hand lagen sechs ziemlich schmutzige, ramponierte, aber sanft leuchtende Troddeln.

„Die Geister!" Ich sprang von Christians Schoß und nahm sie behutsam an mich. „Sie haben sich selbst eingetroddelt! Sie sind alle da!"

Noëlle lächelte. „Ich sagte Ihnen doch, sie sind durchaus nützlich."

„Und clever." Roxy nickte weise.

Ich legte die Troddeln vorsichtig in eine blau-grüne Schüssel aus venezianischem Glas. „Esme, Antonio, Jem, Alis, Honoria, Schnuckel, ich rufe euch!"

Die Geister tauchten einer nach dem anderen auf, allesamt unbeschadet, und sogar die bockige kleine Honoria freute sich offenbar, gerufen worden zu sein. Jem, der an die plattgesessene Troddel gebunden gewesen war, sah zwar etwas mitgenommen aus, aber immerhin konnte er wieder sprechen.

„Hab mir 'ne neue Zunge besorgt", erklärte er. Ich wollte gar nicht wissen, woher er sie hatte, und so dankte ich ihm rasch für seine Hilfe und sagte ihm, wie froh ich sei, ihn wiederzusehen.

„Ich habe noch nie in meinem Leben so viel Angst gehabt. Sie haben ja keine Ahnung, wie furchtbar es ist, wenn man sich plötzlich einem Dämonenfürsten gegenübersieht!", sagte Esme zu Roxy. „Aber ich habe ihn mir ordentlich zur Brust genommen, jawohl! Ich habe ihn wegen seiner grausamen Taten getadelt, und dann habe ich ihm tüchtig die Leviten gelesen – oh ja, das habe ich! Vor allem wegen des desolaten Zustands seiner Haare und Fingernägel. ‚Nur weil man in der Hölle zu Hause ist, muss man sich doch nicht so gehen lassen', habe ich ihm gesagt. Na, das hat ihm zu denken gegeben, wie Sie sich bestimmt vorstellen können!"

Antonio beobachtete mit traurigem Dackelblick, wie Christian, dem Jem gerade erzählt hatte, wie er Asmodeus in den

Schwitzkasten genommen und ordentlich gewürgt hatte, zu mir kam und seinen Arm um meine Taille legte. „Du hast dich ihm hingegeben, *corrrazón*. Ich dachte, du würrrdest dich für mich aufsparrren. Wirrr hätten einen Weg gefunden, um zusammensein zu können."

„Ich hatte mein Herz an Christian verloren, bevor ich dich beschworen habe, Antonio. Du wusstest von Anfang an, dass zwischen uns niemals etwas laufen wird."

Antonio schmollte einen Moment, aber dann straffte er die Schultern und strich sein Wams glatt. „Du wirrrst Töchterrr haben. Viele Töchterrr. Und eine von ihnen wirrrd, wenn sie herrrangewachsen ist, mich sehen und wissen, dass sie mein ist, ja?"

Christian wollte protestieren, aber ich kam ihm zuvor. „Sollten wir jemals eine Tochter haben, wäre sie bestimmt ganz hingerissen von dir, aber ich kann mir nicht vorstellen, dass du hierbleiben willst, Antonio. Ich bin sicher, dass ich dich befreien kann. Ich brauche nur ein bisschen Zeit, um herauszufinden, wie viel Ginsengpulver ich verwenden muss. Da wir Asmodeus jetzt vom Hals haben, kann ich mich ganz meiner Arbeit widmen, und dann kann ich dich schon bald befreien." Ich machte eine ausholende Handbewegung. „Nicht nur dich, sondern alle!"

„Nein! Oh, meine Liebe, das wollen Sie mir doch nicht antun! Und den anderen auch nicht!"

„Ich werrrde dich niemals verrrlassen, *corrrazón*! Vielleicht bist du den Toten ja eines Tages leid und willst bei mirrr Trrrost suchen."

„Ich will nich' befreit werden! Ich will doch sehn, wer bei *Survivor* gewinnt!"

Alis murmelte irgendetwas Unverständliches. Esme nickte. „Sie hat vollkommen recht."

Ihr Schnuckelschatz pinkelte auf den Teppich.

Christian seufzte. *Ich muss zu meiner Liste von Auswahlkriterien hinzufügen, dass zukünftige Geliebte keine Geister im Schlepptau haben.*

Ich trat ihm kräftig auf den Fuß und sah Honoria an. „Und? Du hast gehört, was die anderen gesagt haben. Sie wollen hierbleiben. Soll ich dich befreien oder nicht?"

Sie blickte nachdenklich in die Runde. Roxy, Joy und Raphael übersprang sie, bei Antonio runzelte sie die Stirn, Alis und Jem ignorierte sie, dann rümpfte sie angesichts der geisterhaften Katzenpisse-Pfütze die Nase, bevor ihr Blick schließlich an Esme hängen blieb. „Ich will bei Esme bleiben. Ich will weiter *Buffy* gucken."

„*Buffy?*", fragte Christian entsetzt.

Ich lächelte die Geister an. „Nun, dann hätten wir das ja geklärt. Ich bin sicher, in Christians Schloss in den mährischen Bergen ist genug Platz für euch alle."

„Meint sie etwa *Buffy, die Vampirjägerin*?"

Roxy kicherte.

„Christian sagte, in seinem Schloss spukt es, also werden wir dort vielleicht viele neue Freunde finden!", fügte ich fröhlich hinzu.

„Diese Frau, die Vampire abschlachtet? Diese *Buffy*?"

Raphael erhob sich und half Joy beim Aufstehen. „Ich glaube, das ist das Stichwort zum Aufbruch. Wir machen uns auf die Socken. Komm mit, Roxy, ich helfe dir beim Packen!"

Roxy folgte Joy und Raphael zur Tür, blieb aber noch einmal stehen, um Christian auf die Schulter zu klopfen. „Honoria ist noch viel zu jung, um zu begreifen, wie sie ihre Energie bündeln muss. Ich meine, da muss sich ein Geist schon gewaltig konzentrieren, wenn er von Hammer und Holzpflock Gebrauch machen will, oder?"

Ich schob Roxy in den Flur und schloss die Tür hinter ihr.

Dann öffnete ich sie noch einmal und streckte den Kopf hinaus. „Vielen Dank für alles!“, rief ich den dreien hinterher.

Antonio starrte auf Christians Brust und strich sich über den Bart. „Hammer und Holzpflock. Warum habe ich nie daran gedacht?“

„Ich gebe dir gleich etwas zu denken“, sagte Christian drohend und ging auf Antonio zu, der prompt seinen Degen zog. Alis ging zu ihrer Lieblingsvase und begann sie anzuschreien. Esme hielt ihren Schnuckel über die Pfütze auf dem Teppich und schimpfte mit ihm. Honoria und Jem zankten sich um die Fernbedienung.

Ich seufzte zufrieden, lehnte mich an die Tür und sah zu, wie Christian Antonios Angriff über sich ergehen ließ.

Sie werden für immer bei uns bleiben, ist dir das klar, Geliebte? Solange wir leben, sind sie um uns, sagte Christian, als sich unsere Blicke kreuzten.

Ich weiß, aber wenn du in meiner Nähe bist, kann ich so gut wie alles ertragen.

Antonio zielte mit einem besonders grausamen Hieb direkt auf Christians Herz.

Christian seufzte nur und ließ Antonio mit einer Handbewegung verschwinden.

So etwas würde ich keiner anderen Frau durchgehen lassen, malý válečník. Einzig für meine Geliebte bin ich bereit, mich in meiner Ruhe stören zu lassen.

Ich lachte und lief in seine ausgebreiteten Arme. „Wir müssen wirklich etwas gegen deine arrogante Einstellung tun!“

LESEPROBE

LYNSAY SANDS
VERLIEBT IN EINEN VAMPIR

„He, Rach! Ich hol mir einen Kaffee. Willst du auch irgendwas?"

Rachel Garrett richtete sich auf und wischte sich mit dem Rücken ihrer behandschuhten Hand über die Stirn. Seit sie vor zwei Stunden zur Arbeit gekommen war, hatte sie zwischen Schüttelfrost und Fieber geschwankt. Im Augenblick befand sie sich wieder in der heißen Phase. Schweiß sammelte sich auf ihrem Rücken und ihrer Kopfhaut. Offenbar brütete sie etwas aus.

Sie schaute zur Wanduhr. Fast eins. Erst zwei Stunden vorbei, und sechs lagen noch vor ihr. Sie hätte beinahe laut gestöhnt. Sechs weitere Stunden. So, wie diese Grippe begann, bezweifelte sie, dass sie auch nur eine halbe Stunde länger durchhalten würde.

„He, alles in Ordnung, Rach? Du siehst wirklich beschissen aus!"

Rachel verzog das Gesicht, als ihr Assistent kam und ihr die Stirn fühlte. *Beschissen?* Männer konnten so taktvoll sein.

„Kalt. Feucht." Er sah sie besorgt an und fragte: „Fieber und Schüttelfrost?"

„Es geht mir gut.“ Verlegen und gereizt schob Rachel seine Hand weg, dann holte sie ein paar Münzen aus der Tasche. „Also gut, Tony. Vielleicht kannst du mir einen Saft oder so was mitbringen.“

„Klar, es geht dir gut.“

Rachel erstarrte bei dieser trockenen Bemerkung, denn ihr wurde plötzlich klar, dass sie den Kittel beiseitegeschoben und die Hand in die Hosentasche gesteckt hatte, ohne den blutigen Gummihandschuh auszuziehen. Na wunderbar.

„Vielleicht solltest du –“

„Es geht mir gut“, sagte sie erneut. „Es *wird* mir gut gehen. Verschwinde.“

Tony zögerte, dann zuckte er die Achseln. „Na gut. Aber du solltest dich vielleicht hinsetzen oder so, bis ich wiederkomme.“

Rachel ignorierte den Vorschlag und wandte sich wieder der Leiche zu, als Tony ging. Tony war ein netter Kerl. Na ja, vielleicht ein bisschen seltsam. Zum Beispiel bestand er darauf, wie ein Goodfella aus der Bronx zu reden, obwohl er in Toronto geboren und aufgewachsen war und die Stadt nie verlassen hatte. Er war auch nicht italienischer Herkunft. Ebenso wenig, wie er wirklich Tony hieß. Sein Geburtsname lautete Teodozjusz Schweinberger. Rachel konnte wirklich verstehen, dass er diesen Namen geändert hatte, aber sie verstand nicht, wieso zu dem neuen Namen offenbar auch ein neuer Akzent gehörte.

„Achtung!“

Rachel warf einen Blick zur offenen Tür des Hauptraums im Leichenschauhaus. Sie legte das Skalpell hin, zog den Gummihandschuh von der rechten Hand und ging den Männern mit der Bahre entgegen. Dale und Fred. Nette Jungs. Sanitäter, die sie selten zu sehen bekam. Normalerweise brachten sie ihre Kunden lebendig ins Krankenhaus. Selbstverständlich starben einige nach der Ankunft, aber dann waren die beiden für gewöhnlich schon wieder weg. Dieser Patient musste im Krankenwagen gestorben sein.

„Hi, Rachel. Sie sehen, äh, gut aus."

Höflich ignorierte sie Dales Zögern. Tony hatte sehr deutlich gemacht, wie sie aussah. „Was haben wir denn da?"

Dale reichte ihr ein Klemmbrett mit mehreren Blättern. „Schusswunde. Als wir ihn vom Tatort wegbrachten, glaubte ich einen Moment, noch einen Herzschlag zu hören, aber vielleicht hab ich mich auch geirrt. Für die Akten ist er unterwegs gestorben. Doc Westin hat ihn für tot erklärt, als wir hier eintrafen, und uns gebeten, ihn hierherzubringen. Sie werden eine Autopsie wollen, die Kugel und so weiter."

„Hmm." Rachel blätterte kurz die Formulare auf dem Klemmbrett durch, dann ging sie zum Ende des Raums, um eine der besonderen Bahren aus rostfreiem Edelstahl zu holen, die sie bei Autopsien benutzten. Sie rollte sie zu den Sanitätern. „Könnt ihr ihn hierhin legen, während ich unterschreibe?"

„Klar."

„Danke." Sie ließ die beiden arbeiten und ging selbst zu dem Schreibtisch in der Ecke, um einen Stift zu suchen. Nachdem sie die notwendigen Formulare unterschrieben hatte, kehrte sie zu den Sanitätern zurück, die inzwischen die Leiche bewegt hatten. Das Laken, das den Toten auf dem Weg durchs Krankenhaus bedeckt hatte, fehlte jetzt. Rachel blieb stehen und starrte die Leiche an.

Der Neuzugang im Leichenschauhaus war ein gut aussehender dunkelblonder Mann, nicht älter als dreißig. Rachel betrachtete sein blasses, gemeißeltes Gesicht und wünschte sich, sie hätte ihn gesehen, als er noch lebte, und würde wissen, wie er mit offenen Augen ausgesehen hatte. Der Gedanke, dass die Objekte ihrer Arbeit einmal lebendig gewesen waren, kam ihr nur selten. Es machte ihren Job unmöglich, wenn sie sich vor Augen rief, dass die Leichen, an denen sie arbeitete, Mütter waren, Brüder, Schwestern, Großväter … Aber diesen Mann konnte sie nicht ignorieren. Sie stellte sich vor, wie er lächelte und lachte, und in ihrer Vorstellung hatte er silberne Augen, wie Rachel sie in Wirklichkeit noch nie gesehen hatte.

„Rachel?"

Sie blinzelte verwirrt und starrte Dale an. Die Tatsache, dass sie jetzt saß, erschreckte sie ein wenig. Die Männer hatten offenbar den Schreibtischstuhl herübergerollt und sie genötigt, sich hinzusetzen. Beide Sanitäter beugten sich besorgt über sie und betrachteten sie nervös.

„Ich glaube, Sie wären beinahe ohnmächtig geworden", sagte Dale. „Sie schwankten und waren ganz blass. Wie geht es Ihnen?"

„Oh." Sie lachte verlegen und machte eine beschwichtigende Geste. „Mir geht es gut. Wirklich. Aber ich denke, ich brüte etwas aus. Schüttelfrost und Fieber." Sie zuckte die Achseln.

Dale drückte ihr den Handrücken an die Stirn und verzog das Gesicht. „Vielleicht sollten Sie heimgehen. Sie glühen regelrecht."

Rachel befühlte ihr Gesicht und stellte erschrocken fest, dass er recht hatte. Sie konnte nur hoffen, dass das Tempo und die Intensität, mit der diese Grippe begann, kein Omen für ihren Verlauf darstellte. Und wenn es wirklich so schlimm werden sollte, konnte sie nur hoffen, sie würde ebenso schnell wieder gesund werden. Rachel konnte es nicht ausstehen, krank zu sein.

„Rachel?"

„Hä?" Sie sah die besorgten Gesichter der Sanitäter und zwang sich, aufrecht zu sitzen. „Oh, tut mir leid. Ja, ich sollte lieber heimgehen, wenn Tony zurückkommt. Ich habe die Papiere für die Leiche unterzeichnet und alles." Sie holte das Klemmbrett und gab es ihnen mit einem Teil der Formulare zurück. Dale nahm es entgegen, dann warf er Fred einen unsicheren Blick zu. Beide machten den Eindruck, als wollten sie Rachel lieber nicht allein lassen.

„Es geht mir gut, wirklich", versicherte sie ihnen. „Und Tony ist nur kurz weg, um etwas zu trinken zu holen. Er wird bald wieder da sein. Gehen Sie schon."

„Also gut." Dale klang immer noch widerstrebend. „Tun Sie uns aber einen Gefallen und bleiben Sie auf diesem Stuhl sitzen, bis er wiederkommt. Wenn Sie ohnmächtig werden und sich den Kopf anschlagen ..."

Rachel nickte. „Sicher. Ich werde mich ausruhen, bis Tony zurückkommt."

Dale sah nicht aus, als glaubte er ihr, aber was konnte er schon machen? Er folgte Fred zur Tür. „Also gut. Wir verschwinden."

„Bis später", fügte Fred hinzu.

Rachel sah ihnen hinterher, dann blieb sie einen Moment still sitzen, wie sie es versprochen hatte. Es dauerte allerdings nicht lange, bis sie ungeduldig wurde. Sie war es nicht gewöhnt, nichts zu tun. Ihr Blick glitt zu der Leiche auf der fahrbaren Bahre. Eine Schusswunde. Das war selten. Es bedeutete, dass irgendwo in Toronto ein Heckenschütze herumlief. Es bedeutete auch, dass dieser Mann jetzt ihre erste Priorität war. Die Polizei würde die Kugel haben wollen, um Tests damit durchzuführen, was bedeutete, dass sie nicht nach Hause gehen konnte, auch nicht, wenn Tony wieder da war. Zumindest nicht, bevor sie die Kugel herausgeholt hatte. Die offizielle Autopsie würde erst am kommenden Morgen stattfinden, aber die Kugel herauszuholen war ihr Job. Als Leichenbeschauerin der Nachtschicht lag das in ihrer Verantwortung.

Sie reckte die Schultern, stand auf und ging zum Tisch. Mit einem Blick auf ihren neuesten Kunden sagte sie: „Du hast dir wirklich eine tolle Nacht ausgesucht, um dich erschießen zu lassen, mein Freund.“

Sie betrachtete sein Gesicht. Er hatte wirklich gut ausgesehen. Eine echte Schande, dass er tot war – aber es war immer eine Schande, wenn Leute starben. Rachel schob diese Gedanken weg, griff nach dem Tisch mit den Instrumenten und rollte ihn zu der Bahre. Sie sah sich die Leiche noch einmal an, bevor sie sich an die Arbeit machte.

Die Sanitäter hatten ihm das Hemd aufgerissen und es dann wieder zusammengeschoben. Er war immer noch vollständig bekleidet und trug einen ziemlich schicken Designeranzug, dessen Preis sie lieber nicht wissen wollte. „Schöner Anzug. Offenbar ein Mann von Geschmack und Mitteln“, stellte sie fest und bewunderte den Schnitt des Anzugs und den Körper darunter. „Leider muss ich den Anzug zerschneiden.“

Sie griff nach der Schere, die auf ihrem Instrumententablett lag, und schnitt rasch und geschickt die Anzugjacke und das Hemd weg. Rachel hielt inne und betrachtete bewundernd, was sich darunter befand. Normalerweise hätte sie auch Hose und Unterwäsche der Leiche entfernt, aber das Fieber schwächte sie. Ihre Arme fühlten sich an, als wären sie aus Gummi, ihre Finger waren schlaff und ungeschickt. Sie kam zu dem Schluss, dass es nichts ausmachen würde, wenn sie ihre Routine ein wenig abwandelte. Sie würde mit den Befunden am Oberkörper anfangen, bevor sie die Kleidung von seinem Unterkörper entfernte. Bis dahin würde Tony hoffentlich zurück sein, um ihr zu helfen.

Sie legte die Schere beiseite und griff nach oben, um die Deckenlampe und das Mikrofon so heranzuziehen, dass sie direkt über seiner Brust hingen. Dann schaltete sie das Mikrofon ein.

„Der Verstorbene ist … Oh, verdammt!“ Rachel schaltete das Mikrofon wieder ab. Rasch holte sie die Formulare, die Dale und Fred zurückgelassen hatten, und suchte dort nach einem Namen. Sie verzog missbilligend das Gesicht. Es gab keinen. Er war ein John Doe. Gut gekleidet, aber ohne Papiere. Sie fragte sich, ob das mit dem Verbrechen zusammenhing. Vielleicht hatte man ihn erschossen und ihm die Brieftasche abgenommen. Wieder sah sie den Mann an. Es war wirklich eine Schande, dass er womöglich wegen ein paar Dollar tot sein sollte. Was für eine verrückte Welt!

Rachel legte die Formulare wieder hin und schaltete das Mikrofon erneut an. „Dr. Garrett bei der Untersuchung des erschossenen John Doe. John Doe ist Weißer, männlich, etwa eins neunzig groß“, schätzte sie – jemand würde später genau nachmessen. „Er ist ein sehr gesundes Exemplar.“

Sie schaltete das Mikrofon wieder ab und ließ sich Zeit, ihn anzusehen. „Sehr gesund“ war eine Untertreibung. John Doe war gebaut wie ein Sportler. Er hatte einen flachen Bauch, eine breite Brust und muskulöse Arme, die zu seinem hübschen Gesicht passten. Rachel hob erst einen seiner Arme hoch, dann den anderen, um sich die Unterseiten anzusehen, dann trat sie mit leichtem Stirnrunzeln zurück. Er hatte nicht ein einziges unveränderliches Kennzeichen. Keine Narben, keine Muttermale. Es gab nichts an dem Mann, was helfen würde herauszufinden, wer er war. Bis auf die Schusswunde über seinem Herzen war er vollkommen makellos. Selbst seine Finger waren perfekt.

„Seltsam“, murmelte Rachel. Normalerweise gab es mindestens ein paar Narben – eine Blinddarmnarbe, kleine Narben an den Händen von alten Verletzungen oder irgendetwas anderes. Aber dieser Mann war vollkommen makellos. Seine Hände und Finger hatten nicht einmal Schwielen. Reich und untätig?, fragte sie sich und sah sich noch einmal sein Gesicht an. Auf klassische Art gut aussehend. Aber keine sonderlich gebräunte Haut. Die Schönen und Reichen waren normalerweise braun von den sonnigen Orten, an denen sie Urlaub machten, oder vom Sonnenstudio.

Sie kam zu dem Schluss, dass sie mit solchen Spekulationen nur Zeit verschwendete, schüttelte den Kopf und schaltete das Mikrofon wieder ein. „John Doe hat keine Narben oder andere Merkmale am vorderen Oberkörper, mit Ausnahme der Schusswunde. Todesursache ist auf den ersten Blick Verbluten durch die erwähnte Wunde."

Sie ließ das Mikrofon eingeschaltet, als sie nach der Pinzette griff, um die Kugel herauszuholen. Das Aufzeichnungsgerät wurde von Stimmen aktiviert, also würde es nur aufnehmen, wenn sie irgendetwas sagte. Später würde sie dann das Band nutzen, um ihren Bericht zu schreiben, und notfalls irgendwelche gemurmelten Bemerkungen auslassen, die für den Fall irrelevant waren.

Rachel vermaß und beschrieb die Schusswunde und machte Angaben zu ihrer Platzierung am Körper, dann führte sie vorsichtig die Pinzette in das Loch ein und bewegte sie langsam und sorgfältig, um zu gewährleisten, dass sie auch dem Weg der Kugel folgte und nicht durch unbeschädigtes Gewebe stieß. Wenig später hatte sie das Geschoss erreicht, packte es und zog es vorsichtig heraus.

Mit einem triumphierenden „Ah!" richtete sie sich auf, die Kugel in der Pinzette. Sie wandte sich dem Tablett zu, hielt aber gereizt inne, als ihr klar wurde, dass sie keinen Behälter für das Geschoss hatte. Solche Dinge wurden normalerweise nicht gebraucht, und sie hatte nicht daran gedacht, eine Schale bereitzustellen. Leise vor sich hin murmelnd ging sie vom Tisch zu einer Reihe von Schränken, um nach etwas Geeignetem zu suchen.

Dabei fragte sie sich, wo Tony wohl blieb. Er hatte offenbar seine Fünf-Minuten-Pause, um etwas zu trinken zu besorgen, spontan verlängert. Rachel nahm an, dass eine gewisse Krankenschwester, die im fünften Stock arbeitete und ihren Kollegen in letzter Zeit häufiger aufhielt, dafür verantwortlich war. Tony war ziemlich verschossen in die junge Frau und kannte ihre Dienststunden genau. Normalerweise machte er Pause, wenn sie Pause hatte. Wenn sie jetzt in der Cafeteria gewesen war, konnte Rachel sich darauf verlassen, dass er seine volle Pause nahm. Nicht dass sie das störte. Wenn sie nach Hause ging, würde er den Rest der Nacht schließlich niemanden mehr haben, der ihn vertreten konnte.

Schließlich fand Rachel einen Behälter, legte die Kugel hinein und trug ihn dann zu ihrem Schreibtisch, um einen Identifikationsaufkleber auszufüllen. Beweisstücke wie dieses Geschoss durften nicht verlegt werden oder in Behältern ohne Etikett herumliegen. Selbstverständlich konnte sie die Aufkleber nicht sofort finden und verschwendete diverse Minuten damit, nach ihnen zu suchen. Dann verdarb sie drei davon, bevor sie endlich einen richtig ausfüllte. All das war ein deutliches Zeichen dafür, dass es ihr heute Nacht wirklich nicht gut ging und dass es eine gute Idee wäre, nach Hause zu gehen. Sie war eine Perfektionistin, und solch kleine Fehler frustrierten sie.

Verärgert über sich selbst und ihren geschwächten Zustand, drückte Rachel das Etikett auf den Behälter. Plötzlich nahm sie aus den Augenwinkeln eine Bewegung wahr und drehte sich um. Sie vermutete, dass Tony zurückgekehrt war, aber der Raum war leer. Es gab nur sie selbst und John Doe auf der Bahre. Ihr fiebriger Kopf fing offenbar an, ihr Dinge vorzugaukeln.

Rachel streckte die Schultern und stand auf. Sie erschrak, als sie bemerkte, dass ihre Knie ein wenig zitterten. Ihr Fieber schien rasch anzusteigen. Es war, als hätte jemand einen Brennofen eingeschaltet, was sie innerhalb eines Herzschlags vom Schüttelfrost zum Glühen brachte.

Ein Rascheln lenkte ihre Aufmerksamkeit wieder auf die Bahre. Befand sich die rechte Hand des Toten noch dort, wo sie das letzte Mal gewesen war, als Rachel hingesehen hatte? Sie hätte schwören können, dass sie diese Hand auf der Suche nach Narben mit der Innenfläche nach unten hingelegt hatte, aber jetzt war sie nach oben gedreht, und die Finger wirkten entspannt.

Rachels Blick folgte dem Arm bis zum Gesicht, und sie zog die Brauen hoch, als sie den Ausdruck des Mannes sah. Er war mit einer starren, beinahe verblüfften Miene gestorben, die im Tod erhalten geblieben war. Aber jetzt wirkte er irgendwie gequält. Oder nicht? Vielleicht bildete sie sich das alles auch nur ein. Sie *musste* es sich einbilden. Der Mann war tot. Er hatte ganz bestimmt nicht die Hand bewegt oder den Gesichtsausdruck verändert.

„Du hast zu viele Nachtschichten geschoben", murmelte Rachel. Langsam ging sie wieder zu der Bahre. Sie musste immer noch die restliche Kleidung der Leiche entfernen und den vorderen Unterkörper untersuchen.

Selbstverständlich würde sie Tonys Hilfe brauchen, um den Mann umzudrehen und sich die Rückseite genauer ansehen zu können. Doch Rachel beschloss weiterzuarbeiten, bis Tony wieder da war. Je eher sie Gelegenheit hatte, nach Hause und ins Bett zu gehen, desto besser. Es war klüger, so viel wie möglich zu erledigen, bevor ihr Assistent zurückkehrte. Was bedeutete, die Hose des Opfers aufzuschneiden. Zu diesem Zweck griff sie nach der Schere, doch dann fiel ihr ein, dass sie die Leiche noch nicht auf Kopfwunden untersucht hatte.

Es war unwahrscheinlich, dass man ihm in den Kopf geschossen hatte. Zumindest hatte sie keine Anzeichen dafür gesehen. Fred und Dale hätten es ebenfalls erwähnt. Und obwohl sie geglaubt hatten, noch kurz einen Herzschlag wahrzunehmen, war der Mann sicher sofort tot gewesen, als die Kugel sein Herz getroffen hatte. Dennoch, sie musste sich überzeugen.

Sie ließ die Schere, wo sie war, stellte sich ans obere Ende der Bahre und untersuchte rasch den Kopf des Opfers. Der Mann hatte schönes blondes Haar, so gesund, wie sie es noch nie gesehen hatte. Rachel wünschte sich, ihre eigenen roten Locken befänden sich in halb so gutem Zustand. Als sie nichts fand, nicht einmal die kleinste Schürfwunde, legte sie den Kopf sanft wieder hin und kehrte an die Seite der Bahre zurück.

Wieder griff sie nach der Schere und öffnete und schloss sie, während sie den Bund der Anzughose des Mannes betrachtete. Sie fing nicht sofort an zu schneiden – es war seltsam, aber irgendwie widerstrebte es ihr. Sie hatte seit dem Studium keine Probleme mehr damit gehabt, einem Toten die Hose aufzuschneiden, und konnte sich nicht so recht vorstellen, wieso das jetzt anders sein sollte.

Wieder fiel ihr Blick auf seine Brust. Er war wirklich gut gebaut. Seine Beine würden genauso muskulös sein, dachte Rachel, und bestürzt stellte sie fest, dass sie mehr als nur ein wenig neugierig war. Und genau darin, dachte sie, lag vermutlich den Grund für ihr Zögern. Es war nicht ihre Art, so etwas zu empfinden, wenn sie eine Leiche untersuchte, und es machte sie verlegen. Mann, dieses Fieber brachte sie wirklich völlig durcheinander!

Selbst blass und leblos war John Doe ein attraktiver Mann. Tatsächlich wirkte er nicht ganz so blass und leblos, wie ihre Kunden normalerweise aussahen. Er sah aus, als hielte er nur ein Schläfchen.

Wieder wanderte ihr Blick zu seinem Gesicht. Sie fand ihn sehr attraktiv, und das war erschreckend. Sich von einem Toten angezogen zu fühlen war ein bisschen krankhaft. Aber Rachel versicherte sich, dass es nur einen weiteren Beweis dafür darstellte, wie langweilig ihr Privatleben war. Ihre Arbeitszeiten machten es schwierig, jemanden kennenzulernen. Während die meisten Leute ausgingen und Spaß hatten, war sie im Krankenhaus. Ja, diese Nachtschichten hatten ihr Liebesleben wirklich ruiniert.

Nicht dass es jemals besonders aufregend gewesen wäre. Rachel war früh hoch aufgeschossen und während der gesamten High-School-Zeit größer gewesen als alle anderen Kids ihrer Altersgruppe. Das hatte sie schüchtern und ungelenk gemacht und dazu geführt, dass sie zu so etwas wie einem Mauerblümchen geworden war. Durch die Nachtschichten im Leichenschauhaus war es nicht einfacher geworden. Aber sie lieferten auch eine praktische Ausrede, wenn jemand nach ihrem nichtexistierenden Liebesleben fragte. Sie konnte leicht dem Job die Schuld geben.

Die Situation musste allerdings ziemlich übel sein, wenn sie sich jetzt schon zu Leichen hingezogen fühlte. Sie sollte wirklich versuchen, eine andere Schicht zu bekommen. Dieses viele Alleinsein konnte einfach nicht gut für sie sein.

Sie zwang sich, das allzu hübsche Gesicht der Leiche nicht mehr anzusehen, und ließ den Blick über ihre Instrumente schweifen, um wieder einmal zu staunen, dass sie sich ausgerechnet diesen Arbeitsbereich ausgesucht hatte. Sie hatte immer alles gehasst, was mit Ärzten und Arztbesuchen zu tun hatte. Nadeln waren für sie ein Alptraum, und sie war das größte Weichei auf dem Planeten, wenn es um Schmerzen ging. Also hatte sie selbstverständlich ausgerechnet einen Job im Krankenhaus angenommen, wo Spritzen und Schmerzen an der Tagesordnung waren. Rachel nahm an, es handelte sich um eine Art unterbewusster Rebellion, eine Weigerung, sich von ihren Ängsten beherrschen zu lassen.

Gegen ihren Willen schaute sie nun wieder auf John Does Brust. War die Schusswunde kleiner geworden? Sie starrte sie an, dann blinzelte sie, als es aussah, als höbe und senkte sich die Brust.

„Halluzinationen", murmelte Rachel und zwang sich, den Blick abzuwenden. Sie hatte eine Kugel aus dem Herzen dieses Mannes gezogen. Er war eindeutig tot. Tote atmeten nicht. Entschlossen, es hinter sich zu bringen, damit sie die Leiche in den Kühlraum schaffen und aufhören konnte, sich irgendetwas einzubilden, wandte sie sich wieder seiner Hose zu und schob eine Schneide der Schere unter den Stoff.

„Tut mir leid. Ich möchte wirklich keine Hose ruinieren, die vollkommen in Ordnung ist, aber …" Sie zuckte die Achseln und begann zu schneiden.

„Aber was?"

Rachel erstarrte, dann riss sie den Kopf hoch. Der Anblick der Augen des Mannes – offen und auf sie gerichtet – ließ sie aufschreien und nach hinten springen. Weil ihre Knie ohnehin zittrig waren, wäre sie beinahe hingefallen. Entsetzt schnappte sie nach Luft. Sie schloss die Augen und öffnete sie wieder, aber der Kerl lag immer noch da und sah sie an. „Das ist nicht gut", sagte sie.

„Was ist nicht gut?", fragte er interessiert.

Seine Stimme klang schwach. Aber, he, für einen Toten war selbst eine eher schwach klingende Stimme ein guter Trick. Rachel schüttelte ehrfürchtig den Kopf.

„Was ist nicht gut?", fragte die Leiche abermals, und ihre Stimme hörte sich diesmal schon ein wenig kräftiger an.

„Ich habe Halluzinationen", erklärte Rachel höflich, dann bemerkte sie die Augen des Fremden. Sie hielt inne und starrte sie an. Sie hatte noch nie so hinreißende Augen gesehen. Sie waren von einem exotischen Silberblau. Sie hatte noch nie Augen von dieser Farbe gesehen. Tatsächlich hätte sie, wenn man sie gefragt hätte, behauptet, so etwas gebe es gar nicht.

Rachel versuchte sich zu entspannen. Sie hatte sich vorgestellt, seine Augen seien silbern, und jetzt bildete sie sich offensichtlich ein, dass er sie weit geöffnet habe und sie die Farbe sehen könne. Plötzlich hatte sie keinen Zweifel mehr daran, dass sie halluzinierte, und zwar wegen ihrer hohen Temperatur. Oh Gott, das Fieber musste wirklich enorm gestiegen sein!

Die Leiche setzte sich auf und erregte damit erneut Rachels Aufmerksamkeit. Sie sagte sich noch einmal: „Es ist eine Halluzination. Das Fieber."

John Doe kniff die Augen zusammen und sah sie eindringlich an. „Sie haben Fieber? Das erklärt es."

„Erklärt was?", fragte Rachel, verzog aber sogleich das Gesicht, weil ihr klar wurde, dass sie mit ihrer Halluzination sprach. Was vermutlich nicht schlimmer war, als mit den Toten zu reden, was sie häufig tat. Außerdem hatte die Leiche wirklich eine angenehme Stimme, weich wie guter Whiskey. Sie hätte jetzt nichts gegen einen guten Whiskey. Tee, Zitrone, Honig und Whiskey. Ja, ein Toddy würde ihr wirklich helfen und diesen Halluzinationen ein Ende bereiten. Oder einfach dafür sorgen, dass sie ihr egal waren. Wie auch immer, es wäre eine gute Idee.

„Warum kommen Sie nicht zu mir?"

Rachel schaute wieder den toten Mann an. Was er sagte, klang nicht besonders logisch, aber das konnte man von einer Halluzination wohl auch nicht erwarten. Sie versuchte, sachlich mit ihm zu reden. „Warum sollte ich zu Ihnen kommen? Sie sind nicht wirklich. In Wirklichkeit sitzen Sie nicht mal."

„Nein?"

„Nein, das bilde ich mir nur ein. In Wirklichkeit liegen Sie immer noch da und sind tot. Ich bilde mir nur ein, dass Sie aufrecht sitzen und reden."

„Hmm." Er grinste plötzlich. Es war ein nettes Grinsen. „Woher wissen Sie das?"

„Weil Tote sich nicht aufsetzen und reden", erklärte sie geduldig. „Bitte legen Sie sich wieder hin. Mein Kopf fängt an, sich zu drehen."

„Aber was, wenn ich nicht tot bin?"

Rachel stutzte einen Moment, doch dann machte sie sich klar, dass sie Fieber hatte und er sich nicht wirklich aufgesetzt hatte. Um sich das zu beweisen, tat sie einen Schritt nach vorne und bewegte die Hand über der Bahre. Doch statt ungehindert durch die Luft zu fahren, schlug ihre Hand gegen ein festes Kinn. Die Leiche stieß einen leisen, überraschten Schrei aus, aber das bemerkte Rachel kaum, weil sie gleichzeitig kreischend zurückwich. Die Leiche saß tatsächlich aufrecht!

Der Raum drehte sich um sie, dann wurde es um sie herum immer dunkler. „Verdammt, ich werde ohnmächtig", erkannte Rachel entsetzt. Beinahe schuldbewusst sagte sie zu der Leiche: „Normalerweise werde ich nie ohnmächtig. Ehrlich."

Etienne sah zu, wie die große Rothaarige umfiel, dann rutschte er vorsichtig von dem kalten Metalltisch und schaute sich um. Er war in einem Leichenschauhaus. Kein Ort, an dem er sich jemals hatte wiederfinden wollen, nicht ein einziges Mal in dreihundert Jahren.

Er schauderte, dann kniete er sich hin, um die Frau genauer zu betrachten. Kaum hatte er ihre Stirn berührt, begann sich jedoch der Raum zu drehen. Das lag an seinem geschwächten Zustand. Er hatte viel zu viel Blut verloren – erst aus der Brustwunde und dann, als er sich geheilt hatte. Er würde das Blut bald ersetzen müssen, aber nicht mit dem dieser Frau. Sie war offensichtlich krank, was bedeutete, dass ihr Blut ihm wenig helfen würde. Er würde eine andere Quelle finden müssen, und zwar bald. Aber im Augenblick sollte er sein Bedürfnis und seinen schwachen Zustand lieber so gut wie möglich ignorieren. Es gab andere Dinge, die er tun musste.

Etienne strich der Frau das Haar aus dem Gesicht und bemerkte, wie blass sie war. Ihr Kopf war mit einem dumpfen Schlag auf dem Boden gelandet. Es überraschte ihn nicht, an ihrem Hinterkopf eine Beule und eine Schürfwunde zu finden. Sie würde schreckliche Kopfschmerzen haben, wenn sie aufwachte, aber ansonsten würde es ihr gut gehen. Dass sie relativ unverletzt war, beruhigte ihn ein wenig. Nun konzentrierte er sich darauf, dafür zu sorgen, dass sie sich nicht an ihn erinnern würde – ihre Erinnerung, verbunden mit seinem Verschwinden aus dem Leichenschauhaus, könnte alle möglichen Fragen aufwerfen, die er wirklich nicht gebrauchen konnte. Etienne suchte ihren Geist mit seinem, fand ihn aber seltsam flüchtig. Offenbar konnte er nicht in ihre Gedanken eindringen.

Er runzelte die Stirn über dieses seltsame Phänomen. Die meisten Gedanken fast aller Leute waren für ihn wie ein offenes Buch. Nie zuvor hatte er ein solches Problem gehabt. Mit einer Ausnahme, nämlich im Fall von Pudge, wie er mit einer Spur von Bedauern zugeben musste. Es war ihm nie gelungen, den Schmerz und die Verwirrung im Kopf dieses Mannes zu durchdringen, seine Gedanken zu erreichen und sein Wissen über die Besonderheiten von Etiennes Familie auszulöschen. Wäre Etienne dazu in der Lage gewesen, dann wäre es nie zu dieser Situation gekommen.

Er gab sich selbst die Schuld. Etienne betrachtete seine Unfähigkeit, den Schmerz und die Trauer in Pudges Kopf zu sortieren, als persönliches Versagen. Pudge hatte in den letzten sechs Monaten sehr gelitten: Er hatte Rebecca verloren, eine Frau, die er geliebt hatte und mit der er verlobt gewesen war. Etienne hatte sie gekannt. Sie war wirklich eine Frau von Format gewesen und so liebenswert wie ein sonniger Sommertag. Wirklich etwas Besonderes. Ihr Tod bei einem Autounfall war in der Tat tragisch gewesen. Er hatte Pudges gesamte Welt erschüttert. Der Tod seiner Mutter wenig später hatte den jungen Mann endgültig in eine Welt des Schmerzes gestoßen.

Etienne war einfach nicht stark genug, um mit dem Burschen zu leiden. Das einzige Mal, als er es versucht hatte, hatte die Trauer, die an Pudges Gedanken zerrte, ihn auf eine Weise berührt, die er sich nicht einmal selbst eingestehen wollte. Er wusste nicht, wie jemand ein solch wundes Herz wie das von Pudge ertragen konnte, ohne den Verstand zu verlieren. Also hatte er diese Gefühle kaum angetastet und sich traurig und zutiefst deprimiert wieder zurückgezogen. Pudge war diesen Empfindungen jeden Tag vierundzwanzig Stunden ausgesetzt. Etienne hatte schließlich verstanden, wieso sich Pudge auf das Wissen über seinen eigenen übernatürlichen Zustand gestürzt und es benutzt hatte, um seinem Leben einen Sinn zu geben. Es lieferte ihm so etwas wie einen Schild zwischen sich und seinem Verlust.

Etienne hatte so großes, von Schmerz erfülltes Mitleid für ihn verspürt, dass er sich geweigert hatte, Pudges Gedanken weiter zu durchsuchen und die gefährlicheren Erinnerungen auszulöschen. Aber das hatte ihn gegenüber Pudges Angriffen verwundbar gemacht – eine alles andere als ideale Situation, wie der Mordversuch der letzten Nacht wieder einmal bewies. Es war an der Zeit, eine andere Taktik anzuwenden. Das Problem bestand nur darin, dass Etienne nicht wusste, was er tun sollte. Pudge zu eliminieren wäre das Einfachste gewesen, aber zu solchen Mitteln griffen er und seinesgleichen nur, wenn alle Stricke rissen. Außerdem konnte er nicht akzeptieren, dass er jemanden töten sollte, der so schrecklich litt. Das war, als würde man einen Hund treten, der bereits am Boden lag.

Er schob diese beunruhigenden Gedanken beiseite, betrachtete wieder die Rothaarige und fragte sich, wieso er nicht in ihren Kopf eindringen konnte. Er spürte bei ihre keine Trauer, keinen Schmerz und keinen sich entwickelnden Wahnsinn. Das Einzige, was er fand, war ein Gefühl von unendlicher Einsamkeit, etwas, das Etienne selbst oft verspürte.

Seine Schwierigkeiten mussten damit zusammenhängen, dass er so schwach war. Aber das Fieber der Frau, die Beule und die Wunde am Hinterkopf sollten ohnehin genügen, sie davon zu überzeugen, dass sie halluziniert hatte. Schon als sie noch bei Bewusstsein gewesen war, hatte sie behauptet, Etienne sei eine Halluzination, also würde das wahrscheinlich ausreichen.

Seine Finger waren blutig, als er ihren Kopf wieder auf den Boden legte. Nach kurzem Zögern hob er die Finger an die Nase und roch den süßen Duft, dann wagte er, an seinen Fingern zu lecken. Er runzelte die Stirn: Die arme Frau brauchte Vitamine oder so etwas; sie war beinahe anämisch. Vielleicht hatte das aber auch nur mit ihrer Grippe zu tun.

Gegen seinen Willen betrachtete er ihren Hals. Er hatte solchen Hunger. Aber er kämpfte gegen die Versuchung an, sie zu beißen, denn ihm wäre nicht damit geholfen, das Blut einer Kranken zu trinken. Und diese Frau war eindeutig krank. Ihre Haut brannte geradezu unter seiner kühlen Hand, und ihr Gesicht war nun rot angelaufen. Trotzdem machte der Geruch des Bluts ihn beinahe wahnsinnig, und er bewirkte, dass sein Körper sich vor Hunger verkrampfte. Seinem Körper war es egal, ob sie krank war und ihm wenig nutzen würde, er roch Blut und wollte es haben.